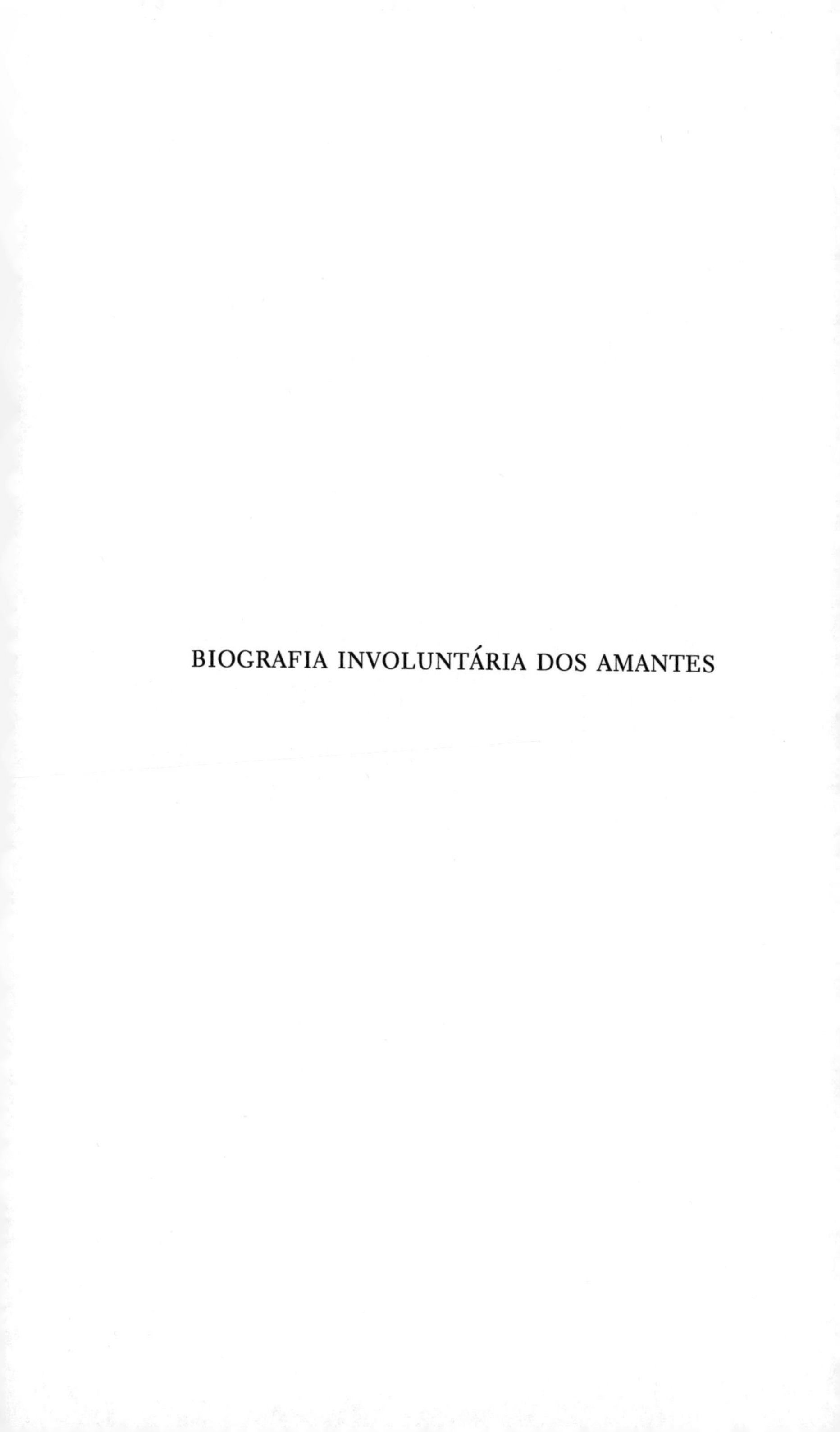

BIOGRAFIA INVOLUNTÁRIA DOS AMANTES

JOÃO TORDO

Biografia involuntária dos amantes

A editora manteve a grafia vigente em Portugal, observando as regras do Acordo Ortográfico da Língua Portuguesa de 1990.

Os poemas e a prosa em espanhol são de autoria de Daniel Saldaña Paris.

Capa
Milena Galli

Revisão
Clara Diament
Jane Pessoa

Dados Internacionais de Catalogação na Publicação (CIP)
(Câmara Brasileira do Livro, SP, Brasil)

Tordo, João
Biografia involuntária dos amantes / João Tordo. — 1ª ed.
— São Paulo: Companhia das Letras, 2017.

ISBN 978-85-359-2892-1

1. Ficção portuguesa I. Título.

17-01960 CDD-869.3

Índice para catálogo sistemático:
1. Ficção : Literatura portuguesa 869.3

[2017]

EDITORA SCHWARCZ S.A.
Rua Bandeira Paulista, 702, cj. 32
04532-002 — São Paulo — SP
Telefone: (11) 3707-3500
www.companhiadasletras.com.br
www.blogdacompanhia.com.br
facebook.com/companhiadasletras
instagram.com/companhiadasletras
twitter.com/cialetras

Para a Luísa e o Matias

To have been always what I am — and so changed from what I was.

Samuel Beckett

Chegará um momento em que o facto de termos estado juntos será como se não tivéssemos estado, e termos atendido o telefone será como se não tivéssemos atendido, e termo-nos atrevido a falar seria como se tivéssemos ficado calados.

Javier Marías

Sumário

A persistente melancolia de Saldaña Paris

Juntos, matámos o javali. Não queríamos tê-lo matado. Mas o animal atravessou-se no nosso caminho, correu para o desastre e destruiu o para-choques do carro, projetando fragmentos de si próprio, satélites desgovernados em torno de dois sóis que eram as luzes dianteiras. O focinho bifurcado do mamífero explodiu de sangue; pareceu que nos olhava no segundo que antecedeu o embate, implorando misericórdia. Tudo estacou no silêncio da AP-9. Ao meu lado, Saldaña Paris ficou quieto por um momento, procurando ainda o sentido daquela travagem súbita. Depois olhou-me como se eu pudesse esclarecê-lo sobre aquela criatura que surgira no meio da estrada da mesma maneira que a luz de um cometa rasga a escuridão da noite.

"Não tens culpa", disse-me, os óculos tortos no rosto por causa da colisão. "Era impossível travares a tempo. O animal quis morrer."

A polícia concordou que não havia muito a fazer. Apareceram dois agentes em coletes refletores, seccionaram o trânsito na estrada, com luzes e cones de sinalização, e arrastaram o javali até à berma. Estávamos no outono e a mata cheirava a lago e a mar: era a proximidade da ilha de Arousa, pensei; era o cheiro das águas paradas nos bosques e da maré que erodia a rocha. Saldaña Paris ficou ajoelhado durante algum tempo a olhar para o javali. Na pose do mexicano havia algo de cerimónia; um olhar de comiseração e ao mesmo tempo de desprendimento, perante o imponderável daquela morte, como se nos tivesse deixado órfãos.

"Quer levar o bicho?", perguntou um dos polícias.

"Está a brincar", respondi.

"Já que o atropelou, mais vale comê-lo."

"Enterramo-lo no bosque", ripostou Saldaña Paris.

"Olha que ideia", afirmou o segundo polícia. "E que tal chamar o padre para lhe prestar a última homenagem?"

Um dos agentes era de Pontevedra, onde vivíamos, o outro, de Vilanova de Arousa. Pediram-nos que entrássemos para o banco de trás do carro da polícia depois de ligarem a alguém que viria recolher o animal moribundo. Um reboque viria buscar o meu carro, que largava baforadas de fumo da parte dianteira. A caminho da esquadra, observámos, na inclemência daquela noite fria e desconsolada, a sombra ameaçadora dos bosques. Estávamos incrédulos: por muito pouco não teríamos estado naquela estrada, àquela hora, numa noite de domingo; por muito pouco não teríamos atropelado o javali; e por menos ainda talvez o mexicano não tivesse começado a falar das coisas que até então mantivera guardadas.

Sentados num banco do posto da polícia de Caldas de Reis, que era a povoação mais próxima, aguardámos pelos procedimentos formais. O incidente dera-se ao quilómetro 110 da AP-9; tínhamos percorrido pouco mais de um terço do trajeto a caminho de Compostela. Normalmente, eu fazia esse trajeto à segunda-feira, sozinho, antes de o dia nascer, pois começava a ensinar às nove da manhã na cátedra de língua e literatura inglesas. Porém, na tarde de domingo, Saldaña Paris ligara-me, muito aflito, como se estivesse a ter um ataque de cólera e de pânico ao mesmo tempo; não conseguia respirar, a sua voz esganiçava em espiral. Encontrámo-nos, conversámos, procurei tranquilizá-lo, mas foi em vão. Tive medo de o deixar sozinho e, por isso — mas também porque, nessa altura, tudo me parecia crivado de uma estupenda monotonia —, sugeri-lhe que fôssemos nesse dia para Santiago de Compostela, onde poderíamos cear e beber cervejas até tarde e pernoitar numa estalagem que era propriedade de uma amiga. Vi-lhe nos olhos azuis, escondidos por trás dos óculos de lentes grossíssimas, quanto esta ideia o alegrava — ou, pelo menos, quanto esta ideia o arrancava da morbidez. E, depois, atropelámos o javali incauto que atravessava a estrada, interrompendo a corrente sincopada da sua vida, tão dissemelhante à dos homens, e sentimos que também as nossas vidas eram interrompidas, embora continuássemos aqui e aquela esquadra da polícia perdida nos confins da Galiza não fosse, pelo menos por enquanto, o purgatório. Enquanto esperávamos que alguém viesse falar connosco e nos pusesse a par da situação que já escapara ao nosso controlo — tínhamos de prestar declarações, e eu precisava de saber do meu carro —, Saldaña Paris começou a falar e, por fim, fez-me o pedido mais estranho que alguma vez me haviam feito.

Pediu-me que lesse. Não é estranho um homem pedir a outro homem que leia, sobretudo quando falamos de um poeta e de um professor universitário. Seria natural que trocássemos livros, seria normal que as nossas vidas, ou as nossas preocupações, fossem próximas. O que ele me pediu que lesse, contudo, não era um livro de um qualquer autor, não era um romance ou um ensaio, não era uma obra sem par na literatura universal nem o manuscrito desconhecido de um jovem promissor. O que ele me pediu para ler era uma espécie de réquiem, um texto que lhe fora deixado por uma mulher que já morrera e com quem ele estivera casado durante cinco anos.

Eu desconhecia este facto — o do seu casamento —, embora já nos conhecêssemos há alguns meses, desde que ele viera morar em Pontevedra. Ele, que era da Cidade do México, uma monstruosidade com vinte e cinco milhões de almas, a viver em Pontevedra, um município de oitenta mil habitantes. Eu nunca tinha estado no México, mas ele falara-me da sua cidade e eu ficara com a sensação estranhíssima de que tinha lá estado em sonhos: nestes, encontrava-me em sua casa (a sua casa imaginada), um segundo andar numa rua tranquila onde a folhagem das laranjeiras roçava as grades do varandim. A meio da noite, despertava com o ruído ensurdecedor dos dedos nervosos de Saldaña Paris martelando as teclas de uma máquina de escrever antiga. Eu erguia a cabeça da almofada e via-o ao fundo da sala, em tronco nu, pingando suor, o lábio inferior ligeiramente descaído, os olhos esbugalhados, e ele dizia-me: *Estou quase a terminar.* Depois eu acordava perguntando-me a razão daquele sonho; não encontrando resposta, esquecia-o, como sempre acontece quando o dia começa e nos vemos enredados no tranquilizante tecido da realidade.

Naquela noite, na esquadra, contou-me que se casara em Londres, onde vivera com a mulher. Mais tarde, ela passaria dezoito horas na Cidade do México; provavelmente, menos tempo do que eu lá estivera em sonhos. Perguntei-lhe se ela era inglesa e ele respondeu-me que não; que era portuguesa, que nascera em Lisboa.

"Ah, mas Lisboa eu conheço", disse-lhe. "Estive lá algumas vezes."

"Pois eu nunca", respondeu ele.

Atrás de uma mesa, um agente gordo ignorava-nos. Estava sentado numa cadeira que já vira melhores dias e descalçara as pesadas botas, que pernoitavam ao lado da mesa como dois gatos negros de porcelana. Na altura pensei que era possível que tivesse sido o javali a suscitar aquela necessidade de confissão. A imagem de um animal morto é diferente da presença de um animal morto. Na presença existem profundidade, cheiro, tato; a maneira como o desfalecimento do corpo o reveste daquela cor de rato e o pelo subitamente amaina, como a vela de um barco na bonança. Morrer é uma espécie de bonança, pelo menos para um animal, e talvez Saldaña Paris o tenha sentido. Na sua delicada sensibilidade — ele, que era um homem com os nervos expostos —, é possível que aquilo o tenha despertado da modorra. Talvez o javali morto o tenha recordado de que também nós iremos perecer distraídos; ou talvez tudo aquilo o tenha lembrado de outro tempo, de um tempo que ele tudo fazia por esquecer, e da mulher que fizera parte desse tempo como a quilha faz parte do tal barco; a quilha sem a qual impreterivelmente este se afunda.

Nessa noite revisitou alguns factos que diziam respeito à sua relação com Teresa (soube então o nome dela): terem-se conhecido em 1998 num comboio em direção a Barcelona; terem-se apaixonado imediatamente; passarem semanas num *hostal* na Carrer del Duc a fazer amor e a falar de filmes europeus, ele procurando entender que coisa misteriosa era aquela que lhe acontecia; ao separarem-se, Miguel cair num quebranto como nunca antes sentira — ao ver Teresa afastar-se, viu também o mundo inteiro abandoná-lo, deixando-o no buraco mais negro de todos os buracos negros. Revisitou tudo isto de rajada, de olhos esbugalhados, o cabelo curto e espigado, a testa reluzente debaixo das luzes artificiais da esquadra.

Por que razão me contava aquilo, perguntei-me. E por que razão o fazia ali, no desconforto de um banco demasiado estreito encostado a uma parede fria? O que leva uma pessoa a guardar um segredo durante tanto tempo para depois, vítima de um gatilho invisível, resolver-se a desbobiná-lo de maneira tão atabalhoada? Para, no final, denunciar isto: que Teresa morrera na Galiza; que morrera havia menos de um ano de um cancro fulminante; que ele só soubera da sua morte três meses passados, quando alguém encontrou, entre os pertences de Teresa, vários livros que lhe pertenciam, que tinham o seu nome rabiscado no interior, bem como um manuscrito dentro de um envelope fechado endereçado ao mexicano. Um dia, recebeu um telefonema de Santiago de Compostela — a voz procurava por Saldaña Paris, que regressara à Cidade do México para viver uma existência maldita ou uma não existência, um morto procurando o seu lugar no meio dos vivos da mesma maneira que uma gota de chuva escorrega pelo vidro de uma janela fechada procurando entrar. O telefonema de um bibliotecário galego, que lhe disse: *A Teresa morreu. E deixou-lhe uma coisa.*

Era essa coisa — esse manuscrito dentro de um envelope, que ele abrira, embora fosse incapaz de o ler pois estava contaminado por um amor doentio e pelos ecos do passado — que ele queria que eu lesse.

A primeira vez que o vi estava sentado num banco, no meio da rua, a tocar uma guitarra castanha de quatro cordas, meio escavacada pelo tempo. Havia duas pessoas paradas em frente do banco; à nossa esquerda, a praceta circular, onde as meninas feitas de pedra, numa infância perpétua, brincavam com um aro metálico, ao lado de um rapazinho, também ele esculpido, que bebia de um jorro de água. Estávamos em finais de abril ou no princípio de maio (não recordo a data com exatidão), mas o inverno parecera não querer abandonar-nos. Os transeuntes que caminhavam pelo centro de Pontevedra usavam casacos, porque um frio cortante atravessava o empedrado e subia na direção das nuvens ameaçadoras que pairavam sobre a cidade.

Um homem que escutava soltou um suspiro e depois disse: "Que porcaria. Vá aprender a tocar guitarra, homem".

Ficamos eu a ouvi-lo e uma rapariga muito jovem, de gorro na cabeça e mochila às costas. Então também ela partiu, enquanto ele dedilhava o instrumento. A música era desagradável e dissonante; observando o seu perfil macilento, de rosto sulcado, apesar de jovem, os óculos descaídos sobre o nariz pequeno e o lábio inferior pendente, ocorreu-me que aquele instrumento não servia para tocar música, mas para mitigar uma dor. Ele terminou e olhou-me, surpreso, como se não fosse suposto eu estar ali — nem a rua nem a praça nem as meninas que eternamente brincavam ao arco.

Tentei sorrir-lhe, mas devo ter feito um esgar estranhíssimo; fui-me embora. Como ia distraído, não prestei atenção ao caminho e o jorro de água molhou-me os sapatos e a bainha das calças. No dia seguinte tornei a vê-lo, mas não me aproximei: estava cansado e só descera àquele bairro para fazer compras — uns quantos víveres para encher o frigorífico durante um par de dias, de maneira a ser obrigado a sair para fazer compras outra vez na terça-feira, porque fazia-me bem dar um passeio depois das horas passadas na faculdade. Vislumbrei-o à distância. Dessa vez não tocava: caía uma chuva fraca e o homem com rosto de rapaz sentava-se com a guitarra repousada ao seu lado e parecia entretido a ler um livro qualquer, muito concentrado, muito absorto, agitando a perna direita sem dar conta de que o fazia.

Tive vontade de lhe ir falar, mas não o fiz. Hesitei alguns segundos, cheguei a dar um passo em frente e depois recuei, perguntando-me por que razão desejaria eu falar com um desconhecido — embora em Pontevedra um desconhecido que apareça mais de uma vez no mesmo lugar passe a ser um residente ou, pelo menos, uma curiosidade local. Desencorajado, pus-me a caminho de casa. Atravessei a rua e, sem querer, acabei por fazer um caminho mais longo do que o habitual, atravessando a praça da Ferrería, decorada pelas flores das camélias, a esplanada do café meio ocupada por turistas e pelos velhos do costume, e metendo pela Benito Corbal no sentido contrário ao que deveria ter seguido se quisesse ter chegado a casa com maior rapidez. Os sacos das compras pesavam-me. Acabei por deambular, refletindo na personagem sentada no banco e na minha vida, demorando-me nos passeios sem ver as pessoas ou as montras ou o final da tarde que ia desmascarando o cenário da noite. Sem saber bem como, atravessei a rua de Castelao. Imaginei o escritor debruçado no corrimão de um varandim, um segundo andar iluminado com vista para uma espécie de praceta; imaginei Castelao observando a sua própria figura esculpida em xisto (num gosto que eu considerava duvidoso e assaz sombrio — não era raro encontrar-me com Castelao num pesadelo, ele curvado ao peso do franquismo, cuspindo-me saberes ao ouvido), a escultura recusando-se a devolver-lhe o olhar: um dos olhares verdadeiro, de íris e córnea, o outro de pedra fria.

Corrigi o trajeto e, finalmente, a caminho da Joaquín Costa, tornei a pensar naquele homem da guitarra. Pensei também em Andrea, provavelmente sentada no sofá a ler uma revista ou a ver televisão na postura destrambelhada em que sempre via televisão — uma perna por cima do braço do sofá, um braço descaído —, no seu desleixo caraterístico. Lembro-me de que entrei em casa depois de subir os três lanços de escadas e que chamei pelo nome dela; não obtive resposta. Atravessei o vestíbulo e, no corredor, em vez de virar à direita para a sala, cortei para a esquerda em direção à cozinha e, antes de pousar os sacos, cujas alças me desenhavam já sulcos profundos nas palmas das mãos, senti o cheiro do tabaco. Em quatro ou cinco passos decididos estava à porta do quarto de Andrea. Bati; alguns segundos depois, ela abriu. Tinha os olhos raiados de sangue e o cabelo apanhado num carrapito atravessado por um lápis. Usava um fato-macaco encardido e segurava, na mão direita, um pincel. O quarto era uma desordem. No centro, uma tela branca parecia ter sido esborratada por uma criança, e um cigarro ardia num cinzeiro junto ao parapeito da janela.

"O que é que eu te disse sobre o tabaco?", perguntei-lhe.

Andrea encolheu os ombros. Por baixo do fato-macaco os seus seios, que recentemente se tinham avolumado, agitaram-se.

"Tu também fumas."

"Fumava. E tu tens dezasseis anos."

"Quase dezassete. A caminho dos cinquenta."

Ficámos a olhar-nos durante um longo momento. Acontecia-nos amiúde; enquanto eu procurava as palavras certas, ela procurava um repto. Era um desafio que eu já perdera. Lembrei-me de lhe contar sobre a figurinha do homem que agora habitava a praça onde as meninas de pedra jogavam ao arco e lembrei-me de lhe dizer que queria convidá-lo para o programa de rádio, mas vi, pelo sobrolho descaído da minha filha, que seria em vão; que todas as minhas palavras seriam nada mais do que ar saindo da minha boca, engolidas pela indiferença.

"Fuma lá fora, então", pedi-lhe.

Fui para a sala e fiquei a contemplar a lua por entre as nuvens, de pé, observando de vez em quando o meu reflexo no vidro da janela. Estava curvado, pensei; tinha os ombros descaídos e a barriga saliente, apesar da magreza. Outrora, quando conhecera a mãe de Andrea, ouvira as mulheres dizerem-me que eu era um homem atraente. Agora tinha a certeza de que passaria despercebido numa sala cheia de gente. Do quarto de Andrea chegou-me a música estranhíssima que ela costumava ouvir nos últimos tempos, canções melancólicas em línguas que eu desconhecia, e desejei aquilo que um pai nunca deveria desejar — que o dia seguinte chegasse depressa, o dia em que a mãe viria buscá-la e eu não teria de a ver durante uma semana. Tornara-se um caso difícil na minha vida. Até à adolescência havia sido uma miúda doce, embora tímida, algo silenciosa, estudante dedicada. Frequentara um colégio católico, a que eu me opusera desde o início sem grande resultado: o Sagrado Coração de Jesus de Pontevedra foi a casa de Andrea durante os anos da infância e os posteriores, por insistência de Paula. Talvez como resposta a essa educação, um dia Andrea chegou a casa com uma tatuagem, um corvo pousado sobre um fio que lhe contornava o tornozelo. Eu estava sentado à mesa da cozinha, debruçado sobre um jornal, e reparei imediatamente: era verão, a minha filha usava a saia da escola e a tatuagem tinha acabado de ser feita, pois a pele que a contornava estava inflamada, quase púrpura.

"O que é isso?", perguntei-lhe.

"Pão com queijo", respondeu ela, e foi para o quarto.

Foi a primeira vez que Andrea me falou dessa maneira. Muitas se seguiriam, claro está; contudo, naquele instante, compreendi que não perdera apenas o meu casamento mas também a minha filha. Algum tempo passado, a sua mãe ligou-me e, numa voz carregada de despeito — como se fosse eu o culpado por aquela metamorfose —, anunciou-me que Andrea arranjara um namorado (que descreveu como um marginal), que se tornara cínica e respondona e que se recusava a pensar na universidade, pois anunciara que, depois do colégio, pretendia deixar os estudos e ir viajar. Para a demover dessas ideias, tentei enredar a minha filha em longas conversas, que acabaram por ser monólogos. Levei-a a jantar fora ao Long Fon, o chinês que ela costumava adorar, e, quando esse truque não funcionou, levei-a ao Alameda, onde cedo compreendi o meu erro: se Andrea se distanciara, atravessando o limiar invisível para o limbo que antecedia a vida adulta, não seria um restaurante de adultos, com empregados de lacinho e guardanapos dobrados em leque, que tornaria a aproximar-nos.

"Que lugar horrível", disse ela assim que se sentou. O cabelo caía-lhe sobre o rosto, ocultando as suas feições delicadamente esculpidas.

"É um dos melhores restaurantes da cidade."

"É uma piroseira. E o tamanho desse copo? Vais beber peixinhos dourados?"

"Ao menos porta-te com decência."

"Não fales comigo como se eu fosse atrasada mental", respondeu ela. "Ou começo a tirar a roupa."

Adverti-a com o olhar. Ela riu-se durante um segundo, mas depressa tornou a ficar séria.

"Reparei que começaste a pintar", comentei.

"E então?"

"Há uma escola de artes aqui na cidade. E uma faculdade de Belas-Artes em Vigo, que não fica longe."

Ela fez um esgar de desagrado.

"Qual é a distância?"

"Do quê?"

"De Pontevedra a Vigo?"

"De carro? Meia hora."

Andrea encheu as bochechas de ar e expeliu-o enquanto arregalava os olhos. Depois atacou o pão e as azeitonas.

"Então não há razão nenhuma para eu ir para lá, ou há? Contigo e a mãe aqui tão perto, é como se continuasse em casa. Cercada por todos os lados."

"A tua mãe trabalha doze horas por dia na clínica e eu passo metade da semana em Santiago. Não me parece que tenhamos tempo para te montar o cerco."

Um empregado aproximou-se com um guardanapo branquíssimo pousado no antebraço esquerdo.

"Dê-nos só um minuto", pedi.

"Não, espere", contrariou Andrea. "Queria fazer uma queixa."

"Uma queixa?", indagou o empregado.

Os convivas da mesa contígua observaram-nos.

"Este senhor está a incomodar-me. Tem outra mesa?"

"Não lhe dê importância", disse eu, consciente de que corava. "A adolescência não lhe caiu bem."

O empregado afastou-se. Recordo-me de que, nesse instante, me senti tentado a pegar na minha filha por um braço e arrastá-la para fora do Alameda. Respirei fundo e contive-me. Pedimos a comida; os nossos pratos chegaram, e, enquanto Andrea deglutia e após largos minutos de silêncio, perguntei-lhe pelo namorado. Tentei mostrar-me interessado ou, pelo menos, esconder a preocupação na voz. Sabia que se chamava Carlos; desconhecia se frequentavam a mesma escola ou como se teriam conhecido. Sabia, porém, que tinha dezoito anos e que, segundo Paula, se metera em problemas com a polícia no passado. Andrea parou de comer e, pela primeira vez, aparentou fragilidade, que tentou esconder desviando o olhar e pousando-o sobre uma vela que ardia devagarinho a um canto, junto de uma prateleira onde repousavam garrafas de vinho.

"O que é que queres saber?"

"Onde é que ele estuda, por exemplo", indaguei.

"Aqui e ali", respondeu ela, encolhendo os ombros. "Isso tem importância?"

"És minha filha. Não gostava de te ver por aí com um tipo qualquer."

"O Carlos não é um tipo qualquer", argumentou. "É o contrário de um tipo qualquer."

"O que é que isso significa?"

"Significa que é o contrário de um tipo como tu."

Caímos em silêncio. Então eu insisti:

"O que é que tu entendes por um tipo como eu?"

"Alguém que desistiu da vida. Ou que acha que a vida já passou por ele e, portanto, se resignou. Tu existes como se existir fosse um fardo ou uma derrota. Até se vê na maneira como caminhas: arrastas os pés, andas curvado. Como um velho."

"Eu sou um velho. Comparado contigo, sou velhíssimo. Mas tenho a vantagem da experiência. Tu ainda não viveste. Ou talvez comeces agora a viver, o que dá no mesmo." Insultado, acrescentei: "És como um aprendiz de violino: queres aprender e tocar na orquestra ao mesmo tempo".

"Que bonita metáfora", ripostou ela.

Bebi o que restava do meu copo de vinho.

"E com isto fugiste à minha pergunta, como de costume."

Ela pousou os talheres no prato, recostou-se na cadeira e cruzou os braços.

"Pergunta o que quiseres."

"O que é que ele faz?"

"É farmacêutico."

"Isso é verdade?"

"Não. Trabalha numa oficina de automóveis em Vilagarcía de Arousa."

"Não me faças perder a paciência." Alguma coisa no meu tom deve ter mudado, pois ela pareceu refrear a sua propensão ao cinismo. "Essa tua viagem a seguir a terminares o colégio. Ele tem alguma coisa a ver com ela?"

"Vamos juntos."

"Para onde?"

"Ainda não sabemos. Talvez para a América do Sul. Ele tem família no Paraguai."

"Com que dinheiro é que vais viajar?"

"O Carlos trabalha, não te disse já?"

"Mas tu não trabalhas. Vais depender dele para tudo?"

"Quando as pessoas se amam dependem umas das outras."

Levei a palma da mão à testa e baixei o olhar; não estava preparado para aquilo.

"Não sabes do que estás a falar. O amor é uma crueldade que passa num segundo. A seguir, só resta o vazio: uma parede ou um beco sem saída. Em breve, esse Carlos, que tu julgas ser o homem da tua vida, não passará de uma memória. E as memórias não alimentam ninguém. Não nos põem comida na mesa nem nos fazem companhia à noite."

"Estás a falar de mim", perguntou ela, tornando a debruçar-se sobre a mesa, "ou estás a falar de ti?"

"Estou a falar de toda a gente."

"Não conheces toda a gente."

"Presumo que nem sequer vale a pena pedir-te que mo apresentes."

"E presumes bem."

Ficámos em silêncio enquanto o empregado recolhia os pratos. Recusámos a sobremesa; eu recusei também o café e paguei a conta. Enquanto caminhávamos para casa, percorrendo a rua Michelena — à distância, ensombrados pela lua, erguiam-se os pináculos da igreja de São Francisco —, tive a sensação de que alguém nos seguia, como se escutasse o eco de outros passos que não eram os nossos. Olhei para trás; a rua estava deserta, iluminada pelos candeeiros noturnos e pelas luzes de presença de algumas lojas. Quando estávamos quase a chegar, a minha filha disse:

"Que estranho. Achei que a tua primeira pergunta seria se já tínhamos ido para a cama."

Suspirei. Estava cansado daquela conversa; estava cansado dela.

"Era a última coisa que me ocorreria perguntar-te."

"Já fomos", disse ela, sorrindo. "Já não sou virgem."

Na manhã seguinte saí cedíssimo para Compostela. Escusei-me a fazer-lhe o pequeno-almoço ou a despedir-me de Andrea.

Havia mais de três anos que eu fazia um programa de rádio. Era uma emissão semanal e de baixíssima audiência; a estação chamava-se Rádio Pontevedra e o programa intitulava-se *Dias Felizes*, não obstante ser transmitido à noite, entre a uma e as duas e meia da manhã, e ter muito pouco a ver com a felicidade. Embora me tivesse formado em literatura, ambicionara ser jornalista — fizera, aos vinte e quatro anos, um estágio profissional no *El País*, em Madri, que resultara numa breve e desprestigiante carreira na imprensa regional; por intermédio de um amigo, recebi posteriormente um convite para ensinar em Compostela. Desde 1990 que, todos os outonos, eu acolhia os alunos do terceiro ano do curso e lhes falava de Yeats, Eliot, Auden, Joyce, Woolf, Byatt e, dependendo das novidades literárias ou da minha disposição, de McEwan ou Ishiguro ou Amis. A faculdade cansava-me, contudo; as leituras sempre repetidas aborreciam-me e os alunos pareciam-me, a cada semestre que passava, cada vez menos tocados pela literatura e cada vez mais distraídos pelas banalidades de um mundo tingido de monotonia — ou, quem sabe, a minha própria monotonia houvesse tingido tudo da sua cor neutra. Era possível que eu os tivesse contaminado. Assim, o programa de rádio constituía a única forma que conhecia de sair desse pântano e respirar durante uma hora e meia, longe dos trâmites rotineiros da faculdade e das vicissitudes da minha vida de divorciado.

Foi por causa do *Dias Felizes* que travei conhecimento com Saldaña Paris. Ou melhor: ia a pensar no programa de rádio quando tornei a vê-lo. Não recordo com exatidão quanto tempo passara desde o fim de semana em que o vislumbrara na praceta; sei que, numa manhã em que o tempo finalmente mudara e o sol de uma primavera envergonhada incidia sobre as ruas, eu me encontrava a passear pela cidade antiga. Era quarta-feira, um dia sem aulas, e, ao cruzar a esquina para a praça Méndez Núñez, demorei-me a olhar para o edifício do Café Universo, cujo frontispício, pintado de púrpura, contrastava elegantemente com o azul do céu. Aquelas cores tranquilizaram-me. Depois vi-o. Estava junto da estátua de Valle-Inclán e debruçava-se sobre ela, observando os detalhes do rosto do escritor: a barba em forma de losango escorrido, os óculos metálicos, o chapéu, o nariz pontiagudo. Rámon María del Valle-Inclán, o poeta e romancista que perdera o braço esquerdo aos trinta e três anos: a estátua de basalto naquela praceta empedrada de Pontevedra fora cinzelada à sua imagem, uma figura baixa, de bengala, com um par de óculos antigos e redondos. Saldaña Paris era pouco mais alto do que a estátua — se esta era uma reprodução fidedigna, Valle-Inclán tinha sido um homem muito baixo. Observei-o a tocar no braço esquerdo da estátua, a manga do casaco de basalto, menos grossa do que a outra manga, vazia de carne, desaparecendo no interior do bolso. Afagava docemente aquele pedaço de pedra. Recuou um passo, tirou um bloco de notas do bolso das calças e pôs-se a rabiscar alguma coisa. Eu aproximei-me, incapaz de continuar a conter a curiosidade ou de protelar aquele encontro que se afigurava inevitável, e apresentei-me. Estendeu-me a mão, que era muito pequena comparada com a minha. Começava a contar-lhe algumas banalidades sobre Valle-Inclán quando ele me interrompeu.

"O senhor Valle-Inclán viveu no meu país há quase cento e vinte anos. Segundo alguns relatos, viajou da Galiza e lá se estabeleceu como tradutor e correspondente. Viveu em Veracruz, a cidade onde nasceu o meu avô materno, que se chamava Miguel, tal como eu. Embora ele se chamasse Miguel Agapito, um nome do qual não se orgulhava nada." Guardou o bloco de notas no bolso de trás das calças; nos últimos dias procurara deixar crescer um bigode que não passava de um tufo de pelos incipientes. Tinha os olhos azuis: muito azuis e muito tristes. "Aparentemente", continuou, "Valle-Inclán participou num duelo com um jornalista reacionário ou antiliberal e envolveu-se numa cena de pancadaria em Veracruz, o que não era incomum nesses tempos."

"Foi assim que perdeu o braço esquerdo", continuei. "Numa discussão com um jornalista que acabou em violência."

"Manuel Bengoechea, no átrio do Hotel Paris, em Madri. Deu-lhe uma bastonada que lhe fraturou vários ossos. O antebraço esquerdo gangrenou e tiveram de o amputar", acrescentou ele. Tinha um sotaque leve e uma voz fina, quase feminina. "Os jornalistas faziam-lhe espécie e Valle-Inclán não aturava desaforos. Ou alguém que discordasse dele sem motivo. Eu entendo-o. Se os tempos fossem outros, faria o mesmo. Hoje é mais problemático, porque, se vives no México, onde aparecem cabeças cortadas nos clubes noturnos todos os sábados, o teu interlocutor saca de um revólver e, pura e simplesmente, dá-te um tiro na cabeça. E convenhamos que vale a pena perder um braço por uma divergência de opinião, mas não vale a pena perder a vida."

Convidei-o para tomar um café. Atravessámos, a passo lento, a praça de La Leña e descemos a Figueroa em direção à praça Peregrina. Ele caminhava em silêncio, as mãos unidas atrás das costas, observando tudo com os olhos esvoaçantes, duas libélulas coloridas e inquietas. Fui-lhe contando a história da cidade e dos edifícios; Saldaña Paris foi concordando com a cabeça, detendo-se ocasionalmente para rabiscar no seu bloco amarfanhado. Por fim, chegámos à parte nova de Pontevedra. Fomos ao

Café Moderno. Assim que entrámos, ele mostrou-se muito interessado nas réplicas de seis homens, seis estátuas em tamanho real que se sentavam a uma mesa — na verdade, eram réplicas de réplicas: na praceta exterior, os mesmos homens apresentavam-se em semelhante formação de tertúlia, esculpidos em bronze e liderados, ao centro, pelo violinista Carlos Quiroga (os outros eram Valentín Paz-Andrade, Castelao, Carlos Casares, Alexandre Bóveda e Ramón Cabanillas, todos eles intelectuais e escritores galegos). No interior, as réplicas eram coloridas e as figuras tinham gravatas vermelhas, azuis e verdes; um deles usava um laço, o outro, um chapéu.

"Que pandilha", disse Saldaña Paris. "Parecem bonecos Lego imaginados por Kafka."

Mostrei-lhe o espaço do café modernista. Não deu importância às extravagantes pinturas nas paredes, mas gostou particularmente de uma de Laxeiro chamada *El manantial de la vida*. "É um bom título para um livro", comentou.

Sentámo-nos ao lado de um casal idoso e pedimos cerveja. Continuámos a falar de Valle-Inclán — ele insistia que o galego se fizera escritor no México, durante a sua primeira viagem transatlântica. Depois perguntei-lhe o que fazia ele por estas bandas. O mexicano esquivou-se à resposta.

"De onde és tu?"

"Sou daqui. Mas os meus pais são de Rosal de la Frontera."

"Onde fica isso?"

"Na Andaluzia. Em cima da fronteira com Portugal."

"Então és quase português."

"Safei-me por pouco", gracejei. "Nos tempos de Franco, o meu pai costumava dizer que, no fundo, os espanhóis até tinham sorte: ao menos, não eram portugueses."

"Eu gosto dos portugueses", contrapôs ele.

"O meu pai dizia muitas parvoíces."

"Este lugar é-me familiar", disse ele, quando o empregado pousou duas cervejas sobre a mesa. Paguei a conta; ele nem se moveu. "É como se já aqui tivesse entrado, embora tenha a certeza de que nunca aqui entrei."

"Muita gente sente isso", retorqui, dando um gole na cerveja. "Isto foi um cinema até ao princípio do século XX. No primeiro dia projetaram-se sessenta e um filmes."

"No México teriam pegado fogo a isto durante a revolução."

"Tens uma ideia bastante lixada do teu país."

"E por que é que não haveria de ter?", contrapôs, pegando na cerveja.

Passou a explicar-me o que achava dos mexicanos: que eram todos uns bandidos, uns caciques, uns bêbedos, uns subalternos, uns borrados de medo, uns assassinos, uns insignificantes; que, quando o mundo fosse varrido de vez pelo fim dos tempos, as únicas criaturas que sobreviveriam seriam os mariachis, com as suas vestimentas ridículas e os seus instrumentos feitos em casa, cantando as suas canções até à eternidade.

"Bonita imagem", disse eu. "Tu és músico?"

"Sou sobretudo poeta", respondeu. "Ou talvez seja músico, e aquilo que escrevo sejam letras de canções. Embora as minhas canções sejam uma bela merda. Quando tinha dezoito anos queria ser advogado, mas depois li Bioy Casares e decidi que queria ser escritor. E depois pus-me a ler Borges e percebi que nunca conseguiria escrever ficção, ou que aquele filho da puta já tinha escrito tudo o que havia para escrever, e decidi ser advogado outra vez. Matriculei-me em direito no Distrito Federal e frequentei o curso durante dois anos. Passei o tempo todo a caminhar para cima e para baixo na Insurgentes Sur e a arranjar maneira de não ir às aulas, até que em casa me disseram — ou disse-me o meu pai, porque a minha mãe já tinha desaparecido com o namorado para Tijuana — que, se quisesse continuar a viver lá em casa, teria de estudar ou de trabalhar."

"E o que é que tu fizeste?"

"Antecipei tudo. Já leste Bolaño?"

"Algumas coisas."

"Pois eu desconhecia-o na altura. Talvez nem estivesse publicado. Quando o li, muito mais tarde, descobri que ele andou a escrever a minha história vezes sem conta. A nossa história: a dos mexicanos perdidos no México, como nos chamava. Em vez de continuar os estudos, fui viajar. Abandonei de vez a ideia de ser advogado, deixei o curso. Andei pelo deserto, conheci as cidades do interior, fui até Tehuantepec e Matamoros. Tinha o dinheiro da herança do meu tio: não era muito, mas eu também não precisava de muito. E comecei a escrever. Isto é: deixei de escrevinhar e comecei a escrever. Enviei um conjunto de poemas que escrevi nos cafés para um concurso literário em Guadalajara, uma coisa para novos escritores, e ganhei. Logo à primeira. Até fiquei parvo: eu, que nunca tinha publicado nada em parte nenhuma, de repente ganhara dinheiro com meia centena de páginas mal-amanhadas."

A tristeza evaporara-se dele: falava agora com gosto, como se tivesse estado calado à força, durante meses, e finalmente houvesse encontrado a hipótese de se libertar. Bebemos a cerveja. Eu queria fazer-lhe o pedido que se vinha insinuando havia vários dias, mas ainda não encontrara o momento certo.

"E o que é que fizeste ao dinheiro?"

"Olha que é uma pergunta do caraças. Regressei à Cidade do México depois de ter ligado para casa e de o meu pai me ter contado da carta do júri em Guadalajara. Foi a única vez que o ouvi fraquejar, isto é: a única vez que soçobrou, que se deixou levar pela emoção. Estava-se nas tintas para os meus escritos, claro. Mas o filho tinha *ganhado* alguma coisa, encontrava-se do lado dos vencedores. Quando cheguei a casa, peguei no cheque, fiz a mala e fui gastar o dinheiro em Las Vegas. Não me ocorreu nada melhor para fazer. E, em Las Vegas, por outro golpe de sorte, fartei-me de ganhar dinheiro e viajei para a Europa. Aterrei em Madri numa manhã de setembro de 1993, ensonado como um camelo, e só tornei a pisar terras mexicanas dez anos mais tarde."

"Espera", interrompi, inclinando-me para a frente. Os olhos dele esbugalhavam-se, como se sofresse de exoftalmia. "Gostava que me contasses tudo isto, mas noutro sítio. E não agora, mas amanhã, entre a meia-noite e as duas dá madrugada."

"O quê?"

"Vou explicar."

No dia seguinte regressei de Santiago às dez da noite. Jantei em casa, sozinho, a televisão ligada e sem som. Enquanto comia, imaginei Paula na cama com o namorado — ela a ler uma revista, ele a ler o jornal desportivo — e senti-me satisfeito por estar só. Era verdade que, em dias de programa, eu me achava mais contente ou menos derrotado — mas era também verdade que, naquela quinta-feira, o facto de ter aquele convidado me dava uma dose acrescida de ânimo. Confesso que desconheço o que via de especial nele. À primeira vista, Saldaña Paris era um tipo anódino, sem grande graça no vestir, de feições prejudicadas por uma ansiedade excessiva; um indivíduo baixinho e desengonçado que passaria despercebido em qualquer parte do mundo. Muito mais tarde compreendi — quando já era tarde demais, quando me deixara envolver demasiado — que eram precisamente essas caraterísticas que me fascinavam.

Era a sua melancolia que me encantava, uma melancolia que ele não procurava abater; uma melancolia duradoura e persistente, que chegara para ficar. Essa condição insalubre que chama a si fantasmas e que abre brechas nas convicções mais empedernidas. Tão ao contrário da minha condição, à qual não poderia sequer chamar melancolia — talvez insatisfação ou quebranto. Saldaña Paris era verdadeiramente melancólico: um homem de outro tempo que vivia aprisionado neste; um homem de um tempo em que a felicidade não era uma obrigação, mas a sorte de uns quantos tolos.

Quando cheguei à porta do edifício da Rádio Pontevedra encontrei-o à minha espera, encostado à parede. Eram onze e meia da noite. Trazia consigo a guitarra num pequeno saco preto e o bloco no bolso de trás das calças. A primavera também chegara, e o ar encontrava-se impregnado do cheiro das camélias e das águas do Lérez. Cumprimentámo-nos e subimos; ele não parecia nervoso, mas intrigado. Fez-me várias perguntas sobre o programa, a que fui respondendo enquanto entrávamos na estação e nos sentávamos à mesa redonda munida de auscultadores e microfones. Num dos cantos do teto, uma televisão exibia as notícias da noite.

"Todas as semanas convido alguém", expliquei-lhe. "A ideia é ser um desconhecido. A ideia do programa, aliás, é ser o contrário dos programas de rádio diurnos, em que os convidados são, normalmente, pessoas famosas ou razoavelmente conhecidas do público."

"Então podes estar descansado. A mim, ninguém me conhece. Nem aqui nem no México. Até a senhora da pensão onde durmo me trata por *Dezoito*."

"Dezoito?"

"É o número do meu quarto. Ela é velhíssima. Julgo que assistiu à queda de Roma, mas não posso garantir."

Saldaña Paris pousara a guitarra e o bloco de notas em cima da mesa. Pôs-se a mexer nos auscultadores, experimentou-os. Do outro lado do vidro vislumbrei Julia Montel, que deslizou com elegância da porta da sala de produção até à mesa de mistura, onde mexeu nalguns botões. Ouvimos-lhe o sotaque andaluz ecoar pelas colunas:

"E um dia feliz para os dois", disse ela.

O mexicano ergueu a cabeça, confuso. A figura esguia de Julia entrou na sala. Era belíssima, impressão que sempre me assaltava quando a encontrava às quintas-feiras e observava, de soslaio, a maneira como ela ia apanhando o cabelo castanho com vários ganchos à medida que o programa ia acontecendo e eu deixava os meus entrevistados discorrerem sobre o que bem lhes apetecesse. Quando o programa terminava, o seu cabelo longuíssimo estava transformado numa escultura abstrata, presa por arames, uns fios pendentes aqui e ali; sobressaíam-lhe as sardas, os olhos verdes quase translúcidos. Tinha a seu favor a beleza e a juventude: Julia era vinte anos mais nova do que eu e terminara recentemente os estudos em Vigo, onde eu queria que Andrea desaparecesse durante uns anos. Tinha a seu desfavor o facto de me deixar perturbado e demasiado medroso para lhe dizer o quanto gostava dela.

"Sou a produtora da noite", anunciou, cumprimentando Saldaña Paris.

Anotei pela primeira vez o lado mais visceral e inesperado do poeta. Levantou-se de imediato e agarrou na mão de Julia com muito mais força do que seria de esperar, levando-a aos lábios; plantou-lhe um beijo nas costas da mão, sem nunca deixar de a olhar por cima dos aros dos óculos, e não se tornou a sentar até a rapariga deixar a sala, certamente aturdida.

As luzes baixaram, e onze minutos depois estávamos no ar.

[...]

Já falámos da tua infância e juventude. Esta fica marcada, sem dúvida, pelo Prémio Literário de Guadalajara para Poesia.

Eu não diria isso. Houve outras coisas, de maior importância, que marcaram a minha juventude.

Como por exemplo?

Como por exemplo: o que eu fiz com o dinheiro do prémio.

Quanto era?

Cerca de cinquenta mil pesos. Deixa-me pensar. Falamos de três ou quatro mil euros, o que, nessa altura, era uma fortuna no México.

Mas não nos Estados Unidos.

Era o que eu ia contar. Com o dinheiro que ganhei, fui para Las Vegas. Não sabia o que fazer com aquele prémio e foi a ideia mais decente que tive. Não aguentava mais estar no meu país. Se ficasse lá mais um dia, acho que me transformaria num criminoso ou, pior ainda, num mariachi. Daqueles que cantam para os casais bêbedos nos restaurantes e os seguem para todo o lado, até para a casa de banho. De maneira que me fui embora. Parecia-me lógico que, se ia para a América, precisaria de triplicar ou quadruplicar aquele dinheiro. Não seria uma empreitada fácil, porque eu nunca tinha jogado e sabia, instintivamente, que detestaria jogar. Além disso, nunca saíra do meu país. Mas sabia falar inglês, que é um luxo de quem cresceu na Colónia Roma e é filho de um diplomata. De maneira que parti poucos dias depois de regressar à Cidade do México. Lembro-me de que fiz uma mala para uma semana, que era o tempo que eu teria, caso perdesse o dinheiro todo que planeava apostar, em vez de o ganhar.

E só voltaste dez anos mais tarde.

Precisamente.

O que acontece em Las Vegas fica em Las Vegas?

Instalei-me num hotel à beira do deserto. Não foi fácil, mas era o que eu podia pagar. O deserto é um inferno. Eu sou um mexicano da cidade, que é o mesmo que dizer que sou praticamente inglês, ou quase russo. Detesto o calor, a sede deixa-me num estado de pânico constante, as areias provocam-me tosse convulsa. À distância via a Torre Eiffel, a esfinge do Egito e uma pirâmide negra, e achei que estava a enlouquecer, porque não conseguia dormir e tudo me parecia um pesadelo surrealista. No interior dos casinos bombeiam oxigénio para os clientes ficarem acordados, e eu começara a hiperventilar. Andei pelas salas de jogo durante uns dias e perdi uns dólares aqui e outros ali. O que aconteceu a seguir só acontece a quem nada espera. À saída de um casino vi uma senhora, numa cadeira de rodas, a tentar galgar o passeio para sair da estrada. Decidi ajudá-la. Precisava de tocar em alguém para que a realidade ganhasse consistência. Ajudei-a a subir o passeio na cadeira de rodas. Ficámos a conversar durante algum tempo à entrada de um casino. Ela era muito velha, tinha a cara enrugada como um vidro rachado e as mãos enormes e cheias de veias e de manchas castanhas. Não conseguia ver-lhe os olhos porque usava óculos escuros, mas lembro-me do seu hálito a anis. Fui jogar com ela. Empurrei-lhe a cadeira de mesa em mesa e descobri que, além de paralítica, a velhota era solitária e louca. Jogava a tudo: *slot machines*, bacará, póquer. Mas foi na roleta que nos saiu o *jackpot*. Eu estava prestes a desistir daquele lugar. Sabia que na manhã seguinte, mal acordasse, correria para o aeroporto e regressaria a Colónia Roma, falido e sem um pingo de orgulho. E apostei tudo o que me restava: mais de dois mil dólares americanos. O que aconteceu foi que ganhámos. Mas não ganhámos o dobro, nem o triplo, nem quatro vezes mais. Ganhámos quase cinquenta mil dólares.

À velha, só lhe faltou levantar-se e dançar. Eu vi tudo à roda: vi o mundo dar uma pirueta, vi a pirâmide inverter-se e penetrar a terra, vi a Torre Eiffel a correr pelo deserto. Embebedei-me com violência e, no dia seguinte, acordei com uma ressaca bestial e um envelope cheio de dinheiro.

Nunca mais encontraste a senhora da cadeira de rodas?

Nem lhe soube o nome. Fiquei em Las Vegas durante outros três dias. Mudei-me para um hotel decente e, de repente, com aquele dinheiro todo à minha mercê, só me apetecia escrever. Escrevi um poema enorme chamado "Anotações de um sortudo", que deixei no quarto desse hotel. Comi alarvemente. Bebi até vomitar. Depois, quando me senti saciado, apanhei um avião. Só que, em vez de regressar à Cidade do México, vim para a Europa.

Para onde, especificamente?

Para Madri.

E o que fizeste em Madri?

Nada, ou quase nada. Andei pela Puerta del Sol e pela Gran Via à espera de que alguma coisa acontecesse, uma boa desculpa para estar ali. Bebi imenso e esqueci-me de quase tudo. As noites eram de insónia e de grande angústia, como se o facto de estar na Europa, de ter algum dinheiro, de a vida ser uma incógnita, fosse, ao mesmo tempo, um fardo insuportável, uma dor impossível de ultrapassar e uma fonte de extraordinário poder. Conheci uma rapariga chamada Camila à saída do Angel Sierra, um bar da Chueca que eu frequentava nesses tempos. Ela era um pouco mais velha do que eu. Era lindíssima. Ou, pelo menos, é assim que a recordo: lindíssima. Tinha olhos e cabelos cor de mel. E tinha um namorado alemão, um acrobata muito alto chamado Leo.

Apaixonaste-te?

Talvez. Eu acreditei que sim. Quando tropecei neles estava embriagado. Um dos empregados ordenara-me que me afastasse do balcão porque estava a causar distúrbios. Quando bebia, eu costumava tirar poemas do bolso e pôr-me a lê-los em voz alta. No dia seguinte sentia muita vergonha e rasgava os poemas, pelo menos aqueles que não tivesse perdido por aí. Bom, pouco importa. Disse que tropecei neles porque tropecei mesmo. Às portas do bar, a Camila e o Leo tinham estendido uma corda bamba um metro acima do chão, as pontas atadas a um poste e ao tronco de uma árvore. Nesse final de tarde, tropecei na corda e espalhei-me. Foi a Camila quem me veio ajudar. Fomos beber juntos e a noite acabou tardíssima; tiveram de me carregar em ombros até ao meu hotel. Mais tarde escrevi um poema sobre isto, chamado "O funâmbulo", mas era uma merda e acabei por rasgá-lo. Cedo percebi que tinha de a ver outra vez, e voltei ao Angel Sierra, onde já não me permitiam a entrada e me tratavam como a um cão. Lá estavam eles. Tornámo-nos amigos e passámos umas semanas juntos a vaguear pela cidade: eles atuavam à porta dos bares e nas pracetas, e eu escrevia e bebia aos balcões e nas esplanadas. Disse-lhes que era um homem livre e partilhávamos tudo, inclusive o quarto do meu hotel, onde passámos a viver para poupar dinheiro.

O poeta e os acrobatas. Parece o título de uma peça de um dramaturgo francês.

A história não acabou bem.

Raramente acabam.

Cansámo-nos de Madri e fomos viajar. Metemo-nos em comboios, apanhámos boleias de desconhecidos, fizemos quilómetros a pé. Atravessámos alguns países sem sabermos que o estávamos a fazer. Fomos para leste, que era o caminho a percorrer nesses tempos. A recém-descoberta Europa do Leste. Ninguém sabia o que poderia encontrar por ali, e nós encontrámos de tudo. Viajantes, vagabundos, aldrabões, carteiristas, prostitutas. Também encontrámos gente boa, mas essa seguia o seu caminho, não se demorava a falar connosco nem a tentar extorquir-nos dinheiro ou uma noite de farra. Quando chegámos a Belgrado as coisas complicaram-se. Eu andava a escrever um diário, uma espécie de registo da nossa passagem pelos lugares. Não conseguia escrever poesia, pois descobri que, para escrever poesia, precisava da tranquilidade que só encontrava quando me fechava em copas para o mundo e regressava à minha disposição normal.

Que disposição é essa?

Eu chamar-lhe-ia miopia. Uma miopia existencial, por assim dizer. Esta incapacidade provoca em mim uma inquietação metafísica, a necessidade de ver as coisas com nitidez, que é contrária à necessidade de viver ou de experimentar o mundo no seu estado natural. Nas nossas viagens, a intranquilidade era permanente e o desejo contínuo, o rugido de um motor que não cessa, transformando a busca pela nitidez numa inutilidade que era facilmente colmatada com mais um quilómetro, mais um copo, mais uma noite desregrada.

Bom. Disseste que as coisas se tinham complicado.

Em Belgrado chegámos a um beco sem saída. Já te disse que eu estava apaixonado pela Camila, embora não o demonstrasse ou procurasse não o fazer. Sentia-me intimidado pelo Leo, que era um gigante magríssimo e musculado cheio de qualidades irritantes. Não há nada pior do que um homem bonito e atencioso. Achamo-lo imediatamente burro, ou presumimos que seja burro, uma vez que a realidade é muito mais cordial com ele do que com os restantes homens, aqueles que não são bonitos nem particularmente atenciosos. Era o meu caso, e ainda hoje me pergunto por que razão eles viajavam comigo. Eu fazia birras constantes, fechava-me nos quartos das estalagens e nas casas de banho dos comboios, praguejava aos céus que precisava de solidão, chamava-lhes um estorvo. Nos piores dias, não nos falávamos, e eu ficava prostrado num lado qualquer enquanto a Camila e o Leo faziam os seus ridículos números de circo. Um dia, ao despertar de um sonho premonitório sobre o fim dos tempos, deparei-me com o Leo sentado na cama, ao meu lado. Tinha o meu diário nas mãos e folheava as páginas. Nessa altura, eu escrevia em inglês, talvez por influência do meu pai, que é um britânico desterrado no México. Ele lera aquelas páginas e descobrira as coisas terríveis que eu escrevera sobre ele e também as outras, as que eu escrevera sobre a Camila.

Que tipo de coisas eram essas?

Pornografia da mais elementar. Claro que a Camila era a protagonista, e eu o seu parceiro. Alternava essas páginas com as parvoíces mais poéticas e sensaboronas, que registava como se tivesse encontrado o amor.

Pareces arrependido.

E não nos arrependemos de quase tudo? Sobretudo das coisas que deixamos escritas, as que hão-de nos sobreviver. Os atos nunca; esses passam, um dia destes já ninguém se lembra. Mas se somos suficientemente estúpidos para deixar alguma coisa no papel, então o caso muda de figura. Claro que eu não estava apaixonado. Era também evidente que não encontrara o amor. Talvez ansiasse por ele, o que gera toda a espécie de equívocos. O que eu sentia era despeito ou inveja; talvez me sentisse menorizado. De maneira que, nesse dia, separámo-nos e nunca mais tornámos a ver-nos. O Leo disse-me que não podia confiar em mim. Eu respondi-lhe que também não podia confiar em mim. Eles seguiram para leste e eu regressei ao Ocidente Europeu.

Para onde foste?

Fiquei em Paris alguns anos. Aprendi a língua e continuei a escrever. Sobrava-me pouco dinheiro quando cheguei, mas tinha o suficiente para me instalar. Aluguei um quarto em Poissonnière, compilei um livro de poemas em espanhol e em inglês e enviei-o para todas as editoras que consegui encontrar na lista telefónica. Não há lugar no mundo com mais editoras do que Paris. Dei um título estúpido ao livro: chamei-lhe *Inútil*. Referia-me a mim próprio, claro está. Nunca foi publicado. No entanto, passado algum tempo recebi uma carta de uma editora acabada de fundar cujo nome era Editions de l'Inutile. Eles acharam graça ao facto de receberem um livro com o mesmo nome da editora — embora, e disseram-mo sem contemplações, nunca viessem a publicá-lo, julgo que apelidaram os meus textos de misóginos —, e deram-me trabalho. Comecei a ler originais em línguas inglesa e espanhola. Mais tarde, pus-me a traduzir, que foi o que me sustentou durante muito tempo.

Como Valle-Inclán no México.

Qualquer coisa do género.

E a seguir a Paris?

Marselha, Barcelona e Londres. Depois de Londres, regressei à Cidade do México. Permaneci seis ou sete anos longe da Europa e nunca mais quis regressar. Infelizmente, a vida é tão incorrigível como uma criança e está constantemente a fazer birras, a desenterrar mortos e outras coisas que tais. No México comecei a ir ao psicólogo a pedido do meu pai. Era muito divertido porque, sempre que saía do consultório, sentia-me maldisposto e ia vomitar no parque, atrás de um arbusto.

E alguma vez encontraste o amor?

Como?

Disseste que o que sentias era despeito ou inveja. Pergunto-te se, mais tarde, encontraste o amor.

Não quero falar nisso.

Estamos quase sem tempo.

Está bem.

Para terminar, podes contar-nos o que te trouxe à Galiza? E, em particular, a Pontevedra?

Quando cheguei à Galiza passei alguns dias em Compostela. Depois, por razões várias, vim para aqui. Digamos que estou suficientemente distante e suficientemente próximo.

De quê?

Julgava que estávamos sem tempo.

E estamos. Obrigado, Miguel.

[...]

A entrevista durou trinta minutos e, a seguir, Saldaña Paris recitou um poema acompanhado da sua guitarra. O instrumento tinha um som muito agudo, algo irritante, mas acabava por entrar em harmonia com a voz dele, que era surpreendentemente rigorosa e monótona ao declamar.

Tus pies tienen la edad de lo que sangra
tumefactos por el sol y los insectos
agrietados por la sal y los andares.

Tus pies tienen la espera como un signo tatuado
y se revuelven en la gruta de los ogros
avispas o lagartos que te piensan.

Tus pies tienen la noche como atributo
y se entumen en los cruces de caminos.

Quando terminou, pareceu despertar de um transe. Do outro lado do vidro, Julia Montel fez-lhe um sinal de aprovação com os dedos. Parecia completamente esgotado ou à beira de um colapso, como se meia hora de conversa e um poema fossem os trabalhos de Hércules. O programa continuou: havia que preencher o vazio com uma voz e passei os vinte minutos que se seguiram a falar de novidades literárias, de encontros com escritores, músicos e cineastas e de duas ou três obras recentemente publicadas por autores galegos. Vi Julia entrar no estúdio, pé ante pé, e levar Saldaña Paris até à porta; pelo canto do olho vi-o sair sem dizer adeus. Quando o programa terminou, Julia tornou a entrar no estúdio e acendeu um cigarro.

"E se numa noite de primavera o alarme de incêndio", gracejei, tirando os auscultadores.

Ela sentou-se no lugar dos entrevistados.

"Mas que tipo extraordinário", disse Julia, continuando a fumar.

"Achaste?"

"Nunca conheci ninguém tão triste em toda a minha vida."

"Foi precisamente a minha sensação."

"Tão genuinamente triste, sabes? Como se todo ele fosse tristeza, como se fosse feito disso. Caraças. Até se sentia nas mãos." Agitou-se como se tivesse tido um arrepio. "Como é que o conheceste?", perguntou.

"Encontrei-o a cantar sozinho, sentado num banco, perto da praça da Ferrería."

"Hum", exclamou Julia, apagando o cigarro num pires de café que estava sobre a mesa. "Desgosto de amor."

"Achas?"

"Só pode ser. O que é que traz um tipo destes, que viajou por toda a parte, para os confins de Espanha, para se pôr a tocar num banquinho e a recitar poemas no meio da rua? Ou perdeu o juízo ou perdeu a mulher da sua vida."

"E veio à procura dela."

"Não", respondeu Julia, levantando-se. "Já a perdeu de vez. Perdidinha para sempre."

"Então está a carpir as mágoas", adiantei. Também me levantei e tirei o casaco das costas da cadeira; comecei a vesti-lo.

"Nem sequer me parece que seja isso", ripostou ela. "O que me parece é que ele veio aqui para morrer."

A palavra caiu entre nós como uma pedra de um muro muito alto.

"Para morrer?"

"Para viver é que não foi", disse ela.

Esqueci-me de Julia, da sua beleza, do quanto desejava abraçá-la e afundar o meu rosto no seu cabelo; senti-me extraordinariamente preocupado com Saldaña Paris.

"Bom, está na hora, não? Amanhã tens faculdade?"

"Tenho", respondi. "Parto de manhã para Compostela."

"Vê se dormes", sugeriu, sorrindo. "Era bom ver-te como dantes."

Como dantes.

Durante várias noites, adormeci com estas palavras a zunirem nos meus ouvidos; um eco interrompido. Na segunda-feira da semana seguinte acordei, estremunhado, às cinco para as sete. O despertador tocou quando eu estava no duche. Saí de casa às sete e meia, imaginando que antes de sair me despedira de Paula e de Andrea; imaginando que a primeira ainda era minha mulher e que a segunda ainda me suportava. *Como dantes*. Enquanto caminhava rua abaixo, apertando o casaco por causa do vento, e antes de virar para a Filgueira Valverde em direção à estação de autocarros, tive o vislumbre do que poderia vir a ser o meu futuro.

No meio da rua deserta estava um homem magríssimo, debruçado sobre o passeio, à procura de alguma coisa. Vestia uma gabardine escura e sapatos que, outrora, deveriam ter sido caros, agora destruídos pelo tempo e pelo uso. Olhou-me quando passei por ele: parecia ter deixado cair alguma coisa no chão e buscava-a às cegas, remexendo os papéis que atolavam a berma do passeio. Nada tinha de especial: era um homem de sessenta e cinco ou setenta anos, solitário, a primeira criatura acordada deste lado da cidade, provavelmente esquecido ou desmemoriado de si próprio, das roupas usadas, do ar cavernoso, do aspeto extraviado. Imaginei que, um dia, divorciado de tudo, eu seria assim. Um dia acordamos esquecidos de nós e, no dia seguinte, andamos curvados no passeio à procura de coisas que não existem ou sentamo-nos a falar sozinhos nos cafés; esquecidos de nós e dos outros.

Por vezes, gostava de deixar o carro na garagem e apanhar o comboio para Compostela. Apreciava a viagem e o facto de poder ler; nessa manhã, porém, não fui capaz de me concentrar num livro, nem sequer no jornal. Ainda recordava a entrevista com Saldaña Paris e o que Julia dissera a seguir — que aquele homem, que ainda não fizera trinta e cinco anos, viera à Galiza para morrer. Era uma suposição absurda que, contudo, parecia ter tomado as rédeas da minha imaginação. Durante as noites passadas sozinho no apartamento da Joaquín Costa, não fazia mais do que efabular sobre a vida de Saldaña Paris. Mesmo quando lia um texto académico, quando corrigia o trabalho de um aluno ou quando, simplesmente, via televisão ou jantava, parte de mim não cessava de trabalhar naquela história — porque *era* uma história, tão palpável como uma nuvem, tão real como um unicórnio —, a verdadeira história imaginada do mexicano que eu encontrara perdido em Pontevedra.

Os dias tinham passado, todavia, e nenhum de nós se procurara outra vez. Os primeiros quinze minutos da marcha do comboio decorreram assim, a sonhar em pleno dia e a observar um homem que, no assento oposto ao meu, escutava, de costas muito direitas, um rádio com auscultadores. Tinha um ar distinto e arranjado, quase solene, o contrário do outro homem que eu vira na rua, embora tivessem uma idade aproximada: sessenta e poucos anos, fato castanho, meias de xadrez, olhos semicerrados. Imaginei que escutava música clássica; essa ideia confortou-me.

Foi então que o telefone tocou. Quando atendi ouvi a voz rouca de Paula e sobressaltei-me. Paula nunca me ligava, exceto para combinar ou descombinar os dias que Andrea passava comigo. Como, presumivelmente, a minha filha chegaria nessa noite, suspeitei que Paula me fosse propor uma troca que seria uma péssima notícia: os meus alunos entregariam os trabalhos finais na semana seguinte, e quanto mais cedo cumprisse a penitência de aturar Andrea melhor seria — significava que, daí por sete dias, teria a casa para mim e mais tempo para dedicar ao trabalho. Mas a situação era outra. Tinha a ver com um tal de Carlos, que, entretanto, eu esquecera por completo.

"O namorado da tua filha", disse Paula do outro lado.

"Ah", relembrei. "O meu contrário."

"O quê?"

"Esquece."

Contou-me o que se passara na última semana. A minha filha passara duas noites fora de casa. Da primeira vez, aparecera de mansinho, às cinco da madrugada, num dia de escola, quando a mãe já despertara preocupada com a sua ausência. Dissera-lhe que ia ao cinema com Carlos; Paula jantou, deitou-se, adormeceu e acordou àquela hora silenciosa em que sentimos a ausência dos outros ou uma ausência em nós. Quando percebeu que Andrea não se encontrava em casa ocorreu-lhe, por um breve instante, ligar-me; mas as probabilidades de ela estar comigo eram tão pequenas como as de ter sido raptada por alienígenas.

"Não exageres", comentei, sentindo-me algo ofendido.

"Adormeci no sofá e ouvi a porta a abrir devagarinho. Já

passava das cinco. Vinha embriagada, ou pelo menos pareceu-me que trazia hálito a álcool. Nem consegui dizer-lhe nada: disse-lhe que se fosse deitar, que no dia seguinte falaríamos."

"E falaram?"

O homem sentado à minha frente fechara os olhos. Imaginei que a música se transformara e que crescera, uma ária de Puccini cuja beleza o fazia sair de si próprio, daquele comboio, da manhã que sangrava por entre as nuvens no horizonte. O comboio avançava agora em marcha mais lenta, atravessando uma povoação industrial.

"No dia seguinte cheguei tardíssimo na clínica e ela já estava no quarto, de porta fechada. Para te dizer a verdade, não estive para me chatear."

"Devias ter insistido", comentei, sentindo-me ainda vagamente insultado.

Do outro lado da linha, Paula fez um compasso de espera. Ouvi-a respirar ruidosamente, como fazia sempre que tentava recuperar a temperança.

"Eu sei disso", disse ela. "O pior ainda está para vir. Na quinta-feira apareceu em casa com outra tatuagem."

"Outro corvo?"

"Não sei o que é. Parece que tem o braço esquerdo cheio de parasitas." Fiquei em silêncio por um momento. A pessoa que estava ao meu lado levantou-se; o revisor dos bilhetes atravessou o corredor e olhou-nos, depois seguiu caminho. "Estás aí?"

"Estou", respondi.

"Pus-me a discutir com ela. Foi pior a emenda do que o soneto. Saiu de casa, furiosa, e tornou a desaparecer até às tantas da madrugada. Dessa vez fiquei acordada. Tentei ligar-lhe umas cem vezes. Estava furiosa, sabes? Nem conseguia dormir de tanta raiva. Às tantas ouvi um carro parar junto do passeio. Sabes, como moramos no primeiro andar, ouve-se tudo." Quis dizer-lhe que nunca tinha estado em casa dela, que nunca me convidara, mas contive-me e acenei com a cabeça, como se ela pudesse ver-me. "Fui à janela e vi-os. Estavam dentro do carro a fumar. Tive vontade de ir lá abaixo, mas faltou-me a coragem. Ela saiu passado pouco tempo e, quando entrou em casa, cheirou-me logo a droga. Tresandava a marijuana e tinha os olhos todos vermelhos. Foi direto para o quarto e nem percebeu que eu estava na sala. Quis acordá-la de manhã, mas recusou-se a sair da cama."

Suspirei, sem saber o que dizer. Queria mostrar-me mais preocupado do que estava, ou mais indignado do que podia sentir-me. Acabei por dizer:

"É normal que os miúdos da idade dela deem umas passas."

"Portanto achas normal que a tua filha se drogue?" O tom de voz de Paula subiu.

Voltei-me de lado, para a janela, receoso de que o passageiro que agora se sentara ao meu lado ouvisse a conversa.

"Não foi isso que eu disse. Eu fumei, tu também fumaste. Ou não te lembras?"

"Tínhamos vinte e cinco anos."

"Eles agora fazem tudo muito mais cedo."

"Também achas normal que não se consigam levantar de manhã para ir às aulas?"

Olhei pela janela: no apeadeiro de uma estação, uma rapariga solitária era quase varrida pelo vento.

"Eu falo com ela", disse.

"Não", corrigiu Paula. "Quero que fales com ele."

"Com ele?"

"Com o Carlos."

"E o que é que lhe vou dizer?"

"Convida-o para ir à ópera contigo. É assim tão difícil pensares em alguma coisa?"

Acabei por concordar. Paula convenceu-me dizendo que

não era mais que o meu dever; deu-me a morada da oficina onde o rapaz trabalhava e, antes de desligar, num tom velado de ameaça, propôs-me que resolvesse o assunto. Cheguei a Santiago quando já passava das nove. Fiz o percurso da estação à universidade a pé; nessa manhã, os pensamentos cismáticos tomavam-me de assalto e, distraído, deixei que o tempo passasse sem dar por ele. Quando olhei para o relógio, estava atrasado. Atravessei a correr a praça da Quintana — esbarrando nos turistas que começavam a inundar a cidade naquela época do ano —, percorri o campus a passo apressado e, quando cheguei ao departamento, suado e exausto, tinha já duas alunas à minha espera. Foi uma manhã desagradável: não tinha aulas, mas abrira as portas aos alunos que quisessem falar comigo a propósito dos trabalhos finais e, com a cabeça dividida entre a minha filha, Paula e Saldaña Paris, prestei pouquíssima atenção ao que se passava dentro do meu gabinete.

"O professor está bem?", perguntou-me Nadia, uma aluna escanzelada que viera da Eslováquia.

"Estou adoentado", menti. "Peço desculpa."

"Tem de comer menos carne e mais soja", disse ela. "Faz-lhe bem à memória. Se quiser, dou-lhe umas receitas."

Participei em duas breves reuniões com o departamento de Filologia, mas duvido que tenha dito uma única palavra. Antes do almoço verifiquei o horário da Renfe e confirmei que havia um comboio às três e meia: em trinta minutos estaria em Vilagarcía de Arousa. Almocei sozinho na cantina, arrumei os meus pertences, fechei a porta do gabinete e pus-me a caminho. Quando saí da estação em Vilagarcía, a chuva caía, abundante. O vento abrandara, contudo, e atravessei o pequeno parque de estacionamento em direção a um café próximo, onde aguardei alguns minutos. Quando a chuva amainou, perguntei ao dono do café se conhecia a oficina Fernández. Por acaso ficava ali perto, replicou o homem, coçando a barba de três dias; apontou na direção da estação — um edifício baixinho com entradas de abóbada e duas pequenas torres — e disse-me que, contornando-o, deveria tomar a estrada do lado direito, que me levaria à rua Eduardo Pondal, onde ficava a oficina. Tomei um café, paguei e segui as instruções do homem. Recomeçou a chover a meio do caminho e, quando avistei a loja, com o nome do proprietário escrito em letras vermelhas sobre uma placa branca, estava completamente encharcado. Como se adivinhasse uma visita, um rapaz muito jovem e entroncado assomou à entrada, esfregando as mãos num pano sujo; estava vestido com calças de ganga desbotadas e uma camisa aos quadrados que, na minha cabeça, só ajudavam a realçar as suas caraterísticas de provinciano: o cabelo puxado para trás com gel, os olhos demasiado próximos, a barba algo incipiente mas recortada com esmero, os sapatos descosidos. Encostou-se a um carro que ocupava a entrada da oficina e olhou-me. Perguntei-lhe se era o Carlos; confirmou-o, suspeitoso. Apresentei-me: disse-lhe que era o pai de Andrea, mas não referi o meu nome, para que a distância e a formalidade se mantivessem.

"Tens tempo para tomar um café?"

"Não bebo café", respondeu ele numa voz nasalada.

"Outra coisa qualquer que te apeteça."

Ficou a olhar-me desconfiado. Hesitou um instante e, depois, atirou o pano para um canto e gritou para o interior da oficina que regressaria em breve. Ninguém respondeu. Caminhámos brevemente pela rua e entrámos num café vazio, onde o dono do estabelecimento parecia ter adormecido em pé enquanto assistia a um concurso qualquer numa televisão minúscula que repousava em cima da máquina do café. Sentámo-nos; o lugar era horrível, com uma daquelas máquinas de jogos que se encontram em todos os cantos de Espanha projetando as suas luzes doentias e fazendo barulhos estrambólicos. Carlos pediu uma cerveja; eu pedi um café.

"O que é que quer?", perguntou, acerbo.

"Se calhar podemos começar por falar sobre o que eu não quero", respondi.

"O que é que você não quer?"

"Que passes tempo com a minha filha."

Carlos sorriu. Tinha os dentes muito perfeitos, embora amarelos, como se nunca os lavasse. O homem aproximou-se com a cerveja, que pousou ruidosamente sobre a mesa, e com o café. Tive, naquele instante, a esperança ingénua de, com pouquíssimas palavras e uma bebida, comprar-lhe a aquiescência ao meu pedido.

"Quem é a sua filha?", perguntou ele, abandonando o sorriso.

"Acho que sabes perfeitamente quem é a minha filha."

Carlos fez um esgar de falsa ignorância.

"Não faço ideia nenhuma."

"Chama-se Andrea. Vivemos em Pontevedra."

"A Andrea é sua filha?"

"Sim."

Bebi um pouco de café, que estava morno e queimado. Carlos tragou metade da cerveja de um gole.

"Não são nada parecidos."

"Ela sai à mãe. Felizmente."

"Sortudo."

"Como?"

"Você. É um sortudo. Se ela sai à mãe, então é porque a sua mulher deve ser podre de boa."

Afastei-me um pouco da mesa, como se o instinto me levasse a recuar perante uma ameaça. Carlos permaneceu impassível.

"Eu e a minha mulher não vivemos juntos", respondi. Mas

logo me arrependi de ter revelado o que ele não precisava de saber. “O que disseste foi de mau gosto. Devias ter mais cuidado.”

“Por quê?”

“Porque és muito novo e eu tenho idade para ser teu pai.”

“O que é que me acontece se eu não tiver cuidado?”

O dono do café levantara os olhos da televisão e observava-nos: eu, ligeiramente afastado do tampo da mesa, em pose de defesa; o rapaz inclinado sobre a mesa, de cerveja na mão, em pose de desafio.

“É indiferente o que te acontece ou deixa de acontecer. Não se trata de causa e consequência. Há uma coisa chamada respeito. Se não te ensinaram em casa, também não vou ser eu a fazê-lo.”

“Por que é que eu tenho de respeitar um tipo que nem sequer conheço?”

“Em primeiro lugar, porque devemos respeitar toda a gente, sobretudo as pessoas que não conhecemos. Em segundo, porque, embora nunca nos tivéssemos visto, eu sou o pai de uma rapariga que tu conheces.”

“Da minha namorada.”

“A Andrea não é tua namorada.”

Ele terminou a cerveja de um trago. Depois soltou uma exclamação de prazer e limpou os lábios com as costas da mão.

“Pergunte-lhe o que é que ela acha.”

Aproximei-me da mesa. O dono do café continuava a observar-nos.

“A minha filha tem dezasseis anos. É uma miúda. Ela até pode achar que sabe o que quer, e tu podes julgar o mesmo, mas não passa de um engano, de uma ilusão. Daqui a uns meses ninguém se lembra disto. Corrijo: daqui a umas semanas tu já te esqueceste de uma rapariga chamada Andrea, e ela também já se esqueceu de um tal Carlos que a levou a sair umas quantas vezes." Respirei fundo. "Por isso faz um favor a toda a gente e afasta-te dela, está bem?"

"E por que é que eu hei de fazer isso?"

"Porque é o melhor que podias fazer por ela."

"Ah sim?" Carlos recostou-se, cruzou os braços e estendeu as pernas. Um dos seus sapatos bateu contra o meu tornozelo. "Então explique-me lá o que é que seria o pior."

"As coisas continuarem como estão agora."

"Não percebo. As coisas estão porreiras."

"A minha filha chegou a casa bêbeda e drogada a semana passada. As coisas não estão nada porreiras."

"E isso é culpa minha?"

"Antes de ela te conhecer nada disto acontecia."

Carlos soergueu-se de súbito e pousou os cotovelos na mesa. O peso dos braços fez tremer a garrafa de cerveja vazia. O seu rosto estava demasiado próximo do meu.

"Vá, diga lá. Diga-me na cara."

Fiquei a olhá-lo sem compreender; vi-lhe no rosto a ausência de medo, o despeito.

"Digo-te o quê?"

"Aquilo que acha de mim. Que sou um filho da puta que só quer comer a sua filha. Que não quer que a sua menina ande com um mecânico de automóveis."

Num assomo de fúria quis bater-lhe, mas não soube como. A minha mão direita fechou-se num punho, mas o braço recusou-se a mover-se — como se soubesse da sua incapacidade para atingir o rosto de outro homem. Levantei-me, a cadeira de pernas bambas em que estava sentado tombou. Por trás do balcão, o dono sobressaltou-se.

"Já percebi que não temos mais nada para dizer um ao outro", disse eu, sem desviar o olhar de Carlos, que também se erguera da cadeira.

Saí do café sem me lembrar de pagar a conta. A chuva atingiu-me o rosto como um estalo e voltei a cabeça para o lado interior do passeio; talvez por isso não o tivesse visto ou me abstraísse da sua presença, uma vez que o rapaz me seguira e caminhava ao meu lado. À distância ainda conseguia ouvir a voz do dono do estabelecimento enquanto marchávamos pela Eduardo Pondal, o meu cabelo colado à testa e a camisa ao corpo, a figura ameaçadora de Carlos ao meu lado, insultando-me. Fogem-me as palavras que me disse (é possível que as tenha esquecido propositadamente); lembro-me, sim, da tensão dos seus músculos e da fraqueza dos meus; da maneira como as minhas pernas começaram a latejar e a querer dar de si a meio do caminho; do receio de que, de repente, eu desfalecesse; do receio infantil de que ele me agredisse e eu não fosse capaz de reagir.

Quando passámos pela entrada da oficina, havia um homem de alguma idade à porta, vestido com um macacão, um cigarro a pender-lhe dos lábios. Ficou a observar-nos: eu ligeiramente à frente e Carlos atrás de mim, gritando impropérios. Quando tentei atravessar a rua, tropecei — a dor só chegou depois, quando já estava caído no chão, e julguei que não tropeçara mas que havia sido rasteirado. Vi o conteúdo da minha pasta espalhar-se pelo asfalto. Com as palmas das mãos esfoladas, empurrei o corpo para cima e olhei para trás: Carlos afastava-se, o rosto vermelho de fúria, os punhos cerrados.

"Vai para o inferno", rosnou.

Olhei para a estrada: as rodas de um carro passavam por cima de alguns dos meus papéis. Outras páginas estavam no passeio, já esmagadas pelo peso da chuva que caía sem piedade.

Quando Paula veio trazer Andrea a minha casa, nessa noite, pedi-lhes que subissem. Poderia ter sido estranho tê-las ali, na casa que já fora nossa, e, noutra situação, a dor dessa memória reavivada deixar-me-ia lastimoso. Todavia, as circunstâncias eram tão complicadas que essa preocupação nem sequer surgiu. Sentámo-nos os três no sofá da sala. Paula perguntou-me o que me acontecera à perna, pois eu coxeava e tinha o tornozelo enrolado numa gaze. Expliquei o sucedido exagerando tudo — disse que o namorado de Andrea me agredira (embora não tivesse a certeza); que tínhamos tido uma conversa violenta no café; que o indivíduo em causa tinha uma personalidade difícil, que era um marginal e viria a ser um criminoso ou, pelo menos, um tipo munido de uma perigosa agressividade. Nesta altura, Andrea começou a falar. Levantou-se, andou de um lado para o outro, desapareceu pelo corredor e tornou a aparecer, cada vez mais descontrolada; acusou-me de ser um mentiroso e um cobarde, de ter inventado aquela história. Depois acusou Paula, dizendo que ela me convencera a congeminar aquela patranha para os separar. Intervim e pedi-lhe que não fosse mal-educada. Ela respondeu, chamando-me frustrado e mariquinhas. Foi nessa altura que, a custo, me levantei e, sem pensar no que fazia — ou descarregando em Andrea aquilo que gostaria de ter descarregado em Carlos —, lhe dei uma bofetada. A sala caiu num silêncio estranhíssimo, o género de quietude que só se encontra em cemitérios ou no final de um filme extraordinário. A minha filha afastou o cabelo do rosto e fitou-me como se fita o inimigo. Julguei que iria chorar ou que se poria aos gritos numa vertigem histérica — o que só serviu para demonstrar o quanto eu a desconhecia.

"Vamos", disse ela, olhando para Paula e pegando na mala que sempre trazia para passar a semana.

"Vamos para onde?", perguntou Paula.

Sentia o calor do rosto dela na palma da mão. O tornozelo queixava-se, mas a vergonha daquele ato sobrepusera-se à dor, e, por mais que tentasse, não consegui deixar de corar. Olhei para o soalho. A bainha da carpete estava desfeita pelo tempo e pelo uso.

"Para casa", respondeu Andrea. "Não quero passar nem mais uma noite aqui."

Parecíamos três desconhecidos numa encruzilhada, estudando o comportamento alheio, aguardando pelo movimento seguinte.

"Acho que devias reconsiderar", disse-lhe Paula.

"Ele bateu-me", disse Andrea.

O remoque fez-me soçobrar. Sentei-me no sofá e não encontrei coisa melhor para fazer do que suspirar, agarrando-me ao tornozelo magoado.

"Porque se preocupa contigo", continuou Paula. "Porque se pôs à mercê do delinquente com quem tu namoras e as coisas poderiam ter corrido ainda pior."

"Podia ter levado uma sova. Era o que merecia", respondeu a minha filha.

Disse-o num tom de menosprezo que me derrotou.

"Quem é que achas que pediu isto ao teu pai?", insistiu Paula.

"Claro que foste tu", comentou Andrea, que não largara a mala, segurando as alças com as duas mãos. Olhava para a mãe. "Já sabia disso. Mas prefiro estar contigo do que com ele. Ao menos, contigo, sei com o que posso contar."

"Vai-te embora, então", declarei. Percorri a sala com o olhar e deixei-o pousar num pequeno pássaro castanho que, do outro lado da porta de vidro que separava a sala do jardim, adejava um dos canteiros, ensopados de chuva, que a minha ex-mulher ali deixara e dos quais eu nunca tomara conta. "Se achas que eu sou um cobarde e merecia uma carga de pancada daquele facínora, então é mesmo melhor ires-te embora, porque eu não te mereço e tu certamente não me mereces a mim."

Soltei um suspiro e ergui-me a custo. Dei-me conta de que rangia os dentes; desconheço se o fazia por raiva ou porque a dor começava agora a subir pela perna em direção à anca.

"Quando saírem fechem a porta", pedi-lhes, e avancei lentamente pelo corredor na direção do quarto, sentindo que a obscuridade me engolia, que aquele gesto era uma renúncia. Sabia bem que, ao fazê-lo, pretendia inspirar comiseração ou piedade; era um gesto calculado ou meio calculado, uma recusa em ceder e em ser mais adulto do que a minha filha de dezasseis anos. E, no entanto, foi o único gesto de que fui capaz. Deitado na cama, de barriga para cima, contemplando o lento jogo de luz e de sombra que decorria no meu teto, e que produzia formas geométricas mutantes cujos nomes eu desconhecia, fechei os olhos. Ouvi-as caminhar pelo corredor, ouvi as vozes à distância, em surdina, ouvi a porta de casa fechar-se, e compreendi que ficara sozinho de uma vez por todas. Quando despertei era noite cerrada.

Passei o verão sem a minha filha. Tentei ligar-lhe algumas vezes para o telemóvel, mas não atendeu; nunca tive coragem de lhe ligar para casa. Falei com Paula no princípio de junho — fingi que perdera o número da conta bancária que usávamos para a transferência mensal da pensão de alimentos — e, de passagem, perguntei-lhe por Andrea. Disse-me que se encontrava na mesma, que começara a ter aulas de pintura e que se recusava a falar do futuro. Carlos não apenas continuava a existir como se transformara numa presença constante: ia buscá-la a casa, ia deixá-la e, uma noite, até subiu e jantou com elas.

"Não me pareceu assim tão mau rapaz", disse Paula.

Fechei os olhos involuntariamente quando ouvi este comentário. Despedi-me com o travo amargo da injustiça e desisti. Confesso, com alguma vergonha, que não me importava demasiado que Andrea fizesse a sua vida sem mim. As marcas da violência da sua invetiva ainda não tinham enfraquecido no meu espírito, e, na verdade, era o que eu desejava: uma desculpa para me isentar, para ficar ainda mais concentrado no meu isolamento; uma desculpa, também, para me lamentar da minha sorte.

Acabou por ser um verão diferente, que coincidiu com uma vaga de muito calor na Galiza. As minhas obrigações na faculdade terminaram em meados de junho e, de repente, tudo o que eu tinha em mãos era o programa *Dias Felizes* e um manuscrito inacabado no computador, uma tese comparativa da obra de Harold Pinter e Sarah Kane que pretendia apresentar como pós-doutoramento no outono seguinte. Mas achava-me incapaz de estar mais de um quarto de hora sentado à secretária. Para o programa, fui buscar ao fundo da minha lista os convidados que, por uma ou outra razão, haviam sido esquecidos ou não eram os meus diletos, e, nas semanas de calor que se prolongaram até setembro, fui-os entrevistando um a um — na sua grande maioria jovens artistas de Pontevedra, de Vigo, das Rias Baixas. Entrevistei um par de escritores, um escultor e até um chefe de cozinha, a cujo restaurante fui almoçar na companhia de um dos volumes das obras completas de Pinter.

Havia algumas semanas que deixara de pensar em Saldaña Paris, quando ele tornou a aparecer. Preparava-me para ir para casa depois de um programa extenuante em que o convidado fora um desastre monossilábico quando, ao sair para o calor agradável da noite, me deparei com o mexicano encostado à parede do outro lado da rua.

“Não sabia onde te encontrar”, disse-me.

“Nunca chegámos a trocar números de telefone.”

“Eu não tenho telefone”, adiantou ele. “Queres ir beber uma cerveja?”

Olhei em redor: as ruas estavam desertas, tomadas pelo silêncio. Pensei rápido e, porque tinha fome, sugeri o Bigotes, uma cervejaria aberta até tarde onde serviam comida. A caminho, ele perguntou por Julia Montel. Sorri e afundei as mãos nos bolsos das calças.

"Estás interessado?"

Saldaña Paris pareceu retrair-se.

"De maneira alguma. Ela foi simpática comigo. Como se me conhecesse. Normalmente, as pessoas não se portam assim com desconhecidos."

"Reparei que lhe beijaste a mão."

"Foi o meu pai que me ensinou a fazer isso."

Dobrámos a esquina para a Daniel de la Sota.

"Mas é bonita, não achas?"

"É bonita", respondeu ele. "Acho que podia escrever um poema sobre ela."

"Portanto, estás interessado."

Ele sorriu, os olhos a brilhar por trás dos óculos descaídos. O lábio pendia-lhe, o que era sinal, aprendera eu, de que pensava com afinco.

"Estou interessado na beleza dela, mas não quereria fazer nada com essa beleza. Se é isso que me perguntas."

Entrámos no bar, onde a clientela habitual, sentada ao balcão de mogno, assistia aos resumos do futebol. Encontrámos uma mesa próxima do fundo, longe do ruído indecifrável dos comentadores, e pedimos duas canecas de cerveja.

"A beleza instrumental não me importa", continuou, enquanto despia o casaco, revelando a estrutura ossuda do seu corpo por baixo de uma camisa cujos botões pareciam estar mal alinhados com as casas. "Leste *O retrato de Dorian Gray*? O lorde Henry Wotton, apesar da exagerada grandiloquência e das meias verdades que vomita como se tivesse a boca cheia de borboletas, diz uma coisa muito interessante sobre a Beleza. Primeiro, diz que é a maravilha das maravilhas, que é superior ao Génio, pois não necessita de explicação. Segundo, que é o verdadeiro mistério do mundo: o visível. E, depois, como se não estivesse a contradizer-se completamente, diz que os deuses tão depressa a dão como a tiram. Que temos apenas alguns anos para a viver completamente. Como é que ele diz? Que o tempo tem ciúmes de nós; é isso. Que peleja contra os seus lírios e as suas rosas. Estou a citar. E, portanto, rouba-nos essa beleza muito cedo e deixa-nos à mercê da decadência e do esquecimento. O mundo só é nosso por uma breve jornada e, depois, tudo nos é arrancado como se fôssemos ervas daninhas num jardim." O empregado apareceu com as cervejas e pousou-as à nossa frente. Ele falava como se estivesse arrebatado, sem me olhar, fitando uma coisa qualquer na parede nua atrás de mim. "E por isso é que a beleza me atrai e ao mesmo tempo me repugna. Se a Julia é bonita? Claro que sim. E se essa beleza se esvair, o que resta senão uma sombra dessa beleza? Uma sombra de ontem; um fantasma de hoje."

Bebi um gole de cerveja sem saber o que lhe responder.

"Só te perguntei porque, enfim, ela está mais próxima da tua idade do que da minha."

"Mas a beleza não tem de ser uma tirania", continuou, como se eu nada tivesse dito. "Se não for instrumental, passa por nós como uma brisa morna ou, como me ocorreu, pomo-la num poema para que não desapareça para sempre. Sem termos de nos apegar a ela. O que fazemos nós com um poema? Lemo-lo, sorrimos ou choramos, recordamos alguma coisa que foi importante para nós, fechamos essa página e esquecemos."

"Estás a dizer, portanto, que ao ansiarmos pelo belo estamos a cair num engano, porque a beleza não é eterna?"

"Estou a dizer que, se o verdadeiro mistério do mundo não é perene, que interesse tem o mundo quando esse mistério desaparece?"

Bebemos em silêncio enquanto as palavras de Saldaña Paris assentavam. Era o lugar errado para uma conversa daquelas:

uma tasca que fedia a fritos, as mesas húmidas de cerveja, o chão escorregadio do final da noite. Um dos clientes que estava sentado ao balcão grunhiu alguma coisa ao empregado, que usava manga curta e tinha uma barriga proeminente, e partiu. Contudo, sentia-me feliz por estar com o meu novo amigo; por ele não ter desaparecido, por me ter procurado. Senti-me de tal maneira grato que, de repente, comecei a falar-lhe da minha vida. Contei-lhe da minha infância na Andaluzia, dos meus estudos, do meu ano de subalterno na redação de Madri. Contei-lhe sobre as desilusões sucessivas da minha vida profissional e da minha carreira de professor. Contei-lhe da minha ex-mulher e da minha filha; como me encontrava divorciado de uma e afastado da outra. Contei-lhe como me enganava em tudo ou em quase tudo — a volatilidade da minha consciência do mundo.

"No outro dia, no comboio para Santiago, vi um homem que escutava um pequeno rádio com auscultadores. Estava bem-vestido, parecia-me um tipo culto. Ficou imenso tempo sem se mexer, como se arrebatado por uma composição magnífica." Ri-me, engolindo a cerveja e limpando a boca com um guardanapo. "Quando o homem se levantou para ir ao bar ou à casa de banho, deu-me um impulso estranho. Uma coisa ridícula; até te vais rir. Alcancei discretamente o rádio que ele deixara em cima do assento e, rapidamente, levei um dos auscultadores ao ouvido. O que ele ouvia era um daqueles programas matinais em que as pessoas telefonam e, se acertarem numa pergunta qualquer sobre geografia, celebridades ou futebol, ganham um frigorífico."

"Por que é que me estás a contar isso?"

"Não sei. Ou talvez saiba: porque dizias que a beleza era superior ao génio, e falavas do mistério do mundo. A conclusão a que eu chego, ou a que cheguei naquele momento (e talvez seja já demasiado tarde), é que não há mistério nenhum." Recostei-me na cadeira, anestesiado pela bebida, como se tivesse tocado no fundo de qualquer coisa. "A humanidade é isto: um disfarce de humanidade. Um homem que, pela sua aparência, poderia estar em qualquer sala de concertos de música clássica em qualquer cidade do mundo e, em vez disso, está num comboio matinal e malcheiroso nos confins da Europa a ouvir os espetadores errarem as perguntas mais elementares. Gente que usa o vernáculo com propriedade, mas que se recusa a falar outra língua. Gente que nunca saiu da sua cidade e do seu maldito modo de vida. Gente que é nacionalista e regionalista e bairrista, mas que só conhece o seu país, a sua região e o seu bairro. É isto a Espanha e é isto a Europa: uma cambada de vencidos que se julgam vencedores." Soltei um riso de desdém. "A beleza ou o génio não têm de ser uma tirania. Mas o ser humano é. Temos de levar com ele todos os dias na sua infinita capacidade para a vulgaridade e a estupidez. Começa nas pessoas que vemos na rua, estende-se à nossa família e nem os nossos amigos escapam — se tens a sorte de ter uns quantos, ou apenas um."

Foi a vez de Saldaña Paris se manter em silêncio. Deu um gole tímido na cerveja enquanto me observava, e, embora os seus olhos voadores não conseguissem fitar um objeto durante muito tempo, registei-lhe o esforço. Depois sugeriu:

"Talvez sejas tu quem precisa de convidar a Julia para sair."

Sorri. Endireitei-me na cadeira e pedi-lhe desculpa.

"As coisas estão difíceis. Mas hão de melhorar."

"Ou não", ripostou ele. "E, se não melhorarem, podes sempre escrever um poema."

"O meu talento para a poesia é tão grande como para ser marido. Ou pai. Se escrevesse poemas, deixá-los-ia órfãos num instante."

A conversa esmoreceu e mudou de tom. Ele contou-me sobre a sua vida na Cidade do México desde que voltara para lá, havia agora sete anos. Regressara de Londres e, de repente, vira-se confinado ao mundo que tinha conhecido na infância e na adolescência. A cidade mudara e ele também; no entanto, era como se tudo tivesse ficado na mesma. Viveu na casa do pai durante uns meses e encontrou-o dez anos mais velho mas igualmente carrancudo, um homem que vivia para o trabalho e a saciedade da fome, da sede e do sono. Aos sessenta anos, o pai era um elegante diplomata inglês a quem as décadas passadas no México nada tinham feito para o desacostumar dos seus hábitos irritantes. Queixava-se do calor, da humidade, da estupidez dos mexicanos, das autoestradas que se intersetavam sem sentido, das demoras burocráticas, dos criados da casa na Colónia Roma que faziam tudo ao contrário do que ele pedia.

"E a tua carreira literária?", perguntei.

"A minha carreira literária nunca arrancou, pelo que dificilmente lhe posso chamar carreira. Foi mais um soluço. A verdade é que, embora tivesse deixado Inglaterra com um novo livro de poemas, cedo me desfiz dele. Não sei onde o deixei: talvez ainda esteja na mesa de cabeceira do meu quarto de infância ou o tenha perdido na mudança para o apartamento onde fui viver. Fui morar para Condesa, que era onde viviam alguns dos meus antigos colegas de escola, transformados em trintões resignados com a vida na metrópole. Ainda tentei sair com eles umas quantas vezes, mas tudo me irritou, tudo me deixou desconsolado. Já experimentaste fazer isso? Sair com os teus antigos companheiros? Vais descobrir que, embora tenha passado uma década, todos procuram aquela réstia de familiaridade que já deixou de existir. Ou, se existe, tem a consistência de cinzas."

"Já me sucedeu uma ou duas vezes."

"Tive de arranjar emprego, mas não foi fácil. Em Paris e em Londres trabalhava para editoras de renome. No Distrito Federal, o meu currículo era de uma inutilidade a toda a prova. Ou as editoras tinham as portas fechadas ou pagavam miseravelmente pelos serviços ou eram tão pobres que te pediam dinheiro emprestado. Acabei por ir trabalhar com o meu pai, que me ofereceu um emprego de secretariado na Embaixada. Durante uns tempos fiz tudo o que era possível para me iludir. Procurei ser simpático com os meus colegas. Ia tomar cervejas com eles a seguir ao trabalho. Até conheci uma rapariga chamada Valeria. Imagina. Como se um emprego de subalterno e uma menina bem-comportada, estudante de direito, pudessem substituir tudo aquilo que me acontecera, todas as coisas por que eu passara. À noite, ficava acordado enquanto a Valeria dormia a sono solto. Ia para a varanda fumar cigarros e escrever poemas que já nasciam defuntos e, pela manhã, quando ela acordava para ir para as aulas, ou onde quer que fosse que ela ia de manhã, perguntava-me se estava tudo bem, naquele afã incontrolável que as raparigas novas têm de que os homens lhes digam que são amadas e que serão amadas quando regressarem a casa e para sempre. E eu dizia-lhe que sim, que fosse descansada, e depois punha-me a chorar o dia todo."

Eu terminara a minha cerveja; ele mal tocara na sua. Fiz sinal ao empregado: o bar estava vazio, restávamos nós. Ele devolveu-me um olhar de poucos amigos e disse que teria de ser a última.

"Por que é que choravas?", indaguei. "Ou faço-te a pergunta de outra maneira: o que é que tinhas deixado para trás?"

"Tudo", respondeu ele. "Tinha deixado a vida inteira."

"A Julia disse-me uma coisa curiosa no outro dia."

"Quando?"

"Quando deste a entrevista para o *Dias Felizes*." Ele franziu o sobrolho. Levou a mão ao copo, mas o copo permaneceu na mesa. "Disse que tu eras feito de tristeza. E que tinhas vindo para a Galiza carpir as mágoas porque tiveste um desgosto de amor."

Saldaña Paris riu-se sem qualquer som. Eu nunca vira ninguém fazer aquilo: a boca aberta num sorriso, o queixo contraído, o movimento oscilante do maxilar, e nenhum som.

"Um desgosto de amor", repetiu. "Isso foi o que a Valeria teve quando, poucos meses depois de começarmos a namorar, eu desapareci da vida dela. Um desgosto de amor é o que as pessoas têm quando começam a antecipar a próxima vez que o amor lhes calhar. Desta vez, o amor desgostou-me. Da próxima vez irá ser diferente. Não é assim que pensamos? Que haverá sempre uma próxima vez, que será melhor, que será diferente?"

"Talvez", respondi. "Mas é verdade que vieste para aqui carpir mágoas?"

"Não", respondeu ele. "Vim a um funeral."

O empregado trouxe a cerveja e pousou-a em cima da mesa com descuido. Trouxe também a conta.

"Ao funeral de quem?", perguntei.

Saldaña Paris ficou calado durante largos segundos. O televisor por cima do balcão desligou-se, as luzes baixaram, a noite emudeceu.

"Sempre vais convidar a Julia para sair?", perguntou.

Quando cheguei a casa, pouco mais tarde, dei conta de que me esquecera da fome. Abri o frigorífico e encontrei apenas um pacote de leite azedo e dois iogurtes magros que Andrea ali deixara.

Agosto foi um mês de enxurradas. Apesar do calor, choveu imensamente. Passei muitas horas no apartamento da Joaquín Costa, que ficava no rés-do-chão do prédio, a observar a água a cair sobre os canteiros, afugentando os pássaros e alimentando a terra. Deitado no sofá, lendo Pinter e Kane — mas distraído de Pinter e Kane, como se as palavras fugissem de mim a sete pés —, prestando mais atenção ao quintal alagado e às plantas moribundas. Vieram-me muitas vezes à memória as palavras de Saldaña Paris, aquelas que me dissera no Bigotes e que ressoavam como se o seu sentido tivesse sido finalmente desvelado, embora eu devesse tê-las entendido na minha juventude ao invés de agora, que era um homem de meia-idade — o que me dissera sobre a beleza mas também sobre a mentira da eternidade: como tínhamos apenas alguns anos para desfrutar completamente da vida e como o tempo, por ter ciúmes de nós, nos roubava tudo a seu bel-prazer. Eu era um fantasma do presente, concluí. Em nada diferente daquele homem vestido a rigor no comboio, cuja ilusão se propagava indefinidamente, a ilusão de uma ária de Puccini que, na verdade, não passava de um programa de rádio destinado àqueles a quem a vida oferecia frigoríficos, viagens a Benidorm e a morte.

Talvez por causa disso, acabei por convidar Julia Montel para sair. Foi a seguir ao último programa da temporada, em meados de agosto, antes de ela partir para férias em Vigo — de onde seria impossível dizer que regressaria, uma vez que a Rádio Pontevedra lhe pagava um salário quase simbólico e Julia estava destinada a voos bem mais altos. Respondeu-me que não podia jantar (e eu deveria ter interpretado convenientemente essa recusa), mas que teria muito prazer em almoçar comigo. Fomos à Casa do Lado, um dos restaurantes de que eu mais gostava na cidade. A praça de La Leña, dominada pela coluna de pedra encimada por uma cruz onde um Cristo amorfo, quase infantil, observava do alto da sua eterna punição os veraneantes, parecera-me um lugar suficientemente romântico e fora do circuito turístico.

Enganei-me. Em agosto não existiam lugares românticos ou fora do circuito turístico, e, assim, o nosso almoço ao ar livre, sentados numa esplanada onde o afã dos empregados e das travessas de polvo, mexilhões, navalhas e batatas ao vapor se conseguia sobrepor ao ruído incessante das conversas, transformou-se numa conversa de surdos. Não guardo memória do que conversámos durante a primeira hora: é possível que tenhamos falado do futuro do programa, cuja temporada havia fechado com uma entrevista sensaborona a um astrónomo de Cuntis (uma vila a nordeste de Pontevedra cujo nome me dava vontade de rir, coisa que escapou ao inglês rústico de Julia) e sobre o seu projeto de criar um observatório para as crianças em Compostela; é possível que tenhamos falado das ideias que Julia vinha alimentando para os anos vindouros, ela que sempre ambicionara fazer parte de uma rádio de expressão nacional; e é possível que eu tenha feito alarido da minha experiência em Madri, tentando convencê-la (e convencer-me) de que conhecia pessoas na capital que a poderiam ajudar; é possível, ainda, que tenhamos discutido a situação económica e social do país e a situação particular da Galiza. No final do almoço, quando a turba se dispersara e, por fim, era possível falar sem berrar, senti-me um pouco tocado pelo vinho que tínhamos bebido e, num gesto irrefletido, pus a minha mão sobre a dela. Fitei-lhe os olhos claros, claríssimos, e as sardas que o sol tinha feito emergir e que gradualmente se transformavam em ilhotas que lhe mapeavam o rosto. Senti-lhe imediatamente o desconforto; os dedos retraídos, o canto da boca curvado numa expressão de embaraço. Contudo, recordei as palavras de Wilde sobre a beleza roubada e a queda na decadência e no esquecimento e dei por mim a apertar-lhe a mão com mais força.

"Vou ter saudades tuas", disse-lhe.

Julia fez um esgar de simpatia fingida.

"Obrigada."

"Isto deixa-te desconfortável?"

"Um pouco", respondeu.

Libertei-lhe a mão. Ao mesmo tempo, começou a doer-me o estômago.

"Desculpa", continuei. "Foi uma ideia. Nem sequer foi ideia minha, para dizer a verdade."

"Isso não torna as coisas melhores", respondeu ela, limpando os lábios com o guardanapo e pousando-o, desfeito, sobre a mesa.

"O que quis dizer é que isto decorreu de uma conversa com o poeta mexicano."

Os olhos dela arregalaram-se.

"A ideia foi dele? De me levares a almoçar e fazeres a tua investida?"

"Não foi tanto uma ideia como um conselho. Na verdade, fui eu quem lhe sugeriu que vocês deveriam ir jantar fora. Mas ele descartou-se rapidamente."

"Não lhe agrado, é isso?"

O breve assomo de vaidade fê-la soçobrar, mas logo recuperou a altivez.

"Já te esqueceste? Ele veio para a Galiza para morrer e não para viver."

"Sim", concordou ela, talvez para se confortar. "Julgo que esse rapaz está para além da possibilidade do amor."

Pedimos dois cafés ao empregado. A dor de estômago transformara-se agora numa náusea.

"Espero não te ter ofendido", disse-lhe. "Mas em que ficamos?"

Foi a vez dela de se debruçar sobre a mesa e colocar a sua mão sobre a minha.

"Tenho uma coisa para te dizer", prosseguiu Julia, acendendo um cigarro e retirando a mão. "Há algum tempo disse-te que te queria ver como dantes. Menti. É uma mentira absoluta, uma patranha sem tamanho. Foi impensada. Saiu-me naquele momento e, quando cheguei a casa nessa noite, pus-me a pensar e concluí que te tinha enganado. É ridículo dizer a alguém que nunca vimos contente que o queremos ver *como dantes*. O que eu quero é ver-te como nunca te vi, isto é, com esperança. Ou, pelo menos, com um projeto de esperança."

Um empregado aproximou-se a grande velocidade com dois cafés pousados numa bandeja reluzente que depositou desastradamente sobre a mesa. O de Julia transbordou com o abalo, mas o homem pareceu não notar e desapareceu.

"Não sei o que queres dizer com um projeto de esperança."

"Gostava que não terminasses como os meus pais", continuou ela. Sim, pensei: ela tinha idade para ser minha filha e eu escolhera, com o meu avanço, ignorar esse facto. "São divorciados, como tu. Como tu, têm uma filha, embora eu também tenha dois irmãos. Mas isso pouco importa. O que importa é que o meu pai, que foi engenheiro e, a certa altura, gostou da sua profissão e me pareceu um homem relativamente satisfeito, se deixou cair numa depressão profunda. Essa depressão começou quando se separou da minha mãe." Julia fez uma pausa e provou o café. "Está queimado como o inferno", comentou. A seguir suspirou e recostou-se na cadeira, como se procurasse uma solução para um problema complexo. "Talvez as mulheres tenham um talento especial para contornar essas situações. Não digo superá-las, mas contorná-las: conseguem refazer as suas vidas com cortes de cabelo, cirurgias plásticas, tardes de chá com as amigas. Sei lá o quê. Aos homens, vejo-os sempre caírem numa espécie de marasmo e, depois desse marasmo, numa depressão violenta. Devias conhecer o meu pai. Quando te digo que vou passar férias a Vigo, o que te quero dizer é que vou tratar de um homem em convalescença da puberdade. Só que esse homem tem cinquenta e quatro anos e deixou de trabalhar cedo demais:

pediu a reforma e passa o dia em casa, de chinelos, a ligar e a desligar a televisão e a alimentar-se de latas de conservas."

"É um cenário bastante triste", ripostei, sem saber o que dizer. "Mas uma coisa tens de reconhecer. Eu tentei. Estou aqui. Certo?"

"Pois, o meu pai também tentou", tornou ela, apagando o cigarro na chávena do café. "Sabes como? Saindo com a secretária da empresa onde trabalhava, uma mulher de trinta anos que o deixou assim que percebeu que o barco onde se metera já tinha encalhado. Quando percebeu que a pessoa com quem o meu pai passava horas ao telefone era a minha mãe, que passavam horas a discutir ou a tentar remendar o que já não tinha remédio, a secretária fez as malas e pôs-se a milhas." Nesse momento Julia tornou a inclinar-se para a frente e olhou-me como se eu fosse uma criança traquina; um miúdo à beira de fazer um disparate. "Eu sei que sou mais nova do que tu. Que não é o meu lugar dar-te conselhos. Só posso falar do que vejo, e o que tenho visto é gente agarrada ao passado como se o melhor momento das suas vidas já tivesse acontecido e tudo o que aí vem fosse um tolerável aborrecimento. Por favor, não deixes que isso te aconteça."

"O que é que sugeres que eu faça?", retorqui, abrasivo; o tom condescendente dela começava a chatear-me.

"Que te dediques a amar em vez de odiar. E que te dediques a amar as coisas certas em vez das coisas erradas."

"Sendo que tu és uma dessas coisas erradas."

Julia baixou o olhar.

"Eu vou-me embora depois de amanhã. Não sei se volto. É provável que não regresse e que parta para Madri."

Cruzei os braços em posição defensiva: do alto da coluna, a figura ensimesmada do Cristo infantil abrangia a praça com a sua indiferença.

"Pois deixa-me dizer-te umas quantas coisas sobre Madri. Ou, se preferires, sobre amar a coisa certa em vez da coisa errada. O que tu julgas que vais encontrar — uma cidade cheia de *movida* e de gente jovem, sempre preparada para a festa e as intermináveis noites madrilenas — é uma ideia que tem tanto de falsa como de ridícula. Eu estive lá, lembras-te? Pode ter sido há alguns anos, mas não foi assim há tantos como isso. E o que encontrei foi uma cidade em que ninguém se importa com o próximo. Apesar da aparência de sociabilidade, tudo não passa de uma fachada superficial que esconde o onanismo de cada um dos seus habitantes. Por isso, boa sorte. Digo-o sem qualquer maldade, Julia. Espero que te dês bem no meio de um lugar assim. Espero que encha as medidas da tua ambição."

Era mentira: as palavras tinham-me saído carregadas de despeito. Julia olhou-me e na sua expressão vi que se encontrava exânime, sem vontade de discutir.

"Para quem tem um programa de rádio chamado *Dias Felizes*, há muito pouca felicidade em ti."

Ela levantou-se e despedimo-nos com um beijo frio. Vi-a afastar-se na direção da rua Figueroa e depois paguei a conta e deambulei sem sentido durante alguns minutos. Nesse dia, a chuva havia sido substituída por um sol obscurecido, um sol branco e cinzento que me obrigava a franzir o sobrolho para conseguir vislumbrar o mundo. Fazia muito calor. Quando cheguei à praça da Ferrería sentei-me num banco ladeado por camélias e fiquei a olhar para o topo da igreja de São Francisco cortejado por nuvens, as nuvens sujas que contaminam os dias de verão. Nisto, uma turista sentou-se ao meu lado. Era uma mulher quase obesa, toda vestida de púrpura, incluindo um chapéu ridículo que lhe contornava a testa, de onde pendia uma madeixa de cabelo ralo. Vislumbrei o guia turístico que tinha nas mãos — era em holandês. A mulher irradiava uma felicidade esquisita, uma alegria por estar ali sentada naquela praça dominada pelos pombos, por outros turistas e por empregados de mesa raquíticos. Cheirava a lixívia ou a qualquer coisa semelhante. Quando tentou fazer-me uma pergunta, apontando para o mapa, eu reagi mostrando-lhe a palma da mão e abanando a cabeça, indicando-lhe que não queria qualquer tipo de conversa. Culpava-a por tudo aquilo que acontecera com Julia, com a minha ex-mulher, com a minha filha e com os meus alunos acéfalos; mostrava-lhe, naquele gesto deselegante, tudo aquilo em que me tornara: um tipo que escarnece da humanidade, de todos os conformismos, de toda a alegria inútil, de cada compaixão interesseira. Ela levantou-se do banco, ofendida, e disse-me, num inglês rudimentar:

"Adiós, sir. I hope you are happy in your life."

Os pombos levantaram voo abrindo passagem à turista holandesa. Nesses tempos passei muitos dias e muitas noites com Saldaña Paris. Ele continuava a viver na pensão e eu, redigindo a passo de caracol a tese de pós-doutoramento, habituei-me a sair do apartamento ao final da tarde para o encontrar nos cafés e nos bares de Pontevedra. Por vezes frequentávamos o Bigotes, se a noite ia avançada; mas também nos sentávamos no Savoy, na praça Ourense, no Café Universo, no Central ou, caso não chovesse, numa esplanada qualquer para bebermos cervejas e falarmos sobre tudo e coisa nenhuma. Aprendemos a gostar do silêncio ao lado um do outro, embora, durante esses momentos sem palavras eu não parasse de me interrogar sobre ele e sobre o tal passado que, nas palavras de Julia, era um lugar perigoso que podia contaminar o futuro de maneira irrevogável. Ainda não sabia o que ele viera fazer à Galiza mas começava a convencer-me de que, na verdade, não viera para escapar da sua vida subterrânea na Cidade do México e sim para resgatar alguma coisa irremediavelmente perdida — de que viera para se entregar de vez a um paradoxo. Não me atrevi a perguntar-lhe; embora, com o passar dos dias, as conversas sobre metafísica ou literatura se fossem transformando em conversas mais pessoais, de tal maneira que lhe contei o episódio com Julia Montel. Culpei-o com sarcasmo pelo meu fracasso, e ele ripostou da seguinte maneira:

"Seja como for, vais arruinar a tua vida. Só tem graça se, ao mesmo tempo, arruinares também a vida de outra pessoa."

O que mais me intrigava eram os anos que ele passara na Europa. Queria saber o que lhe acontecera depois de Paris, os tempos de Marselha, de Barcelona, de Londres. Ou, de outra maneira: saber a razão pela qual estivera dez anos afastado do lugar onde nascera; a razão pela qual deixara um livro de poemas abandonado em Inglaterra e a razão pela qual ainda escrevia coisas como esta:

> *La cita de Byron que me enviaste me deprimió mucho a las 7h55, una hora récord. Fue una de esas tristezas repentinas que me hacen planear el playlist de mi velorio.*

Porque esta frase de um poema — se é que se tratava de um poema — era, para mim, uma frase de amor, ou a frase escrita por alguém que acredita cegamente no amor. Ou, se não fosse nada disso, era pelo menos uma frase escrita por alguém que escrevia como se ainda estivesse vivo e de maneira alguma preparado para a morte. No meu afã de encontrar uma interpretação para as coisas, entendi a citação de Byron como o derradeiro vínculo proporcionado por um outro, o fragilíssimo tendão que ainda nos liga à existência; esse vínculo era, afinal, tudo o que restava a alguém a quem nada restava mas não se encontrava ainda preparado para uma despedida. Um suicida desconhece o sentido de humor, concluí; um homem que está aí para morrer não ironiza acerca da playlist do seu funeral.

Descobri essas palavras no seu bloco quando fomos à ilha de Arousa. Não lhe pedi licença: Saldaña Paris saíra do carro para ir à casa de banho numa bomba de gasolina às portas da cidade e deixara o bloco aberto no assento, como se fosse um convite. Ao sairmos de Pontevedra numa manhã soalheira de sábado, e atravessando a pouca velocidade a ponte sobe o Lérez que nos conduziria à autoestrada do Atlântico, tive um lampejo da tal felicidade de que falara Julia — não a minha, nem a de Saldaña Paris, mas a felicidade de um momento partilhado em que vislumbrei um futuro para ambos. Era um futuro tristonho e assaz aborrecido mas também era um futuro no qual nenhum de nós seria infeliz nem radicalmente ressentido: viveríamos em Pontevedra, solteiros e habituados à solidão, pautando a semana com encontros e passeios; envelhecendo, portanto, sem darmos pela passagem do tempo. Quando seguimos caminho e contornámos o rio, ele encostou os óculos ao vidro da janela e demorou-se a vislumbrar a baía, observando as bátegas quadrangulares da apanha do mexilhão que estavam fundeadas ao largo, dispostas em filas ordenadas como num jogo de batalha naval.

A ideia da ilha de Arousa foi de Saldaña Paris. Quis visitar as Rias Baixas, e, após quarenta minutos de viagem, atravessámos a ponte que conduzia à ilha. Passámos pelas casas dos residentes da ilha e por outras casas, ao estilo *bungalow*, que serviam os veraneantes. Grupos de rapazes e raparigas, a pé ou em bicicletas, faziam o caminho da praia. Ao vislumbrar uma rapariga muito magra, de calções azuis e cabelo louro espigado pelo sol, recordei-me de Nadia, a minha estudante estrangeira. *Coma muito tofu nas férias*, recomendara-me. *Vai ajudá-lo a livrar-se desse mau humor.* Soltei uma gargalhada inofensiva, mas Saldaña Paris pareceu não reparar: vestia uma camisa de manga curta e calções e ia escrevinhando no bloco.

Deixámos o carro próximo da praia e passeámos durante dois dias. Recordo esses momentos com particular lucidez porque, ao invés do que eu julgara durante a viagem — que envelheceríamos juntos —, acabou por ser o único e último passeio que demos. Expliquei-lhe o que era uma *dorna*, a embarcação típica da Galiza, e como não restavam muitas; lançámos seixos à água, vendo-os bater ritmadamente contra a maré; observámos os banhistas, que se passeavam com grandes barrigas e rabos à mostra, e comentámos, isentos de malícia, os corpos elegantes das raparigas mais novas. Bebemos cerveja, e, a certa altura, ele escreveu um poema sobre Carlos. Sentou-se em cima de uma rocha que emergia das águas e, ao final de alguns minutos a rabiscar no seu bloco, declamou-o em voz alta. Não me recordo do que dizia, mas chamava-se "O filho ilegítimo de Charles Bronson".

Dormimos no Hotel Benalúa, um lugar feio e cheio de turistas de outras partes de Espanha, e tornámos a passar o dia seguinte na praia, embora o tempo se tivesse posto sombrio e, a certa altura, começasse a chuviscar. Fomos sentar-nos num pontão que se erguia sobre o molhe que dividia as areias. Pedi-lhe, então, que me contasse sobre os anos da sua vida que eu desconhecia, aqueles que faziam a ponte entre Paris e o regresso ao México.

"É desinteressante", respondeu. Pôs-se a enrolar um cigarro. Estava descalço e os dedos dos pés, de unhas perfeitamente formadas, delicados como os de uma mulher, balouçavam sobre as águas. "O que é que queres saber?"

"Que raio foste tu fazer para Marselha, por exemplo."

"Juntei-me a uma fação terrorista para combater a máfia marselhesa."

"E que mais?"

"Estava cansado de Paris. Estava cansado de traduzir poetas menores e escritores de segunda. Quando dei por mim, andava a frequentar serões literários em casas de amigos dos editores para quem trabalhava e a bocejar enquanto discutia o futuro da literatura francesa, da qual conhecia praticamente nada. A dormir com uma rapariga aborrecidíssima que me tentava convencer de que ela tinha escrito o romance que era o futuro da literatura francesa. Às tantas conheci um tipo de Marselha que me disse que, na sua cidade, tudo era diferente de Paris. Havia o mar, havia sol, havia mulheres fáceis e cocaína a rodos."

"Já percebi o fascínio."

"Não sei se percebeste. Eu detesto o mar, porque sou um péssimo nadador e tenho medo de me afogar. O sol causa-me alergias." Tirou os óculos por um instante e vi-lhe as olheiras profundas e os olhos azuis que, por um instante, pareciam ter-se fixado em alguma coisa no molhe. "Quanto a mulheres fáceis, há-as por toda a parte. O segredo é verdadeiramente não as quereres."

"E a cocaína?"

Encolheu os ombros.

"Acho que o tipo mentiu. Se havia, nunca me ofereceram nenhuma. Também não a tomaria: tenho medo de ter um ataque cardíaco."

"Como é que sobreviveste em Marselha?"

"Continuei a trabalhar para as editoras em Paris. Arranjei um apartamento minúsculo perto do Boulevard de la Libération e passava o dia à janela, a observar as raparigas que entravam e saíam da escola que ficava do outro lado da rua. A senhoria chamou a polícia e correram comigo. Perdi a paciência para os franceses e fui viver para o décimo quinto distrito, onde não existem franceses ou, se existem, falam uma língua que não se parece em nada com o francês. Partilhava um apartamento num condomínio arruinado com um magrebino que trabalhava em mudanças e, a quinhentos metros de nós, ficava La Savine, o bairro social mais perigoso da cidade. Todas as noites se ouviam tiros e todas as semanas morria alguém. O magrebino costumava dizer que, vivendo ali, não valia a pena pagar a segurança social porque ninguém chegava à idade da reforma."

"Foste meter-te num grande buraco."

Ouvimos passos atrás de nós: duas raparigas bonitas atravessavam o pontão. Uma delas era morena como Andrea, de pernas longas e tornozelos magros. A maré pareceu subir uns centímetros e uma pequena onda embateu contra o emparedado de rocha, salpicando-nos os pés.

"Foi de propósito. Ou acho que foi. Tinha vinte e cinco anos e nada que fazer da vida. Naquele lugar subsistia com tostões e quase não saía de casa, exceto para ir ao supermercado. Sempre que ia ao supermercado era agredido por um grupo de adolescentes endemoninhados, alguns com idade para serem meus filhos. Chamavam-me maricas e *bougnol*. Sabes o que significa *bougnol*? É uma expressão pejorativa para um árabe. Olha para mim. Já viste alguém menos parecido com um árabe do que eu? Foram os miúdos que começaram com isso. Eram tão novos que não sabiam o que estavam a dizer. Provavelmente achavam que a palavra se aplicava a qualquer estrangeiro. O mais ridículo foi que a coisa pegou e, no supermercado, os empregados da caixa e as velhas que eu encontrava por ali começaram a tratar-me por *bougnol*."

"Parece-me uma bela maneira de seres recebido na comunidade."

"E depois fui-me embora. Era difícil trabalhar. Não havia telefone, e as editoras em Paris estavam cansadas dos meus atrasos. A verdade é que deixei de traduzir e pus-me a escrever. Escrevia obsessivamente, de manhã à noite, e terminei um livrinho de poesia, em francês, que ofereci a uma das empregadas do supermercado, uma rapariga chamada Noémie que nunca me tratou por *bougnol* e que me fazia olhinhos. O livro chamava-se *Inframarché* mas não me recordo de nada do que lá escrevi."

"És louco", disse-lhe. "Atiraste fora livros inteiros que nunca mais conseguirás reproduzir."

Ele sorriu com tristeza.

"Quem é que se interessa por poesia? Tenho alguns poemas na cabeça. Posso recitá-los quando quiser. Não tenho ambição de deixar nada escrito. Disse-te isto na entrevista que me fizeste: os atos passam, mas o que deixamos escrito fica. E, se fica, temos de responder por isso todos os dias da nossa vida e para além da própria vida. Haverão de vir os funcionários da censura, acompanhados dos cabrões dos mariachis, visitar-nos à tumba."

A tarde foi passando. Deixámos o molhe e metemo-nos na floresta, onde encontrámos charcos de águas estagnadas invadidos por insetos. O carreiro, que serpenteava através das árvores, cedo nos conduziu ao outro lado da enseada, onde um barco abandonado jazia sobre a areia húmida. Saldaña Paris deu um pontapé ligeiro na quilha do barco, que estava deitado de lado, e o sapato furou a madeira podre.

"Que destroço", comentou.

Sentámo-nos na areia, encostados ao que restava da embarcação. Foi a primeira vez que ouvi falar da viagem entre Paris e Barcelona. Deixou Marselha em janeiro de 1998 e, passando primeiro por Paris, onde recolheu alguns pertences, embarcou no comboio noturno que o levaria à Catalunha. Ia cansado, disse; viajava magro como um galgo porque o dinheiro começava a escassear e, sem trabalho e sem perspetivas, pôs a hipótese de, pela primeira vez, ligar ao pai e pedir-lhe algum dinheiro (enquanto me contava esta história imaginei o pai de Miguel: um britânico afetado e secretamente rancoroso dos mexicanos, rodeado por um conjunto de criadas mexicanas baixinhas e secretamente rancorosas do patrão. Imaginei-o sentado numa cadeira de vime, num pátio com vista para uma avenida ensurdecedora, a fumar cachimbo e a ser abanado por uma das criadas com uma folha de palmeira). Ocorreu-lhe que talvez a sua estadia na Europa tivesse chegado ao fim; que talvez tivesse esticado demasiado a corda e esta fosse rebentar a qualquer instante. Se isso acontecesse, ver-se-ia forçado a pedinchar ao diplomata britânico um bilhete de regresso a casa.

"Foi o momento mais negro desses anos", contou-me, enquanto a noite começava a cair sobre a ilha de Arousa. "Lembro-me como se fosse agora: sentei-me no assento do comboio e larguei a mala aos meus pés. Não tinha forças para lhe pegar e colocá-la no lugar das bagagens. Sentei-me, estiquei as pernas em cima da mala e fiquei a olhar para a gare de Austerlitz a desaparecer do outro lado da janela, sem ter ideia nenhuma para onde ia nem por que razão me encontrava naquele comboio. Era mais um capricho, julguei na altura. Mais uma quimera. O menino Miguel fartara-se dos brinquedos franceses e queria novos brinquedos. Nesses anos, Barcelona estava na moda. A cidade Condal, o destino dos eleitos, a nova coqueluche europeia. Juro-te: nunca me senti tão desprezível."

Peguei numa mão-cheia de areia húmida e desfi-la entre os meus dedos. Vieram-me à memória as viagens da minha juventude — desprovidas de aventura, de perigo, do furor do desconhecido.

"Invejo-te", disse-lhe. Saldaña Paris riu-se de escárnio. "Nunca tive coragem para fazer nada disso."

"Olha que isso tem graça", continuou ele. "Invejares alguém que, naquele momento, se tivesse a tal coragem de que falas, se teria atirado para a linha férrea e de bom grado veria o comboio passar-lhe por cima. Mas nem sequer tive forças para isso. Sabes o que aconteceu? Adormeci. Caí no sono mais profundo de que tenho memória. Um sono parecido com a morte, um estado comatoso. Julguei que me ia de vez, que nunca mais acordaria. E não fiquei triste nem assustado. Porra. Fiquei aliviado. Só que acordei."

"Acordaste."

"E, quando acordei, tudo mudou. Tudo. Despertei e, de repente, eu era outra pessoa."

"O que é que se passou?"

Ele hesitou e, imitando o meu gesto, enterrou os dedos na areia húmida, deixando-os todavia ficar submersos. "Quando era miúdo detestava areia", disse ele. "Aliás, continuo a detestar areia." Fez uma pausa e o lábio descaiu-lhe; soltou um suspiro resignado. "O que se passou foi que encontrei alguém que nunca imaginaria poder encontrar. Foi isso que se passou."

Foi a primeira vez que ouvi falar dela. Nesse final de tarde não me contou que essa pessoa, que conhecera numa viagem de mau augúrio, viria a ser a sua mulher; não me contou que, por causa dela, viajara agora milhares de quilómetros, do México até à Galiza; não me explicou que essa mulher, que lhe oferecera uma nova vida, viria também a tirar-lhe tudo. O que me contou foi que, ao abrir os olhos daquele sono profundíssimo, um sonho de Dante, a viu sentada no banco à sua frente com as pernas pousadas em cima da mala dele, paralelas às suas, e soube que nunca mais seria o mesmo. Era alta e muito magra; tinha uma trança no cabelo, que era de um louro vivíssimo, e sorriu-lhe quando o viu despertar. Pôs-se a falar com ele como se não fossem desconhecidos, como se o facto de viajarem juntos fosse uma coisa normalíssima e tivessem passado os dias anteriores em preparativos para aquele momento em que atravessavam a campina francesa. Falou-lhe com um sotaque que ele desconhecia, num inglês acidentado, até ambos concluírem que falavam espanhol ou que, melhor dizendo, ele falava espanhol e ela, uma mistura de galego e português e castelhano, uma língua inventada por aquela mulher desconhecida que inventava línguas e que se prostrara no assento em frente ao dele com o cansaço e a leveza de um pugilista que acabou de vencer um combate.

"Da primeira vez que a vi, nem sei se a achei bonita", disse ele, enquanto nos levantávamos da areia, oferecendo costas à noite que se aconchegava sobre a enseada. "Tinha seios pequenos e pernas demasiado longas. Parecia não se importar com o aspeto ou com as roupas que usava. E era mais velha do que eu — três ou quatro anos, talvez." Saldaña Paris expirou, como se a recordação lhe houvesse arrancado o ar dos pulmões. Percorríamos a margem na direção do carro; a Lua erguera-se e tingia as águas de azul. "E, ainda por cima, alimentava uma obsessão muito pouco saudável por Delphine Seyrig."

"Quem?"

"Foi uma atriz que, para minha enorme infelicidade, entrou em dezenas de filmes, quase todos eles chachadas pseudointelectuais feitas pelos cabrões dos franceses e aos quais eu tive de assistir."

"Não te compreendo."

"Os franceses? São uns chatos."

"O que não compreendo é como é que ela te mudou tão completamente. Pela descrição que fazes, parece-me uma mulher como tantas outras."

"É possível que eu não te consiga explicar."

Aproximávamo-nos do meu carro, a única viatura estacionada no pequeno parque de terra que ficava atrás das dunas.

"Podes tentar, pelo menos?"

Estaquei antes de abrir a porta e fitei-o. Saldaña Paris enfiou as mãos nos bolsos dos calções e os olhos viajaram um momento.

"Foi a única mulher para quem olhei e que consegui imaginar velha", afirmou. "Quanto mais a observava, mais era capaz de retratar a metamorfose que lhe aconteceria ao rosto, e ao corpo, durante os próximos cinquenta anos." Fez uma pausa e, depois, perguntou: "Já alguma vez te sentiste na presença de alguma coisa sobrenatural?"

"Uma coisa sobrenatural?"

"Uma coisa chamada amor, que não acontece na natureza. Sobrenatural, portanto. Não havia qualquer razão para aquela mulher aparecer ali, naquele momento, quando eu achei que tinha chegado ao fim. E, no entanto, ela apareceu. Não havia qualquer razão para o amor e, no entanto, ele aconteceu-me. Sem que eu o procurasse, sem que eu fizesse qualquer gesto para o alcançar. Pura e simplesmente, aconteceu. E eu passei a acreditar, durante alguns anos, que a minha vida também era sobrenatural, que eu existia num reino diferente ou que partilhava um lugar que era a antítese deste mundo em que só vemos desilusão e monotonia. Por isso, quando me perguntaste, no programa de rádio, se eu tinha encontrado o amor, a minha vontade foi responder que nunca se encontra o amor porque ele não é passível de ser encontrado. Que não nos acontece quando queremos mas quando estamos distraídos ou adormecidos. Só que isto não é uma coisa que se diga num programa de rádio, ou é?"

Fiquei em silêncio. Enterrei também as mãos nos bolsos das calças, sem saber o que lhe dizer. Agora mal conseguia distinguir-lhe as feições, semiocultas pela escuridão; ao fundo, na maresia, brilhavam fosforescências, ou talvez não brilhasse coisa nenhuma e eu estivesse a ser enganado pelo reflexo das estrelas nas águas. Pensei em Julia — no seu rosto, na sua voz — e nas palavras que me dissera.

Já a perdeu de vez. Perdidinha para sempre.

Tirei do bolso as chaves do carro.

"Vamos para casa?"

Miguel pareceu sorrir.

"Onde é que isso fica?", perguntou, antes de entrarmos no veículo e nos pormos a caminho da cidade.

A vida adulta

Existirá um momento que defina o resto da nossa existência? É uma questão estúpida e dotada de um enorme grau de hipocrisia, uma vez que, se esse momento existir — como existiu para Saldaña Paris naquele comboio em direção a Barcelona —, é tão inútil perguntar por essa ínfima possibilidade como rezar a Deus para que aconteça. Aqueles a quem a sorte bafejou têm em mãos a ingrata tarefa de explicar aos outros que esses momentos existem apenas para os que nunca se perguntaram por eles, ou seja, o contrário do que estou a fazer neste instante. E, se assim for, anulamos a possibilidade de uma teologia e entregamos a nossa vida às mãos do acaso, do impensado; da volatilidade a que somos condenados a partir do momento em que nos encontramos, sem qualquer razão plausível, neste mundo. Se o acaso impera, então nascemos por acidente, sem que nenhuma entidade divina nos projetasse; na ausência dessa entidade, o tal momento definidor das nossas vidas não pode ser procurado ou salvaguardado numa oração. Ao mesmo tempo, não existe qualquer teologia que nos aquiete. A que existe repousa na redundância:

Deus criou-nos somente para regressarmos a Ele. Garante-nos a vida, mas não nos garante mais nada. E a vida é, por definição, uma caminhada absurda cujo final é sempre idêntico. Por que razão não nos deixou Deus em paz, ou seja, inexistentes? Nesta lógica incongruente, o Criador coloca-nos neste mundo à mercê de tudo o que é terreno, suculento e carnal, desafia-nos a experimentar e, no final, tira-nos tudo aquilo que nos deu. Reféns da teologia, somos uma piada de mau gosto; reféns do acaso, somos vítimas da ínfima possibilidade. Nesta miséria a que estamos votados, sentimo-nos incompletos e assaz melancólicos. A essa melancolia chamamos vida adulta.

Ao conhecer aquela mulher (que lhe surgiu como o milagre dos hereges), Saldaña Paris compreendeu que tudo o que vivera até então era menos do que nada. Um zero, uma tela em branco. Durante os cinco anos que se seguiram, escarneceu dessa lógica incongruente e derrotou as probabilidades, escapando à melancolia que sucede quando aceitamos o facto de termos de existir sem que nada disso aparente sentido. Fui sabendo mais pormenores com o passar das semanas. Frases soltas, murmúrios inconsistentes que conseguia arrancar-lhe depois de umas quantas cervejas. Deambulações. Numa noite em que ele bebeu mais do que a conta, consegui fazê-lo desenrolar um pouco do novelo. Apaixonaram-se (ou ele apaixonou-se) no comboio, e passaram três semanas num *hostal* sujíssimo da Carrer del Duc, no bairro Gótico. Se ele tinha pouco dinheiro, ela tinha ainda menos do que ele. A diferença era que Saldaña Paris se preocupava e a sua nova companheira parecia não se preocupar com rigorosamente nada. Ele arranjou trabalho num bar irlandês das Ramblas chamado Flaherty's — porque falava inglês, uma raridade entre os catalães — e ela passou o tempo a deambular pelas ruas e na Filmoteca da Catalunha, onde assistia diariamente a filmes estrangeiros e se empolgava sobremaneira quando surgia a perspetiva de um Resnais, de um Truffaut, de um Bertolucci. Não se tratava de entender de cinema ou de julgar entender de cinema; tratava-se, dizia Miguel, de uma obsessão que extravasava o cinema como forma de contar, a obsessão de alguém que assistia aos filmes procurando um detalhe oculto. Estávamos no Bigotes ou então no Savoy, em meados de setembro ou no final de setembro, não me recordo. "Depois de uma noite a servir canecas de cerveja a ingleses com mau hálito, tudo o que eu queria era dormir", dizia ele. "Mas ficávamos acordados até a madrugada chegar, a fazer amor como dois coelhos. Depois, ela contava-me o filme que tinha visto nesse dia, do princípio ao fim. E olha que alguns desses filmes não tinham nada para contar; eram mais chatos do que a chatice, e eu escutava-a com a atenção de quem escuta a história do seu próprio futuro. Era isto que eu sentia: que estava a ouvir a minha história. Que todos aqueles filmes que ela devorava e todos os lugares que ela visitava em Barcelona faziam parte de uma narrativa maior, que era a nossa narrativa. Convenci-me de que passaríamos o resto da vida juntos. Isto durou três semanas. E, um dia, acabou."

"Separaram-se?"

"Ela partiu. Cheguei a casa do trabalho e encontrei um bilhete. Era um bilhete de despedida escrito na língua que ela inventara. Dizia que gostava muito de mim e que tinham sido dias magníficos, mas que chegara a altura de partir."

"E não deixou nenhuma pista?"

"Deixou o endereço de uma caixa postal nos correios de Rianxo, caso algum dia eu quisesse enviar-lhe um postal do México. Pediu-me que não a procurasse. Detestava despedidas, justificou-se: só serviam para ampliar a ideia absurda de que as pessoas nunca tornarão a ver-se quando, na realidade, toda a gente acaba por tornar a ver-se, se assim for preciso."

"É uma desculpa que soa a aldrabice", retorqui.

"Acho precisamente o contrário. Que é uma desculpa cheia de sinceridade. Eu não comprei aquele encontro no comboio. Nunca foi meu, nunca tive os direitos daquele instante. Como é que podia reclamar o que quer que fosse? Como é que podia sentir-me revoltado quando a única revolta que poderia sentir era comigo próprio por me ter deixado enredar numa situação sem saída? O que é que iríamos fazer? Passar o resto das nossas vidas numa pensão abjeta enquanto eu lavava copos num pub? O que é que eu esperava? Que aquela mulher, da qual eu sabia praticamente nada, fosse a minha salvadora? Que me resgatasse de imediato ao beco sem saída em que eu transformara a minha vida?"

Fosse no Bigotes ou no Savoy, em meados de setembro ou no final de setembro, recordo-me que Saldaña Paris ergueu a caneca de cerveja e bateu com ela na mesa. Senti os olhares dos outros convivas; vi a dor dilacerante que lhe causava falar daquilo. Não insisti; seria perigoso insistir. Acreditava que, com o tempo, acabaria por saber o resto da história. Só não sabia era como. Desconhecia que essa dor dilacerante que o afligia seria o espelho exato, exatíssimo, da dor que viria a afligir-me a mim.

Em outubro completei o primeiro rascunho do meu pós-doutoramento sobre Pinter e Kane. Não fiquei completamente satisfeito mas também não me importei demasiado. Era um documento aborrecido e árido, destinado a perecer na biblioteca da Universidade de Compostela, cujo único objetivo era criar a ilusão de que a minha carreira académica não se encontrava completamente estagnada. Nessa altura, já não falava com a minha filha havia quatro meses. De vez em quando ligava a Paula, ou ela ligava-me a mim, e procurava saber novidades, mas as respostas eram minimais e repetitivas, como se a própria mãe desconhecesse o que se passava na vida de Andrea.

"Sai muito com o Carlos", disse-me. "E passa a vida a pintar."

"É o último ano da escola", contrapus.

"Que queres que te diga? Só lhe interessam duas coisas: as pinturas e o namorado. Talvez caia em si quando vir os colegas na azáfama da candidatura à faculdade."

"Oxalá."

Esta conversa decorreu poucos dias antes de eu me esquecer do aniversário de Andrea. Cumpria dezassete anos no dia vinte e oito de setembro e a data escapou-me por completo. No dia seguinte, roído de vergonha, tentei ligar-lhe, mas nunca atendeu. Quando liguei para a casa de Paula, a meio da tarde, a empregada atendeu e eu desliguei. À noite, faltou-me a coragem: fui ler o jornal para a única esplanada que havia na Joaquín Costa, onde todas as parangonas me gritaram que me esquecera do aniversário da minha filha, com quem não falava desde o princípio do verão.

Entretanto, as aulas recomeçaram. Os meus colegas reapareceram na faculdade, saudáveis e descansados; nenhum deles comentou a minha palidez mórbida ou a maneira como eu olhava constantemente para o chão, procurando evitar conversas de circunstância e escapulindo-me pela penumbra dos corredores empedrados. Creio que, nessa altura, passaram a incluir-me na categoria dos *zombies*, ou aqueles membros do corpo docente que, por razões misteriosas, caem em depressões profundas ou em buracos negros existenciais em vez de se renderem aos excelentes exemplos de mediocridade de que as universidades estão cheias.

Nadia apareceu uma manhã no meu gabinete, ainda mais magra do que já era, anunciando que deixara de ser vegetariana e agora era vegana, o que significava que deixara de comer produtos lácteos ou ovos e que os bifes de soja que me recomendara, no semestre anterior, eram um erro que eu não deveria tornar a cometer.

"Nunca comi bifes de soja", disse-lhe.

"A soja é transgénica", continuou ela. "Faz mal ao ambiente, provoca alergias, mortandade infantil e esterilidade."

"Está bem."

"Não quer ficar estéril, ou quer?"

"Esse problema ocorre-me muito poucas vezes. E a mortandade infantil tem vindo a decrescer desde a Idade Média."

"Já sei quem quero estudar para o trabalho final."

"Quem?"

"Virginia Woolf."

"Por quê?"

"Por causa da loucura. Conhece a carta que ela escreveu ao marido antes de se suicidar?"

"Conheço", respondi. "Talvez se ela tivesse evitado os ovos e o leite."

Esse encontro com Nadia aconteceu numa quinta-feira. No domingo, ao final da tarde, recebi o telefonema de Saldaña Paris. A princípio não entendi uma palavra: procurei tranquilizá-lo, mas as frases saíam-lhe da boca, estridentes, como um enxame de abelhas. Depois, quando começou a fazer sentido, disse-me que se sentia mal. Julgava que estava a morrer, não conseguia respirar, ouvia vozes, e as paredes do quarto estreitavam-se a olhos vistos.

"Estou dentro de um cubo", gritou ao telefone.

"Estás a ter um ataque de pânico", respondi-lhe.

Saí de casa e fui até à pensão onde ele vivia, um lugarejo mal-amanhado na rua da estação de comboios. A senhoria estava à porta quando cheguei, a fumar um cigarro comprido, o cabelo cheio de laca imperturbado pelo vento do Lérez. Perguntei-lhe pelo mexicano.

"O Dezoito está aos gritos há uma hora", respondeu, numa voz rouca e desagradável. "Veja lá se o leva daqui."

Descemos as escadas abraçados. Ele tremia por todos os lados e os olhos pareciam duas moscas depois de uma sapatada. Fomos a um café ali perto e dei-lhe água com açúcar. Tentei explicar-lhe que os ataques de ansiedade podiam surgir sem razão e que, da mesma maneira que surgiam, também desapareciam sem motivo. Por fim, acalmou-se. Havia uma semana que não nos víamos e ele estava mais magro, as olheiras sulcando-lhe o rosto quase cadavérico. Pedi um almoço consistente, que ele deglutiu sem falar; depois sugeri que fôssemos passar a noite a Compostela, e Saldaña Paris concordou, cheio de alívio. Era evidente que precisava de companhia e que passara demasiado tempo sozinho. Por isso metemo-nos no carro e, quando a noite já caía, fazendo planos para jantar e beber cervejas na Casa das Crechas, fizemo-nos à estrada.

Juntos, matámos o javali.

A esquadra de polícia de Caldas de Reis é um edifício de dois andares, cinzento e anódino, cuja fachada é decorada por duas bandeiras esfarrapadas: uma da Espanha, outra da Galiza. Na porta ao lado, o café-bar Timonel serve vinhos e tapas; às dez e meia da noite, os dois agentes de serviço podem ser encontrados nesse estabelecimento, que foi aonde os polícias de trânsito nos levaram antes de sermos conduzidos à esquadra. Os agentes de Caldas de Reis fizeram-me lembrar de Carlos. Eram altos e desengonçados, de caras rústicas e mãos demasiado grandes, o cabelo penteado com gel. Tinham uma pronúncia cerrada e mandaram-nos sentar num banco de madeira comprido, o único móvel numa sala de espera gelada. Passado algum tempo, um dos polícias de trânsito apareceu e garantiu-nos que o carro tinha sido rebocado para a oficina local.

"Terão de esperar até amanhã", disse-nos. "Entretanto, podem descansar por aqui, mas há um hotel balnear onde ficariam mais confortáveis."

"Têm quartos de casal", disse o outro polícia, aquele que sugerira comermos o javali.

Foram-se embora entre risinhos dissimulados. Os agentes de Caldas de Reis pediram-nos algum tempo para preencherem um formulário e um relatório do acidente, e foi então, ali sentados, com a suspeita da homossexualidade a pairar no ar, que Saldaña Paris começou a falar. Não era normal falar de si próprio, a menos que eu o instigasse. Naquela noite, contudo, o ataque de pânico, o acidente, a morte do animal e a atmosfera geral de desalento devem tê-lo afetado, pois começou a recontar tudo o que me tinha dito desde a viagem à ilha de Arousa, passando pelo encontro no comboio (finalmente soube que a mulher se chamava Teresa) e revelando que, após o abandono, ele a conseguira encontrar em Rianxo, a vila mais próxima da aldeia onde Teresa lhe dissera que habitava. Que a encontrara, que passara algum tempo a tentar convencê-la do seu amor e que, finalmente, tinham ido viver para Londres, onde se casaram.

"Estivemos casados cinco anos", disse-me. "Ela morreu no final de janeiro."

"Lamento muito. Como é que morreu?"

"De cancro."

"Morreu no México?"

"Morreu aqui. Separámo-nos há sete anos e nunca mais a vi."

Disse-o com tanta dor que fiquei de garganta embargada.

"Separaram-se, como?"

"Ela deixou-me."

"Foi por isso que vieste?"

"Só soube da morte dela em abril. Um bibliotecário de Compostela ligou-me para Condesa. Disse-me que, nos pertences da Teresa, tinham encontrado vários livros que me pertencem. Tinham o meu apelido rabiscado nas primeiras páginas. Um velho hábito." Sentado a uma secretária, um dos agentes, o Carlos Número Dois, observava-nos pelo canto do olho enquanto preenchia um formulário numa antiga máquina de escrever. "E também encontraram um manuscrito."

"Que manuscrito?"

"Tenho-o comigo desde que cheguei, mas nunca fui capaz de o ler. Tem o meu nome no envelope. São muitas páginas datilografadas, mas não faço ideia do que dizem."

"E não tens curiosidade?"

Ele hesitou. O lábio descaiu-lhe e os dedos tremeram-lhe ao segurar nos aros dos óculos. O seu olhar míope abarcou a desolada sala de espera.

"Tenho medo."

"Tens medo de quê?"

"Das palavras que lá estiverem."

"E se forem palavras importantes? Coisas que a tua ex-mulher quis deixar escritas para que não sejam esquecidas?"

"O problema das palavras", disse ele, olhando para os sapatos, "não é aquilo que podem ajudar a recordar. É aquilo que podem ajudar a destruir."

"Tens receio do que ela possa ter escrito sobre ti?"

"E tenho receio do que possa não ter escrito."

Ficámos uns segundos em silêncio. Através de uma janela aberta ouviam-se o restolhar das árvores e o trilar insistente de um grilo.

"Quem era esse bibliotecário?", perguntei.

"Um tipo chamado Benxamín. Quando cheguei à Galiza,

dirigi-me à biblioteca e perguntei por ele. Não sei por quê, mas, no voo do México, imaginei-o um homem velho e curvado, com óculos na ponta do nariz e as mãos despigmentadas. Em vez disso, apareceu-me um tipo novo e bonito, de cabelo preto e cãs prematuras, com uma voz de tenor e um comportamento tão educado que me recordou do meu pai e da maneira como se apresentava nos jantares. Entregou-me uma caixa de livros (nove ou dez exemplares que reconheci logo, os livros que Teresa levara consigo) que me pertenciam. Entregou-me também o manuscrito e perguntou-me se queria falar."

"O que lhe disseste?"

"Disse-lhe que dispensava a conversa."

O Carlos Número Três apareceu, de braguilha aberta, e entregou-me um papel e uma caneta. Olhei para o formulário, que estava preenchido num galego cheio de erros ortográficos.

"O que é que escrevo aqui?", perguntei.

"Causa do sinistro? Escreva *animal selvagem.*"

"Só isso?"

"Só isso."

Afastou-se. Escrevi "javali" no formulário e pousei-o, junto com a caneta, sobre o banco de madeira. Tornei a voltar-me para Saldaña Paris.

"Era natural que quisesses saber quem ele era", propus.

"Na minha cabeça estava tudo bastante claro. Era o amante da minha mulher."

"A tua ex-mulher. Que tu não vias há sete anos e que te deixou duas vezes." Ele abanou a cabeça como se eu não pudesse compreendê-lo. "Para além disso, como é que podes saber que eles eram amantes?"

"Que outro motivo teria ele para me ligar?"

"Isso não faz sentido nenhum."

"Faz todo o sentido. Sentiu-se culpado."

"Culpado de quê?"

"De a minha mulher ter morrido junto dele em vez de ter morrido junto de mim. A pergunta foi retórica. Quando o bibliotecário a fez, e me entregou os livros e o manuscrito, já sabia de antemão a resposta. Que eu não queria falar. Passei essa noite em Santiago e, depois, fui a Brión, onde a Teresa viveu os seus últimos dias. Mas só consegui estar lá umas horas. Fui à praia das Conchas e sentei-me à beira da água, onde escrevi um poema chamado "O assassinato de um bibliotecário galego", que atirei ao mar. Em Brión, vi a Teresa em toda a parte. Nas pedras dos casebres, nas ruas sinuosas, à porta da padaria, a beber água de uma fonte que jorrava incessante. Decidi que ficaria em Pontevedra. Ao menos ali teria a companhia de Castelao e de Valle-Inclán."

"E de uma guitarra e de um banco numa praça."

"Sim."

"És louco, Saldaña Paris."

"Não és o primeiro a dizê-lo."

O Carlos Número Dois aproximou-se e perguntou se o formulário já estava preenchido. Ambos o olhámos como se ele fosse um intruso, como se aquela esquadra ou simulacro de esquadra fosse a nossa sala de estar e ele tivesse entrado sem pedir licença. Saímos em silêncio. Alugámos um quarto no hotel mais próximo e deitámo-nos. Tarde na noite, quando a agitação de Saldaña Paris na cama contígua — murmurando no sono, como se fantasmas o perseguissem — não me deixou dormir mais, levantei-me e fui até à janela. Afastei a cortina e observei a rua deserta: um princípio de chuva e o céu encoberto ofereciam às janelas das casas uma luminosidade de aquário. Lentamente, o dia foi chegando. Eram seis da madrugada quando, procurando não fazer barulho, levantei o auscultador do telefone para ligar a Andrea. Desconheço o verdadeiro motivo desse gesto. Talvez eu também tivesse ficado abalado por aquela noite: o choque com o animal, o javali moribundo, a esquadra decrépita, as estranhas confissões do meu amigo, a insónia. Uma vez mais, a minha filha não atendeu. Quando pousei o auscultador, reparei que Saldaña Paris despertara. Estava sentado na cama, encostado à almofada. Observou-me demoradamente e depois pediu:

"Podes ler o manuscrito, por favor?"

E eu respondi que sim, que podia lê-lo.

O manuscrito de Brión

Chamo-me Teresa de Sousa Inútil. O segundo apelido é inventado. Esta história que vou contar é sobre o meu tio e é também sobre mim, embora os narradores muitas vezes se escondam por trás de outras pessoas, como Alice se escondeu por trás de um espelho. Falarei também do meu pai, da minha mãe, do meu irmão e de um homem chamado Raul, que, embora constitua figura menor nesta espécie de narrativa, faz, não obstante, parte dela. Foi sob o jugo de todas estas pessoas que me transformei numa sombra.

Deste casebre galego posso contar a minha história com sobriedade e alguma ironia, embora não seja tempo de sobriedade ou de ironia. Espero morrer a qualquer hora, e, quando a morte chegar, as palavras serão abandonadas e passaremos aos atos; atos concretos com a força de nomes próprios. Os anos em companhias masculinas habituaram-me a isso. Agora que tenho a idade que o Raul tinha quando nos deitámos juntos e ele me disse que eu era uma mulher (embora não passasse de uma criança, despida e deslumbrada pela luz das estrelas), vislumbro o passado com a distinta claridade de uma pitonisa desfigurada, ou de uma mulher muito velha num corpo demasiado jovem para as cicatrizes que me assolam.

Melhor assim. Detestaria pensar que a experiência da vida não deixara as suas marcas. Odiaria olhar-me ao espelho e, baixando o cós das calças como fazia aos dezasseis anos, ver a mesma superfície tenra e suave, a penugem a que sempre associei os anos tardios da adolescência. Foi nessa altura, a da minha adolescência, que ocorreram as coisas de que irei falar primeiro.

O que eu vejo da janela: um conjunto de casas com telhados de barro, as telhas alinhadas, parcialmente cobertas de musgo. Ramos de árvores decrépitas, resistentes ao inverno nos seus troncos mas despidas de substância nos caules, debruçando-se ameaçadoramente sobre o leito de um riacho que corre pela terra húmida. Há um cão que ladra todas as manhãs e me desperta. Um cão velho que pertence aos vizinhos, ou a ninguém. Em frente da casa existe uma fonte que jorra sem interrupção, e a água é pura e cristalina. Por vezes, meto-me no Fiat e vou à cidade. Passei lá a noite de quinta-feira: primeiro, jantei sozinha num restaurante repleto de turistas e depois, também sozinha, fui à Casa das Crechas e fiquei sentada ao balcão, segurando um copo enorme de cerveja que acabei por não beber porque me fazia lembrar de coisas que não me apetecia recordar. Fui observada por um grupo de homens que bebia Estrella. Olhei para um deles e o homem devolveu-me o olhar. Era bonito e desinteressante. É possível que eu ainda seja bonita, mas é também possível que, se aquele desconhecido me visse à luz do dia, reparasse nos globos sem alma que constituem os meus olhos, que detetasse a velhice precoce nas veias salientes das minhas têmporas. Quando regressei a casa, o cão dormia nas escadas da habitação do lado.

A Lua ia alta, matreira, descoberta: fazia um frio de rachar, e, quando fechei a porta do casebre, reparei que toda eu tremia.

Estávamos em 1983. Era domingo. Alguém ligou a televisão, provavelmente uma das minhas tias que passava as noites em casa da minha avó, onde eu vivia. Três figuras no ecrã. Uma delas, disse a minha tia, era o sr. Seabra, um conhecido cacique que presidia a uma confederação de sindicatos: ombros descaídos, barbudo, reivindicando os direitos dos trabalhadores de uma metalúrgica na qual não trabalhava. À sua esquerda, de cigarro na mão e óculos enormes, de aros grossíssimos, encontrava-se um líder sindicalista cujo nome me escapa e que aprovava as declarações do sr. Seabra com assentimentos mudos de cabeça. Atrás deles, um outro homem: era o meu pai. Havia treze anos que eu mal o via. Quando o filmaram, a minha tia quis levar-me da sala para a marquise, sob pretexto de me ensinar uma coisa qualquer sobre matemática (ela era professora numa escola secundária, eu era aluna numa escola secundária), antes que o meu avô começasse a praguejar e a cuspir perdigotos para o copo de brandy que bebia sempre a seguir às refeições na mesa de jogo com feltro verde que comprara na Suíça. O meu avô nunca jogava em casa. Três anos mais tarde, quando morreu, a minha avó descobriu que jogava em toda a parte, desde que estivesse fora de casa.

Deixa-me ver, disse eu à minha tia, que era medrosa e, por essa altura, já tinha medo de mim. Eu tornara-me mais alta do que ela e do que o meu irmão nos últimos dois anos e a minha voz engrossara. Não sou estúpida nenhuma, sabes?

A minha avó saiu da sala. Pouco depois, chegou-me o aroma a chicória, que era o que ela bebia quando se enervava. Não sei o que seria da minha mãe nessa noite, mas era provável que estivesse a trabalhar. Se estivesse em casa, talvez se tivesse juntado ao meu avô no brandy.

As memórias que tenho da minha mãe são difusas, por vezes contraditórias. Tendo a confundi-la, na minha imaginação, com a personagem feminina de *O último ano em Marienbad*, um filme que vi com um rapaz chamado Jaime num cinema que já não existe. A minha mãe era parecida com a Delphine Seyrig. De outro modo, não haveria razão para tantas vezes, no decorrer dos meus anos de exílio, ter sonhado com ela a percorrer os corredores silenciosos de um hotel voltado para o mar ou de um hotel engolido pelo mar. Falarei dela mais tarde, se tiver vontade de o fazer ou se não me puser demasiado tristonha.

O que se passava na televisão era que o sr. Seabra, que nesses tempos aparecia muitas vezes nas páginas do *Diário Popular* (o jornal que o meu avô lia de manhã) ou nas páginas d'A *Capital* (o jornal que o meu avô lia de tarde), tinha comandado uma operação em nome dos sindicatos e ocupado uma metalúrgica em Alcochete, impedindo as operações normais da fábrica até os proprietários chegarem a um acordo salarial. Era o género de coisa que sucedia muitas vezes nesses anos. Não quero fugir à verdade e dizer que desconhecia o meu pai. Eu sabia que ele era um desses tipos que andava atrás de figuras como o sr. Seabra, embora figuras como o sr. Seabra nunca andassem atrás de gente como ele. O meu pai aparecia uma ou duas vezes por ano no mesmo carro enferrujado, que estacionava do outro lado da rua da casa dos meus avós. Os meus avós viviam na Madragoa e era como se estacionassem o carro dentro de nossa casa, porque na Madragoa as ruas são da largura de banheiras. A mim, as coisas pareciam-me enormes. Abria a porta de casa e cada passo era a travessia de um continente, até ficar a um metro dele, sentindo-lhe o cheiro a tabaco, o corpo por lavar, cada pedaço da sua barba escondendo segredos. O meu irmão, junto da porta, recusava-se a sair. Taciturno, espreitava pelo espaço entre a porta e a ombreira. Tinha o mesmo feitio do avô, que era desconfiado e melindroso, e, um dia, haveria de beber brandy a seguir às refeições e meter-se no jogo às escondidas da mulher. Naquela altura, não passava de um miúdo de doze anos que se escondia de um homem que lhe garantiam ser o seu pai, embora ele não conhecesse outro pai para além de um avô de barriga intumescida e bigode grisalho que era uma assombração numa casa cheia de mulheres.

Filha, dizia-me o meu pai sempre que eu me aproximava. Estás tão crescida. Porra, olha para ti. Pareces uma mulher.

Passava-me os dedos pelo cabelo e chegava-me ao nariz o cheiro esquisito da sua pele, os dedos ressequidos e engelhados do tabaco, as unhas podres, as costas da mão demasiado venosas para um homem nos seus trintas. Eu queria dizer-lhe que ele também tinha mudado e que parecia um velho, porque o cabelo comprido e oleoso que escorria sob o sol incendiário daquela tarde de verão tinha ficado prematuramente branco. Não me lembrava de ser tão branco. Senti-lhe o hálito a vinho.

Já o teu irmão parece um rato, dizia o meu pai.

Olhei para trás. Vi os olhos de David fitarem-nos com intensidade. Vi os dedos dele, sempre sujos mas perfeitos na sua forma, dedos de rapazinho, dedos de criança, a surgirem do lado exterior da porta, depois vi-o desaparecer dentro de casa.

A tua mãe está?

O meu pai olhou para a porta e para as janelas da casa. No andar de cima, as janelas eram decoradas pelo estendal com as roupas coloridas dos vizinhos. Nunca lá estava ninguém durante o dia. Mas ele olhava para a nossa porta e para as nossas janelas, atrás das quais a minha avó consolava o David fazendo-lhe um copo de leite com chocolate e torradas com manteiga.

Não.

Foi a única palavra que lhe disse durante esses anos. Mentira. Dizia-lhe duas. Dizia-lhe Sim e dizia-lhe Não. Por vezes perguntava-me pela escola e queria saber se tudo corria bem. Eu dizia-lhe que sim, porque era boa aluna e não havia razões de queixa em casa. Perguntava-me se ainda jogava basquetebol e eu tornava a responder que sim, porque era alta para rapariga e ficava mais próxima do cesto e as minhas companheiras de equipa dependiam de mim para encestar. Uma vez, perguntou-me se eu tinha namorado. Lembro-me de que nesse dia nem sequer corria uma brisa e eu usava uns calções muito justos, de ganga, e a T-shirt sem alças do basquetebol. Tive a reação mais estranha. Corei e levei as palmas das mãos aos mamilos, a mão esquerda ao mamilo direito e a mão direita ao mamilo esquerdo, cruzando os braços em redor do tronco. As pernas tremeram-me. Se o resto do meu corpo era precoce, os meus seios demoravam--se. Ainda não os tinha completamente feitos. Eram dois montículos suaves, duas perturbações imprevistas debaixo da pele. Durante algum tempo achei que estava doente, pois tinha ouvido falar de uma coisa chamada cancro que provocava inchaços nos corpos dos afligidos. Dessa vez evitei o olhar do meu pai e deixei que o cabelo me ocultasse o rosto, como um ilusionista oculta em vão o segredo de um truque destinado ao fracasso.

Não, respondi-lhe, sentindo que gaguejara numa palavra com apenas uma sílaba (o que me fez lembrar do Jaime, de quem falarei).

Esses encontros duravam poucos minutos. Caso se prolongassem, a minha avó postar-se-ia à janela, observando o aspeto mendicante do meu pai na sua pose de censura silenciosa, os lábios muito finos e cerrados e os olhos faiscando à claridade insuportável das manhãs. O meu pai levava a mão ao bolso do casaco, tirava um pacote de pastilhas Gorila e oferecia-mas.

São de banana, dizia. As tuas preferidas. Diz ao teu irmão que, quando sair, também tenho uma coisa para ele.

Eram esses os encontros possíveis. Eu adorava pastilhas Gorila com a mesma intensidade com que temia o meu pai. Os anos passaram e tudo mudou. Deixei de mastigar aquelas pastilhas enormes que formavam densos coágulos na boca e balões do tamanho de bolas de pingue-pongue e passei a ver aquele homem como aquilo que verdadeiramente era. Um cordeiro disfarçado de lobo. Um homem tão perigoso como as pastilhas adocicadas que eu passava o dia a mascar e nunca oferecia ao David, porque diziam que faziam mal aos dentes.

E como era a tua mãe?

Era alta, como eu.

Isso não descreve ninguém.

O que é que descreve, então?

Se me disseres, por exemplo, que ela detestava ciganos, como a minha mãe.

A minha mãe não detestava ciganos.

Mas isso descreve uma pessoa, entendes?

Adoro o teu sotaque.

Não tenho sotaque.

O teu sotaque galego quando falas galego.

E a tua mãe?

Então, se queres saber, vou contar-te. Ela detestava o meu pai. Na verdade, creio que o amava, que era uma forma bastante radical de o detestar. Por isso evitava vê-lo. Estava sempre a trabalhar. Quando eu era muito miúda, não sabia o que ela fazia. Chegava tarde a casa, com o ar estafadíssimo de quem passara o dia a acarretar fardos pesadíssimos, embora eu soubesse que não fazia trabalho manual. Tinha as mãos sempre impecavelmente tratadas. As unhas mais bonitas que alguma vez vi.

Qual era o nome dela?

Luz.

Só assim? Luz?

E tu, Benxamín? Só assim Benxamín?

Mas o meu nome tem uma história. Já ta contei. O meu avô chamava-se Oleguer.

Sim. Um nome catalão.

E o meu pai era Andreu.

Outro nome catalão.

E prometeu que nunca mais na minha família existiria um nome que não fosse galego porque, embora o meu avô tivesse nascido aqui e os pais fossem de Girona, no tempo de Franco não havia galegos nem catalães e, na verdade, o meu avô chamava-se, oficialmente, Olegario. O meu pai era Andreu, mas, nos documentos, o que aparecia era Andrés.

E tu és o primeiro dos galegos.

Benxamín Alvarez, neto de Oleguer Alvarez e filho de Andreu Alvarez.

E a minha mãe era Maria da Luz, filha de Maria do Céu e neta de Maria Eduarda.

As Marias todas. Não acabaste de me contar a história.

Não tenho muito para dizer. Só soube mais tarde o que ela fazia: era empregada doméstica. Por vezes, ficava até mais tarde em casa dos patrões, aqueles que tinham filhos, a cuidar das crianças. E, aos fins de semana, fazia voluntariado no centro social da paróquia, onde havia de tudo. Velhos, acamados, heroinómanos, alcoólicos.

Como o teu pai?

O meu pai andava à solta. Era alcoólico, mas não se entregava às mãos de outra pessoa.

Como tu não te entregas nas minhas?

Nunca, Benxamín.

E mais?

Ela era a mulher mais bonita do bairro. Ou dos bairros todos de Lisboa. Julgo que eles se conheceram ainda no liceu. Nenhum deles estudou. O meu pai, aos dezanove anos, já era um velho conhecido da polícia. Não sei quantas vezes esteve preso, nessa idade, mas devem ter sido muitas. A minha avó dizia que ele roubava tudo. Roubava a roupa que trazia vestida, os carros que conduzia. O meu avô dizia que ele tinha roubado o bigode que tinha na cara. Mas a minha mãe apaixonou-se por ele.

Deve correr na família.

O quê?

As mulheres apaixonarem-se por bandidos.

Tu não és bandido nenhum.

E tu não estás apaixonada por mim.

Tens razão.

Sou filho e neto de bandidos. O meu avô era anarquista e pertencia às guerrilhas republicanas. Quando não andava a meter bombas em igrejas, andava a fuzilar falangistas. O meu pai passou metade da vida a fugir dos patetas a quem vendia terras que não eram dele. Ou terras que nem sequer existiam.

E tu, fazendo jus à tradição da família, deste em bibliotecário.

Em certo sentido, sou o mais radical de todos. Lido com a matéria-prima da trafulhice e da revolução. Já leste o *Quixote*? Ou o *Maquiavel*?

Já sabes que eu não leio assim tanto como isso.

Bom: conheceram-se, apaixonaram-se.

E depois?

Depois a minha mãe ficou grávida de mim.

Carai.

Dizes bem. Lembra-te de que falamos do Portugal salazarista. Antes do 25 de abril. Lembra-te de que falamos de uma família da Madragoa. As minhas antepassadas eram devotas, filhas de Cristo, virgens até à noite da consumação perante Deus.

E casaram todas com loucos.

Sim.

O demo nunca ten sono.

O quê?

Diz-se aqui na Galiza quando as desgraças nunca se acabam. Que o demónio nunca descansa.

O meu avô, que nunca esteve preso nem nunca roubou nada, que eu saiba, tinha uma amante e uma filha ilegítima. Quando a minha avó descobriu, deixou de lhe ir pôr flores ao túmulo. Só não o profanou porque era religiosa e devia ter medo de que o fantasma do pobre coitado regressasse para a assombrar. Ou, pior ainda, de que ele ressuscitasse.

Mas disseste que ele jogava.

E bebia. Mas fazia-o fora de casa. O meu pai, não. O meu pai fazia tudo à vista de toda a gente porque era demasiado estúpido para se resguardar. Quando o meu irmão nasceu, nós vivíamos num apartamento muito pequeno, no bairro da Ajuda. O homem passou três semanas fora de casa. Aparecia para dormir e para comer e depois ia-se embora outra vez. Uma das minhas tias contou-me que, às vezes, aparecia com outra mulher no carro. Ela ficava no banco do passageiro enquanto o meu pai entrava em casa, trocava de roupa, roubava o dinheiro que houvesse por ali e se punha a andar outra vez. Um dia, a minha mãe fartou-se. Fez as malas, chamou um táxi, e fomos todos para casa da minha avó. O mais engraçado foi que ela deixou tudo arrumado. Passou a ferro as camisas do meu pai. Lavou a roupa que havia para lavar. Deixou a loiça arrumada, fez as camas. Tenho uma vaga memória de a ter ajudado. Mas talvez não seja uma memória verdadeira e sim fabricada, como quando caímos em dúvida se um sonho é um sonho ou se aconteceu de verdade.

Em 1983, eu estudava num liceu normal, com gente normal e professores normais. Levantava-me a horas normais, e a minha avó, se estava para aí virada (porque, de tempos a tempos, dormia até mais tarde e recusava levantar-se até o carteiro vir bater à porta), fazia-me o pequeno-almoço, que também era uma refeição normal, e mandava-me embora de mochila às costas. O meu irmão, que se atrasara um ano por causa da meningite, frequentava o segundo ciclo e, por isso, levantava-se mais cedo. Eu galgava a encosta até à Estrela e, aí, apanhava um autocarro normal cheio de pessoas normais.

Numa segunda-feira, fiquei de pé no autocarro, o braço esticado para me agarrar à alça gordurosa que pendia dos ferros cromados. O princípio do outono entrava pelas janelas semiabertas. Ainda pensava no meu pai. Ou na memória que tinha do meu pai: encostado ao carro, o cabelo que lhe escondia parcialmente os olhos, as calças de boca larga, fora de moda. Os lábios grossos, o superior mais espesso. A memória ia comigo no autocarro, embora não o recordasse voluntariamente. Ia porque sim, porque as memórias têm vida própria, são como os cães. São nossas, mas também têm a sua própria razão. Ia de pé e reparei que, do outro lado do autocarro, um homem me olhava com desejo. Naquele tempo julgava que o homem era um pervertido. Hoje, olhando para trás, acho que também isso é normal. Se eu fosse homem, se tivesse a idade daquele tipo, trinta e cinco ou quarenta anos, ali sentado, de pasta castanha sobre os joelhos, e a minha vida fosse, todos os dias, uma repetição dos mesmos rituais, também olharia para raparigas de quinze anos de corpo desenvolvido para a idade. Também lhes decoraria os pés enfiados em sandálias, as coxas apertadas nas calças de ganga, a curva das ancas ainda por cinzelar, os seios que ainda não encontraram a forma final. Decoraria tudo isto e, mais tarde, deitado na cama, enquanto a minha mulher tomava banho, teria prazer pensando nessa rapariga desconhecida do autocarro. Por que não? Nada nisso é imoral ou errado. A imaginação é a chave que temos para manter a morte fechada no seu quarto escuro. Mas aos dezasseis anos o homem parecera-me repelente e, sentindo que ele escrutinava as minhas nádegas nas calças muito apertadas que se usavam, espremi-me entre uma senhora e um idoso que estavam sentados num banco com o sinal de prioridade para grávidas e deficientes. O idoso lia o jornal com mãos trémulas. Foi nesse jornal que tornei a ver o meu pai. A sua imagem fora captada por um fotógrafo, quase do mesmo ângulo que as câmaras da televisão o tinham mostrado na noite anterior, com o sr. Seabra no centro da mesa e o líder sindicalista à esquerda. Mas a fotografia apanhava ainda um grupo de homens que estava de pé, junto de uma porta, alguns de braços cruzados, outros com as mãos nos bolsos. Nessa imagem, o meu pai não olhava em frente. Olhava na direção desse grupo, do qual se destacava um homem alto e magro, de cabelo claro, longo e encaracolado, um bigode muito fino e um sorriso exultante. O velhote tinha o jornal aberto nessa página e eu, que me sentara indiscretamente, não era capaz de desviar o olhar desse homem. Foi então que o velho reparou e, rabugento, desviou ligeiramente a página.

A única pessoa a quem contei que o meu pai aparecera na televisão e no jornal foi a Julieta, a primeira rapariga da nossa turma a quem apareceu a menstruação. Na altura, era a minha única amiga. Eu detestava as raparigas. Odiava os risinhos de escárnio, desprezava os grupinhos, evitava as conversas no balneário do ginásio. No primeiro ano naquela escola, uma das nossas colegas descobriu um penso higiénico na mochila da Julieta. Todas gozaram com ela. Todas a ridicularizaram como hienas em torno de um cadáver, dizendo que aquilo era *nojento*. No fundo, todas a invejavam, todas queriam ser mulheres em vez de raparigas cheias de ilusões. E eu teria acabado como elas se tivesse ficado na escola em vez de desaparecer pelas arestas do mundo. Tínhamos um professor de educação física muito jovem que foi o responsável por resgatar a Julieta da vergonha e da subsequente timidez que a assolaram depois da humilhação perante as colegas. O que ele fez, sem o saber, foi democratizar a vergonha. No ano seguinte à transformação precoce da Julieta, as minhas colegas começaram a apresentar desculpas para não poderem frequentar a aula de ginástica nesses dias. Como o faziam uma vez por mês (e, algumas, mais de uma vez por mês, aproveitando-se da aparente bonomia do professor), tornou-se evidente que não só a Julieta estava menstruada como todas as raparigas da turma também o estavam. Sem o saber, o professor começou a marcar na sua pauta, em frente ao nome de cada aluna, uma bola vermelha nos dias que correspondiam a essas febres repentinas, dores de estômago e entorses súbitas. Todos os rapazes sabiam o que se passava e todos se riam sempre que a caneta de feltro vermelha se aproximava da pauta. A Julieta sentiu-se vingada.

Ao contrário das minhas colegas, que ainda detestavam rapazes (ou fingiam detestar rapazes da mesma maneira que fingiam quase tudo), eu adorava-os. Dava-me prazer observá-los e às vezes, depois de uma aula, deixava-me ficar na sala vazia e percorria as mesas e cadeiras ainda mornas do calor dos corpos, sentindo o aroma de cada um. Sabia onde se sentavam e distinguia cada um deles pelo que deixavam na sua esteira. Da mesma maneira que eu cheirava a pastilhas Gorila, cada um deles cheirava a uma coisa diferente. A tabaco, a aftershave, a suor, a ranço, a sexo (alguns cheiravam a sexo) e, pior do que todas essas coisas, a perfume. A era dos perfumes chegara e aqueles que podiam encharcavam-se nele. Exibiam-no na escola, por vezes, dizendo que os pais o tinham oferecido pelo Natal. Um dos meus colegas, que era particularmente estúpido, passeava-se com um frasco de perfume no bolso, que ia aplicando com generosidade durante o dia, tornando a sua presença insuportável.

Era o mesmo rapaz que, sempre que fazia a barba, que lhe surgira com a voracidade de um tufão, aparecia na escola com a expressão afligida e orgulhosa de quem já levava uma lâmina ao rosto e, por isso, o cobria com pedaços de algodão, nos sítios em que a lâmina cortara a pele.

Era por isso que eu gostava do Jaime. Não era da minha turma, mas tínhamos a mesma idade e éramos os dois bons alunos. Eu preferia a matemática e as ciências, que o Jaime detestava, e ele era o predileto dos professores de português e inglês, que eu abominava. Conhecemo-nos na cantina. Ele encontrava-se à minha frente na fila para pedir o almoço, o cabelo aos caracóis todo desgrenhado, uma peruca flutuante, onde alguém suficientemente maldoso deitara cascas de pevides. Eu disse-lhe:

Tens o cabelo sujo.

Ele voltou-se e, ao ver-me, corou de uma maneira espantosa, com o rosto todo, com o pescoço, até as clavículas lhe ficaram rubras, e respondeu:

Obrigado.

Levou a mão ao cabelo e sacudiu-o. As cascas de pevides caíram para o chão. Atrás de mim, duas miúdas riram-se.

O que é que vais comer?, insisti.

Hum?

Apontei para as bandejas metálicas. Havia esparguete à bolonhesa e filetes de um peixe desconhecido com arroz.

Nada, respondeu ele. Ou talvez os filetes.

Gaguejou a palavra *talvez*. Eu ri-me, mas foi um riso inesperado, isento de malícia. Ele tornou a corar.

Desculpa, disse eu. Como é que te chamas?

Disse-me o nome sem me olhar. Vi que se esforçava por pronunciar as palavras. Fechava os olhos e concentrava-se, uma película de suor surgira-lhe na testa. A fila avançou. Eu peguei num prato de esparguete, mas ele não escolheu nada.

Ficaste sem fome?

O Jaime encolheu os ombros. Tinha uma borbulha no queixo, na dobra do queixo, onde a barba lhe despontava aos soçobros. Os lábios eram grossos, os olhos ternos e carregados de medo.

Então come um iogurte, sugeri, e tirei um iogurte da prateleira metálica e coloquei-lho na bandeja. Senti que ele começava a gaguejar alguma coisa e, dessa feita, mantive-me séria e contida. Enchi-lhe a bandeja de coisas: o iogurte, um croissant, gelatina, um quarto de leite. Sentámo-nos na mesma mesa e falámos, ou eu falei. Sempre que ele gaguejava, o que sucedia a cada cinco ou seis palavras, o rosto ficava-lhe da cor da bandeira da China. Eu falava por ele, procurava tranquilizá-lo. Queria redimir-me de me ter rido. Não me lembro do que lhe disse. Sei que o olhei com a certeza de que aquele rapaz gago, tímido e desajeitado seria o meu único amor verdadeiro. Nenhum de nós, até àquele dia, nem sequer provara uma cerveja ou um beijo.

Não conheci o Benxamín na Casa das Crechas, embora muita gente se tenha conhecido naquele lugar. Conheci o Benxamín na biblioteca, que ficava alojada num edifício demasiado moderno para Santiago, e conheci-o porque procurava o último livro do Jaime, que eu esperava poder encontrar ali, uma vez que os galegos se interessavam pelos escritores portugueses. O que é que eu achei do Benxamín? Talvez fosse melhor perguntar o que é que o Benxamín achou de mim.

Parecias uma tonta.

Diz a verdade.

Sério, parecias uma tonta. Entraste na biblioteca vestida como se fosse um dia de verão, e era outono. E no outono faz frio em Santiago, pelo menos naqueles dias menos soalheiros, em que o vento traz o frio das rias. Chegaste de sandálias e num vestido azul. A biblioteca estava a fechar. Eu perguntei se tu querias um casaco e tu perguntaste-me como me chamava.

Só queria ouvir uma voz. Estava sozinha havia muito tempo.

Bom. Parecias uma tonta à mesma.

E agora?

Agora pareces menos tonta, embora ainda sozinha.

Não digas isso, Benxámin.

Da primeira vez que vi o bibliotecário, ele estava debruçado sobre um caixote de livros. Provavelmente, é verdade que fazia frio, embora a memória me atraiçoe: sei o vestido que usava, tenho-o no armário à distância de três passos do lugar onde escrevo (lá fora, o cão vasculha o quintal dos vizinhos à procura de fósseis). Recordo esse dia como se fosse verão, talvez o meio da tarde, quando o Sol começa a abater-se e a luz penetra com maior fulgor através das paredes de vidro da biblioteca. Éramos os únicos. Não havia qualquer livro do Jaime e, no entanto, porque o Benxamín inspira em mim o género de confiança que o Jaime me inspirava quando éramos miúdos, fui temerária (quase imprudente) e perguntei-lhe se era possível encomendar um livro. Bebemos a nossa primeira cerveja nesse dia e ele perguntou-me por que razão queria eu ler aquele autor. Novamente imprudente, contei-lhe a breve história da nossa juventude enquanto comíamos tarte de maçã e azeitonas pretas e bebíamos Estrella.

Começámos por ir ao cinema, eu e o Jaime. Era um lugar confortável para ele porque não tinha de falar. *Tartamudo*, pensei. Mas talvez *gago* em galego fosse mesmo *gago*.

E gostavas muito do Jaime?

Adorava-o. Não nos vemos desde então. Foi com ele que fiz as primeiras coisas. Bebemos álcool pela primeira vez e experimentámos o estranho travo da cevada. Ficámos ligeiramente ébrios, como se fica quando nunca se bebeu, e depois eu insisti para que fumássemos um cigarro, como via a minha mãe fazer, à noite, à porta de casa, quando me julgava adormecida. O meu irmão David ressonava, mas eu permanecia desperta. Nesses tempos era demasiado agitada para dormir. Queria muito viver. Queria respirar o ar que os outros respiravam. Era quase demasiado viva para viver. Quase. Compreendes?

Não. Mas continua.

Pouco importa. O que te quero dizer é que não pensava nas consequências das coisas que fazia ou que viria a fazer. Como se fosse preciso estarmos quase mortos para pensar, como se pensar fosse uma qualidade dos mortos ou da maneira como me sinto hoje. Parvoíces. Fumámos o primeiro cigarro juntos. Também foi o primeiro homem com quem dormi.

Não estava à espera de que me contasses isso.

Claro, só nos conhecemos hoje. Mas vamos fingir que nos conhecemos há muito.

Pode ser.

Dás-me um cigarro?

Não devias fumar.

Dá-me um cigarro.

Toma.

Posso contar-te, então?

Demos os primeiros beijos durante os filmes. Costumávamos ir à Cinemateca, porque era mais barato do que o cinema e era frequentada por rapazes e raparigas mais velhos. Foi lá que vimos O *último ano em Marienbad*. Fui eu quem escolheu o filme e o Jaime não se opôs, porque nunca se opunha a nada do que eu sugeria. Passei esse dia muito entusiasmada porque Marienbad me sugeria uma vila piscatória na Grécia. Fiquei tristemente desapontada quando percebi que Marienbad ficava no centro da Europa e que era uma colónia de férias alemã na Tchecoslováquia. Apertei a mão do Jaime quando vi a Delphine Seyrig no ecrã. Ali sentada no escuro, rodeada por pessoas mais velhas que se vestiam de ganga e casacos compridos (as roupas que eu queria usar, embora tudo me ficasse largo), de repente vi a minha mãe no ecrã ou alguém que era tão parecida com ela que poderiam ser gémeas. Julgo que foi o nosso primeiro contacto físico na escuridão. Senti que ele gaguejava para dentro, que gaguejava um soluço. Fomos a outras salas de cinema e, numa tarde em que faltámos a uma aula (eu era a única que conseguia fazer com que o Jaime, o envergonhado e disciplinado Jaime, faltasse a uma aula), vimos um filme cujo nome esqueci num cinema que já não existe e foi a primeira vez que nos beijámos. Também foi a primeira vez que senti a ereção de um homem. Ele usava calças de bombazina castanhas, e, sem saber o que fazia, massajei-o por cima das calças. Não demorou muito tempo. Ele continuou a gaguejar para dentro, esquecido do filme, e quando o sabor da minha pastilha Gorila estava já derramado sobre o seu rosto (porque eu o beijava) senti que as calças dele ficavam molhadas e que as pernas lhe tremiam.

Era fácil dar prazer a um homem, pensei, sem me dar conta de que ele não era um homem, mas sim um rapaz. Fiquei orgulhosa desse feito. Nas semanas que se seguiram, eu e o Jaime continuámos a ir ao cinema, mas, como tínhamos descoberto outra fonte de prazer, passávamos os filmes num afã de que eles terminassem para irmos para o banco de um jardim onde raramente passavam pessoas, um daqueles bancos lacados a verde que se vão desfazendo com o tempo, e massajarmos as partes íntimas um do outro. Ele apalpava-me as mamas e eu fazia-o vir-se por cima das calças. Nada disso demorava muito tempo. Uma vez, fizemo-lo no pátio da escola, numa alcova que existia perto do lugar onde as contínuas guardavam os uniformes e o material de limpeza. Foi só uma vez, e tivemos tanto medo de sermos apanhados que julgo que nenhum de nós teve verdadeiro prazer.

Em casa, comecei a trancar-me na casa de banho durante horas. O meu irmão ainda não se masturbava e, por isso, aquele reino era só meu. A minha avó deixava-me em paz e o meu avô sorumbático ignorava quase tudo. Passou-lhes ao lado que a neta deixara de ser uma miúda e transitara para uma adolescência que, nalgumas mulheres, é uma brevíssima antecâmara da idade adulta (no meu caso, essa idade chegaria cedo e com alguma violência). Por enquanto, olhava-me ao espelho pela primeira vez com olhos de ver. Reparava como era bonita, como o meu cabelo, que fora da cor da palha queimada, assumia agora um tom mais claro, um matiz diferente que me ia distanciando de mim própria. As sardas também tinham desaparecido, os seios cresciam a cada dia, o púbis ganhara volume. A coisa de que eu mais gostava era, frente ao espelho, em bicos de pés, com o sabão azul e a pedra-pomes da minha avó a observarem-me, baixar ligeiramente as calças de ganga até conseguir ver os primeiros pelos que me decoravam o ventre. Desconheço por que razão isso me dava prazer. Não me masturbava ou, pelo menos, não me recordo de o fazer. Mais tarde comecei a fazê-lo, quando já não vivia em casa dos meus avós, quando fui viver com os homens. Foi a única maneira que arranjei de continuar a sentir-me viva.

Depois, eu e o Jaime fizemos amor. Disse à família que ia a uma festa em casa de uma amiga e, como a minha mãe estava de saída para o Centro Social, deu-me boleia no Citroën dois cavalos que eu adorava. Era bege, o tejadilho abria e o manípulo das mudanças ficava à altura do peito. Adoro recordá-la naquele carro, tão nova e tão elegante, embora, nessa idade, eu a achasse velha e julgasse que nela havia alguma coisa que apodrecia. De

SG Filtro nos lábios, a minha mãe fez caminho até à morada que lhe indiquei em silêncio. Quando chegámos, ela estacionou, observou-me e perguntou:

Vão lá estar rapazes?

Neguei com um aceno de cabeça.

Se houver rapazes, ligas para o centro e venho buscar-te.

Não vai haver rapazes.

Ela enfiou a mão no bolso das calças e tirou uma nota de cem escudos.

Em caso de emergência.

Obrigada.

Depois baixou-se para espreitar pela janela do meu lado e observar o prédio.

Que fino, comentou, com algum despeito.

Demos um beijo e eu saí. Vi o Citroën arrancar rua fora, dobrando a esquina com as rodas ligeiramente levantadas. Pensei, nesse momento, que a minha mãe nunca encontraria tranquilidade nem paz. Toquei à porta. Subi num elevador ferrugento. Meia hora passada, o Jaime entrava dentro de mim. Vinte segundos depois, quando ele se veio, os lençóis da cama dele, que eram azul-claros, tinham ficado castanhos. O Jaime entrou em pânico. Os olhos muito abertos, de pestanas demasiado longas para um rapaz, abrangiam o meu corpo à procura de outros resquícios de sangue.

Estás ferida, gaguejou.

As mulheres sangram sempre da primeira vez.

Não era necessariamente verdade, mas a mentira tranquilizou-o. Ficámos deitados algum tempo na sua cama de solteiro, rodeados por coisas que pertenciam à infância (os bonecos de *Guerra das estrelas* nas prateleiras) e outras à adolescência (um livro de Kafka na mesa de cabeceira, os horríveis sapatos castanhos com berloques que usava todos os dias). Os pais estavam fora. O irmão, que era alguns anos mais velho, passava as noites no Bairro Alto e nunca chegava antes das duas ou três da manhã. Não tive coragem de lhe dizer o que realmente acontecera. Que eu não perdera a virgindade da maneira como as mulheres costumam perder a virgindade, porque o meu hímen rompera depois de um jogo de basquetebol. Ou que o sangue que tingira a cama era o sangue do meu período, que chegava na ocasião menos propícia. E, contudo, ali deitada, com o Jaime ao meu lado respirando pesadamente, sem dizer uma palavra, como se fosse ele quem sangrava, era incapaz de deixar de sorrir, olhando para a capa de A *metamorfose* que jazia ao lado do candeeiro.

A seguir a esta noite, ele começou a falar. Primeiro a medo, as frases meticulosamente construídas, com uma delicadeza invulgar para a idade. Derrapava aqui e ali e desviava os olhos dos meus, buscando um sinónimo para uma palavra qualquer que não conseguia dizer. Uns dias depois, a conversa entre nós começou a fluir, e o medo dele transformara-se numa luta intrépida por fazer-se entender, como se tivesse perdido a insegurança exterior e o conflito passasse a ser exclusivamente consigo próprio. Explicou-me que, por ser assim, ganhara um apreço particular às palavras.

Quando não consigo dizer uma, procuro outra na minha cabeça, disse-me. Estávamos num café contíguo ao liceu, era de manhã, os nossos colegas faziam alarido junto do balcão. E, se não encontro outra, procuro uma terceira. É um exercício difícil, mas, ao fim de algum tempo, habituas-te e começas a fazer jogos. Percebes que as palavras estão todas ligadas, como se formassem uma rede infinita.

Eu sorri e alcancei a mão dele, de dedos longos e ossudos, quase sem carne, e acariciei-a por trás da caixa dos guardanapos. O Jaime também sorriu. Um empregado passou por nós, deixando um travo a suor matinal no ar e um grito por um galão. Os nossos colegas do liceu já nos tinham visto juntos muitas vezes, embora nunca nos beijássemos ou sequer déssemos a mão à frente deles. Era mais bonito que mantivéssemos a coisa assim. Que, com aquela idade, perplexos com o que nos acontecia e aos nossos corpos desajeitados, às nossas cabeças em ebulição, já fôssemos amantes. Continuámos a fazer amor em casa dele, sempre ao final da tarde, a seguir às aulas, porque eu sabia que tão cedo não conseguiria outra noite livre, que não tornaria a enganar a minha mãe. Nunca estava ninguém em casa, embora houvesse casacos pendurados nas portas e vestígios de gente. E, embora ele raramente falasse da família, eu sabia que o irmão era uma pessoa inconformada e distante e que os pais tinham dinheiro suficiente para passar grande parte do tempo ausentes e deixá-lo ao cuidado de uma empregada diurna que cozinhava todas as refeições, lavava todas as roupas e fazia todas as camas. Nesse sentido, éramos completamente diferentes. Ele tinha a casa sempre vazia, o tempo sempre para si. Eu tinha a casa permanentemente cheia, pouca privacidade, nenhuma ideia de solidão. A minha família lutava para sobreviver e a sua lutava contra o tédio.

Quando começámos a falar, foi sobretudo de livros. A certa altura, sem ele se aperceber, deixou de gaguejar (ou talvez tenha sido eu que me enamorei da sua maneira hesitante de pronunciar as consoantes, as vogais arrastadas, vagarosas). Contou-me sobre as desventuras de Raskólnikov. Descreveu apaixonadamente o encontro de Joseph K. com a Lei. Emocionou-se ao recordar os terríveis sofrimentos que Santiago encontrara no mar alto enquanto Manolo o aguardava, em terra, com uma lata de sardinhas. Mas o seu preferido, do qual não conseguia falar sem que os seus olhos brilhassem, era um livro de Samuel Beckett que comprara no Instituto Britânico. O livro chamava-se *Three Novellas* e ele adorava a última delas. Contava a história de um homem sem nome que, tendo sido libertado de uma instituição, vagueava pelo mundo sem propósito. Encontrava algumas personagens pelo caminho, e umas ajudavam-no, outras não. Começava com uma declaração enigmática.

They clothed me and gave me money.

Terminava da maneira mais triste. Esse homem, dentro de um pequeno barco, deixava-se afundar lentamente. Como eu não falava bem inglês, passei um final de tarde de inverno abraçada ao corpo magríssimo do Jaime, a chuva a bater descompassada no vidro da janela do quarto, ouvindo-o traduzir, frase após frase, o texto de Beckett. Lá fora, o mundo recuou para uma alcova distante, sobrando apenas a chuva e o cheiro dos nossos corpos e a sensação de um cobertor laranja sobre as pernas nuas. Não sei se compreendi a novela ou se lhe prestei muita atenção. Apreciava, sobretudo, o som da voz dele, quase grave mas ainda sem a gravidade de um adulto, procurando as palavras mais certas. Desde então, li-a muitas vezes e carrego esse livro comigo para onde quer que vá. Decorei algumas passagens.

> *I saw the beacons, four in all, including a lightship. I knew them well, even as a child I had known them well. It was evening, I was with my father on a height, he held my hand. I would have liked him to draw me close with a gesture of protective love, but his mind was on other things.*

Só mais tarde contei essa história ao Benxamín. Embora o meu arrojo fosse grande (culpo a solidão), da primeira vez preferi falar-lhe do corpo e não do espírito. Contei-a depois de termos passado o dia a chutar pedrinhas na Praia das Cunchas, em Rianxo, aonde fomos num sábado de tempestade no primeiro inverno que passei na Corunha. Estávamos sentados sobre a erva que nascia, desabrigada, de um dos lados da enseada. O vento fustigava-lhe o cabelo. O meu cabelo nesse inverno estava mais curto, à medida daqueles dias lacónicos. O Benxamín abraçou-me. Um gesto de amor protetor.

Em janeiro ou fevereiro de 1984, o Jaime tinha escrito um conto para um concurso do liceu. Já então escrevia muito melhor do que todos os outros alunos, e ganhou o concurso. Escapa-me o conto, não guardo qualquer memória dele. Mas lembro-me de, na aula de português, a professora nos ter incentivado a participar do concurso. A boa notícia era que o prémio valia algum dinheiro (talvez dois mil escudos, uma fortuna para um rapaz de dezasseis anos). A má notícia era que o vencedor teria de ler o seu conto em voz alta na sala de aula. Eu nunca vira o Jaime tão nervoso, e fiquei preocupada. Na noite anterior liguei-lhe do telefone de casa, escondendo-me no corredor, entre o quarto da minha avó e o meu, onde o David dormia na parte inferior do beliche. O Jaime disse que não iria conseguir dormir e eu implorei-lhe que não pensasse no assunto. Apareceu no dia seguinte cheio de olheiras, todo despenteado, a tremer das mãos. Levei-o à cantina e pedi à empregada um chá de camomila para o acalmar.

Foi o menino que ganhou o concurso?, perguntou-lhe a mulher, sorridente, o rosto redondo e rosado como um cravo.

A expressão de horror no rosto do Jaime manteve-se desse momento até ao instante em que subiu a um estrado para receber o prémio. Não estavam muitos alunos na sala. As professoras tinham pedido aos outros participantes no concurso para comparecerem e, de resto, havia uns quantos alunos da turma dele esparramados nas carteiras, hipnotizados pela modorra da tarde de chuva. Melhor assim. Se ninguém nos der importância deixamos também de dar importância aos outros. Mas o Jaime não era capaz de passar despercebido. Quando tirou o papel do bolso das calças de fazenda, baixou o rosto ruborizado na direção das tábuas que compunham o estrado. Fizera-se silêncio, mas este duraria um breve instante porque, quando lhe viram o medo, os colegas dele começaram a rir baixinho. Quando o Jaime começou a ler e tropeçou no primeiro verbo, os risinhos transformaram-se em gargalhadas na boca de uns quantos rapazes. Conseguiu terminar a primeira frase mas ficou encalhado na segunda, e os outros riram-se ainda mais. Em vão, a professora pediu silêncio.

Nunca entendi esta espécie de maldade, Benxamín. Ou, pelo menos, não a entendia então. Que prazer poderiam ter eles em rir-se da incapacidade de alguém? Se vissem um cego esbarrar numa parede teriam a mesma reação? Ou um aleijado a cair das escadas?

D...

O Jaime esbarrara num D. As mãos já não lhe tremiam mas, perante toda a gente, com a luz potente do candeeiro do teto rasgando a atmosfera sombria do fim da tarde e realçando-lhe o suor e o trejeito da boca, incapaz de pronunciar o resto da palavra, o Jaime parecia prisioneiro de uma fação inimiga prestes a fuzilá-lo. A professora agitava-se, atrapalhada, e esbracejava, mas os outros ignoravam-na e riam-se sem pudor. Não aguentei mais. Ergui-me, lancei um olhar furioso aos alunos que o gozavam e dirigi-me para a frente da sala. Houve um silêncio repentino. Aproximei-me dele e segredei-lhe ao ouvido, sentindo o suor que lhe descia pelo pescoço.

Lembras-te do que me disseste?, perguntei-lhe. Se não és capaz de uma palavra, procura outra na tua cabeça.

Afastei-me sem deixar de o olhar. Sorri-lhe e sentei-me na primeira carteira. Atrás de nós, os rapazes faziam agora pretensos sons românticos. Ele não sorriu mas poderia ter sorrido. Senti que me sorria com os olhos. Seria perfeito dizer que não tornou a gaguejar durante o resto da leitura. Também seria mentira. Tornou a gaguejar muitas vezes, e os outros continuaram a tratá-lo sem misericórdia. Mas conseguiu chegar ao fim.

É curioso que, desde então (passaram-se mais de vinte e cinco anos), tudo tenha mudado de maneira tão drástica. Pelo que sei, as pessoas vão a lugares para o ouvir falar. Saem do conforto das suas casas, metem-se a caminho, enfrentam o trânsito, desviam-se do seu cotidiano para ouvir um homem que, na adolescência, não era capaz de terminar uma frase.

Quando saí da sala de aula, naquela tarde, e passei por um dos rapazes que mais se rira, um miúdo forte, de rosto redondo e bolachudo, com um capacete de mota debaixo do braço, encarei-o sem medo. Devo ter-lhe rosnado, porque vi-lhe o despeito no rosto.

O que é que queres?, perguntou ele.

Quero que te lembres desta tarde quando, um dia destes, ninguém se lembrar de ti, respondi-lhe.

Estou neste casebre há duzentos e trinta e dois dias. Ou talvez me tenha enganado nas contas e, num dos dias em que eu e o Benxamín fomos passear, me tenha esquecido de marcar uma folha do diário. Cheguei no final do verão e, agora, em finais de março, anuncia-se outra primavera difícil. O frio persiste, as árvores parecem não ter vontade de renascer. Todos os dias me pergunto se este dia será o último. Num deles, vindouro, as coisas encontrarão o seu fim.

Estou convencida de que o Benxamín está apaixonado por mim. Tem vinte e quatro ou vinte e cinco anos, não estou certa. Nunca irei gostar dele da maneira como julgo que ele gosta de mim. Já lho disse várias vezes. Ele parece não se importar. As estações em Santiago são duras de roer e passam muitos dias em que, na biblioteca, aparece meia dúzia de leitores e nenhum deles fala muito, limitam-se a perguntar por esse livro ou por aquele, comentam o tempo, vão-se embora insatisfeitos. Presumo que lhe faço outro género de companhia. Ou, pelo menos, conto-lhe histórias, embora me pareça que ele não me leva sempre a sério. É possível que julgue que estou a inventar. Corre-lhe nas veias o sangue desconfiado de Oleguer e de Andreu, o sangue dos catalães. Não é completamente galego, este Benxamín.

Talvez, se o fosse, lhe tivesse falado mais cedo da noite em que conheci o meu tio.

Em março de 1984, o meu irmão fez treze anos. O meu pai ligou para nossa casa e, depois de convencer a minha avó (lembro-me de que, nessa noite, o meu avô estava à mesa de póquer a preencher o Totobola e eu estava esparramada no sofá, de casaco vestido por cima do equipamento do basquetebol), conseguiu que a minha mãe lhe atendesse o telefone. Ela falou baixinho, como sempre fazia quando falava com o meu pai, e, depois, chamou-me a mim e ao David, que estava deitado no beliche, onde passava as noites a ler livros de banda desenhada. Na cozinha, a minha mãe disse-nos que, no sábado seguinte, o pai nos viria buscar para irmos jantar fora. O David procurou uma expressão indiferente, como sempre fazia quando se deparava com uma dificuldade, embora eu pudesse ver que apertava os dedos contra as palmas das mãos, e eu senti que o mundo era engolido por um buraco negro, um vórtice onde naveguei durante um longo momento. Quando regressei à cozinha, a minha mãe fitava-me. Estava encostada à bancada com os braços cruzados, aguardando.

O que foi?, perguntei.

Ficas responsável pelo teu irmão, disse ela.

Não preciso que ela tome conta de mim, ripostou o David, de braços estendidos ao longo do corpo, a nadar num pijama larguíssimo.

Não disse tomar conta, continuou a minha mãe. Disse responsável. Por chegarem a casa a horas, por exemplo.

O pai é que devia ser responsável por isso, tornou o David.

O teu pai não é responsável por coisa nenhuma, disse a minha mãe.

Então é melhor não irmos, disse eu.

Já lhe disse que sim. É só uma noite, insistiu a minha mãe.

Eu não quero ir, implorou o David. Dá o *Marco Polo* na televisão.

Vão e acabou-se a conversa, zangou-se a minha mãe.

E se nunca mais voltarmos?, perguntei eu, atrevida. Vais sentir-te culpada para o resto da vida.

Já me sinto culpada para o resto da vida, disse a minha mãe, acendendo um SG Filtro. Por ter conhecido o teu pai.

Se não o tivesses conhecido, não tínhamos nascido, contestou o David. Tinhas casado com outro pai e nós não existíamos.

Ou se calhar existíamos, mas tínhamos outros nomes, sugeri eu.

Tu eras gorda e feia e chamavas-te Raimunda, disse o David.

E tu eras gordo e feio e chamavas-te Raimundo, respondi.

A minha mãe revirou os olhos, pegou na carteira e anunciou que ia sair. Ainda que brincássemos, a verdade é que nenhum de nós dormiu bem nessa noite. Eu sentia o David desperto, os seus olhos grandes de rapazinho fitando o teto a dois palmos do seu rosto. Estendida no beliche, que já era demasiado pequeno para as minhas pernas tão compridas, eu matutava na possibilidade de escaparmos a esse sábado. Que eu me lembrasse, nunca tínhamos estado com o meu pai por mais de dez minutos. Nunca nos tinha levado para longe de casa. Chegara a altura, e era um momento tão aterrorizador que talvez a única saída fosse ficarmos realmente doentes.

Sábado chegou e não estávamos doentes. Eu passara a tarde anterior a fazer amor com Jaime. Precisara disso. Precisara de o sentir dentro de mim para apaziguar o sofrimento que se seguiria. O Jaime garantiu-me que a noite passaria depressa. Contou-me que, sempre que via os seus pais, as coisas decorriam dentro de uma normalidade tão isenta de emoções ou significado que, no final, a única coisa que restava era um prolongadíssimo silêncio ou o sinal contínuo de uma chamada telefónica caída. Eu sorria por dentro quando ele usava este género de metáforas. Nunca conhecera nenhum rapaz que falasse daquela maneira e isso fazia-me gostar ainda mais dele.

Pus um vestido preto e um casaco de malha. Dentro de casa fazia frio mas na rua anunciava-se uma noite de primavera (o cheiro da primavera chegara-me mais cedo do que às outras pessoas, era o prenúncio de alguma coisa). A minha avó costumava escolher a roupa que o David vestia, mas, dessa vez, escolheu-a ele: apareceu à porta de casa vestido como um mendigo andrajoso, numas calças de ganga surradas, uma camisola demasiado grossa, cor de vinho, os ténis meio rotos com que ia todos os dias para a escola. Mostrou-me o dinheiro que a avó lhe pusera no bolso: cinquenta escudos.

O meu pai chegou tarde. Estacionou o carro na esquina e apareceu sorridente. Deu-me dois beijos e, depois, deu um abraço ao David e agitou-o como se fosse um chocalho. O David deixou-se abanar. O cabelo branco do meu pai caía-lhe em madeixas por cima dos olhos. Cheirava a álcool e a tabaco.

Estás um homem, caralho, disse ele.

O meu irmão corou. Entrámos no carro. Sou incapaz de

descrever o caminho que fizemos. Eu ia no lugar do passageiro, sem cinto de segurança, ao sabor dos solavancos da velharia que o meu pai conduzia. O David ia atrás, em silêncio. O meu pai olhava-me de maneira indiscreta. Olhava para o meu corpo, para as minhas pernas, que levava dobradas debaixo do rabo, e para os meus seios, que formavam dois pequenos montes debaixo da camisola de malha.

E tu estás cada vez mais parecida com a tua mãe, disse ele, de cigarro na mão esquerda, guinando o volante com a direita. Como é que vai a escola?

Tudo bem, respondi.

Já me esquecia. Toma.

Tirou o pacote de pastilhas Gorila do bolso da camisa e passou-mo. Abri-o, devagar, e ofereci uma ao meu irmão, que declinou com um aceno de cabeça, sem me olhar. Mastiguei a pastilha.

Vamos ter com uns amigos, disse o meu pai. Boa gente. E tenho uma surpresa para vocês.

O meu pai olhou pelo espelho retrovisor. O meu irmão observava, melancólico, o seu próprio reflexo no vidro da janela, enquanto a noite descia sobre a cidade.

Tudo bem aí atrás?

O David não se esforçou por responder. Nem sequer sorriu. Era noite quando estacionámos à porta de um prédio numa rua mal iluminada. Um letreiro indicava um restaurante. Entrámos, o meu pai à frente. O restaurante era espaçoso e simples, com mesas cobertas de toalhas de papel, malgas de barro fumegantes e paredes repletas de tralha. Não havia mulheres. Se as havia, eram poucas e discretas, porque só me lembro de ver homens, com exceção de uma senhora anafada, de avental, que ia trazendo comida para as mesas, enquanto um senhor com uma grande barriga e manchas de suor na camisa servia copos de vinho e cerveja. Encostados a uma parede, dois músicos tocavam guitarra e cantavam, mas eram abafados pelo estrépito incessante das vozes. Toda a gente fumava, e quase todos usavam bigode.

Eu e o David sentámo-nos numa mesa, lado a lado. Observei as paredes. Havia muitas fotografias emolduradas. Havia também uma bandeira do Partido Comunista e outra de um movimento sindicalista que se fazia representar por dois punhos fechados. Ao lado de uma placa comemorativa, o estandarte de um clube recreativo. O meu pai foi falar com dois homens e depois regressou acompanhado por eles. O David encolheu-se na cadeira. Eu levantei-me e senti-lhes o olhar escrutinador. O meu pai apresentou-nos. O primeiro tinha o rosto inchado de quem bebia demasiado vinho e trazia um copo na mão e um cigarro na outra. Era bonito, contudo, de olhos quase cinzentos e mãos fortes. Devia ter a idade do meu pai, ou talvez menos. Não fazia a barba havia muitos dias. Chamava-se Raul Cinzas.

Lembras-te da minha filha, Raul?

Olha qu'esta, respondeu o homem, e pegou-me no rosto, aproximando-o do seu. Quase não houve contacto. Deixou simplesmente que os lábios roçassem a pele das minhas bochechas, como quem finge beijar. Senti-lhe a barba. Andei contigo ao colo, sabias?

O meu pai continuava a sorrir, como se nos exibisse. E este é o que faz anos, disse ele.

O homem chamado Raul deu um abraço despropositadamente fraterno ao meu irmão. Havia um ruído enorme na sala, um clamor quase insuportável, um cheiro fortíssimo a comida e a bebida e ao suor de muitos corpos juntos. Era possível que se celebrasse alguma coisa naquela noite, mas eu não sabia o quê, e nunca cheguei a perguntar.

Quando dei conta, fitava o segundo homem nos olhos sem saber quem ele era. O meu pai pôs-me a mão sobre os ombros.

Este é o teu tio Franquelim, disse-me. Chegou o ano passado do Canadá.

Não o reconheci logo. Levei algum tempo a associar o seu rosto com aquele que vira no jornal, no outono. Outros factos, mais prementes, acabavam de surgir. Eu tinha um tio que nunca vira, e ali estava ele. Com exceção do bigode e das roupas, que eram idênticas às de todos os outros homens, o tio Franquelim era muito mais bonito. Tinha o cabelo encaracolado e louro e os olhos verdes, um príncipe de uma fábula num país distante. O meu avô era moreno, de olhos castanhos, tal como o meu pai e o meu irmão. Jaime era moreno de olhos castanhos. Os meus professores eram morenos de olhos castanhos. O carteiro e o dono do café na Madragoa eram morenos de olhos castanhos. Havia gente com outras cores, mas ninguém que eu conhecesse. Um adulto com aquele aspeto, e ainda para mais aparentado, era um acontecimento inimaginável. Então desviei o olhar para o fundo da sala, onde, numa vitrina que nos separava da tralha que decorava o restaurante, vislumbrei o meu reflexo. O meu cabelo era da mesma cor do cabelo do meu tio.

Espera.

O quê?

Conheceste-os ao mesmo tempo?

A quem?

Ao Raul Cinzas e ao teu tio.

Na mesma noite. Por que é que isso é estranho?

Dois loucos numa só noite.

O problema é que estás a ouvir a história ao contrário. Contei-te demasiadas coisas que aconteceram para a frente. Lembra-te: naquela altura, eu não passava de uma miúda que não sabia nada de nada. De maneira que conhecer dois, três ou cinquenta loucos numa só noite era a mesma coisa.

O que é que o teu pai fazia?

Boa pergunta. A minha mãe nunca me explicou, mas, pelo que percebi das conversas nessa noite, trabalhava com o sr. Seabra e os sindicatos. O meu tio, não. O meu tio era uma história diferente. Vinha de um país distante e tinha outras ambições, que eu desconhecia na altura. Julgo que nem o meu pai estava a par das coisas que ele tinha feito no Canadá.

Importação e exportação, respondeu o tio Franquelim quando o Raul lhe perguntou pela vida. Andei nove anos pelas Américas, mas residia em Ottawa. Mesmo na fronteira com o Quebec. Cruzei tantas vezes a merda do rio para Gatineau que, a certa altura, achei que me iam crescer guelras.

Sentáramo-nos todos à mesma mesa. Eu e o meu irmão comíamos febras de porco em carcaças inundadas de cebola e mostarda. O meu pai não comia (pelo menos não me lembro de o ver comer) e o tio Franquelim bebia cerveja, embora nunca se mostrasse embriagado. A certa altura, o David deu-me uma cotovelada e disse-me, em surdina:

Se for preciso, tenho dinheiro para um táxi.

Olhei para o meu pai, que tinha terminado uma garrafa de vinho com a ajuda do Raul. Tinha no rosto aquela expressão que eu lhe vira antes, quando parava à porta de nossa casa, e que tornaria a ver-lhe muitas vezes. A expressão de alguém que se esforçava muito por parecer presente, embora já tivesse partido. Falava muito alto, gesticulava sem parar, mas as coisas que dizia acabavam por se esfumar e se perder no meio da conversa que decorria entre o Raul e o Franquelim.

Eles sabem o que fazem no Canadá, dizia o meu tio. Não existe qualquer ódio pelo socialismo. Não são como os chanfrados dos americanos. Louva-se a livre-iniciativa. Tipos como eu podem e devem sobreviver e, quem sabe, enriquecer pelos seus próprios meios. Agora que o Trudeau resolveu abdicar, ninguém sabe como as coisas vão ser, mas os gajos acreditam na prosperidade sem andar às turras com ninguém. É o que chamam de espírito liberal.

O Raul riu-se e acendeu um cigarro. Do que eu ouvira, era jornalista de profissão. Eu observava-o de perto mas não o imaginava a escrever. Tinha as patilhas demasiado grandes, quase a unirem-se ao bigode. Imaginava-o a conduzir um autocarro. Estava sentado ao meu lado e, de vez em quando, sentia o tecido das suas calças roçar nas minhas pernas nuas.

Tem graça dizeres isso e vires juntar-te ao pagode, avançou o Raul. Por que é que voltaste? Talvez estejas tão contente com o facto de o mundo estar a voltar à direita que vieste para assistir à consagração no teu próprio país, enquanto ainda nos chamam socialistas.

Isso é uma piada de mau gosto, interveio o meu pai.

E não são?, perguntou o Franquelim.

Andamos no meio, como a virtude, ripostou o Raul. Mas a perna esquerda está manca. No Parlamento só se fala da Europa e das privatizações. É o resultado de os americanos terem eleito um cowboy para presidente. Armas e petróleo, meu amigo. O futuro da humanidade.

Sabias, perguntou o Franquelim, pegando em metade da febra que o meu irmão deixara no prato, que o Trudeau foi o primeiro líder mundial a conhecer o John Lennon durante a tournée para a paz mundial? O Lennon disse que ele era uma pessoa maravilhosa.

O que é que isso tem a ver?, perguntou o Raul.

Nada. Achei que era um facto interessante.

Mastigou e, depois, passou os dedos pelo bigode que lhe decorava os lábios perfeitos. Ao lado dele, o meu pai não deixava o copo sossegado, e eu conseguia sentir-lhe a perna a tremer por baixo da mesa.

O que é que interessa se somos socialistas, liberais ou astronautas?, questionou o Franquelim. Aqui toda a gente anda preocupada com os outros — o vizinho, as forças armadas, o governo. Deus e a pátria. Quando devíamos era andar preocupados connosco. Um país não é uma massa indiferenciada, Raul. Um país é uma coleção de indivíduos que se preocupam, em primeiro lugar, consigo próprios e, se puderem, dão uma mão ao próximo. Que é que interessa se está o Soares, o Trudeau ou o Reagan no poder? Fazes por ti, metes o que puderes ao bolso e depois preocupas-te com o resto.

O Raul soltou um risinho de escárnio. O empregado trouxe uma nova garrafa de vinho e pousou-a com estrondo na mesa, tornando a desaparecer na confusão. Toda a gente falava altíssimo e o fumo de cigarro transformara-se numa nuvem espessa, um segundo teto.

Ah, prosseguiu o Raul, como regressaste infetado, camarada. Essas ideias são geniais para os países ricos lá do Norte. Aqui, na periferia, somos um por todos e todos por um. Como o Benfica.

Por falar nisso, como é que ficou o Benfica?, atalhou o meu pai.

Joga amanhã, respondeu o Raul. Fixava o meu tio com algum rancor, embora o Franquelim parecesse indiferente enquanto bebia outra cerveja pelo gargalo. O meu irmão pousara o queixo nas mãos, aborrecido de morte com tudo aquilo.

As coisas vão mudar, quer tu queiras quer não, disse o Franquelim. Encolheu os ombros e passou a mão pelo cabelo, que brilhava à luz demasiado agressiva do restaurante.

É preciso tomates para vires aqui com essas ideias, disse o Raul. Houve um momento de pausa, uma tensão. Até o David levantou o queixo. Mas depois o jornalista deu uma gargalhada.

Olha, pode ser que te lixes, rematou. Pode ser que os socialistas, afinal, continuem no poder e que acabes a fazer greve na Lisnave.

Foi a vez de o meu pai se rir. O Bloco Central não dura até ao final do ano. E já se sabe o que vem depois.

Mas, já agora, insistiu o Raul, se o Canadá é um país tão maravilhoso, por que é que voltaste para cá?

O meu tio tornou a encolher os ombros.

Eu não disse que era maravilhoso, respondeu ele. Disse que se vivia bem e se podia viver ainda melhor. Mas, em terra de cegos, quem tem olho é rei.

Aquela conversa morreu por aí. Houve outras, mas não recordo qualquer detalhe interessante. Quando já era tarde, o sr. Seabra, que eu só vira na televisão e nos jornais, apareceu. Foi imediatamente rodeado pelos que jantavam no restaurante. Vinha acompanhado de três homens. Um deles era o representante do sindicato, o que usava um par de óculos enormes, que promovera a greve na metalúrgica. Ébrias e felizes, as pessoas acompanharam-no até uma mesa com três cadeiras vazias. Em cima da mesa, a senhora de avental colocou um tacho fumegante. Pareceu-me estúpido que o sr. Seabra e os amigos jantassem ali, como se estivessem em exposição, mas foi o que aconteceu. Depois de comer, o Seabra levantou-se e discursou durante muito tempo sobre política, e eu lutei por permanecer desperta. Havia muito que o David deitara a cabeça entre os braços e adormecera. Era visível o subir e descer compassado do seu tronco, a respiração mais profunda do sono. A mim, o cansaço chegou-me como uma chapada. Num momento estava acordada e, no momento seguinte, só queria fechar os olhos. Lutei contra o sono porque não queria adormecer em frente ao meu tio. Não queria fazer o papel da rapariga demasiado jovem para estar de pé àquelas horas. O Franquelim era mais novo do que o meu pai e era um desconhecido. Embora me dissessem que era família, eu não acreditava no que me diziam. O meu corpo recusava-se a acreditar. Ele levantara-se da mesa e andava por ali, conversando com outras pessoas, a fumar cigarros e a beber cerveja do gargalo. A certa altura, vi-o falar com uma mulher (a única mulher de que me lembro de ver, além da senhora que servia comida) e senti ciúmes, porque ela era jovem e bonita e mais velha do que eu. Porque ele falava com ela e não comigo. O meu pai, que estava bêbedo, fora juntar-se à mesa do sr. Seabra e, titubeante, falava com o homem dos óculos de aros grossíssimos, que parecia não lhe dar grande resposta. O Raul deixara-se ficar e, ao dar pelo meu sonambulismo, ofereceu-me um cigarro.

Mantém-te ocupada, disse ele.

Eu não fumo, respondi, com um medo irracional de que a minha mãe ali estivesse a observar-nos.

O teu pai devia andar de olho em ti, disse ele, os olhos a tremeluzirem da bebida. És demasiado bonita.

Foi a primeira vez que um homem mais velho me fez um reparo daqueles. A minha reação surpreendeu-me. Talvez tivesse sido o cansaço a solicitar a insolência, não sei dizer. O que respondi foi:

E o senhor devia dar mais atenção à sua mulher, que já deve estar cansada de esperar por si em casa.

Olhei brevemente para o anel dourado que ele tinha no dedo da mão esquerda. Ele também olhou. Primeiro ficou muito sério, como se eu o tivesse apanhado em flagrante. Depois soltou outra das suas risadas sonoras e, levantando-se, disse-me, em surdina:

Tu vais ser das frescas. Pena que eu tenha demasiado amor à liberdade. Se não tivesse, levava-te a dar uma volta.

Deviam ser quase duas da manhã quando partimos. A única coisa em que eu pensava era na cena que me aguardava em casa.

As palavras da minha mãe, quando me dissera que era responsável pelo David, ressoavam na minha cabeça. E o meu irmão estava um destroço de sono e cansaço, um pré-adolescente que dormia em pé enquanto eu o ajudava a vestir a camisola cor de vinho e o meu tio carregava o meu pai embriagado pelas escadas abaixo. No carro, eu fui à frente com o tio Franquelim. No banco de trás o meu pai ressonava e o David, de cabeça encostada à janela, dormia pacificamente. Cruzámos a cidade deserta sem falarmos. O meu tio estava mais desperto do que todos nós, apesar da quantidade de cerveja que bebera. Que idade teria?, perguntei-me. Quando parámos nuns semáforos, o Franquelim tamborilou com os dedos no volante, falando ou murmurando consigo próprio, como se estivesse a formular um longo plano permanentemente em construção. Mas eu estava demasiado alerta, demasiado consciente das minhas pernas finas a emergir do meu vestido.

Chegámos à porta de casa dos meus avós e acordei o meu irmão, que despertou com um susto. Olhei para o meu pai e depois para o meu tio.

Não vale a pena, disse o meu tio. O Pasteleiro só acorda amanhã.

O meu irmão murmurou um adeus inaudível. Saímos do carro, tentando não fazer barulho ao fechar as portas. A rua estava deserta. Somente um candeeiro prolongava as sombras. A noite esfriara, e apertei o casaco de malha quando vi a cabeça do Franquelim surgir na janela do passageiro.

Ao teu pai chamo-lhe Pasteleiro, disse-me. E a ti passarei a chamar-te Esqueleto Magrinho.

Debrucei-me para o olhar. Sorriu-me.

Diz à família que a culpa foi minha. Não há nada melhor do que pôr as culpas num desconhecido.

O carro desapareceu na esquina. Quando entrámos em casa, a minha avó estava sentada no sofá da sala, a televisão ligada, emitindo estática. Adormecera e a cabeça pendia-lhe sobre o ombro, o pescoço magro, de veias salientes, iluminado pela luz do candeeiro de mesa. Toda a casa cheirava a chicória.

Existem muitos bares em Santiago, mas eu prefiro a Casa das Crechas, na Via Sacra. Depois de o bar fechar, gosto de me sentar nas escadas da praça da Quintana e observar os pombos que andam por ali a bicar as lajes. Já tarde, a iluminação projeta a sombra de um peregrino na parede. Só quem passa pela praça compreende isso. Do lado direito da escadaria existe uma coluna vertical, em pedra, defronte da moldura de uma janela emparedada. Durante o dia, não passa de uma coluna. À noite, contudo, uma estranha ilusão de ótica projeta a sombra de um peregrino disfarçado de monge na parede, uma figura tenebrosa que é o fantasma da Porta Real, que não cede até o dia nascer e a luz do Sol apaziguar o seu suplício. Na noite seguinte, o fenómeno repete-se.

Existem duas lendas em torno dessa sombra. A primeira conta a história de um sacerdote enamorado de uma mulher religiosa do convento de San Paio. Todas as noites se encontravam no passadiço que unia a catedral ao convento, todas as noites se enamoravam. Um dia, o sacerdote propôs-lhe fugirem de Santiago e escaparem à prisão religiosa. O monge disfarçou-se de peregrino, com o capuz tapou a cabeça, e esperou pacientemente pela sua amada, que nunca chegou. O seu espírito acode todas as noites à praça da Quintana, onde aguarda para sempre. Esta é a versão romântica. Eu prefiro a outra lenda, a de Léonard du Revenant, e é nessa que penso sempre que, depois das Crechas, me sento nas escadas e respiro o ar frio da noite e aguardo a minha sentença.

Quem ma contou foi um poeta mexicano cujo nome agora não importa recordar. Conhecemo-nos há muitos anos, numa viagem de comboio, mas essa é outra história. Foi por causa dele que me sentei aqui pela primeira vez, por causa dessa lenda que ouvi da sua boca. E porque, a partir de certa altura, comecei a sonhar com Léonard du Revenant e a acreditar, em sonhos, que eu era Léonard du Revenant, uma mulher no corpo de um peregrino do século XV. Revenant chegara a Compostela, vindo de Paris, para cumprir uma condenação por parricídio: com dezoito anos envenenara o pai para herdar a sua fortuna num condado parisiense. O tribunal condenou-o à morte. Contudo, o duque de Borgonha, de quem se dizia ser filho (e não do homem assassinado), intercedeu em seu favor. Após três anos de prisão, Léonard propôs-se a fazer a peregrinação a Compostela para se redimir dos seus pecados. Demonstrando, porém, a velha teoria de que quem transgride uma vez tornará a fazê-lo, pôs-se a caminho com pouquíssima devoção. Tão pouca que, depois de cruzar os Pireneus, hospedou-se numa estalagem próxima de Pamplona e apaixonou-se por Inés, uma jovem estalajadeira que quis para si. Uma vez que a jovem o recusou, porque estava comprometida, Revenant matou o noivo com a quina de uma pedra e raptou Inés, consumando o ato sexual pela força e assassinando-a em seguida (não nos esqueçamos de que fazia o caminho santo dos peregrinos, nem de que procurava a redenção). Conseguiu fugir da justiça disfarçado de monge mendicante e, mais tarde, de peregrino sem posses. Quando chegou a Compostela, manchado de sangue e de culpa, procurou a ajuda de um padre, mas era demasiado tarde e encontrou as portas da catedral e do convento fechadas. Não havia alojamento, uma vez que os peregrinos tinham ocupado todas as estalagens. Com medo de si próprio, ou com medo do diabo que, dentro de si, nunca descansava, refugiou-se nas escadas da praça da Quintana, ansiando pela chegada do dia, junto da coluna vertical defronte da janela fechada.

Contudo, a noite foi terrível. Nos seus sonhos surgiam os espíritos daqueles que assassinara. O seu pai, velho e raquítico, condenando-o ao eterno cadafalso. A estalajadeira a quem ele roubara a virgindade gritando da cova, reclamando o seu amado a quem ele esmagara o crânio. Delirante, julgou que era este último, ou o espetro deste último, que, na hora mais silenciosa da madrugada, se aproximou de si, enquanto dormia ao relento, e, sacando da adaga, tentou matá-lo. Mas uma outra lâmina atravessou o corpo de Revenant. Não era o fantasma do noivo de Inés quem o feria, mas sim um cruzado que andava no seu encalço desde França. Léonard morreu ali. Agora, a sua sombra perene de assassino e de louco regressa todas as noites.

E eu pergunto-me, sempre que me sento nos degraus e, no meu sigilo, observo o funesto recorte do peregrino: por que razão sonho que sou ele? Por que sonho que mato, que pilho, que violo, que roubo e que fujo?

A minha mãe não ralhou comigo, nem a minha avó. Esta limitou-se a não falar durante uma semana (ou a ruminar o dia inteiro, murmurando palavras aqui e ali que ninguém entendia e que levaram o meu avô a dizer, enervado, enquanto lia *A Capital* numa tarde em que uma brisa morna agitava as cortinas de cetim que decoravam a janela:

Fala mais alto, mulher. Ninguém te entende).

Julgo que chamava nomes ao meu pai. Ou, porque não era de dizer palavrões, talvez o amaldiçoasse com estranhas conjuras.

Embora a minha mãe não tivesse ralhado comigo, não se coibiu de ralhar com o meu pai. Do meu quarto, deitada na cama, ouvi-os discutir. Era noite, eu sentia-me sozinha, e escutei a minha mãe a tentar esconder a ira na sua voz, dizendo ao meu pai que nunca mais nos veria, que fora a única e a última vez, que ele era a vergonha de todas as vergonhas. Levei muito tempo a adormecer.

Senti pena dele. Era um sentimento estranho que substituía tudo o que sentira antes. Receio, curiosidade, porventura respeito. Se podemos respeitar o que desconhecemos, também nos é fácil desrespeitar aquilo que deixa de ser para nós um mistério, como sucedera naquela noite. Deixara de o ver como um enigma e passara a vê-lo como um homem de fraca personalidade, que se entregava ao álcool até se desmanchar. Alguém a quem ninguém prestava demasiada atenção, alguém que soçobrava rapidamente, com pouca aptidão para ser pai e, sobretudo, para haver conquistado a minha mãe, cuja personalidade era incomparavelmente mais forte.

E depois aconteceu outra coisa. Ao mesmo tempo que eu derrubava o meu pai de um pedestal no qual nunca o deveria ter colocado, outra pessoa o substituía nesse pedestal ou nesse lugar que, na minha cabeça, eu reservara às coisas proibidas. Não conseguia deixar de pensar no tio Franquelim. Pensava nele em casa, enquanto jantava com a família, e corava, e a minha avó perguntava-me por que razão estava tão vermelha. Pensava nele nas aulas, olhando pela janela as folhas das árvores que finalmente haviam despontado, e, sem saber explicar por quê, imaginava que ele estaria à minha espera do outro lado da rua, sentado ao volante de um carro comprado no estrangeiro. E pensava nele quando, na casa de banho, baixava a cintura das calças e sentia o macio do meu ventre com a ponta dos dedos, a sensação do declive, os pelos púbicos cada vez mais numerosos. Embora o prazer que sentia então fosse diferente. Não era o prazer de me ver como uma mulher defronte de um espelho que me exibia. Era um prazer indevido, um prazer que me envergonhava sozinha, que me fazia detestar o rosto que o espelho me devolvia.

Agora, quando estava com o Jaime, ele perguntava-me pela minha ausência. Deixara de o olhar com ternura ou de apaziguar os seus ataques de gaguez com carícias (os ataques regressaram e ele voltou a ser o adolescente inseguro que eu conhecera na cantina do liceu). Continuávamos a fazer amor na sua cama. Mas o seu quarto transformara-se num cenário irreal, e nós numa brincadeira de crianças que fora levada longe demais. Tudo me começou a irritar. A hesitação dele, a insegurança, os bonecos da *Guerra das estrelas* na prateleira, a necessidade constante que tinha de ser protegido. Talvez também eu desejasse ser protegida e precisasse de alguém com maior confiança ao invés de alguém com medo. É provável que estas sejam desculpas. Quem sabe eu já estava cansada do Jaime ou, quem sabe, ele já me tinha dado tudo aquilo que eu podia pedir a um rapaz de dezasseis anos que tivera em mim o primeiro amor. Este pensamento é atroz e cruel, mas também o é a adolescência quando compreendemos, de um só golpe, que aquilo que imagináramos sobre o amor era errado apenas na medida em que não era para sempre. Daí que, nas semanas que se seguiram (e embora passássemos tempo juntos), eu me encontrasse ausente. Desistira do basquetebol sem dizer nada à minha mãe e passava essas horas livres a deambular pela cidade, no afã secreto de, por algum acaso, encontrar o Franquelim na rua. Depois, fartei-me dessas caminhadas e dos rostos desconhecidos.

Era impossível ligar ao meu pai. Não saberia como o fazer e, se pedisse ajuda à minha mãe, o interrogatório seria interminável. Mais do que isso, ela prometera que, tão cedo, não o tornaríamos a ver. Essa proibição tornou tudo mais sedutor. Secretamente, encontraria o meu pai e o meu tio. Matutei sobre o assunto e decidi ir à procura do Raul Cinzas. Foi relativamente fácil encontrá-lo. Ouvira, naquela noite, o nome do jornal onde ele trabalhava, um diário de tiragem média, e, depois de ir à lista telefónica averiguar a morada, fui para a cama com a excitação da personagem de um romance prestes a embarcar numa grande aventura.

No dia seguinte, faltando à aula de educação física, galguei as ruas de mochila às costas e, junto ao Bairro Alto, numa travessa íngreme, ao lado de uma padaria, encontrei o jornal. Nunca tinha entrado numa redação. A minha ideia era a de um lugar como nos filmes, um edifício enorme de portas giratórias onde os jornalistas usavam suspensórios e óculos de massa e fumavam cigarros sem filtro. Em vez disso, deparei-me com um prédio estreito e antigo, com azulejos nas paredes, onde o sol não penetrava, as escadas rangiam e toda a gente era igual à gente que eu via na rua. Uma mulher nos seus cinquenta, sentada atrás de uma secretária antiga, olhou-me quando atravessei o vestíbulo do primeiro andar.

Posso ajudá-la, menina?

Pousei a mochila no chão, subitamente consciente de que não pertencia ali. De que devia parecer uma rapariga perdida e equivocada. Reuni coragem e perguntei pelo Raul. A senhora ficou a olhar-me por um momento e, desconfiada, pegou no telefone e falou em surdina. Minutos passados, uma porta abriu-se do meu lado direito e o Raul apareceu. Vinha de cigarro ao canto da boca, despenteado, a camisa meio saída para fora das calças. Os seus olhos, que eram ainda mais bonitos à luz envergonhada da manhã, arregalaram-se. Sorriu sem jeito à secretária e, pegando-me no braço com suavidade, conduziu-me ao vestíbulo.

O que é que estás aqui a fazer?

Precisava de falar consigo.

Não tens aulas?

O professor faltou.

Como é que sabias que eu trabalho aqui?

Porque me disse. Não se lembra?

Ele passou a mão pelo cabelo e pareceu confuso, como se não recordasse nada. Deu uma passa no cigarro. Tinha o branco dos olhos raiado de sangue. Pensei que ele não dormira nessa noite, ou então que vivia permanentemente acordado. Perguntou-me o que queria dele. Foi então que compreendi a estupidez daquele gesto. O que podia eu dizer àquele homem, que mal conhecia, que pudesse fazer sentido? Perguntar-lhe pelo meu tio ou pelo meu pai teria sido absurdo. Ele responder-me-ia que fosse perguntar à minha família. Fiquei atrapalhadíssima, como se tivesse enfiado o pé num buraco demasiado fundo. Na pressa de me libertar do incómodo, disse-lhe:

Provavelmente também não se lembra, mas disse que me levava a dar uma volta.

Ele revirou os olhos e foi apagar o cigarro num cinzeiro metálico junto ao topo das escadas. Regressou e coçou a barba.

Eu disse isso?

Eu lembro-me de tudo.

É natural. Que idade é que tens?

Dezoito.

Portanto tens aí uns dezasseis.

Tenho quase dezoito.

Sabes que idade é que eu tenho?

Cento e trinta e cinco.

Tira-lhe uns cem e ficas lá perto.

Enfiei as mãos nos bolsos das calças de ganga e olhei-o em jeito de desafio. Era quase tão alta como ele, e os nossos rostos ficavam ao mesmo nível.

Então?, perguntei.

E o teu pai?

Encolhi os ombros.

O que é que ele tem a ver com isso?

O Raul respirou fundo, tornou a correr os dedos pelo cabelo volumoso e abanou a cabeça.

Que se lixe, disse. Tirou um bloco de notas do bolso da camisa, sacou de um lápis e escreveu uma morada. Rasgou a página e deu-ma. Vem ter comigo ao final da tarde a esta morada. Lá para as seis. Pode ser?

Embora não pudesse, disse-lhe que sim. Já não me importava. Em casa, nem pedi licença à minha mãe e, depois de ela sair para o trabalho, anunciei à minha avó que ia estudar para casa da Julieta, que ficava do outro lado da cidade. O meu avô, que estudava atentamente um suplemento do jornal sobre a Volta a Portugal em Bicicleta do ano anterior, prestou pouquíssima atenção e deu-me dinheiro para o autocarro. A minha avó advertiu-me que regressasse logo a seguir ao jantar. Fiz a promessa e saí para a noite quente no mesmo vestido preto que usara na noite em que conhecera o tio Franquelim (era o único vestido que tinha), nervosa, inquieta, enquanto percorria a rua do Machadinho e uma brisa morna me acariciava o cabelo e os ombros despidos.

Foste tu quem se pôs a jeito.

Fui.

Andavas tonta.

Tonta?

Na Lua.

É possível que a Lua tivesse alguma influência no meu estado de espírito.

Mas conta-me o que aconteceu.

Se prometeres que não me julgas, Benxamín.

Alguma vez o fiz?

De todas as vezes que falamos.

Então já estás habituada.

Ele chegou atrasado. Era a rua do Coliseu de Lisboa, as Portas de Santo Antão. Conheces? Ah. Nunca foste a Lisboa. Se um dia fores, passa por lá. É uma rua das antigas. Nesses tempos era muito decadente. Vagabundos do Rossio, turistas, a gente dos teatros, músicos ambulantes, os velhos do Martim Moniz e do Intendente à procura da ginjinha. A morada que ele me deu era de uma cervejaria. Quando o Raul chegou, eu estava sentada ao balcão a comer tremoços. Se me perguntares do que falámos, não te sei dizer. É possível que não tenhamos conversado, que só ele tenha falado e que eu tenha estado calada, muito direita e desconfortável no tamborete de couro vermelho a ver os clientes entrarem e saírem e a azáfama dos empregados que transportavam canecas de cerveja em bandejas, pratos de marisco, bifes. Os empregados gritavam mais alto do que os clientes. Eu estava habituada ao relativo silêncio da minha casa durante o jantar, à disposição sorumbática do meu irmão, à apatia do meu avô, à televisão ligada às refeições durante o *Telejornal*. A minha avó disse-me, mais tarde, que o Jaime tinha ligado. Pela primeira vez, eu não estava lá para atender.

Sentiste-te arrependida?

Não. Tinha receio de estar com um homem mais velho, mas, ao mesmo tempo, sentia-me incrivelmente excitada. Naquele lugar ninguém nos observava. E, se o fizessem, deduziriam que éramos pai e filha. Ou tio e sobrinha. Ninguém imaginaria que eu, que não tinha dezassete anos mais sim dezasseis, fora responsável por aquele encontro. Lembro-me que comi mousse de chocolate e que, enquanto limpava os cantos da boca às costas da mão, ele me fez perguntas. Sobre a escola, sobre os meus avós, sobre o que eu achava dos estudos. Perguntou-me se tinha namorado.

E tu, o que respondeste?

Disse-lhe que tinha, e que se chamava Jaime. Ele riu-se e fez um comentário muito cruel.

Que comentário?

Disse-me que o meu namorado iria aprender o que era a dor de corno. Que, em breve, eu nem sequer me lembraria dele. Nem do seu rosto, nem da sua voz. De nada. Disse que o Jaime ia desaparecer da minha vida à velocidade de um cometa. O mais triste é que ele tinha razão. Ou talvez só em parte tivesse razão. Lembro-me ainda muito bem do rosto do Jaime e da sua voz, embora, sim, ele tenha desaparecido da minha vida como um cometa.

Se não quiseres contar-me o resto, não precisas.

Eu sei.

O Raul já estava dentro de mim quando comecei a ver tudo de trás para a frente. Vi-me a tirar a roupa antes de me deitar na cama dele. Vi-me a beijá-lo no corredor, atirando-me ao seu rosto com sofreguidão pueril enquanto ele procurava afastar-me e, então, a ceder ao impulso irresistível do sexo. Vi-me a subir as escadas do seu prédio, embriagada, possuída pelo desejo de dormir com um homem e não com um rapaz. Vi-me a beber copo atrás de copo de vinho tinto, na tentativa de anestesiar o meu corpo e de ouvir a voz de uma outra, uma outra que não era eu, que não podia ser eu, uma outra que me pedia (que me implorava) que a deixasse tomar conta de mim. Foi das poucas vezes na minha vida em que me embebedei. Não sabia o que era. Bebera com Jaime, mas tinha sido uma experiência inocente, dois miúdos que se fingem adultos. Com o Raul experimentara a intoxicação, a tomada do espírito por um inimigo, o assalto e a conquista da nossa alma por uma outra. Nunca antes me sentira assim, removida de mim própria.

Depois do jantar fomos a uma tasca do outro lado da rua. Era um lugar soturno e de teto baixo que cheirava a corpo por lavar. Foi aí que bebi do jarro de vinho que o Raul pediu. Como nunca provara vinho, primeiro soube-me mal, mas, ao final do segundo copo, era a melhor coisa que eu alguma vez havia provado.

Vai com calma, disse o Raul. Isso é para gente grande.

Ao final do terceiro copo, toda eu sorria com o corpo inteiro. Ao final do quarto e do quinto, transformara-me numa barcaça à deriva. Pedi-lhe que me levasse para sua casa. O Raul deve ter dito que não mas eu saí para a rua cambaleante, respirando o ar noturno como se fosse a primeira vez, como se nunca antes tivesse respirado, como se só agora tivesse descoberto que tinha pulmões. E devo ter insistido e implorado. Fomos ao apartamento dele com o pretexto de me pôr sóbria antes de voltar para a Madragoa. Vivia num prédio muito velho, muito mais antigo que o meu, cuja porta da rua tinha uma pesadíssima aldraba de ferro. No vão das escadas dormia um homem, muito magro e malcheiroso, tapado por um casaco esfarrapado. O Raul despertou-o com um pontapé nos tornozelos. O homem olhou-nos mas parecia não ver nada, tinha os olhos cobertos por um nevoeiro cerrado.

Vai-te chutar noutro lado, disse-lhe o Raul.

Eu não sabia o que aquilo significava. Desconhecia o que era a heroína e que a epidemia da droga atacara o país. Quando entrámos no apartamento, agarrei-me a ele. Raul debateu-se sem grande convicção. Eu queria descobrir qual era o sabor da vida adulta, queria prová-lo a todo custo, e a vida adulta era o meu tio Franquelim, e o Raul era a coisa mais próxima que eu encontrara do meu tio e, portanto, queria saber o que era ter sexo com aquele homem, julgando que, fazendo-o, permaneceria em mim um resquício desse travo. Despi-me, deitámo-nos na cama, ele penetrou-me, e, embora eu não sentisse qualquer prazer, sentia tudo com uma nitidez quase microscópica, todas as formas e protuberâncias do corpo dele. Não era magro como

Jaime, as costelas escondiam-se debaixo de uma camada sólida de carne, mas também não era gordo, embora conseguisse ver-lhe a barriga pendente enquanto se movimentava atabalhoado por cima do meu corpo, exalando sofregamente álcool e tabaco no meu rosto. Tinha um pénis menos comprido mas mais grosso do que o do Jaime. Ocupava um espaço mais largo na minha vagina, entrando e saindo com investidas à procura de um ritmo. Quando julguei que ele terminara, fechei os olhos e, no interior das minhas pálpebras, vi o rosto do meu tio, o rosto lindíssimo e proibido do meu tio. Mas o Raul não terminara. Deslizara de cima do meu corpo e deitara-se ao meu lado, ofegante e suado. Disse-me, algo envergonhado (ou assim me pareceu, embora pudesse estar apenas exausto), voltando-se para o lado de fora da cama, que bebera demasiado. Soube então que o álcool podia ter essa consequência nos homens. Soube também que, para mim, o sexo podia ser outra coisa além de uma experiência de prazer, como sempre o era com Jaime. Nua, deitada em cima dos lençóis, sem conseguir descortinar na obscuridade mais do que os contornos das coisas, anunciei que tinha de me ir embora. Ele levantou-se a custo, soltando murmúrios extenuados, foi à sala e deu-me dinheiro. Depois chamou um táxi. Quando cheguei a casa, só havia silêncio. Não era muito tarde, mas todos dormiam exceto a minha avó, que, uma vez mais, adormecera no sofá. Dei-lhe um beijo na testa, ouvi-a resmungar, apaguei a televisão ligada no chuvisco e fui dormir, apercebendo-me de que nada sentia, de que nada provara que não fosse o sabor da indiferença e da derrota.

No dia 26 de abril de 1984, levantei-me cedo para tomar o pequeno-almoço e ir para o liceu. Era quinta-feira. Na cozinha, encontrei o jornal do meu avô aberto em cima da mesa. Ainda guardo o recorte dessa página. Andou comigo estes anos todos e, por alguma razão, sou incapaz de me separar dele. É uma notícia em letras pequenas contra um fundo amarelecido, acompanhada de uma fotografia de uns quantos polícias em torno do corpo de um homem que, deitado no chão, é socorrido por alguém que, não parecendo ser um médico, se debruça sobre esse homem na posição de um enfermeiro. Na notícia lê-se:

> [...] *o presidente da União dos Sindicatos e antigo dirigente da UDP foi atacado por dois indivíduos à saída de uma reunião entre o Sindicato dos Trabalhadores da Indústria Metalúrgica e Metalomecânica e um representante do governo. Dois indivíduos encapuzados aproximaram-se de Luís Seabra e de um homem que o acompanhava — cuja identidade não foi ainda revelada — e começaram a agredi-los com paus e pontapés.* [...] *O líder sindicalista estava no chão, inconsciente, quando o homem que o acompanhava sacou de um revólver e matou a tiro um dos indivíduos encapuzados. O outro agressor fugiu da cena de imediato, bem como o autor dos disparos, que foi visto pela vizinhança do Bairro das Colónias a escapar do lugar do incidente num carro que pertencia à União dos Sindicatos.* [...]

Nessa manhã, ao ver aquela imagem e ao ler a notícia do jornal, fui perpassada por uma excitação ridícula, alimentada pela ideia de que, de alguma maneira, eu fazia parte daquilo. Tinha estado na mesma sala que o sr. Seabra, a poucos metros dele, e agora, segundo o jornal, ele encontrava-se na Unidade de Cuidados Intensivos. Cedo esse fascínio desapareceu. A cozinha encontrava-se estranhamente deserta. Quando olhei pela janela, vi a minha mãe, de cigarro na mão, rodeada da minha avó e do meu avô. Estavam no pequeno varandim contíguo à cozinha que dava para as traseiras do prédio. A minha mãe falava com ar aflito e gesticulava. Via a boca dela mexer-se e a brasa do cigarro agitar-se. O meu avô cofiava o bigode no gesto que lhe era caraterístico sempre que pensava em alguma coisa, os braços cruzados junto ao peito, e a minha avó, de costas para mim, abanava a cabeça. Soube de imediato que se passava alguma coisa, embora não conseguisse ouvir do que falavam. Primeiro, fiquei com medo de que a minha mãe tivesse sido despedida. Logo em seguida fiquei aterrorizada, pois julguei compreender o verdadeiro motivo da consternação. Eu fora apanhada. De alguma maneira, a minha família descobrira o meu encontro com o Raul. De alguma maneira, a minha perversão fora exposta, e, agora, reunidos no varandim, ao lado dos jasmins que a minha avó podava, discutiam-se os severos procedimentos a serem tomados.

Fugi. Vesti-me à pressa e saí de casa, deixando para trás os livros que antes ocupavam a mochila e enchendo-a de roupa. Levei todo o dinheiro que guardava numa caixa, dinheiro que me davam pelo Natal, pelos aniversários, o dinheiro que o meu avô (porque estava embriagado ou tinha fé no Totobola) nos oferecia, a mim e ao David, e saí de casa sem me despedir de ninguém. Lembro-me da cavalgada do meu coração enquanto subia a rua, do frio que me corria pelo sangue como se estivesse prestes a desmaiar, de entrar no autocarro sem me dar conta de que entrava no autocarro, porque a única coisa em que pensava, o único desfecho para aquela tragédia, era ser enviada para um colégio interno do qual só me seria permitido sair quando fosse velha. Naquela viagem até ao liceu arrependi-me de tudo. Arrependi-me do meu corpo que não cessava de implorar, das curvas que atraíam o olhar dos homens, do desejo que, de repente, me assaltara como um ladrão que decide viver na casa que assaltou. Arrependi-me de ter iniciado a minha vida sexual tão cedo, de ter perseguido um homem mais velho, de me ter colocado à mercê da vergonha.

No liceu, faltei às aulas todas. O Jaime encontrou-me, num dos intervalos, sentada junto à parede do ginásio, a mochila aos meus pés. Disse-me alguma coisa que não compreendi e sentou--se ao meu lado.

Não estou bem-disposta, ripostei.

Já percebi. Posso ficar aqui contigo?

Já que aí estás.

Ficámos em silêncio durante algum tempo. Soou o primeiro toque de entrada na aula e, depois, o segundo. O pátio esvaziou-se e caiu num desânimo.

Não vais à aula?

Prefiro fazer-te companhia, respondeu ele.

Já te disse que estou chateada.

Ele tirou um maço de cigarros do bolso do casaco e acendeu um.

Agora fumas?

Encolheu os ombros.

Comecei há pouco tempo. A princípio custou, mas já me habituei.

Dás-me um?, pedi-lhe.

Passou-me um cigarro. Os alunos entravam nos edifícios. Um vento varria o asfalto do campo de basquetebol. O dia morria, e eu sentia que tudo morria com ele.

Calculei que, se quero escrever, precisava de começar a fumar, disse ele.

Que parvoíce é essa?

Ele gaguejou um pouco e depois disse:

Os escritores fumam. O Pessoa fumava. O Camus também, aparece sempre nas fotografias de cigarro na boca. Já leste *O estrangeiro*? É um livro bestial. E o Kerouac. E o Cardoso Pires fuma. E o Mark Twain. E o Dylan Thomas. E o Cortázar. E o Samuel Beckett.

Ele passou-me o isqueiro e acendi o meu cigarro. O Jaime estava sentado com as pernas dobradas e a cabeça encostada à parede. Expeliu o fumo pela boca. Naquele momento, achei-o irritante e presunçoso.

Só tens dezasseis anos. Falta-te muito para seres escritor. Se é que alguma vez o serás.

Tenho dezassete, respondeu. Parecia ter ficado magoado com o meu comentário. Vi-o nos seus olhos cheios de ternura por mim. E o que é que tu sabes disso?

Quis pedir-lhe desculpa, mas não consegui. Estava demasiado desconsolada. Insisti:

Se não gostas de fumar, não tens de fumar só porque os outros fumam.

Vou ter isso em conta. Ergui os pés do chão, girei sobre as nádegas e, voltada para ele, tornei a cruzar as pernas. Devias ir para a aula e esquecer que eu existo.

Ele fechou os olhos durante um momento e tornou a abri-los.

Só estou aqui sentado porque me preocupo contigo.

E se eu te disser que não preciso que tu te preocupes comigo?

O Jaime não respondeu.

Se te preocupas comigo, então vamos embora daqui.

Ele baixou a cabeça e fitou-me. O cabelo tinha-lhe crescido sem que eu reparasse. Tínhamo-nos visto muito pouco nas últimas semanas.

Para minha casa?, perguntou ele.

Vamos embora daqui. De Lisboa.

De Lisboa?

Para qualquer lado.

Alcancei a mochila e abri um dos bolsos. Mostrei-lhe o dinheiro. O Jaime alarmou-se e implorou-me que o guardasse.

Se te veem com isso chamam-te ao Conselho Diretivo.

Quem?, perguntei, apontando para o pátio deserto, onde vagueava um conjunto de folhas mortas, levadas pelo vento. Não há ninguém aqui. Estamos sozinhos.

O Jaime desviou o olhar num gesto magoado.

O que é que te aconteceu?, perguntou. É como se fosses outra pessoa, como se tivéssemos deixado de nos conhecer.

É assustador, afirmei, mais por amargura do que com sarcasmo. Sou outra pessoa. Deixei de ser a rapariga simpática e compreensiva que tu conheceste. Que ia contigo para casa todas as tardes, que te fazia companhia. Pois, as pessoas mudam. A vida muda. Não tenho culpa de que te sintas sozinho.

Há quase três semanas que não vais a minha casa, ripostou o Jaime. Há quase duas semanas que não falamos. Não me sinto sozinho, porque sempre estive sozinho.

Havia um tom na sua voz, um tom maduro, que me assustou. Queria abraçá-lo e consolá-lo (ou consolar-me, abraçando-o), mas, de repente, tudo o que conseguia sentir era raiva.

Eu também estou sozinha, argumentei. Mesmo quando estive contigo estava sozinha, e agora, por razões que nem te consigo começar a explicar, sinto-me mais sozinha do que nunca. E não há nada que tu ou outra pessoa qualquer possa fazer.

E, portanto, queres fugir.

Quero desaparecer.

Fiz uma pausa e apaguei o cigarro meio fumado no chão alcatroado. Levantei-me porque não conseguia permanecer sentada. O pátio, o liceu e o universo giravam à minha volta como se a gravidade houvesse sido suspensa, a velocidade insuportável do planeta deixando-me à beira de um grito.

Vem comigo, pedi-lhe.

O Jaime continuou sentado e muito sério. Julguei ver um princípio de lágrimas nos olhos dele. Talvez as combatesse com muita força.

Espero que, quando chegares aonde queres ir, ainda te lembres de mim.

Afinal, era nos meus olhos que havia um princípio de lágrimas. Pus a mochila ao ombro e voltei-lhe as costas, pressentindo que iria chorar a qualquer instante. Comecei a caminhar. A brisa agitou-me o cabelo e lavou-me o rosto, levando consigo os derradeiros resquícios daquele rapaz com quem aprendera as primeiras coisas. Só olhei para trás quando cheguei à entrada do portão. Ele já não estava onde o deixara. Nada mais do que uma sombra, pouco mais do que um fantasma.

E então? Foste embora?

Fui. Mas isso aconteceu mais tarde. Nessa noite regressei a casa porque, mesmo com dinheiro e uma mochila de roupa, não saberia para onde ir. E, mesmo que soubesse, desconhecia como lá chegar. Imaginas o estado em que cruzei a cidade naquele final de tarde? Inventei, na minha cabeça, todo o género de desculpas. Cheguei a imaginar que tinha sido violada, que aquele homem mais velho me tinha seduzido com mentiras e me obrigara a ter sexo. Também me perguntava incessantemente como teria a minha mãe descoberto. Se me seguira quando eu saíra de casa, se alguém me teria visto na rua ou no restaurante. Havia inúmeras possibilidades, todas remotas, mas todas possíveis.

E então? A tua mãe tinha descoberto o teu segredo?

Claro que não. A consternação tinha a ver com a notícia do jornal.

Foi um alívio, então.

Foi um alívio antes de deixar de o ser. A mãe chamou-me à cozinha quando me ouviu entrar. Só tive tempo de ir ao quarto, ver que o meu irmão estava deitado na cama a ler banda desenhada, esconder a mochila cheia de roupa debaixo da cama e olhar-me ao espelho. Toda eu tremia, toda eu era pânico e vertigem. Atravessei o corredor e o corredor pareceu encolher a cada passo. Ela aguardava-me de SG Filtro na mão. Estava encostada ao fogão e via-se que tinha estado a chorar. Eu tremia, e ela perguntou-me o que se passava. Disse-lhe que tinha frio. Quando me pediu que falássemos baixinho para que o David não ouvisse, percebi que estava enganada, que o meu descalabro permanecia um segredo. Ela aproximou-se e afastou-me a franja dos olhos. Depois explicou, num tom de voz que raramente usava (um tom carinhoso), que, na madrugada passada, o meu pai tinha ligado para casa pouco depois de ela chegar do trabalho. Parecia aflito, em pânico, e encontrava-se em fuga para a Galiza, pois acabara de disparar sobre um homem. Recordei a notícia e lembrei-me do indivíduo encapuzado, um dos dois homens que tinham atacado o sr. Seabra, e percebi, enquanto a minha mãe falava, que o meu pai tinha matado alguém.

Isso é terrível.

Por isso te digo que o alívio desapareceu e foi substituído por uma outra coisa. Talvez apreensão, misturada com aquela ideia bizarra de que eu fazia parte de uma história muito maior do que eu, de que me encontrava no seu epicentro. Era como se o facto de o meu pai andar a monte, fugitivo da polícia, fosse um pormenor de somenos importância quando comparado com o facto de o meu segredo permanecer intato e de eu ser a filha de um foragido. A minha mãe explicou-me que o meu pai ia atravessar a fronteira para Espanha e que, se tudo corresse bem, seria apanhado do outro lado. Talvez demorasse algum tempo, mas o mais provável era que ele acabasse por se entregar, que foi o que a minha mãe o tentou convencer a fazer ao telefone.

Ela queria que o teu pai fosse apanhado?

Achava que era o melhor para ele, que era o melhor para nós. Havia a hipótese da legítima defesa e, ainda para mais, tinha sido um ataque cobarde à saída de uma reunião oficial de concertação entre os sindicatos, o governo e a indústria. Julgo que ela não acreditava que o meu pai pudesse chegar muito longe e temia que a coisa terminasse de maneira dramática. A essa desconfiança nas suas qualidades de fugitivo juntava-se o amor que continuava a uni-los. A minha mãe era uma mulher bonita e perspicaz, de feitio indomável. Teria os homens que quisesse ou o homem que quisesse. E, porém, vivia sozinha e sem homem nenhum. Na altura, isso não me ocorreu. Mais tarde dei-me conta de que, não obstante toda a indignação, ela continuava a amar o meu pai.

Se calhar exageras.

Se calhar. É possível.

O que é que aconteceu ao presidente da União dos Sindicatos?

Sobreviveu, com algumas mazelas. O outro não. O outro morreu ali mesmo, porque a bala que o meu pai disparou atravessou-lhe o coração.

E soubeste quem era?

Era um miúdo de dezoito anos. Pobre coitado. O outro, o que fugiu, era um dos irmãos mais velhos. O morto foi identificado como o mais jovem de uma família de marginais que vivia no Casal Ventoso. Gente que batia a mando de outros.

E qual foi a razão do ataque?

O descontentamento da indústria. Pessoas ricas que quiseram enviar um recado ao sr. Seabra. Que importa isso?

Faz parte da narrativa.

Benxamín, lembras-te quando, na outra noite, fomos ver a sombra do peregrino?

A sombra do sacerdote enamorado.

Ou a sombra de Léonard du Revenant. É assim que me sinto muitas vezes: como se nada fosse real e tudo fosse o simulacro de outra coisa qualquer.

Tu és estranha.
Eu sei.

A notícia morreu depressa. O sr. Seabra recuperou-se, e o meu pai desapareceu ainda mais das nossas vidas. Pouco tempo depois, recebemos uma carta na qual o Conselho Diretivo do liceu denunciava as minhas faltas. Denunciava, também, que eu deixara de comparecer aos treinos do basquetebol. Primeiro, a minha avó gritou comigo. A seguir, a minha mãe gritou comigo. O meu avô assistiu a tudo isso, impávido, da mesa de jogo da sala, e o meu irmão refugiou-se a um canto fingindo que nada se passava. Foi um serão de gritaria e, no dia seguinte, fui levada à escola pela minha mãe e seriamente advertida a não faltar a nenhuma aula. Fui proibida de sair à noite, confinada ao meu quarto, e destituída do direito de usar o telefone. Mas era tarde demais. Embora não se pudesse dizer que me tornara uma delinquente, descobrira o prazer da delinquência, ou o protelar do castigo ou do remorso. Faltei a duas aulas nesse mesmo dia e a muitas nos dias que se seguiram.

Pensava muitas vezes no meu pai. Imaginava-o fugitivo, escondido em motéis baratos, assumindo identidades falsas, conduzindo carros roubados, suspeitoso de tudo e de todos. Por vezes, sonhava com ele, embora a figura que visse nos meus sonhos não fosse a sua, de cabelo grisalho e oleoso, mas a figura harmoniosa do meu tio Franquelim, o cabelo louro embrulhado num vendaval, um fora-da-lei demasiado bonito para ser um fora-da-lei num lugar misterioso chamado Galiza. Na altura, Espanha era um enigma para mim. Havia poucas notícias sobre o país, ainda existiam fronteiras, e tudo o que nos chegava era uma série de televisão chamada *Verano azul*, um boneco em forma de laranja com uma bola de futebol na mão que, um par de anos antes, todos os meus colegas tinham na caderneta, a máquina de costura Alfa da minha avó e uma banda de rock chamada Mecano, da qual a Julieta possuía uma cassete que ouvíamos repetidamente. O resto era imaginação, e eu distraía-me a imaginar o meu pai, ou o simulacro do meu pai, a galgar quilómetros de paisagens áridas, a caminho de um horizonte que nunca terminava, e a sonhar com o meu tio que, estava certa, nunca tornaria a ver.

Até que, um dia, a minha delinquência acabada de descobrir precipitou um incidente. Eu deixara de estar com o Jaime e, porque precisava de alguém (ou do afã de vozes e de corpos que me fizessem esquecer), reaproximara-me da Julieta e dos seus amigos. Nesse ano, ela adotara uma personalidade nova e começara a vestir-se de preto dos pés à cabeça. Formavam um grupo homogéneo e pacífico ao qual os outros estudantes se referiam como *esquisitos*. Usavam botas de cabedal, pintavam os olhos (incluindo os rapazes), ouviam música diferente da que eu costumava ouvir e tinham começado a frequentar os bares. Um dos amigos da Julieta, cuja alcunha era Paco, achara-me graça e eu passava as tardes com eles no café ou junto do portão do liceu, onde bebíamos cervejas, fumávamos cigarros e, por vezes, haxixe. Uma vez, o Paco beijou-me de surpresa e eu rejeitei-o, afastando-o com um movimento delicado do braço.

Nunca beijaste um rapaz?, perguntou-me.

Nunca, respondi-lhe, sarcástica. Mas já beijei homens, e garanto-te que não vale a pena.

Ainda assim, deixei-me ir. Os dias passavam indiferentes, o ano escolar chegava ao fim. Nada importava. Até que, numa tarde de finais de maio, resolvemos fugir da escola. A ideia foi da Julieta, que, por essa altura, se transformara numa adolescente com ideias revolucionárias, contestando tudo e almejando o divórcio da sociedade. Nesse primeiro ano de marginalidade, a Julieta era uma espécie de líder gorducha e radical, e por iniciativa dela, que nenhum de nós se atreveu a contrariar, apanhámos um autocarro que nos levou à Baixa. Descemos o Chiado, contentes e um tanto ébrios, em direção ao Rossio. O Paco insinuava-se constantemente e eu começara a achar-lhe graça. Ou, se não lhe achava graça, pelo menos contentava-me com as suas investidas pueris. Entrámos na Ginjinha, uma tasca onde eu nunca tinha estado e que servia clientes muito mais velhos, turistas e indivíduos de aspeto duvidoso que se passeavam pelas Portas de Santo Antão. Só quando saí da tasca, de ginja na mão, é que dei conta de que estava na rua aonde o Raul me levara a jantar, rodeada de um grupo de colegas bêbedos, vestidos como morcegos, que riam muito alto e faziam alarido à porta de um lugar que não era para a nossa idade. Os estrangeiros passavam, de mapas na mão, e a Julieta e outro rapaz gritavam-lhes que entrassem e provassem a ginja. Dessa vez deixei que o Paco me beijasse. Era um miúdo e não sabia beijar. Lambuzou-me o rosto com a língua ácida da ginja e dos cigarros, tentou enfiá-la à força na minha garganta enquanto eu, com gestos delicados, lhe tentava explicar que a pressa era inimiga da perfeição. Por fim, com o Sol a pôr-se e a rua a cair na obscuridade, consegui que as nossas bocas encaixassem, e, quando ele se encostou a mim, senti-lhe a dureza de uma ereção por baixo das calças de ganga. Afaguei-lhe o cabelo e pousei o queixo no seu ombro. Foi nesse momento que, parado no meio da rua, parcialmente encoberto pelos transeuntes, vi o meu avô, de mãos enfiadas nos bolsos do casaco de malha, a observar-nos.

Despedi-me apressadamente dos meus colegas e, de cabeça baixa, envergonhada como nunca me sentira, segui-o em direção à paragem do autocarro. Passámos a viagem sentados lado a lado e em silêncio. A melancolia do final do dia tingia o reflexo dos nossos corpos tão diferentes na janela do outro lado, e ele ausente como sempre o conhecera, cofiando o bigode de tempos a tempos e tossindo do tabaco. Quis implorar-lhe para que não contasse à minha mãe, mas as palavras não me saíam. Estavam presas, como tantas vezes antes e tantas vezes depois disso. Em casa, o meu avô fechou-se com a minha mãe na cozinha durante algum tempo. Eu fui para o quarto, onde o David estava a fazer os trabalhos de casa, sentado à secretária.

Tens os cabelos em pé, disse-me ele.

Não respondi. Fiquei sentada no chão até a minha mãe me chamar. Tenho uma noção distorcida do que aconteceu depois, surge-me a espaços, em clarões. Recordo os gritos dela. Lembro-me de me proibir de tudo a partir daí, de me proibir de falar, de me mexer, de respirar, de existir. Lembro-me do seu rosto enraivecido, de gritar tanto que as suas feições ficaram deformadas, das ameaças que me fez, jurando, imitando as constantes intimações da minha avó, que me ia pôr fora de casa, que me ia pôr a trabalhar. Falou do meu pai, amaldiçoou-o, como se fosse ele o culpado dessa desconhecida em que a sua filha se transformara, dizendo-me que era idêntica a ele, que era igualmente irresponsável e mentirosa. Que era tudo aquilo que a minha mãe sempre temera, tudo aquilo contra o qual ela lutara. Eu devia ter ficado calada, mas nas minhas veias o sangue também fervia pois sabia que ela colocava em mim, injustamente, o ónus de tudo o que o meu pai fizera. E então disse-lhe, as lágrimas a correrem livres pelo meu rosto:

Se calhar era melhor não me teres tido. Poupava-te a estas chatices todas.

Ela explodiu. Não sei se foram as minhas palavras ou se qualquer outra coisa que lhe dissesse a faria transbordar de raiva. Até então, a minha mãe nunca me batera, a mim ou ao David. E ele tinha sido uma criança difícil, cheia de birras e de estigmas, uma criança que se recusava a dormir e a comer, que dera cabo da paciência aos meus avós. Ainda assim, a minha mãe nunca cedera à facilidade de levantar a mão para o castigar. Dessa vez, porém, eu soube que a minha punição seria física. O primeiro estalo fez-me voltar o rosto. Embora não fosse forte que bastasse para me fazer sangrar, deixou-me estarrecida. Os que se seguiram subiram de intensidade e deixei de conseguir ver a minha mãe ou a cozinha porque, para me proteger daquele ataque brutal, tive de recuar e proteger o rosto com as mãos, encostando-me à porta para não cair, porque a minha mãe não parava de me bater com a vontade toda do corpo, ela que também chorava enquanto o fazia, aquele gesto estúpido e inútil de encher o rosto de outra pessoa de bofetadas, um gesto que, por si só, nada significava, embora significasse muito mais do que nada.

Encostada à porta, protegendo-me da selvajaria da minha mãe, que agora me batia em silêncio enquanto se lhe esgotavam as forças, aquele gesto significava o fim de alguma coisa. Significava o fim absoluto e inequívoco do idílio que tinham sido os nossos primeiros anos no mundo, significava que o cotidiano sofrera uma metamorfose irreversível. Significava, ainda, que aquele momento que eu tão sequiosamente procurara, o momento em que deixava de ser uma miúda, tinha finalmente chegado, embora chegasse com o desânimo das horas que passei no quarto, enfiada debaixo dos cobertores, escutando o silêncio fúnebre de uma casa cuja harmonia fora estilhaçada, provando o sabor do sangue na minha língua, recordando o ardor das palmadas da minha mãe. Saboreando, finalmente, o travo amargo da vida adulta, que nunca imaginara poder ser tão podre.

Muitas vezes penso (ou creio ou estou convencida) que não vou conseguir terminar esta história. Ocorre-me à noite, quando a luz da Lua não é brilhante o suficiente para iluminar a árvore que, recentemente, recuperou as suas folhas. Quando o cão está silencioso e adormecido no quintal contíguo, quando os telhados de barro das casas vizinhas projetam a sua sombra temível na planície, quando a água da fonte parece ter estagnado e eu também, e adormeço de tristeza e resignação com a cabeça sobre os braços e penso no Benxamín. Sem ele, creio que seria impossível continuar a reavivar o passado dessa maneira. Sei que o verei pela manhã e, assim, ganho forças para continuar, para escavar na terra húmida de uma memória que está infetada pelos meus juízos, pela minha solidão.

Sei que o encontrarei na biblioteca. Sei que cruzarei as portas de vidro e ele estará junto das estantes, arrumando uns livros ou catalogando outros, os óculos assentes na ponta do nariz, como se fosse um velho, embora seja ainda muito jovem. Tem a paciência de me sorrir sempre que entro na biblioteca, agastada pela insónia, e de se ausentar quinze minutos do trabalho para tomarmos café. Todos os dias me pergunta:

O que vais fazer hoje?

Sabendo bem que, sem ele, os meus dias seguem uma rotina precisa, da qual só me desvio caso surja um imprevisto, como quando o meu velho Fiat avariou e tive de o levar ao mecânico ou quando, durante o inverno, a água da chuva penetrou o telhado do casebre e começou a cair sobre a minha cama. Tomamos café, ele regressa ao trabalho, eu passeio-me por Santiago, passo junto da praça da Quintana, sento-me no lugar onde costumo anotar os pensamentos no meu caderno. Regresso à casa e leio até o sono chegar de mansinho e me levar com ele. Por vezes, sonho com a Delphine Seyrig, convenço-me de que estou a vê-la em Marienbad, ela que é igual à minha mãe, para sempre em Marienbad. Nas noites em que não consigo dormir regresso à cidade e bebo sozinha. Nessa noite, em que me aproximo de uma espécie de fronteira, não tenho coragem sequer de enfrentar o exterior, embora a temperatura esteja agradável e a primavera tenha finalmente chegado. Fico aqui sentada e olho para o cão que despertou e fareja a terra, inquieto, acossado pela Lua, como se procurasse um lugar onde se esconder ou de onde desenterrar os mortos.

Queres que continue?

Quero.

De certeza? Já é tarde.

Amanhã é domingo.

Oh. Esqueci-me.

Continua.

Uma semana depois, eu desapareci. Deixou de haver casa, deixou de haver mãe, avó, avô ou irmão. Deixou de haver liceu, Julieta, Jaime, colegas. Deixou de haver Lisboa e, depois, deixou de haver Portugal. Deixou de haver tudo.

Foi por causa da tua mãe?

Acho que não. Ou talvez tenha sido. Mas aconteceu outra coisa entretanto.

O quê?

Vou contar-te.

Ainda tinha as marcas no rosto (o lábio inferior ligeiramente inchado, a cicatriz de um lanho) quando o encontrei. Eu estava a sair do portão da escola, de mochila às costas, ausente, o semblante carregado de tristeza, proibida de tudo, quando o meu tio Franquelim me sorriu.

Esqueleto Magrinho, disse ele, de braços cruzados. Estava encostado a um carro novo, cuja pintura recente reluzia à claridade morna daquela tarde. Lembro-me de que eu usava calções e a camiseta do basquetebol, porque tivera aula de educação física. A indumentária realçava-me as omoplatas salientes como duas pranchas, as rótulas esfoladas e protuberantes, os seios ainda rijos da idade contra o tecido abrasivo. Ele sorria. Havia muitos estudantes por ali, mas, se me jurassem que a rua estava deserta, eu acreditaria, porque a única coisa que conseguia ver era o verde-desmaiado dos olhos dele. Saí do transe uns segundos depois, quando a buzinadela de um autocarro me trouxe de regresso à realidade.

Gosto da trança, disse ele.

Levei a mão ao cabelo. Começara a usar uma trança do lado direito do rosto.

Anda, disse o Franquelim. O carro é novo. Queres dar uma volta?

Entrei no carro sem saber o que fazia. Cheirava a cabedal e àquele odor peculiar de todos os carros acabados de comprar. Ele arremeteu-se à estrada sem precaução. Atrás de nós, um carro buzinou ruidosamente e ultrapassou-nos, o condutor fazendo gestos ameaçadores ao meu tio. O Franquelim sorria, de cigarro na boca. Acendeu o cigarro e estendeu-me o maço. Aceitei. Enchemos o interior do automóvel de fumo enquanto cruzávamos a avenida sob o sol lânguido do final da tarde. A luz ofuscava-nos, e o meu tio inclinou-se para o porta-luvas, abriu-o, tirou um par de óculos escuros do interior e levou-os ao rosto.

Meteste-te em sarilhos?, perguntou-me.

Por quê?

Tens a cara feita num bolo.

Baixei a pala e olhei-me ao pequeno espelho. Àquela luminosidade, que realçava os contornos e as sombras, parecia que tinha sido esmurrada por um pugilista profissional.

Aonde é que vamos?, perguntei. Tenho de ir para casa.

Em vez de responder, ele sorriu. Não descolava o sorriso do rosto, como se a vida fosse continuamente divertida.

Como é que sabias onde é que eu estudo?

O teu pai falava muito de ti.

Sobressaltei-me.

Falava?

Fala, falava. Maneira de dizer. Digamos que ele tem muito mais orgulho em vocês do que parece. Foi por causa dele que te vim buscar. Temos de ter uma conversa.

Sobre o quê?

Onde é que para o teu pai.

Não me interessa saber onde é que ele para.

O Franquelim voltou subitamente à direita num semáforo vermelho. Parecia ignorar ou desconhecer todas as regras de trânsito. De repente estávamos a subir uma rua muito íngreme, as rodas a derraparem no carril do elétrico. Ao chegar ao cume, a rua fazia uma curva sinuosa à esquerda.

Claro que te interessa, disse ele. Não há ninguém que não queira saber onde é que anda um fugitivo. É excitante.

O meu pai não é nenhum fugitivo, ripostei, enquanto cruzávamos a quadrícula da Baixa. A noite começava a cair e pelas janelas entrava uma brisa estival carregada de maresia. O meu pai é um idiota que só faz parvoíces.

Podes dizer a outra palavra.

Qual palavra?

Aquela em que estavas a pensar em vez de parvoíces.

Esmaguei a ponta do cigarro no cinzeiro ao lado do manípulo das mudanças. O meu tio atirou a beata pela janela com um piparote.

Merda, disse eu.

Ora aí está.

Voltou-se para mim e sorriu com os seus dentes perfeitos e muito brancos. Pensei, naquele instante, que poderia beijá-lo e que ele não se importaria. Depois, ele guinou bruscamente o volante e metemos por uma rua mais estreita. As rodas guincharam no asfalto. Estacionou entre dois automóveis, batendo ligeiramente com o para-choques traseiro, e depois deu a volta para me abrir a porta. Entrámos numa cervejaria que cheirava a bagaço e a suor. O balcão estava ocupado por homens que bebiam e comiam tremoços, olhando para uma televisão mal sintonizada junto a um canto do teto.

Dia de futebol, disse o meu tio.

Sentámo-nos ao fundo do balcão e ele pediu duas cervejas. Pousei a mochila entre as pernas. O Franquelim bebeu a primeira cerveja de um só gole e a espuma ficou-lhe no bigode meticulosamente aparado. Pediu outra.

Não bebes?

Provei a cerveja, mas soube-me amarga e desagradável.

Sabe mal, disse-lhe.

O meu tio tornou a sorrir e observou-me.

Então?, perguntou.

O que é que queres?, devolvi, tratando-o por tu.

Ele abanou a cabeça como se estivesse enfastiado e meteu uma mão-cheia de tremoços à boca sem lhes tirar a pele. O empregado pousou-lhe outra cerveja à frente, a espuma a transbordar do copo.

Vou encontrá-lo, sabias?

Boa sorte, respondi, fingindo-me indiferente.

Sei que está vivo e vou à procura dele.

Onde?

Tenho uma vaga ideia.

Então para que é que precisas de mim?

Ele olhou brevemente para a televisão, onde um campo relvado cheio de buracos aparecia na imagem. Os jogadores eram como bonecos feitos de pauzinhos de fósforos, perdidos na distância, e as cores estavam esbatidas. A relva era azulada.

Achei que tu podias dar-me uma ajuda.

Por quê?

A tua mãe não te disse nada?

Eu e a minha mãe já não falamos.

Ele ligou? Ouviste falar de algum lugar? Uma província, uma cidade, uma estação de comboios?

Espanha, pensei. Mas abanei a cabeça em negação. O Franquelim encolheu os ombros e fez girar o copo de cerveja entre os dedos.

Não importa, rematou. Sei mais ou menos em que direção foi. É tudo uma questão de paciência.

Foi para me dizeres isso que me foste buscar ao liceu?, perguntei, insolente. Que é tudo uma questão de paciência?

Fui buscar-te porque gostei de ti. Lembro-me de quando ainda usavas fraldas. Agora és uma mulher. Ou és quase uma mulher. Tens a garra da tua mãe, mas és dócil como o teu pai. E porque queria dizer-te que estou a tratar do problema. O bom do teu tio Franquelim vai tratar do problema, entendes?

Comecei a corar. Procurei esconder o rosto com a mão direita, acanhada. Bebemos em silêncio durante um momento. Depois, num arremesso de loucura, pedi-lhe:

Deixa-me ir contigo.

Ele riu-se, como se eu tivesse dito uma piada.

Tenho dezassete anos, sabias?

E que tal dezasseis?

Pousou a cerveja e olhou-me. Nunca tínhamos estado tão próximos. Nunca sentira o seu hálito antes, nunca lhe observara as discretas variações do verde da íris. Nunca me sentira tão perturbada por alguém, como se aquilo que sentia pelo meu tio Franquelim fosse alguma coisa próxima da náusea.

Na verdade até gostava que viesses comigo, disse ele. Não tenho companhia e detesto viajar sozinho. Se o meu palpite estiver certo, são muitos quilómetros para galgar no meu carro novo.

Suspirou, como se relembrasse um episódio distante.

Tenho este problema, estás a ver? Adormeço ao volante. Uma vez, no Quebec, a caminho dos lagos, aonde eu e uma rapariga íamos passar um fim de semana a nadar e a fazer piqueniques, adormeci numa curva da estrada e enfiei a caravana dela numa valeta. Tivemos de chamar um guindaste para a tirar de lá.

Ela não te manteve acordado?

Ela adormeceu antes de mim.

Mais uma razão para me levares. Eu nunca durmo e consigo falar durante muitas horas seguidas.

O Franquelim tornou a rir-se.

Eu gostava que viesses comigo, miúda. Mas não vou de férias para nenhum lago. Vou à procura do teu pai, e será melhor fazê-lo sozinho. Pode ser uma viagem acidentada. Além disso, não me parece que a tua mãe aprovasse.

Estou-me nas tintas para o que a minha mãe aprova.

Sorvi do copo, sentindo o olhar do empregado do balcão sobre mim. O Franquelim tirou uma nota do bolso e colocou-a sobre o balcão, e o empregado desviou o olhar para o jogo.

Espero que não adormeças, disse eu, com rancor.

Foi a tua mãe quem te bateu.

Fiquei surpreendida com aquela afirmação, como se, de repente, partilhássemos de uma intimidade impossível.

Tivemos uma discussão, respondi, sentindo-me triste. Sempre que, nos últimos dias, pensava na minha mãe, a única coisa que conseguia ver era a ira do seu rosto. Uma discussão que tu perdeste, comentou ele.

Sorriu e puxou do cigarro. Mas deixa lá. Com a família, perdemos sempre. Olha o teu pai. Fartou-se de perder. Continua a perder, aliás. Eu avisei-o. Éramos miúdos e eu disse-lhe: põe-te a andar daqui, que este país só te vai deixar a boca amarga. É assim que se diz?

Amargos de boca, corrigi.

Pois, eu disse-lhe isso. Foi há muitos anos. Mas ele não me deu ouvidos.

Ele matou mesmo aquele rapaz?

O meu tio tornou a olhar para o ecrã de televisão, onde um jogador, deitado no relvado azul, se queixava de um joelho como se estivesse a morrer.

Sim, respondeu. Não o fez de propósito, claro. Mas quem é que no seu perfeito juízo quer matar outra pessoa? Para quê?

Sabias que ele andava com uma arma?

Não.

Por que é que o queres encontrar?

O Franquelim observou-me de sobrolho franzido, como se eu tivesse feito uma pergunta estapafúrdia.

Somos família, não somos?

Disseste que, com a família, saíamos sempre a perder.

E quem é que te disse que temos sempre de ganhar?

Apagou o cigarro num cinzeiro carregado de beatas. O empregado aproximou-se e, com um gesto displicente, despejou-o num caixote do lixo invisível atrás do balcão. O Franquelim fez um gesto indicando outra cerveja.

Às vezes não é mau perder, disse ele. Aprende-se mais.

Fiquei a pensar naquilo durante um bocado. A cerveja ia aquecendo na palma suada da minha mão.

Então?

Então o quê?, perguntou-me.

Levas-me?

Não posso.

Quanto tempo vais estar fora?

Não devo demorar mais de uma ou duas semanas.

Não acredito em ti.

O Franquelim encolheu os ombros. Olhei para o relógio de

parede junto da televisão e vi que passava das seis e meia. Sentia-me frustrada ou, pior do que isso, sentia-me entupida de raiva.

Sei onde é que ele está, anunciei. Se me levares, digo-te.

Diz-me agora e eu levo-te.

Espanha.

Isso também eu sei. Uma província, uma cidade ou uma estação de comboios.

Vai-te lixar, disse-lhe. Tenho de ir para casa.

O meu tio bebeu outra cerveja de um só gole e, tirando mais notas do bolso, atirou algumas para cima do balcão. Levantou-se do tamborete e eu também. Pus a mochila às costas, demasiado consciente da pouca roupa que tinha vestida e dos olhares indiscretos dos outros homens. Eu devia parecer furibunda porque, antes de sairmos da tasca, ele condescendeu.

Vou-me embora no sábado. Mas, olha, dou-te o meu número de telefone. Tenho um gravador de chamadas que trouxe do Canadá. Uma máquina do caraças. Se precisares de alguma coisa, se quiseres falar comigo, liga para este número. Eu vou ligando para cá e vou ouvindo os recados. Quando quiseres, deixas-me um recado e eu telefono-te.

Ele pegou num guardanapo e, tirando uma caneta do bolso do casaco, rabiscou um número e entregou-mo. Subitamente, os clientes levantaram-se todos ao mesmo tempo e gritaram. Eu dei um salto, assustada; uma das equipas marcara um golo. O tio Franquelim olhou para o televisor, exibiu os seus dentes muito brancos e disse:

Vamos, Esqueleto Magrinho?

Que deceção.

Por quê, galego?

Achava que tinhas ido com o teu tio.

E fui.

Não entendo.

Passei duas noites sem dormir. Não preguei olho. Foi como se o universo girasse em torno da minha cama. Via tudo ao mesmo tempo: os planetas, as constelações, a Lua e o Sol. Via os rostos das pessoas todas que conhecia e que, de um momento para o outro, me tinham abandonado e que eu abandonara. A minha mãe, os meus avós. O Jaime. O meu irmão David, que não entendia nada, que nunca entendera coisa nenhuma. Passei a existir num paradoxo. Nesses dois dias insones, saía de casa de manhã com todo o sono do mundo aos ombros e, ao mesmo tempo, desperta como nunca estivera antes. Não ia à escola. Levava a mochila e punha-me a andar pela cidade. Por vezes, parava num jardim e sentava-me num banco. Via outros miúdos da minha idade passarem por mim a caminho do futuro, de sorrisos abertos. Via os velhos a darem comida aos pombos e os jornaleiros a fumarem nos quiosques. Via gente da idade do meu tio e do meu pai a beber cerveja nas tabernas. Via o céu e não acreditava que aquele era o mesmo céu que vira durante toda a vida. Não acreditava que aquela era a mesma cidade, que eram as mesmas ruas e os mesmos prédios. Pensei muitas vezes no Raul. Na maneira como ele desfalecera de cansaço, na vergonha passageira no seu rosto, no cheiro a álcool, na idade do seu corpo, nos seus olhos carregados de um desconsolo impossível de explicar. Pensava nessas coisas todas e o dia parecia terminar com a velocidade de um filme em câmara rápida. De repente, era quase noite, e eu andava pelas ruas sem destino ou ficava sentada num banco de jardim. O mundo era assim, e eu nada podia fazer contra isso.

Contra o quê?

Contra essa coisa que me tinha apanhado por dentro, como uma mão que entra numa luva, e que me fazia querer desaparecer porque nada do que eu conhecia fazia sentido.

O demo nunca ten sono.

Presumo que não.

E o que fizeste, então?

Fiz a única coisa que podia fazer. Na noite de sexta para sábado, enquanto o meu irmão via televisão na sala, enchi um saco de viagem com roupa e o dinheiro que tinha. Guardei o saco debaixo da cama. Ouvi a minha mãe sair para o trabalho, depois ouvi o meu avô tossir dos cigarros. Lembra-te de que eu não dormia havia duas noites e que todos os sons eram ampliados, como um prego a cair dentro de uma garrafa vazia. Mais tarde, escutei a voz rouca da minha avó, passos no corredor, a frincha da porta do quarto iluminada. A porta abriu-se e o meu avô entrou com o David meio adormecido. Fê-lo subir para o beliche e saiu do quarto. Eu estava na cama, voltada para a parede, de olhos abertos. Talvez tivesse chorado um pouco. A última coisa de que me lembro é do cheiro do meu avô. Cheirava a Old Spice, a suor e a tabaco. Levantei-me quando a casa dormia e, sem fazer barulho, tirei o saco de viagem de baixo da cama e fui-me embora. Foi a noite mais triste de toda a minha vida.

E como é que o encontraste? Como é que encontraste o teu tio?

Isso é outra história. Mas não me apetece contá-la.

Estás cansada?

Estou muito cansada hoje. Sinto-me exausta.

Só mais um pouco.

Não me apetece. Estou farta.

Vais deixar-nos assim?

Vou.

Então e o resto?

Que se lixe o resto, Benxamín. Que se lixe.

Brión, Leiro, 21 de novembro de 2009.

O tempo peleja contra os seus lírios e as suas rosas

Terminei de ler o manuscrito numa manhã de chuva. Era o final de outubro, haviam decorrido poucos dias desde o incidente com o javali. Lá fora, do outro lado da janela, as minhas plantas viviam agora num mundo subaquático, a terra ensopada alimentando-lhes os caules; o céu era de um cinzento deprimente, uma plenitude de maus agoiros, e eu estava perplexo.

Quando terminei de o ler, quis ir buscar um cigarro que guardava para ocasiões de emergência, mas não o fiz. Talvez porque tantas coisas me cruzavam o pensamento. Ocorria-me, em primeiro lugar, que o texto não devia ter sido escrito por Teresa de Sousa, uma vez que estava redigido num galego perfeito. Segundo o que eu sabia, Teresa nascera em Portugal, abandonara os estudos bastante cedo, falava uma misturada de línguas quando Saldaña Paris a conhecera, vivera com este em Londres e só regressara à Galiza em data incerta; seria muito difícil ter aprendido o galego normativo. Em segundo lugar, o texto terminava abruptamente, e ficávamos sem saber o que acontecera depois de Teresa ter feito as malas e decidido partir. Esse enigma deixava-me muito curioso, porque o encanto e a desilusão de algumas daquelas páginas tinham o sabor de um romance e interessava-me saber o que sucedia àquelas personagens. Ficava por contar quase tudo: os eventos que conduziriam, mais tarde, ao encontro de Teresa com o meu amigo, o que os levara à separação e os anos subsequentes.

Por último, afligia-me que Saldaña Paris apenas fosse mencionado de passagem como "um poeta mexicano" e o seu nome estivesse ausente do texto. Havia duas respostas para esse dilema: a primeira era que Teresa não tivera tempo para terminar o manuscrito e estaria a guardar a história com o mexicano para uma fase posterior; a segunda, e talvez a mais provável — porque, quase sem dar conta, eu começava a intuir o caráter daquela mulher que nunca conhecera nem nunca poderia vir a conhecer —, era que Saldaña Paris, que lhe dedicara a vida ou a quem ela infundira uma nova vida, não passava de um episódio numa história muito mais complexa do que poderia, à partida, parecer.

E, ali sentado, com a proximidade da noite a derramar a escuridão na minha sala, o som do relógio de parede mais presente do que a minha própria respiração, arrependi-me de ter aceitado ler o manuscrito e afligiu-me o instante em que me sentaria defronte de Saldaña Paris para lhe contar o que descobrira naquelas páginas — para lhe contar que julgara entender as raízes da sua persistente melancolia, que não advinha da sua infância com um pai distante na Cidade do México nem da sua juventude a vaguear pelo mundo, mas do facto de ter sido casado com uma mulher que tinha um passado porventura mais dilacerante que o dele; e de esse passado, de tão poderoso, ter anulado o presente e transformado o futuro numa palavra lacónica e sem significado.

Andei a evitá-lo durante algum tempo. Tinha-me entregado o manuscrito na terça-feira que se seguiu ao incidente na AP-9, quando eu regressara de Compostela no meu carro acabado de sair da oficina (ele apanhara um comboio de regresso a Pontevedra), e, três dias mais tarde, o meu telefone começou a tocar. Era o número da pensão onde ele vivia, e resolvi não atender. Em vez disso, fechei-me em casa e fiz uma revisão da minha tese sobre Pinter e Kane, disposto a entregá-la na faculdade na semana seguinte e acrescentando-lhe uma epígrafe: *O tempo peleja contra os seus lírios e as suas rosas* — uma epígrafe assaz disparatada, que nada tinha a ver com o conteúdo, mas que soava suficientemente intrigante ou bizarra para poder passar sem prejuízo.

Na madrugada de segunda-feira, o telefone tocou novamente. Ignorei-o e, decidindo que estava na altura de deixar o submundo, levantei-me às sete e decidi lidar com dois problemas de uma vez. Enfiei o manuscrito na mala, meti-me no carro e, em vez de seguir para a autoestrada, manobrei para leste e fui direto ao Sagrado Coração de Jesus. O colégio distava menos de um quilómetro da Joaquín Costa, e, após cinco minutos de caminho, estacionei o carro junto do edifício branco com janelas cor de barro. Faltava pouco para as oito, a hora a que Andrea começava as aulas. Fiquei no interior do carro a observar os alunos e as alunas que iam chegando dos dois lados da rua. Os mais novos, que ainda usavam farda — camisolas azuis com um brasão vermelho do lado esquerdo do peito; calções para os rapazes e saias plissadas para as raparigas —, vinham acompanhados dos pais, e recordei os primeiros anos que Andrea frequentara aquele colégio. No primeiro dia, eu e Paula tínhamos vindo juntos e, ao contrário do que seria de esperar (que Andrea chorasse e esperneasse por ter de ficar ali), o que aconteceu foi que se libertou das nossas mãos e, sem se despedir, atravessou os portões cinzentos a correr; tivemos de ir atrás dela para a apresentar às professoras.

"Deseja alguma coisa?"

Dei um salto no assento do carro. Um homem muito velho,

de bigode amarelado pelo fumo, vestido com uma gabardine escura, fitava-me por trás de uns óculos escavacados. Estava debruçado do meu lado da janela e batera no vidro com dois dedos encardidos.

"Hum?", respondi, sem saber o que responder. "Nada. Não. Estou só à espera."

O homem era-me familiar, mas não o consegui identificar. Por instinto, levei a mão ao botão de fechar a janela; ele afastou-se uns centímetros e apontou para o colégio.

"Ali há crianças", resmungou, num galego antiquíssimo. "Todas as manhãs venho vigiá-las, porque há malucos por toda a parte." Arregalou os olhos, como se quisesse demonstrar imediatamente a proposição. "Você é maluco?"

"Que eu saiba ainda não", respondi, mais descontraído. Não passava de um vigilante que perdera o juízo. "Estou à espera da minha filha."

Ele tornou a resmungar e afastou-se ainda mais.

"Por que é que ela não veio consigo?"

Saí do carro com a pasta na mão. Procurava agora lembrar-me de onde nos conhecíamos, o que me impedia de prestar-lhe atenção.

"Hum?"

"Você é surdo", gritou o velho. "Perguntei por que é que ela não veio consigo."

"Porque se esqueceu de uma coisa em casa", retorqui, fechando a porta do carro. "Esqueceu-se de uma coisa e eu vim trazê-la."

O homem analisou-me durante uns momentos, desconfiado, um dos olhos mais fechado do que o outro, e depois mandou-me seguir com um gesto de polícia sinaleiro.

"Vá, mas não se demore", advertiu.

Afastei-me em concordância e atravessei a estrada na direção dos portões. Ainda me esforçava por identificar o fulano da gabardine quando, de repente, dei comigo a olhar de frente para Andrea. Ela e uma colega estavam junto aos contentores da reciclagem, meio escondidas pelos corpos dos outros estudantes que passavam e entravam na escola, e fumavam ansiosamente do mesmo cigarro, que iam passando de uma para a outra. Quando me viu, Andrea estacou: segurava o cigarro e iniciou o gesto de o passar à colega, mas, quando o choque inicial por me ver se dissipou, a atitude pusilânime foi substituída por uma de desafio. Levou o cigarro à boca e continuou a fumar.

"Quem é este?", perguntou a colega, que usava ao pescoço um daqueles cachecóis que parecem coleiras, uma camisa de homem e calças pretas justíssimas; tinha os olhos muito claros e era quase tão alta como eu.

"O violador de Pontevedra", respondeu Andrea.

"Sou o pai da Andrea", disse eu.

Andrea apagou o cigarro no chão. A rapariga do cachecol observava-me.

"Olá, pai da Andrea. Sou a Débora."

Andrea olhou de soslaio para a colega.

"Prazer em conhecer-te", avancei.

"O prazer é meu." Débora deu um passo em frente e estendeu-me a mão: os olhos dela fixaram-me com uma mistura de sarcasmo e desejo que me deixou envergonhado. Apertei-lhe a mão e senti-lhe a suavidade da pele a escorrer pela minha.

"Débora, importas-te?", disse Andrea. "Já te encontro lá dentro."

A rapariga recuou, segurando os livros ao peito.

"Nunca me disseste que tinhas um pai tão giro."

Depois tropeçou numa pedra do passeio, largou uma risada infantil e, dando meia-volta, entrou pelos portões, juntando-se ao turbilhão de estudantes.

"As tuas colegas são todas assim?", perguntei.

"Esta é um caso especial. Gosta de homens mais velhos." Abanei a cabeça como se aquilo me chocasse. "Podias parar de lhe olhar para o rabo."

Desviei o olhar e, estupidamente, justifiquei-me.

"Não estava a olhar."

"Não te sintas mal. Todos os pais olham para ela. A Débora faz questão."

Observei a minha filha. A transição para a idade adulta caía-lhe bem. O cabelo estava muito mais comprido e chegava-lhe agora aos ombros; o corpo parecia ter alongado, e perguntei-me se acaso estaria mais alta; as costas algo curvadas e preguiçosas que sempre lhe conhecera eram agora uma prancha reta, de ombros largos e clavículas salientes. Havia um toque discretíssimo de maquilhagem no seu rosto.

"Estás muito bonita."

"Que olhes para a Débora, eu ainda percebo."

"Não é isso", rebati. "Ou melhor, é isso mesmo. Estou a olhar para ti. Há muito tempo que não te via, e estás diferente."

Incapaz de me conter, aproximei-me e dei-lhe um abraço. Ao nosso redor, os alunos do Sagrado Coração de Jesus deviam perguntar-se quem seria o tarado que se agarrava daquela maneira a uma estudante à porta do colégio. Andrea não me abraçou, mas também não resistiu: ficou parada como um poste, deixando que eu a apertasse. E, naquele instante, tive um lampejo de lucidez.

"O velho da minha rua", disse eu, em voz alta.

Soltei Andrea e olhei para o outro lado da estrada. Não havia ninguém.

"O quê?"

"O homem do sobretudo. O velho. Era o mesmo que andava pela Joaquín Costa a apanhar coisas do chão."

"Já vi que a solidão te anda a fazer mal", disse ela. "Tenho de ir para as aulas."

"Espera", insisti. "Queria ver-te porque nunca me atendes o telefone. Passaram-se quatro meses. As coisas aconteceram e é impossível voltar atrás. Mas talvez possamos recomeçar de outra maneira qualquer."

"Eu e o Carlos continuamos juntos", disse ela.

"Está bem."

"E vamos continuar juntos, e isso não é uma decisão tua."

Depois ergueu o braço direito e rodou o pulso, mostrando-me o lado interior do antebraço. Tinha uma tatuagem onde se lia *Carlos* a tinta preta.

"Que horror", proferi, sem conseguir conter-me. Andrea voltou-me as costas, mas agarrei-lhe o braço ao de leve. "Tens razão. A decisão não é minha. Pode desagradar-me, mas o rei de Espanha também me desagrada e tenho de viver com isso."

Andrea olhou para o chão e apertou o casaco. Depois ergueu o rosto e, por um breve segundo, vi o rosto de Paula espelhado no dela.

"É melhor guardar os planos para mais tarde", disse-me. "Vemo-nos quando nos apetecer. Quando eu quiser e tu também quiseres. O velho esquema das semanas alternadas deixou de fazer sentido para mim."

"Para mim também."

"Tens o meu número. Ligas quando quiseres. É tudo?"

"Só mais uma coisa. Trouxe-te alguma informação." Abri a mala e vasculhei no meio dos papéis: encontrei os dois folhetos e passei-lhos. "São duas escolas de arte. Uma em Cambridge, outra em Berlim. Sei que estás pouco preocupada com o futuro, mas, daqui a uns anos, talvez te arrependas. Se alguma te interessar, diz-me. Pode ser que eu consiga ajudar-te."

Andrea olhou para os folhetos e perguntou:

"Já acabaste aquela maldita tese?"

Tirei o documento impresso do interior da mala e mostrei-lho. Ela esboçou um sorriso. Fiquei a vê-la afastar-se na direção do colégio. Cá fora, os estudantes rareavam. A minha filha desapareceu no interior do edifício e eu voltei ao carro. Já na estrada, com a manhã a erguer-se por trás das montanhas, olhei para o espelho retrovisor e vi o rosto de um homem tranquilo.

Dois dias mais tarde encontrei-me com Saldaña Paris. Não era possível continuar a adiar esse momento — por uma questão de lealdade e porque as mensagens que ele me ia deixando no atendedor de chamadas ganhavam um pendor desagradável; pressentia-lhe a enorme ansiedade na voz. Como não quis que tivesse outro fulgurante ataque de pânico, marquei encontro no Café Moderno na quarta-feira de manhã. Chegou nervoso e suado, embora não passasse das dez. Sentámo-nos frente a frente, numa mesa para dois, e devolvi-lhe o manuscrito dentro do envelope no qual mo havia entregue.

"A senhoria quer pôr-me na rua", disse-me.

O lábio inferior agitava-se-lhe como a barbatana de um peixe.

"Por quê?"

"Diz que eu grito durante o sono."

"E gritas?"

"Como é que posso saber, se estou a dormir? Diz que eu grito como se estivesse a ser assassinado."

O empregado aproximou-se: pedimos o pequeno-almoço.

"Já li o manuscrito."

Ele aguardou. Como eu não disse nada, perguntou-me:

"E então?"

"Preciso de te fazer umas perguntas primeiro."

Senti que estávamos numa consulta médica — que eu era o médico e ele o paciente; e que eu me preparava para dar um diagnóstico macabro.

"Quais perguntas?"

"Pediste-me que lesse este texto", disse-lhe num tom plácido, procurando tranquilizá-lo. "E eu li-o. Agora, há certas coisas que só tu me podes ajudar a compreender para que isso faça sentido."

Ele não respondeu logo. O empregado aproximou-se e colocou duas chávenas à nossa frente. Tornou a afastar-se: o café estava quase vazio e, por mais baixo que falássemos, o som das nossas vozes faria eco; precisamente o contrário daquilo que eu pretendia.

"Pergunta o que quiseres", respondeu finalmente.

Começámos assim. Eu fiz as perguntas, e ele respondeu. O primeiro esclarecimento disse respeito ao estranho apelido que Teresa usava no manuscrito. *Inútil*. Ele sorriu, como se relembrasse um momento terno, e explicou que, depois de se casarem, o primeiro poema que mostrou à mulher foi "Inútil", aquele que enviara para a editora francesa e que lhe conseguira um emprego em Paris.

"Ela gostava desse poema. Dizia que se identificava com ele, porque toda a vida se sentira assim. Uma inútil."

Recuámos no tempo. Eu quis saber o que acontecera depois do desaparecimento em Barcelona. Ele explicou que, durante uns dias, ficou em estado de choque no *hostal* da Carrer del Duc, a ler e a reler o bilhete que Teresa lhe deixara, como se, ao relê-lo, pudesse descobrir um sentido secreto nas entrelinhas daquelas frases mal rabiscadas. Da maneira como sempre fazemos quando vemos perigar um amor recém-descoberto. Embora ela o advertisse para não a procurar, a verdade é que lhe deixara um endereço postal, e foi precisamente isso que Saldaña Paris fez: procurou-a, escrevendo-lhe. Não uma carta, mas meia dúzia de cartas, todas com a mesma mensagem: precisava de tornar a encontrá-la. No princípio não houve resposta; depois, quase quinze dias após a partida de Teresa, e quando o dinheiro chegara ao fim (e ele deixaria de ter um lugar onde dormir ou onde receber correspondência no final dessa semana), apareceu uma carta na receção. Teresa aceitara encontrar-se com ele em Rianxo. Foi então que Saldaña Paris cedeu. Ligou para a Cidade do México e, depois de explicar ao pai que não lhe podia explicar nada, rogou que este lhe enviasse algum dinheiro, o suficiente para sobreviver durante algum tempo. O diplomata consentiu, e, algumas horas passadas, Miguel foi buscar o dinheiro a um posto da Western Union que existia no Bairro Gótico. Partiu para Madri num comboio que saiu de Sants e, ao chegar a Chamartin, ficou à espera do comboio seguinte para Compostela. Depois meteu-se num autocarro para Rianxo e, doze horas depois do início da viagem, chegou à pequena povoação à beira do mar. Passou o dia num café defronte da barra, olhando os barcos que se agitavam ao sabor das marés revoltas de um distante fevereiro de 1998. Dormiu numa estalagem e, na madrugada seguinte, fez precisamente o mesmo, só que dessa vez levou consigo o caderno de notas que sempre o acompanhava e escreveu um poema que, julgaria ele, convenceria Teresa de que o amor dele era o certo, o justo; o amor que deveria ser. E escreveu:

Tus pies tienen la edad de lo que sangra
tumefatos por el sol y los insectos
agrietados por la sal y los andares.
[...]

Ela tinha marcado encontro às onze horas junto do Santuário da Nossa Senhora de Guadalupe. Ele sentou-se nos degraus que conduziam à pequena igreja de pedra escura, encimada por dois sinos, e aguardou, a perna tremendo-lhe, o caderno estraçalhado pela força nervosa dos seus dedos. Ela apareceu. Quando a viu aproximar-se, levantou-se e ficou estático, como se também ele fosse feito de pedra. Teresa caminhava com uma mochila às costas, a trança rodeando-lhe o pescoço, os ténis branco-sujo galgando o pavimento: ao abeirar-se dele, abraçou-o e deu-lhe um beijo demorado nos lábios.

Saldaña Paris deglutiu o pedaço de broa com manteiga. Vi-lhe a maçã-de-adão mover-se, a glote lutando contra a comida.

"Eu tinha escrito um poema. Imaginara todo o tipo de discursos para a convencer a vir comigo, a deixar o homem com quem vivia em Brión. Tinha repetido esses discursos vezes sem conta na minha cabeça, decorado cada palavra."

"Ela vivia com um homem?"

"Tenho a certeza que sim. E era um tipo violento, porque quando a encontrei nessa manhã apareceu de rosto marcado. Tinha o sobrolho inchado e, no lábio superior, um pedaço de sangue coagulado. Deu-me uma daquelas desculpas esfarrapadas — que tinha batido contra a esquina de um armário, não me lembro —, mas eu soube logo que era mentira. E quis ir a Brión e matá-lo. De verdade que quis. Perguntei-lhe uma dúzia de vezes onde é que estava esse animal, esse cabrão, esse filho de uma puta. Até que ela puxou o braço atrás e me deu uma chapada. Foi assim que resolvemos o assunto: com uma chapada que eu precisava de levar para compreender que, fosse o que fosse que tivesse acontecido, não era da minha conta."

"Portanto, não foram precisos discursos nem poemas."

"As coisas com a Teresa foram sempre assim. Eu preparava-me para tudo e ela mostrava-me constantemente que os meus preparativos de nada serviam. Junto dela, eu era um neurótico fracassado."

"Alguma vez chegaste a saber quem era esse homem?"

"Ou muito me engano ou foi o tipo que me fodeu a vida. É por causa dele que estamos aqui e é por causa dele que me transformei neste morto-vivo que vês à tua frente."

Quedou-se num silêncio súbito; a mão que segurava a chávena contraíra-se, salientando a pele alva e as veias púrpura. Achei melhor deixar o assunto morrer, pelo menos de momento. Enquanto tomávamos café, continuei a fazer-lhe perguntas.

Passaram uma noite em Rianxo e decidiram partir para Londres. Concordaram que era uma cidade na qual os dois gostariam de viver. Foi Miguel quem comprou os bilhetes com o dinheiro do pai — voaram de Santiago para Inglaterra e, durante a viagem, ele ficou então a saber o que levara Teresa a estar naquele comboio em direção a Barcelona. O pai de Teresa tinha morrido de problemas relacionados com o álcool no final de 1997. Seis meses antes de falecer, viviam em Vigo; mudaram-se para Brión quando a cidade deixou de ser viável para um homem que se recusava a parar de beber, que sabia que o seu corpo o abandonaria e, ainda assim, obstinava em arruinar as células saudáveis que lhe restavam. Pese embora a morbidez desses factos, não pude deixar de me lembrar do manuscrito e indaguei-me como teria Teresa encontrado o pai quando fugira de casa, em 1984, e se o tio também o encontrara (presumi que, sem o último, ela teria sido incapaz de encontrar o primeiro), mas não fiz qualquer pergunta; também eu obstinava em ouvir a versão da história que Saldaña Paris conhecia.

O café ia-se enchendo de gente, sobretudo turistas que paravam para provar os doces e observar a arquitetura e os quadros. Mas nós éramos invisíveis; estávamos rodeados por uma membrana de seriedade que ninguém ousava quebrar.

"Sei muito pouco sobre esse período", confessou. "A Teresa recusava-se a entrar em pormenores e, quando ela não queria falar de uma coisa, fechava-se como uma ostra. O que sei é que vivia com o pai e que este tinha morrido poucas semanas antes de ela se meter a caminho de parte nenhuma. Quando me sentei naquela carruagem em Austerlitz, disposto a adormecer para sempre, mal sabia que a mulher que se sentaria à minha frente tinha razões bem mais pesadas para querer atirar-se à linha férrea. E, contudo, foi ela quem me trouxe novamente à superfície."

Em Londres passaram por um par de meses difíceis. Nenhum deles sabia que a cidade era tão cara, e tinham muito pouco para duas pessoas. Mas aconteceu um golpe de sorte: uma das editoras parisienses para as quais Saldaña Paris traduzira alguns livros pô-lo em contacto com Antonia McKay, uma rapariga muito jovem que herdara do seu pai um negócio de guias de viagem. Não era propriamente uma editora, explicou-me ele: o que Antonia fazia era contratar jovens aventureiros para irem a determinada cidade, escrever um roteiro das principais atrações, e vender essa informação a quem a quisesse comprar. Vendia, portanto, o trabalho de freelancers. Quando conheceu Antonia, Miguel compreendeu que a herança da família McKay era demasiado pesada para uma rapariga de vinte e poucos anos: o pai dela tentara, sem sucesso, montar uma agência de notícias para descobrir que, entre os anos 80 e os anos 90 do século XX, a única informação que interessava aos jornais ingleses (e pela qual estavam dispostos a pagar) eram os afazeres da família real e os inúmeros dislates e aberrações das celebridades. Em risco de arruinar a herança da família, acabou por transformar a agência numa coisa dotada de alguma dignidade. E depois morreu. Saldaña Paris chegou na altura certa e foi contratado como freelancer por aquela jovem inglesa que interrompera a universidade para tomar conta de um negócio acerca do qual pouco sabia. Depois de viverem em habitações sociais no leste da cidade e em Croydon, puderam mudar-se para Caledonian Road, um bairro mais seguro e tranquilo no norte de Londres.

"Foi quando decidimos casar", disse-me. "O primeiro texto que escrevi para a Antonia foi sobre a Cidade do México, pelo que não tive sequer de viajar. Pagou-me duas mil e quinhentas libras, o que nos chegava para vivermos, com pouquíssimas despesas, durante quase três meses. Fizemos uma festa nessa noite. Uma festa das grandes. Bebemos vinho até desmaiarmos. De madrugada, deitados no tapete da sala, pedi-a em casamento."

"E ela aceitou."

"Sim."

"Estavam bêbedos."

"Mas casámos. Que importa se estávamos bêbedos ou sóbrios?"

Os problemas começaram no segundo ano de casamento. Durante algum tempo, parecia que Teresa se esquecera de tudo — de um passado do qual nunca falava, da morte do pai, de um amante possivelmente violento. Foderam a todas as horas e em todos os lugares. A sensação de estar casado, descreveu-me, era, ao contrário de tudo o que sempre ouvira dizer, a maior libertação de todas. Os anéis nos dedos de ambos significavam que estariam para sempre numa ilha deserta em que só existiam dois corpos, um pénis, uma vagina, duas bocas. Era um afrodisíaco como Miguel nunca antes sentira; Teresa era a coisa que lhe estava destinada, convenceu-se. A poesia era um embuste, a literatura, uma escapatória dos mal fodidos. A vida verdadeira era aquilo: vir-se todos os dias dentro da mulher que amava. Dentro da boca dela, da vagina, do cu, se assim lhes apetecesse; encharcar-lhe as mamas de esperma, fazê-la gritar como uma vadia, lamber-lhe cada tecido rugoso do sexo até deixar de sentir os maxilares. E, depois, deitarem-se ao lado um do outro e rirem das coisas idiotas que faziam, dos animais que na verdade eram e não podiam deixar de ser.

Essa felicidade tem um preço, porque a felicidade tem sempre um preço. Tornamos outra vez à mesma ideia: a existir um momento que define as nossas vidas, existe outro que as faz desmoronar com o estrépito de uma derrocada. Esse momento chegou quando, no outono de 1999, Saldaña Paris chegou a casa de uma viagem de cinco dias a Oslo e encontrou o apartamento destruído. A mobília estava toda espalhada pela casa, os vidros de algumas janelas encontravam-se partidos, e havia um rastro de sangue da cozinha até ao vestíbulo.

"Pensei que ela tinha sido assassinada", disse-me. A palavra atraiu a atenção de um casal de idade que bebia chá na mesa contígua, e tornámos a baixar as vozes. "Corri a casa toda e não a encontrei. Caí de joelhos no chão, num pranto. Imaginei que o amante de Brión nos descobrira e que a matara. Imaginei-o uma besta, um carniceiro. Imaginei-a na morgue, o lençol ligeiramente descoberto para lhe identificar o rosto estropiado. Imaginei o médico-legista a metê-la dentro de uma gaveta metálica. Ia ligar à polícia quando ouvi barulhos. Vinham de dentro do armário do quarto. Fui buscar uma faca à cozinha e depois escancarei a porta do armário de um só golpe e afastei-me, cheio de medo. A Teresa estava caída ao fundo, debaixo dos casacos, inconsciente, de cuecas, com cortes nas pernas e nos braços. Tinha uma tesoura na mão. Primeiro tirei-lhe a tesoura e depois deitei-a na cama. Tentei perceber o que tinha acontecido, mas, quando recuperou a consciência, dizia não se recordar de nada."

"E tu acreditaste nisso?"

"Chamei um médico. Ele tratou-lhe das feridas e disse que ela tinha uma concussão no lado direito da cabeça. Devia ter caído e era provável que sofresse de amnésia retrógrada."

"Alguma vez percebeste o que provocou esse ataque?"

"Digamos que fui percebendo com o passar do tempo."

"E o que foi?"

O casal de velhos levantou-se. Olhei para o relógio: passava da uma e meia, o que significava que estávamos ali sentados havia quase três horas. Chamei o empregado e pedi mais café; o homem resmungou alguma coisa sobre serem horas de almoço e eu ignorei-o.

"Nesse caso, foi um telefonema."

"Um telefonema?"

"Sim. Que a Teresa fez para o outro, o tipo que ela deixara na Galiza. Numa das raras vezes em que falámos desse episódio, disse-lhe que sabia que ela fizera uma chamada longuíssima para Espanha na noite em que eu regressara de Oslo. Vinha discriminada na conta telefónica, não foi difícil de encontrar. Com quem é que falaste, perguntei-lhe. Mas ela recusou-se a dizer. Eu sabia com quem ela tinha falado: com o carniceiro. Procurava somente uma confissão porque achei que, se ela me contasse, isso poderia ajudá-la. O que esse homem despertava na Teresa era tão atroz que, quando a chamada chegou ao fim, só lhe ocorreu destruir a casa e destruir-se a si própria."

"A conta telefónica. Como é que sabias?"

"Porque não era a primeira vez", respondeu. "As pessoas têm olhos nas costas mas preferem não os usar. Era o meu caso. A Teresa começara a sofrer de episódios depressivos uns meses antes desse incidente. De repente, sem aviso. Duravam uns dias e depois passavam, como se nunca tivessem existido. Nessas ocorrências fechava-se no quarto e enfiava-se na cama, mas eu ouvia-a, com frequência, a murmurar ao telefone do outro lado da porta. Recusava-se a sair do quarto durante dias e depois reaparecia sem qualquer explicação. Voltávamos à vida normal, voltávamos a foder como animais. E eu, nessa altura, embora desconfiasse de tudo, escusei-me a perguntar-lhe com quem é que ela falava durante essas crises, por medo de a confrontar. Ou seja, de a perder. O meu receio de ficar sem ela era muito superior à minha necessidade de saber a verdade."

"E o que é que aconteceu depois do episódio do armário?"

"O médico disse-me que era urgente levar a minha mulher a um psiquiatra."

"E a Teresa foi?"

"Depois de muita luta, sim. O psiquiatra receitou-lhe comprimidos. Caixas e caixas de comprimidos. Todos os dias eu observava-a a tomar aquelas porcarias e a deixar de ser a pessoa que eu conhecera. Devagarinho, de maneira sinuosa, os medicamentos foram-na mudando. Perdeu a espontaneidade. Perdeu o riso fácil. Perdeu a vontade de foder, ou a libido, como se gosta de dizer hoje em dia. Mas foi progressivo. No princípio, os medicamentos deixaram-na num estado de euforia que fez de mim o homem mais feliz do mundo."

Saldaña Paris baixou os olhos para a mesa, onde permaneciam os restos do pequeno-almoço.

"Sabes o que é chegares a casa depois de meses de instabilidade e a tua mulher sorrir-te e pôr-se de joelhos, pronta a mamar-te como se fosse sugar-te os testículos pelo caralho? E isso repetido vezes sem conta, até não teres mais nada para dar?" Enrubesci quando ele disse isso; na verdade, não sabia, por isso não respondi. "E não era só isso. Era sentir que ela rejuvenescia: que, depois daquele episódio sinistro, se tornara mais pródiga, mais cheia de amor. E eu precisava desse amor como quem precisa de oxigénio." Respirou fundo, como se quisesse demonstrá-lo. "Perguntas-me por que é que não fiz nada. Porque tudo o que eu fizesse só a afastaria e me deixaria a sufocar. Se ela precisava daqueles telefonemas, então que assim fosse. Se ela precisava de se atirar ao abismo, ou para o fundo do armário, então que assim fosse. Eu precisava dela muito mais do que odiava tudo isso."

"Sabes se foram apenas telefonemas?"

"O que é que queres dizer?"

"Se alguma vez ela se encontrou com esse homem em Londres. Na tua ausência."

"Não creio."

"Está bem."

"Sei que as crises de depressão tinham levado aos telefonemas. Ou, quem sabe, os telefonemas antecedessem essas crises. É impossível saber. A Teresa era um poço de contradições. Por um lado, era a mulher mais inteligente do mundo. Por outro, era muito ingénua. Ou talvez eu lhe tivesse facilitado a vida ao não interromper as conversas telefónicas em surdina."

"Talvez."

"Depois, de repente, a medicação começou a ter o efeito contrário. Eu viajava por causa do trabalho e, quando regressava, ela tinha desaparecido. Ia encontrá-la no parque junto da casa, embriagada a ponto de não conseguir falar, a ser apalpada por um estranho. Ou à deriva pelas ruas do bairro a meter-se com as pessoas. A rosnar-lhes. Andei à pancada várias vezes nesses anos." Levantou a manga da camisola e desabotoou a camisa, exibindo o braço magrinho, onde corria uma cicatriz longitudinal. "Estás a ver isto? Foi um escocês num bar em Camden Town. De onde ela me ligou para a ir buscar. Parti dois pares de óculos em cenas de pancada. E, uma vez, se não fosse a Antonia, eu poderia ter morrido."

Contou-me um episódio que ocorreu no final de 2001, dezoito meses antes de se separarem. Nesses tempos, Miguel começara a viajar menos e tornara-se uma espécie de empregado a tempo inteiro na empresa, em parte devido ao tempo que dedicara ao trabalho e em parte porque as suas ausências costumavam espoletar um episódio perigoso em Teresa. Antonia tornara-se uma amiga. Ajudara-o, no princípio, com os procedimentos legais que lhe permitiram abrir uma conta no banco, conseguir um número de Segurança Social e alugar um apartamento; mais tarde, ele começara a partilhar com ela as coisas que se passavam em sua casa. Mais de uma vez, Antonia McKay deu-lhe o contacto de um novo psiquiatra que talvez pudesse ajudar Teresa. Porém, o que Teresa dizia aos médicos nos consultórios era muito diferente daquilo que acontecia fora deles: era astuta que bastasse para não deixar transparecer a perturbação, para os convencer de que sofria de episódios depressivos idênticos aos dos milhões de indivíduos que, por todo o mundo, se alimentavam de antidepressivos. Saldaña Paris assistiu, impotente, ao desfilar dos fármacos que iam invadindo a casa. A princípio, todas as medicações pareciam funcionar; ao final de algum tempo, a outra Teresa — a que, numa crise de consciência, se apelidou a si própria de *Inútil* — regressava e o ciclo reiniciava-se. Uma madrugada, Saldaña Paris acordou dentro de uma nuvem. Era uma nuvem espessa, de fumo escuro e pestilento, que lhe cobria a boca e o nariz, como uma membrana. Tentou levantar-se, mas não via nada; aos tropeções, foi até ao corredor. As luzes não funcionavam. Gritou por Teresa, mas não teve resposta. Tentou sair de casa, mas a porta estava trancada pelo lado de fora. A única escapatória seria pelas janelas, mas viviam no terceiro andar, e a queda, se não fosse fatal, deixar-lhe-ia o corpo em frangalhos. Confuso e cego, sem conseguir respirar, encontrou o telefone às apalpadelas. Não se lembrava do número das emergências, mas o de Antonia era o primeiro na lista do aparelho.

Os bombeiros surgiram pouco tempo depois e tiraram-no

do quarto usando uma escada que encostaram à parede do prédio. Antonia esperava-o lá em baixo; abraçou-o. O incêndio começara na cozinha, onde o forno pegara fogo depois de uma noite inteira ligado a assar qualquer coisa que se transformara em carvão, e dera-se um curto-circuito. Nessa madrugada, a polícia encontrou Teresa no jardim de Market Road, alimentando pombos com pedaços de pão, esquecida do que fizera e de como trancara o marido dentro de casa.

"Foram seis meses infernais", disse Saldaña Paris. Abandonáramos o Café Moderno e fôramos sentar-nos num banco da praça da Ferrería, próximo do lugar onde nos tínhamos conhecido. "Tivemos de mudar de casa. Entre depoimentos à polícia, problemas constantes com a seguradora e uma tentativa, por parte de um advogado, de internar a Teresa numa instituição, julgo que foi a pior época da minha vida."

"É caso para um divórcio", disse eu. "Quero dizer, a mulher tentou matar-te."

Ele reagiu, intempestivo, batendo com a palma da mão no joelho. Uma gaivota que atravessava a praça assustou-se e levantou voo.

"Continuas a usar do senso comum", ralhou. "A Teresa não tentou matar-me, porque não foi a Teresa que me trancou no quarto ou que deixou o forno ligado a noite inteira. Houve sempre duas Teresas. Uma delas era a minha Teresa, a mulher que eu amava. E depois havia a outra."

"A Teresa Inútil."

"A que viveu sob o jugo de uma força exterior, sob o domínio de alguém que a aterrorizava."

"Mas tu podias ter impedido isso", disse-lhe. "Podias ter exposto esse homem, quem quer que ele fosse."

Ele encolheu os ombros. Tinha o envelope com o manuscrito no colo e segurava-o com as duas mãos.

"E ela teria negado tudo. Teria negado os telefonemas e, se os houve, os encontros que tu sugeriste. E teria dito a um médico que eu inventara essa personagem para justificar os seus distúrbios bipolares ou a sua personalidade esquizofrénica, nunca percebi bem de qual dos dois ela sofria. Agora há nomes para tudo, não é assim? Quando o incêndio aconteceu, já estávamos juntos havia quase quatro anos. Para mim, era uma vida inteira. Era a minha vida. E uma pessoa não atira a vida pela janela só porque é difícil ou nos contraria ou nos entristece."

"Ou nos tenta matar", retorqui.

"Mesmo que nos tente matar."

Os episódios esmoreceram durante o ano que se seguiu. Talvez por causa do incidente, da mudança de apartamento e dos problemas que Saldaña Paris teve de resolver, Teresa pareceu tranquilizar-se. Embora não tivesse quaisquer qualificações, arranjou um emprego numa lavandaria para ajudar a pagar as contas — que se tinham avultado por causa dos advogados e da seguradora. Antonia também os ajudava financeiramente; Miguel não se cansava de mencionar o seu nome. "Se o meu coração não estivesse completamente indisponível, teria sido ela a preenchê-lo", afirmou.

Viveram, então, alguns meses como marido e mulher. Sem a intempestividade de outrora, sem rasgos violentos de paixão, sem abundância de nada. Deitavam-se cedo, liam livros, conversavam sobre a vida de todos os dias. A existência normal. A existência, por exemplo, que eu e Paula tínhamos levado durante anos, até o aborrecimento nos transformar em criaturas vegetativas que não tardariam a querer encontrar novos parceiros. Paula tivera sucesso; eu fracassara. No entanto, no caso de Saldaña Paris e de Teresa, esse aborrecimento deve ter sabido a uma extraordinária aventura, depois do que tinham passado. Infelizmente (e foi aqui que terminou a sua narrativa e que deixei de fazer perguntas para passar a dar respostas), a tranquilidade soçobrou quando, em 2003, o diplomata britânico ligou de Colónia Roma e pediu para conhecer a nora. Afinal, disse ao filho, fora ele quem financiara os primórdios daquela relação; afinal, cumpria-se uma década desde que Saldaña Paris pisara terras mexicanas pela última vez.

"Não te sei explicar o que aconteceu. Começou no avião a caminho de Newark, onde íamos fazer escala. A Teresa ia muda, silenciosa como um rato. Depois, quando uma hospedeira lhe perguntou se queria alguma coisa, insultou-a. A mulher ficou a olhar-me como se eu me passeasse com um gorila. Implorei à Teresa que se acalmasse, que tomasse um dos seus comprimidos. Ela mandou-me à merda. Começou a falar para dentro, uma ladainha qualquer que durou uma hora. Talvez resmungasse contra mim, mas o som que fazia era tão estranho que mais parecia um bruxedo. Os outros passageiros começaram a ficar incomodados e, quando aterrámos em Newark, era notório que a minha mulher me abandonara e fora substituída pela outra."

"Voltaram para trás?"

"Seguimos para o México. Convenci-a a tomar os comprimidos e apanhámos o avião seguinte. Ela dormiu o tempo inteiro, embora me parecesse que tinha pesadelos, porque se agitava muito no assento. Quando chegámos, metemo-nos num táxi e fomos para casa do meu pai."

"Que não vias havia uma década."

Saldaña Paris abrangeu a praça com o olhar. Era o meio da tarde e levantara-se um vento frio que lhe agitava o cabelo.

"Estava velho, o meu pai. E eu tive uma vontade estúpida de o abraçar, de me sentar ao lado dele na sala onde passava as noites a olhar pela varanda, que dava para um largo onde os turistas pediam desejos sempre que atiravam moedas para dentro de uma fonte. E apetecia-me conversar. Falar a noite inteira, contar-lhe tudo o que acontecera desde que eu partira para Las Vegas naquela noite de setembro de 1993. Só que trazia a Teresa comigo, e ela chegara em mau estado. Disse ao meu pai que ela sofria de quebras de tensão, que foi a única maneira que encontrei de explicar o facto de ela precisar da ajuda de uma das criadas para subir do táxi até ao quarto de hóspedes. Pusemo-la na cama, eu tapei-a com os cobertores e dei-lhe um beijo no rosto. Prometi ao meu pai que falaríamos no dia seguinte e sentei-me numa cadeira ao lado da cama. Adormeci imediatamente, de exaustão. Quando acordei, a Teresa já não estava no quarto. A criada disse-me que despertara de madrugada com o som de passos no corredor e que, quando saiu do quarto, deparara com a Teresa pronta para sair. A Rosa tentou convencê-la a ficar, o dia ainda estava a nascer, e a Teresa prometeu-lhe que voltaria em breve, que precisava só de apanhar ar. Nunca mais a vi."

Teresa deixou a bagagem em Colónia Rosa. Levou consigo o passaporte e, no aeroporto, antecipou o bilhete de regresso e apanhou o voo seguinte para Londres. Quando chegou a casa, queimou tudo o que dizia respeito à sua condição médica — bulas, receitas, caixas de comprimidos — num dos vasos que decoravam a entrada do apartamento, fez as malas e desapareceu. Saldaña Paris passou quarenta e oito horas à procura da mulher na vastidão incomensurável da Cidade do México (quarenta e oito horas de pesadelo, de ruas intransitáveis, de néones, de multidões, de bares, de praças, de turistas, de traficantes de droga, de putas, de lojas, de buzinas de carros) e, depois, ligou à polícia. Não demorou até um agente lhe devolver a chamada: a mulher embarcara para Inglaterra na mesma companhia aérea em que chegara. Miguel quase não teve tempo para se despedir do pai, adiando a conversa que gostaria de ter tido, a longa conversa que versava uma década, e meteu-se no voo seguinte. Quando aterrou em Londres, encontrou um monte de terra no vestíbulo e uma planta morta caída numa esquina: dentro do vaso, as cinzas daquilo que tinha sido um casamento, ou uma união, entre um homem, uma mulher e a doença que habitava a cabeça de Teresa.

"Sentei-me no sofá e deixei-me ficar ali sentado durante horas", confessou. "A noite caiu, não dei por ela. Quando saí daquele transe, eram três ou quatro da madrugada e fui-me deitar. No dia seguinte, acordei e desisti da Teresa. Continuava a amá-la, sabes? Talvez mais ainda do que no dia em que a conheci. Mas faltaram-me as forças. O meu corpo abdicou. Fiquei umas semanas em Londres, o tempo de a Antonia encontrar um substituto, e, depois, tornei a meter-me num avião para a Cidade do México. Decidi levar a minha roupa e os meus livros, e percebi então que me faltavam alguns, com os quais aparentemente ela decidira partir. Não me importei: que ficasse com eles. E o resto da história tu sabes. Ou melhor: o resto da história serás tu a contar-me."

Foi a minha vez de olhar para a praça quase deserta. O dia de outono entrara em declínio, e as folhas mortas de uma árvore desconhecida vagueavam pelo passeio.

"Não tiveste curiosidade de saber para onde ela foi?"

"Eu sei para onde é que ela foi. Ao final de cinco anos, era óbvio que todos os meus esforços tinham sido em vão. Tanto quanto posso adivinhar, voltou para ele. Para o carniceiro da minha vida. O homem de Brión."

"Mas ela acabou por morrer sozinha, e justamente nessa aldeia."

"Espero que tenha morrido em paz", disse Saldaña Paris. E então acrescentou: "Embora, se houvesse alguma justiça, merecesse morrer com a maior dor possível." Assim que o disse, levou a palma da mão à boca. Os olhos encheram-se-lhe de lágrimas, que se apressou a limpar com a ponta dos dedos, tirando os óculos. O manuscrito caiu ao chão: apanhei-o devagar e coloquei-o no banco, no espaço que existia entre nós. "Desculpa. Não devia ter dito isto."

"Se calhar, devias. Existe um limite para a crueldade. O que te fizeram ultrapassa muito esse limite." Esperei que se recompusesse e, depois, perguntei-lhe: "Tens a certeza de que não queres ler tu o manuscrito?"

"Tenho", respondeu.

Foi a minha vez de falar. Sabia que demoraria algum tempo a contar-lhe a história e que seria um processo moroso, por isso fomos ao Bigotes e sentámo-nos numa das mesas do fundo. Era o lugar ideal, pois não permitia grandes veleidades emocionais. Miguel colocou o manuscrito em cima da mesa e pedimos sanduíches de queijo e presunto, mas nenhum de nós lhes tocou; em vez disso, bebemos Estrella (ou melhor, eu bebi Estrella). Não recordo exatamente por onde comecei, mas a ideia era mais ou menos esta: trazer-lhe o mínimo de dor possível. Expliquei-lhe que a narrativa devia ter sido escrita por outra pessoa e que suspeitava de Benxamín, o bibliotecário de Compostela que lhe ligara para o México e lhe anunciara a morte de Teresa. Expliquei-lhe também que a narrativa abarcava um período muito curto e que, a princípio, falava sobretudo da família dela: os avós, a mãe e o irmão.

"Não sabia que ela tinha um irmão", disse ele.

"Além de te contar da morte do pai, a Teresa alguma vez te falou do resto da família?"

Ele abanou a cabeça em negação.

"Nunca."

Decidi entrar em território mais lodoso.

"E de um homem chamado Raul?"

A resposta tornou a ser negativa. Mas a tarefa de que ele me incumbira, e que eu aceitara, só ficaria cumprida se eu fosse sincero. Por isso comecei por lhe falar de Jaime, que, segundo Teresa (ou segundo o texto supostamente escrito por Teresa), fora o único amor verdadeiro da vida dela. Alguma coisa mudou na expressão de Saldaña Paris nesse instante; deteve a cerveja a meio caminho entre a mesa e a boca, e o lábio tremeu-lhe.

"Julgo que é mais complexo do que parece", adiantei. "Julgo que o que ela quis dizer foi que aquele rapaz foi o seu primeiro amor. O único que é puro porque desconhece as armadilhas das paixões adultas. As descrições são pueris; basta pegares no manuscrito e leres. Tu sabes que o amor tem muitas formas. Já passaste por isso."

"Não precisas de tentar justificar. As coisas são como são."

A agonia no rosto dele denunciava precisamente o contrário. Bebi um pouco da cerveja, começando a sentir-me estúpido e perguntando-me a que estaria eu a poupá-lo com aqueles rodeios. À verdade sobre uma mulher que o deixara virado do avesso? À verdade sobre coisas que tinham acontecido muitos anos antes de ele a conhecer? Por isso contei-lhe abertamente a história de Raul Cinzas e da experiência sexual de Teresa com um homem mais velho. Contei-a precisamente como estava no manuscrito: que fora Teresa que o procurara; que fora ela que, voluntariamente, se deitara na cama desse homem; que a experiência transfigurara por completo a maneira como ela entendia os homens e o sexo; e que o rapaz que fora o seu único "amor verdadeiro" rapidamente passara ao esquecimento.

"Que idade tinha esse Raul?"

"Andava nos seus trintas. A Teresa tinha dezassete." Saldaña Paris ficou pálido e praguejou alguma coisa inaudível. "Isto justifica alguma coisa, não achas?"

"Justifica o quê?"

"Uma rapariga de dezassete anos que passa por essa experiência. Que procura essa experiência. Não estamos a falar de uma pessoa normal."

"Não sei se te entendo."

"A estranheza de tudo o que encontraste nela."

Tentei explicar-lhe: o sexo desabrido, a queda em depressão, as tentativas de anular o *eu*, a natureza cíclica daquele comportamento. Parecia-me óbvio que, se uma pessoa provocava ou era vítima de um processo repetidamente destrutivo, era porque se sentia repetidamente invadida por qualquer coisa que necessitava expurgar. Ele limitou-se a acenar com a cabeça. E depois perguntou-me aquilo a que eu menos queria dar resposta:

"Ela fala de mim? Em alguma parte do manuscrito?"

"Já te disse: não acredito que tenha sido ela a escrevê-lo." Ele ignorou o meu comentário e insistiu. "Sim, fala de ti", retorqui, sem saber bem se mentia ou se dizia a verdade.

"Quando?"

Respirei fundo e terminei a cerveja; atrás de nós, ao balcão, um grupo de homens conversava em voz alta.

"Quando?", repetiu.

Falei-lhe da lenda de Léonard du Revenant, que, presumivelmente, teria sido Saldaña Paris a contar-lhe. O rosto dele caiu numa espécie de equívoco.

"Nunca estivemos em Compostela. Desconheço essa lenda."

Hesitei.

"Não te sei explicar."

"Aparece o meu nome?"

"Ela fala de um poeta mexicano que conheceu num comboio para Barcelona."

Ele baixou a cabeça como se, subitamente, a força da gravidade a puxasse. Não tocara na sua cerveja. Prossegui, procurando manter o tom neutro do relato. Contei-lhe a história do pai de Teresa e da metamorfose por que passara aos seus olhos — de figura quase desconhecida a um homem entregue, sem remédio, ao álcool e ao endeusamento dos outros; contei-lhe como o pai se envolvera com gente metida na política desses tempos e como, a certa altura, matara um miúdo de um bairro pobre de Lisboa para defender um cacique. E disse-lhe que o pai fugira para Espanha e que ela, talvez por influência do tio, fora provavelmente no seu encalço, menos por amor ao pai do que para fugir à dolorosa realidade de tudo o que lhe acontecera naqueles últimos anos da adolescência.

"Foi por isso que a encontraste", disse-lhe. "E a narrativa termina aí. Termina quando ela faz as malas e, numa madrugada qualquer de 1984, foge de casa. Não tenho ideia de como chegou a encontrar o pai, ou sequer se o encontrou logo. Mas é possível que o tenha feito através do tio, um tipo chamado Franquelim que vivera em tempos no Canadá."

E foi esse o instante em que tudo mudou. Saldaña Paris ergueu a cabeça e fitou-me interrogativamente.

"Como é que ele se chamava?"

"Franquelim", repeti. "Por quê?"

Saldaña Paris agarrou a mesa com as duas mãos, cerrando os dedos pequenos em torno do tampo laminado. Começou a falar sozinho, para dentro, murmurando qualquer coisa que eu não era capaz de compreender.

"Não te ouço", disse-lhe.

"Franquelim", murmurou. "Frankie."

"O quê?"

"Frankie. Era esse o nome que ela dizia ao telefone."

"Ao telefone?"

"O nome do amante de Brión. Do carniceiro. Do tipo que fodeu a minha vida. Ouvi-a dizer esse nome em surdina muitas vezes. Durante as depressões, sempre que se fechava no quarto. Sempre que se afastava de mim."

"Franquelim", repeti eu, incrédulo.

"Frankie", repetiu ele, convicto.

Desviara o olhar e fitava com uma intensidade assustadora as próprias mãos, esbranquiçadas da força com que segurava a mesa, como se quisesse rachá-la em duas partes.

"Escuta", implorei. "Os nomes não são iguais. Há muita gente com o mesmo nome por esse mundo fora."

"Agora faz sentido", declarou ele, ignorando-me. "O outro não era apenas um amante. Era família. Claro. Que coisa poderá ser mais difícil do que deixar um amante? É deixar um amante que é sangue do nosso sangue."

Fui percorrido por uma sensação de vertigem. Tinha acabado de deitar por terra a tentativa de levar aquele dia a bom porto. Embora procurasse negá-lo, eu próprio desconfiava de que, provavelmente, Saldaña Paris estava certo. Bastava ler o manuscrito para dar conta de todos os sinais de que Teresa poderia ter tido uma relação com o tio que extravasasse a normalidade das relações de parentesco. E assim, naquele final de tarde de outono, enquanto a luz morria do outro lado das janelas, consegui fazer precisamente o contrário do que me propusera. Em vez de lhe trazer o mínimo de dor possível, trouxera-lhe o máximo de dor possível; toda a dor possível.

O mexicano levantou-se e, sem dizer uma palavra (embora eu continuasse a chamá-lo, em voz baixa, perante o olhar desconfiado dos outros clientes), caminhou desengonçado até desaparecer pela porta do estabelecimento. Olhei para a mesa: havia sanduíches por comer, uma cerveja intocada e morna e o envelope com aquele manuscrito assombrado. Lá fora, a escuridão engoliu Saldaña Paris sem remorso.

Dezoito

Guardei o manuscrito numa gaveta do quarto de Andrea e prometi não voltar a tocar-lhe. Supersticiosamente, tapei-o com a roupa de infância da minha filha, como se assim pudesse estancar o mal que aquelas páginas tinham feito. E regressei à vida habitual, porque não podia fazer mais nada. Nos primeiros dias liguei para a pensão, de manhã e à noite, para me assegurar de que Miguel ainda se encontrava vivo. Por vezes, ele atendia e respondia-me com monossílabos; outras vezes, a chamada era reenviada para a dona da pensão, que, no seu galego indecifrável, me dizia que o Dezoito não estava.

"Deve ter ido ao médico da cabeça", escarneceu ela da primeira vez que falámos.

"Eu volto a ligar."

"Foi você que esteve aqui há pouco tempo?", perguntou-me.

"Fui."

"Veja lá se arranja outros amigos. Estes mexicanos têm o juízo todo no meio das pernas."

Apeteceu-me insultá-la, mas deixei passar. Estava demasiado cansado do dia na faculdade para me preocupar com o que a mulher pensava dos estrangeiros.

"E você?", tornou ela.

"Eu?"

"É casado, ou quê?"

"Sou divorciado."

"Hum", ouvi, do outro lado da linha.

A seguir pediu-me o meu número de casa, prometendo que pediria ao Dezoito que me ligasse quando retornasse à pensão. Nessa noite, o telefone não tocou, bem como nas noites que se seguiram. Eu insisti; contudo, sempre que falávamos, tudo o que lhe conseguia arrancar do outro lado da linha eram frases entrecortadas e resmungos — e uma indisponibilidade completa para se encontrar comigo —, pelo que presumi que ele estava a digerir toda aquela história. Que o choque que eu provocara ao falar de Franquelim (embora nenhum de nós soubesse a verdade) precisava de passar pelo seu sistema, como um vírus que entra, corrosivo, mas que é passível de purga.

Ao fim de algum tempo, resolvi dar-lhe espaço. Eu próprio não entendia nada, eu próprio duvidava do manuscrito e da estabilidade emocional de Saldaña Paris, da fiabilidade das suas recordações, e encontrava-me na pior posição para decidir a verdade dos factos, uma vez que só o conhecia a ele. Na verdade, creio que tinha pouco interesse em saber a verdade. O que sabia chegava-me: falávamos de uma mulher que sofrera de uma perturbação gravíssima, um distúrbio de personalidade digno de internamento prolongado; de um assassinato, de práticas sexuais com menores de idade, da possibilidade de incesto. Tudo aquilo me perturbava e, ao mesmo tempo, tudo me deixava um tanto indiferente, porque, para me aquietar, decidi que não passava de uma história. Decidi que não passava de ficção.

Em meados de novembro, a minha tese sobre Pinter e Kane

foi avaliada e aprovada com distinção pelo júri da faculdade. Seguiu-se uma pequena receção num dos salões da Reitoria, onde fui louvado durante uma hora por vários professores que não conheciam uma linha do que eu escrevera e por dois membros do júri que, provavelmente, também não tinham lido a tese. Alguns dos meus alunos compareceram, incluindo Nadia. Encontrei-a num canto da sala, junto a uma das janelas de madeira que davam para o terraço em granito, com um croquete na mão e um copo de plástico meio cheio de vinho branco na outra.

"Pensava que não comias carne", disse-lhe, contente por ter uma desculpa para me afastar do corpo docente.

"E não como", respondeu. Estava tão magra que lhe conseguia distinguir todos os ossos no rosto. "Mas, nestas ocasiões, convém ter alguma coisa nas mãos. Para dar o ar de que estamos a fazer alguma coisa."

"Claro. Não fazer nada é um grande pecado."

Nadia sorriu.

"Devia instituir-se um dia assim. Um dia de não fazer nada. O feriado dos preguiçosos."

Olhei para os meus colegas ao fundo da sala, espremidos nos seus casacos de fazenda e gravatas fora de moda, deglutindo croquetes e emborcando vinho barato. Ocorreu-me que esse dia já tinha sido instituído, havia muitos anos, em todas as universidades do mundo. Era um dia que durava uma vida inteira.

"Vou desistir, sabia?", disse ela.

Olhei-a de sobrolho franzido.

"Do vegetarianismo?"

"Sou vegana."

"Isso."

"Vou desistir do curso."

"Mas por quê?"

Encolheu os ombros.

"Descobri que não tenho vocação para a literatura. Quero trabalhar no campo, em agricultura biológica. Vou regressar à Eslováquia."

"O ano ainda mal começou, Nadia."

"Tenho o bilhete para ir passar o Natal a casa e não tenho dinheiro para comprar outro." Amassou o croquete na palma da mão. "Mas vale a pena ir às aulas entretanto, não acha?"

"Agricultura biológica?"

"Sim", respondeu ela, sorrindo. "Sabe o que é que eu acho? Que o professor não pertence aqui. Já os viu?" Apontou discretamente para o grupo de docentes que confraternizava. "Parecem estátuas de um museu de cera. Enfiam-se aqui como quem se enfia num sarcófago para não terem de lidar com o mundo." Suspirou; as clavículas emergiram-lhe como duas pontes. "Prefiro plantar batatas e couves. Ao menos, sujo as mãos de terra. Ao menos, sujo alguma coisa."

Nessa noite, ao regressar a casa, liguei o computador e apaguei o ficheiro da tese. Compreendi, ao recordar as palavras de Nadia, que o que escrevera não tinha qualquer importância: que não servia para nada. Era o produto da vaidade de um académico, de um tipo que levava uma existência sonegada, de alguém que nunca sujava as mãos. Enterrei-me no sofá e bebi, sozinho, uma garrafa de vinho. Porque tudo o que comera, nesse dia, fora um pequeno-almoço frugal e dois croquetes, fiquei bêbedo. De repente, senti inveja de tudo: das coisas todas que deixara por fazer; das viagens que nunca encetara; de todas as vezes que, vendo uma mulher bonita passar por mim, não tivera a coragem de lhe ir falar; das coisas que poderia ter vivido se não me tivesse enfiado numa universidade para passar o resto dos meus dias como um académico bem-comportado. Senti inveja de Paula, que construíra uma nova vida; senti inveja da minha filha e da intensidade da juventude; cheguei a sentir inveja de Carlos. Carlos sujava as mãos todos os dias, e o fruto do seu trabalho era visível no mundo. O que ele fazia importava tanto como importam os movimentos dos astros e da Lua e da translação da Terra: sem ele, um carro era um objeto inerte que impedia um ser humano de ir para o trabalho, de ganhar a vida, de alimentar a família.

Quando comecei a invejar Saldaña Paris, e as suas deambulações e desventuras, percebi que estava muito embriagado. Desliguei a luz e dormi no sofá.

Numa semana, tudo mudou.

Começou numa quarta-feira. Era o dia em que eu não dava aulas e, ao final da tarde, fui dar uma volta pelas ruas. Chovera o dia todo, e a água que batia, descompassada, contra a janela que dava para o quintal deixara-me angustiado; todo eu era humidade e tristeza. Quando parou de chover, saí de casa e segui no sentido contrário do caminho habitual: em vez de descer a Joaquín Costa em direção ao centro, pus-me a caminho do hospital. Ao passar pelo hospital, cortei à esquerda; acabara de tirar o telefone do bolso para ligar a Andrea (como me habituara a fazer de vez em quando, embora nenhum de nós tivesse muito para dizer ao outro e ela permanecesse silenciosa acerca de um putativo futuro universitário) quando, ao entrar na rua Poeta Uxío Novoneyra, vi um letreiro que dizia "Mundo Verde". A fachada era verde, a porta era verde, as letras, de um verde ainda mais berrante, imitavam vegetais (o "o" tinha a forma de um tomate). Tornei a meter o telefone no bolso e cedi à tentação de entrar.

Era um supermercado biológico, um lugar pequeno com preços exorbitantes. As estantes exibiam todas as coisas que Nadia me recomendara: tofu, algas, soja, *seitan*. Peguei num cesto e enchi-o de produtos quase ao acaso. Aproximei-me da caixa e comecei a dispô-los no tapete rolante.

"Pai da Andrea."

Olhei para a rapariga que estava sentada ao lado da caixa registadora. Reconheci-lhe o rosto, mas não me lembrava de onde.

"Sou a Débora. Lembra-se?"

"O que é que estás a fazer aqui?"

Ela riu-se.

"Estou a trabalhar. O que é que lhe parece?"

Olhei em redor, como se os produtos biológicos tivessem outra explicação.

"Aqui?"

"Era pior se fosse num bordel."

"Fala mais baixo."

Foi a vez de ela olhar em volta.

"Não está mais ninguém aqui dentro", comentou. Continuei a pôr as compras em cima do tapete rolante. Débora pegou num dos produtos. "De certeza que quer levar isto?"

"O que é?"

"Leite de soja. Sabe a plantas velhas."

"Então deixo ficar."

Um rapaz entrou na loja, muito magro e com o rosto coberto de acne. Disse um olá desenxabido a Débora, que fez a minha conta e, levantando-se, passou-lhe o avental verde que usava por cima da roupa. Depois Débora vestiu o casaco que estava pousado nas costas da cadeira. Fitou-me, desafiadora, e perguntou:

"Já acabei o meu turno. Vamos tomar um copo?"

O rapaz observava-nos sem interesse. Quis recusar o convite, mas ela sorria com tanta naturalidade que fiquei mudo. Debaixo das luzes elétricas da loja, Débora parecia-me menos atraente do que naquela manhã no colégio: usava demasiada maquilhagem e os olhos entortavam ligeiramente para o centro. Caminhámos pela rua enquanto ela falava de qualquer coisa que não recordo. Sentia o peso do saco, a alça começando a abrir-me um sulco na palma da mão; mantive a cabeça baixa e o olhar no passeio. Apesar do frio, comecei a suar. O casaco de Débora era curtíssimo e as suas formas perfeitas de adolescente insinuavam-se contra as calças de ganga. Pensei no que aconteceria se alguém conhecido me visse — se os pais de Débora passassem por nós na rua ou, pior ainda, a minha filha — e concentrei-me nas lajes cinzentas.

De repente, estávamos na Joaquín Costa.

"É aqui que eu vivo", disse-lhe. "Até à próxima."

"Eu subo consigo", afirmou ela. "Ajudo-o a arrumar as compras."

Entrámos no meu apartamento. Ela tirou o casaco; eu mantive o meu vestido. Depois Débora espreguiçou-se, esticando os braços ao alto, mostrando o seu físico de mulher alta, a curvatura das costas, a saliência das nádegas.

"Gosto da sua casa", disse ela, e passou um dedo pela estante dos livros. "Está cheia de pó." Levou o dedo aos lábios e provou.

Comecei a tirar os produtos dos sacos e a espalhá-los sem qualquer ordem na bancada da cozinha. Ela foi até à janela e bateu no vidro com dois dedos; o gato da vizinha, que rondava o meu quintal, ficou a mirá-la com olhos de fogo. Depois voltou para junto de mim e, enquanto eu fingia ler a etiqueta de um produto feito de tofu, abraçou-me por trás. Senti-lhe os seios contra as minhas costas.

"Que idade é que tu tens?", perguntei-lhe.

Ela começou a mexer na saliência que se formara nas minhas calças.

"Dezoito", respondeu-me ao ouvido, o hálito quente.

"Portanto tens dezassete."

"Portanto tenho dezoito", repetiu.

Portanto tinha dezassete. Essa incerteza não me impediu, contudo, de dormir com a colega da minha filha por três vezes.

Da primeira vez, foi ela que me arrastou para o quarto; que me sentou na cama, que me tirou os sapatos e as calças, que se ajoelhou no tapete à minha frente e me fez sexo oral, magoando-me com os dentes, e que depois se colocou em cima de mim e me montou até eu ter um orgasmo incipiente que misturava prazer, vergonha e humilhação — a humilhação de ter cedido a uma forma de poder tão primária, de ter fraquejado quando importava deveras ser forte, de me ter rebaixado ao cliché de um homem de quase cinquenta anos que se deita com uma miúda. A segunda vez aconteceu no dia seguinte, quando Débora me tocou à porta às sete e meia da noite. Eu tivera um dia chatíssimo na faculdade, carregado de alunos insatisfeitos e reuniões longuíssimas com o reitor e, de súbito, ela estava ali. Dessa vez foi diferente. É verdade que um homem que ultrapassa os limites uma vez tornará a ultrapassá-los e continuará a fazê-lo cada vez com menos consciência de si; é verdade que, a cada sucessiva transgressão, dizemos para nós próprios que, se já o fizemos uma vez, fazer duas ou três — ou vinte ou cinquenta — trará consigo o mesmo castigo e, portanto (porque qualquer transgressão é beber da fonte do prazer), mais vale aproveitarmos antes de nos levarem à guilhotina. Assim, da segunda vez, sentindo-me menos culpado e convencendo-me de que, se o fizera no dia anterior, podia fazê-lo nesse mesmo dia e no dia seguinte, fui eu a levar Débora para a cama; fui eu a abrir-lhe as pernas e a lamber-lhe o sexo; fui eu a penetrá-la e a conduzi-la ao orgasmo. Vi-a sair de minha casa à meia-noite dessa quinta-feira de novembro de roupas e cabelo desalinhados; regressei ao quarto e deitei-me na cama, que ainda cheirava ao seu perfume enjoativo, e dormi com a tranquilidade de um anjo.

E, da terceira vez, o castigo chegou. Nada nisso é religioso; não se trata de uma lógica de pecado ou penitência. É, quando muito, a ideia hoje enraizada em mim de que as nossas ações, por muito que as achemos privadas ou indignas de interesse, se repercutem com eco noutro lado qualquer. Enquanto eu tinha prazer dentro de uma rapariga com a idade da minha filha, Saldaña Paris vagueava pelas ruas de Pontevedra, perdido dentro de si mesmo. Em vez de cuidar dele — ou de o procurar, embora ele desejasse estar sozinho —, foi mais fácil convencer-me de que, se o procurasse, estaria a intrometer-me numa narrativa da qual eu não fazia parte; era mais fácil continuar na minha apatia universitária, de casaco de fazenda e gravata pirosa, fodendo secretamente uma estudante sem nunca sujar as mãos.

Deixara de lhe ligar para a pensão e não o via mais ou menos havia três semanas. Quando olhei para o calendário, dezembro estava à porta. E poderia não o ter visto até à manhã em que recebi o telefonema, mas o facto é que o vi na noite anterior ao telefonema. E evitei-o. Talvez seja esta a suprema degradação: vermos um amigo que sabemos estar em apuros e estarmos indisponíveis para o socorrer. Foi na praça Mendéz Núñez. Eu caminhava no sentido do rio porque Débora me ligara a pedir-me que a fosse buscar ao final da ponte (ela vivia do outro lado do Lérez, na Devesa); reivindicou que não lhe agradava atravessar a cidade sozinha à noite. Passava pouco das dez da noite, e eu sabia que, no fundo, Débora fazia um jogo perigoso, que era arriscar ser vista comigo em público. E eu aceitara esse jogo porque, devagar, a cada movimento transgressor, deixava de me importar com o que os outros pensavam de mim.

Ia cruzar a praça deserta quando o vi. Estava junto da estátua de Valle-Inclán, o lugar onde nos faláramos pela primeira vez. Desta feita, porém, não se limitava a observar a estátua; contornava-a com vagar, como se quisesse registar-lhe as formas, como se desejasse reproduzi-la. Estaquei, protegido das luzes da rua por um telheiro; senti a pulsação a latejar. Mais tarde, compreenderia que encontrara finalmente a minha encruzilhada;

que ali decidira o futuro. O meu primeiro instinto foi desabrigar-me do telheiro e ir ter com ele. Mas logo o instinto contrário reclamou presença: chegaria atrasado ao encontro com Débora junto da ponte; o telefone começaria a tocar; teria de me desculpar perante Saldaña Paris e, pior ainda, teria de lhe mentir, alegando um compromisso falso. O segundo instinto prevaleceu, e recuei ainda mais, encostando-me à parede enquanto ele se debruçava estranhamente sobre a estátua, tocando ao de leve no chapéu, nos óculos, na barba e no braço ausente do escritor, acariciando-o. Aproveitei o momento para continuar a andar sem olhar para trás (como se também pudesse deixar para trás a desonra), ansiando pelo momento de penetrar Débora, porque então me esqueceria dele, de Débora e de mim.

Às duas da manhã chamei um táxi para Débora. Era a madrugada de sábado e os pais permitiam-lhe sair com as amigas, mas eu queria dormir e receava que ela também adormecesse. De manhã, o telefone tocou, estridente, e eu despertei estremunhado, o corpo dormente do sexo. Receei que fosse Andrea; desde o dia em que entrara no Mundo Verde que evitava ligar-lhe. Depois lembrei-me de que a minha filha nunca me telefonava, e atendi. Do outro lado, uma voz rouca de mulher.

"O que é que quer?", perguntei, ensonado.

"O seu amigo, o Dezoito", disse ela, mastigando alguma coisa. "Foi para o hospital esta madrugada."

Ergui-me na cama. Vi o sutiã de Débora pendurado nas costas de uma cadeira.

"Hospital?"

"Eu já sabia que vocês eram esquisitos", disse a dona da pensão. "Não sabia era que eram completamente maníacos. Tenho o quarto cheio de sangue. Agora quem é que vai limpar aquilo?"

Desliguei o telefone quando a mulher ainda estava a falar. Vesti a primeira roupa que encontrei e, patinando escadas abaixo, desci a rua a correr na direção do Hospital Provincial. Na receção perguntei por ele e pediram-me que aguardasse. Sentei-me num banco na sala de espera, onde se encontravam um casal a dormitar e um rapaz com uma ligadura na cabeça. Cruzei as pernas e descruzei-as, inquieto. Alguns minutos depois, apareceu um médico muito jovem.

"É da família?"

"Sou o mais próximo que ele terá de uma família por estas bandas", respondi. "Como é que ele está?"

"Na cirurgia. Os médicos estão a tentar salvar-lhe a mão."

Devo ter feito um esgar de assombro porque o médico pegou-me no ombro e levou-me para junto da porta, afastando-me das outras pessoas.

"É um amigo?", perguntou, em voz baixa.

"Sou", respondi. "O que é que se passa?"

"Bom, não sei como hei de dizer-lhe isto", respondeu ele, coçando o sobrolho. Tinha olheiras de quem passara a noite nas Urgências. "O paciente tentou cortar a mão esquerda esta madrugada. Na verdade, pensamos que tentou cortar o braço, mas deve ter sido difícil fazer o golpe muito acima porque a faca não era grande coisa." Fez uma pausa para eu digerir a informação. "Graças a Deus."

"Graças a Deus?", repeti, atónito.

"Que a faca não era grande coisa."

Julguei que ia desmaiar no chão acabado de lavar da sala de espera. Precisei de me sentar. O médico perguntou-me se queria água; assenti. Os outros olharam-me. O rapaz da cabeça entrapada tirou uma pastilha elástica do bolso e pôs-se a mascar ruidosamente. O médico voltou com um copo de água açucarada e sentou-se ao meu lado.

"O golpe foi profundo, mas não o suficiente para ele conseguir amputar o antebraço. Em princípio, porque fomos buscá-lo a tempo, vamos conseguir remover o tecido morto e salvar o membro."

"E ele vai poder tornar a usar a mão?"

O médico pareceu confuso.

"Não tenho a certeza. Sou de clínica geral. A seguir à cirurgia, o seu amigo terá de ser visto por especialistas e, claro, por um dos nossos psiquiatras. Faz parte do protocolo."

"Como é que o descobriram?"

"Foi a senhoria do prédio onde vive. Quando a faca atingiu os nervos perto do osso, o seu amigo começou a gritar muito alto." Inclinei-me para baixo e esforcei-me por conter o vómito que me chegara à garganta. "Posso fazer-lhe uma pergunta?"

"Diga."

"O seu amigo tinha alguma razão extraordinária para fazer isso?"

Tapei o rosto com as mãos. Não conseguia libertar-me de uma imagem terrível que me assolara, a imagem do sonho na Cidade do México, que tivera semanas antes. Saldaña Paris ao fundo da sala, em tronco nu, a pingar suor, o lábio inferior descaído, os olhos esbugalhados. Só que, em vez de uma máquina de escrever, tinha uma faca enorme na mão, que começava a penetrar-lhe a derme do braço esquerdo. *Estou quase a terminar.*

"O extraordinário foi não o ter feito há mais tempo", disse eu.

Fiquei muitas horas na sala de espera. Os pacientes entraram e saíram: mães e pais, filhos e tios, crianças e velhos. Todos passaram por mim como um filme acelerado, os corpos indistintos cruzando o espaço e deixando lastro. Fantasmas, assombrações. Não comi o dia todo, e vomitei duas vezes na casa de banho. Bebi água e esperei. Eram quase cinco da tarde quando um outro médico, muito mais velho e mal-encarado, me veio dizer que Saldaña Paris estava fora de perigo e que a cirurgia tinha sido bem-sucedida.

"Quando é que o posso ver?", perguntei.

"Está completamente adormecido", disse ele. Coçou a barba; cheirava a formol. "Volte amanhã."

"A que horas?"

"Nas horas das visitas", resmungou.

Fui para casa completamente derrotado. O telefone tocou: primeiro, um colega da universidade, que não atendi. Depois, um número desconhecido. A noite já tinha caído quando, no ecrã do aparelho, vi o número de Débora. Atendi e disse, como se quisesse expurgar a minha raiva num cão perdido na estrada:

"Nunca mais me ligues. Puta de merda."

Seguiram-se dias de grande tristeza. A melancolia que fora de Saldaña Paris era agora a minha, como se os estados de alma fossem transmissíveis entre duas pessoas quando a história do outro passa a ser a nossa história. A partir do momento em que ele tentou amputar-se, foi como se também me tivesse amputado — o gume de uma navalha que cortou a minha existência em duas partes distintas, que me separou em definitivo de mim mesmo. Deitado na cama, na noite de sábado, depois de insultar uma rapariga de dezassete anos cujo único erro tinha sido oferecer-se a um tipo como eu, chorei como não me recordava de chorar desde a infância.

Uma vez, quando eu tinha sete anos, passei férias numa ilha, e um rapaz que era meu amigo interrompeu a nossa amizade porque estávamos apaixonados pela mesma menina. Não me lembro do nome dela; lembro-me de que nunca mais trepámos a mesma árvore juntos (a árvore que tinha um baloiço e cordas para nos pendurarmos); que nunca mais pedalámos nas nossas bicicletas até nos perdermos no milheiral; que nunca mais perseguimos caranguejos à beira-mar; que nunca mais vimos o entardecer do cimo das rochas antes de nos atirarmos à água já depois de os nossos pais nos chamarem para jantar. É a primeira memória que tenho da perda, de soluçar durante uma noite inteira debaixo de um lençol como se o mundo tivesse ruído. Foi dessa maneira que chorei nessa noite.

Meti baixa na semana que se seguiu e visitei-o todos os dias. A primeira visita foi a mais penosa, pois descobri que, além dos efeitos visíveis da amputação fracassada, ele se encontrava completamente imóvel e não dizia uma palavra. Entrei no quarto de mansinho mas com os nervos à flor da pele, imaginando que iria encontrar um semidefunto ou uma ferida exposta, gangrenada. O que encontrei foi o homem pequeno e magro que eu conhecia, deitado numa cama ligeiramente inclinada, com o braço enrolado em gazes brancas e elevado em relação ao corpo. Saldaña Paris olhava pela janela sem ver, os seus olhos abandonados a uma maré de silêncio. Reparei que os óculos estavam pousados na mesa de cabeceira e pensei que talvez lhe fizessem falta; que talvez as coisas que via pela janela (os carros, as árvores que ladeavam o parque de estacionamento) estivessem desfocadas. Peguei nos óculos e coloquei-os sobre o nariz dele, devagarinho, tendo o cuidado de não lhe tocar nos olhos.

"É escusado", disse uma voz do outro lado da sala. "Pode parecer que ele está a *olhar*, mas é uma ilusão."

Era o médico resmungão. Entrou no quarto com as mãos enfiadas nos bolsos da bata e aproximou-se de nós. Aos pés da cama, olhou para a ficha clínica do meu amigo.

"Onde é que está o outro médico?", perguntei.

"Qual outro médico?", respondeu ele.

Continuava a cheirar a formol.

"O médico mais novo."

"Ah!", ripostou. "O médico mais novo. Sim, sei qual é."

"Louro."

"De olhos azuis. Aquele que parece um ator de cinema."

"Esqueça", disse eu, e sentei-me no sofá.

"Deve estar a falar de um dos internos. A má notícia é que não tornará a vê-lo. A boa notícia é que eu tenho trinta anos disto, e o meu diagnóstico é bastante mais competente."

"E qual é esse diagnóstico?"

O médico afastou-se da cama e encostou-se à parede por baixo da televisão que estava junto do teto.

"Não é grande coisa. O psiquiatra virá esta tarde e julgo que concordará comigo."

"Por quê? Ele está vivo, não está?"

"É uma maneira de dizer", respondeu ele, coçando a barba. "Não há muita diferença entre o que aconteceu ao sr. Saldaña Paris e o estado de coma. Tem os olhos abertos, é certo. As funções vitais estão todas intactas. Mas estou em crer que, se o seu médico de Hollywood aparecesse aqui todo nu com um par de dançarinas do ventre, ele nem daria conta."

Apeteceu-me levantar-me e esmurrá-lo. Em vez disso, respirei fundo e olhei para os lábios entreabertos de Miguel, como sempre os tinha quando ouvia alguém ou pensava em alguma coisa mais difícil. Quis chamar por ele, resgatá-lo; sabia, contudo, que seria inútil.

"O que é que pode ser feito?"

"O psiquiatra dirá melhor do que eu. O mutismo, contudo, é um mau sinal. A tentativa de cortar o braço pode ter provocado stresse pós-traumático. Mas, para um tipo fazer uma coisa dessas, é porque já se encontrava num estado avançado de depressão major. Neste caso, manifesta-se assim: numa retirada."

"Uma retirada?"

"Uma recusa em lidar com a realidade. O seu amigo não foi ali e já volta. Está noutro lado qualquer, a viver uma vida diferente, porque esta lhe causou tanta dor e sofrimento que ele teve de ir embora. O curioso é que, na maior parte dos casos, essa retirada também implica dor e sofrimento. Uma mutilação, quem diria." Fez uma pausa e tornou a coçar a barba. "Como já lhe disse: foi para outro lado qualquer. Sabe-se lá onde estará."

O médico saiu pouco depois, advertindo-me de que eu só poderia ficar mais quarenta e cinco minutos. Fiquei até ao fim, até uma enfermeira me vir chamar para deixar o quarto. E, nesses quarenta e cinco minutos, ocorreram-me sem cessar as palavras de Julia Montel, que desaparecera havia algum tempo e que pertencia agora à minha outra existência, à parte que ia ficando para trás: que ele tinha vindo à Galiza para morrer e não para viver, que Saldaña Paris estava para lá da possibilidade do amor. Talvez fosse verdade. Talvez ele estivesse para lá da possibilidade do amor como outros estão para lá da possibilidade da maldade ou da coragem, com a diferença de que se pode viver sem maldade ou coragem, mas não se pode viver sem amor.

Antes de sair, afaguei o cabelo de Saldaña Paris e dei-lhe um beijo na face. Tomei uma decisão nesse mesmo dia. Ao caminhar para casa ao final da tarde, com a chuva a ensopar-me o cabelo e esbarrando nos transeuntes, decidi que estava na hora de averiguar o passado para que este não se transformasse no monstro do futuro. E, porque a existência havia sido seccionada (e porque herdara a melancolia de Saldaña Paris), dedicaria a parte que me sobrara a restaurar as nossas vidas. Começaria pela dele e, devagarinho, passo a passo, se tivesse sorte — porque precisamos de sorte, porque é imperativo que ela jogue a nosso favor —, restauraria também a minha, por osmose ou por milagre.

A primeira coisa que fiz foi encontrar-me com o reitor na manhã seguinte e pedir-lhe uma licença sem vencimento. O homem ficou surpreendidíssimo e pediu-me que reconsiderasse, mas aleguei problemas pessoais e disse-lhe que a minha decisão era irredutível.

"Se quiser, despeça-me", disse-lhe.

"Mas vamos a meio do semestre", retorquiu. "E acabou de apresentar o pós-doutoramento."

"Haverá quem me substitua. O que não falta são professores auxiliares."

O reitor encolheu os ombros.

"Claro. Mas não vou despedi-lo, homem. Resolva os seus problemas e depois venha falar comigo."

A seguir, liguei à minha filha. Fi-lo assim que deixei a faculdade e entrei no carro. Lá fora, uma brecha ínfima de luz cortava a semiobscuridade do final do outono; gotas estancadas polvilhavam a janela. Andrea atendeu. Aguardei alguns segundos pelo grito que me faria fechar os olhos de vergonha.

"Pai? És tu?"

"Sou eu", respondi, aliviado.

Encontrámo-nos nesse mesmo dia. Ela veio ter a minha casa e preparei-lhe um lanche. Aparentemente, desconhecia tudo o que acontecera com Débora e parecia quase contente por me ver. Reparei que ganhara algum peso e que vestia roupas bonitas, de cores vivas, por baixo do casaco que eu lhe comprara havia alguns anos: uma camisola azul-clara e uma saia de xadrez. Enquanto eu preparava sanduíches de queijo e fazia sumo de laranja, ela quis saber por que é que eu estava em casa num dia de aulas.

"Era disso que te queria falar", respondi. Sentei-me à mesa e começámos a comer. "Vou tirar um tempo para mim. E, depois, um tempo para nós. Já avisei na faculdade que não vou ensinar mais este semestre, e vou suspender o programa de rádio até ao ano que vem."

"Estás doente?", perguntou, com gravidade na voz.

"Nada disso", sorri. "Pelo contrário, estou bem de saúde. Mas tenho um amigo que não está e que precisa da minha ajuda."

"Eu conheço-o?"

"Não. Espero que um dia venhas a conhecê-lo. É um tipo bestial. Um tipo mesmo bestial."

Ela trincou a sanduíche e mastigou devagar.

"Pai."

"Sim?"

"És gay?"

"Nem de longe nem de perto."

"Então por que é que me estás a contar isto?"

"Porque é possível que tenha de viajar para fora do país durante uns tempos."

"Onde é que vive o teu amigo?"

Bebi o sumo de laranja e pousei os cotovelos sobre a mesa. Embora as perguntas de Andrea fossem simples, a verdade é que as respostas eram complexas; demasiado complexas para um lanche.

"O meu amigo vive noutro lado qualquer", disse-lhe, sentindo que, se continuasse, desataria outra vez a chorar. "Um dia explico-te. Por agora, quero que não te preocupes com nada. Tens o meu número e estarei aí para o que precisares. Podes ligar-me a qualquer hora do dia ou da noite. Na verdade, liga-me. Liga-me o maior número de vezes que conseguires. Liga-me de manhã, quando acordares e fores tomar o pequeno-almoço, e liga-me quando te fores deitar à noite, antes de adormeceres. Mesmo que não precises de falar comigo. Mesmo que não te apeteça ligar."

Andrea aproximou-se de mim e, com o indicador, limpou a lágrima que me descia pelo rosto. Depois abraçou-me.

"Eu ligo-te", disse ela. "Podes ficar descansado."

* * *

Dois dias depois, à hora da visita, encontrei o psiquiatra de serviço. Disse-me que o caso de Saldaña Paris era muito sério. Falou-me das mesmas coisas de que o médico me falara: do silêncio, do mutismo, de uma depressão unipolar gravíssima, da probabilidade de uma distimia nunca tratada, de medicamentos, de hipóteses e de prognósticos reservados. Quando partiu, sentei-me no sofá do costume e, sacando do caderno de notas que trazia no bolso do casaco, escrevi uma frase. Era algo que Julia Montel também me dissera naquele dia, a última vez que nos víramos. Olhei para Saldaña Paris, que fitava o vazio de uma janela de estores corridos, e escrevi:

Dedica-te a amar as coisas certas em vez das coisas erradas.

And the old terrors' continual cry
Growing more terrible as the day
Goes over the hill into the deep sea;

Dylan Thomas

O eco dos fantasmas no papel

14 DE DEZEMBRO DE 2010

Boa noite. Incomodo-o?

Aqui é hora do almoço. Boa tarde.

Então não o incomodo? Estava a almoçar?

Combinámos esta hora, não foi? Seja como for, eu almoço sempre a fazer alguma coisa. Geralmente, não estou a falar ao telefone. Estou a ler o jornal ou a ver as notícias da BBC. São as vantagens da reforma: podemos almoçar em casa, às horas que quisermos, a fazer o que nos apetece.

Estive ontem com o Miguel. Pareceu-me melhor. Tinha outras cores, parece estar a recuperar.

Não seja mentiroso. Falei com o médico. Um tipo de voz

grossa. Duas vezes. Sei muito bem como é que ele está, e ninguém se recupera de uma coisa daquelas em quinze dias. É provável que nunca mais se recupere, por isso não se ponha com falinhas mansas. Tenho setenta e três anos e não preciso de falinhas mansas. É o meu único filho, sabe? Não tenho mais nenhum e nunca mais irei ter. Com a minha idade, seria um milagre. Por isso é desnecessário pôr-se para aí a inventar coisas: sei perfeitamente de quem estamos a falar.

Já decidiu quando vem?

Assim que puser tudo em ordem por aqui. É preciso contratar uma enfermeira. É preciso arranjar-lhe um quarto, e há tralha por toda a parte. Eu não posso tomar conta dele sozinho, e o médico disse que ele só poderá viajar daqui por um mês. Ou mês e meio. Entretanto, conto consigo para ir tratando da situação.

É possível que eu também viaje entretanto.

E não há ninguém que o possa atender?

Há as enfermeiras do hospital. Não conto ausentar-me durante muito tempo, mas nesse período o seu filho ficará sozinho.

[...]

Não o consegui ouvir.

Estava a dizer-lhe que vou mandar alguém. A Juanita ou a Rosa. Temos demasiadas empregadas por aqui e não preciso de tanta gente. Vou meter uma delas num avião e estará aí depois de amanhã. Só tem de me garantir que a vai buscar ao aeroporto mais próximo, que estas raparigas são umas desorientadas. Nunca saíram do México e só falam castelhano. Ou esta espécie de castelhano.

Deixe estar a Juanita e a Rosa. Acho que é desnecessário enviá-las de tão longe. Quando eu me ausentar, o seu filho ficará em boas mãos.

Tem a certeza? Como é que posso pagar-lhe esse serviço?

Não se trata de um serviço, sr. Paris.

Pode tratar-me por Eugene.

Muito bem. Por enquanto, a situação é estável e não vale a pena preocupar-se demasiado. Na verdade, estava a ligar-lhe por outras razões, aquelas de que lhe falei. Gostava que me falasse do Miguel.

Ainda não entendi bem essas razões. Está a escrever uma biografia? Que coisas é que quer saber? O que é que lhe posso dizer?

Para já, quero que me conte sobre a infância e a adolescência dele. As coisas de que conseguir lembrar-se.

Então deixe lá ver. A mãe desapareceu quando ele tinha onze anos. Presumo que isso seja do seu conhecimento. Fugiu com um ordinário qualquer para Tijuana e nunca mais deu sinal de vida. Se estiver morta, o mundo não perdeu nada. Pelo contrário: livrou-se de uma tonta. Fugiu com parte do meu dinheiro e deixou o pobre rapaz sozinho comigo, numa casa demasiado grande para duas pessoas. Foi então que comecei a contratar as criadas. Primeiro veio a Pilar, depois a Rosa e, por fim, a Juanita. Trataram dele como se fosse um príncipe. Isto é, estragaram-no com mimos. Como eu trabalhava o dia todo, não podia saber o que se passava. Um dia cheguei mais cedo do trabalho e encontrei-o em cima das costas da Juanita a bater-lhe no flanco com um ramo de oliveira. A Rosa estava na cozinha a fazer o jantar e a uivar como se fosse um índio enquanto o meu filho vergastava a pobre da rapariga. Ele tinha treze anos, mas era um miúdo muito pequeno. Usava óculos e era muito tímido. Em casa, fazia o que lhe apetecia. Mas assim que saíamos para a rua escondia-se atrás de mim, com medo de toda a gente. Não era capaz de entrar num lugar público sem baixar os olhos e, se um desconhecido lhe dirigia a palavra, punha-se a gaguejar que nem um tolo.

Por que é que acha que ele era assim?

Não faço ideia.

Teria alguma coisa que ver com a ausência da mãe? Ou com uma infância demasiado protegida?

Disso eu não sei nada, amigo. As interpretações são para os psicólogos.

Muito bem. Ele deixou o Distrito Federal muito novo. Disse-me que tinha recebido uma herança de um tio e que, com esse dinheiro, foi viajar pelo México.

O irmão da mãe morreu em 1991. Ou 1992, não me lembro. Deixou-lhe uma pequena herança, nada de substancial. Na altura, o meu filho estava na universidade, que era onde deveria ter ficado. Estava a tirar o curso de direito e estou em crer que, se tivesse terminado a licenciatura, as coisas teriam sido diferentes. Teria ganhado confiança em si próprio, que foi o que sempre lhe faltou. Teria aprendido a olhar para o mundo como o mundo nos olha: com indiferença e uma certa dose de grosseria. Teria criado defesas. É assim que se forma o caráter, ou não acha? Quando a mãe do Miguel nos deixou, eu poderia ter mandado tudo à fava e regressado à Inglaterra. Mas não fiz isso, ou fiz? Não, senhor. Fiquei, cumpri o meu contrato, ainda aqui estou. Defesas. Coisa que ele nunca teve. Para piorar as coisas, vá-se lá saber por quê, na escola as professoras diziam-lhe que tinha talento para a escrita e que era um rapaz muito sensível. Diziam-lhe que era diferente dos outros. Vê-se no que deu. É que um tipo pode ser sensível mas, se não tiver defesas, o que é que vai fazer com essa sensibilidade toda? Aquilo que ele fez: escrever poemas e deitá-los fora.

Não deitou todos fora. Ganhou um prémio literário.

Há muitos anos. O Miguel era muito jovem.

Ele disse-me, numa entrevista, que foi o senhor quem lhe disse que tinha vencido o prémio de Guadalajara. Falou-me do seu entusiasmo.

Disso não me lembro, amigo. Disso não me lembro.

Alguma vez leu um poema do seu filho?

Ele enviou-me um livro uma vez, pelo correio, quando estava em Paris. Tenho-o aí algures, mas nunca o li. A literatura nunca foi coisa que se desse bem comigo. No final de contas, os escritores vivem do ego, ou não é assim? Querem ser lidos e que digam bem deles. Ou que digam mal ou que digam alguma coisa. Não, senhor. Eu nunca andei cá para alimentar vaidades.

Não me parece que o Miguel seja especialmente vaidoso.

O que sei é que ele esteve dez anos ausente. Foi-se embora e só ouvi falar dele a espaços. Por vezes, passavam-se mais de seis meses sem uma carta ou um telefonema. A certa altura soube que estava em Marselha por intermédio de um amigo, o embaixador da Irlanda em Paris, que se encontrava de férias no Sul de França. Disse-me que o viu numa paragem à espera do autocarro. Vim a saber que vivia no pior bairro social da cidade e que levava pancada todos os dias de uns racistas quaisquer. É que não há maiores racistas que os franceses. Passamos a vida a dizer mal dos alemães, mas esses tipos são do pior que há. Não é de admirar que, quando voltou para casa, o meu filho tivesse de ir ao médico da cabeça.

Aconteceram-lhe outras coisas mais graves.

Está a falar daquela mulher horrorosa?

Estou a falar da sua nora. Ou da mulher que foi a sua nora.

Ah. Eu devia entrar para o livro dos recordes. Devo ser o único sogro no mundo que conheceu a nora durante cinco minutos. Aquela senhora era indigna de se apresentar em qualquer parte. Meto-a na mesma categoria da minha ex-mulher: se morreu, foi um favor que fez ao mundo. Apareceram aqui faz agora sete anos. Eu queria era ver o meu filho, entende? Disse-lhe que gostava de conhecer a mulher, mas, para ser sincero, foi uma cortesia. Era-me indiferente que ela viesse ou não. Infelizmente, veio. A Rosa não teve mãos a medir, porque ela apareceu-nos aí que parecia um trapo. Uma drogada. A Rosa ouviu-a levantar-se a meio da noite e fazer um telefonema. Nunca disse isso ao meu filho. Achei que era desnecessário, porque a própria mulher se encarregaria de lhe partir o coração. Um telefonema às cinco da madrugada. Ah. Uma trapaceira do pior.

A quem é que acha que ela ligou a essa hora?

Mas você é ingénuo ou gosta de se fazer de parvo? Ligou para o amante, está claro. A quem é que uma mulher liga às cinco da madrugada enquanto o marido dorme? O mais provável é que o amante fosse outro drogado. Até me dá náuseas só de pensar nisso. Está a ver o que lhe digo quando lhe falei de defesas contra a realidade? O meu filho nunca as teve. Depois de dez anos sem me pôr os olhos em cima, dedicou-se a vasculhar a cidade à procura dela e depois meteu-se num avião de regresso a Londres. Mas o que mais me melindra não é isso. O que me dá cabo dos nervos é eu ter financiado aquela empreitada, ter subsidiado a vida de pária daquela fulana. Mandei-lhe dinheiro, sabe? E não foi pouco. Ele disse-me que estava em dificuldades com as contas e eu acreditei. Foi para ir ter com ela, não foi?

Terá de ser o seu filho a contar-lhe isso.

Claro que foi. Dez anos sem nunca me pedir um tostão e, de repente, liga-me em desespero. Só uma mulher é que pode fazer isso a um homem. Um tipo fica louco e faz os disparates todos de uma vida inteira em quinze dias. Se fosse uma rapariga de jeito, eu compreendia. Se ainda fosse uma daquelas belezas sobrenaturais. Mas aquela que apareceu aqui? Era escanzelada como um galgo, as pernas pareciam duas varas. Quando, alguns anos antes, ele me ligou a dizer que se tinha casado, eu pensei que fosse com a outra. Aquela de quem eu gostava.

A outra?

Um doce de rapariga. Falámos ao telefone uma série de vezes. Creio que se chamava Antonia.

Antonia McKay.

Ora aí está. Das duas ou três vezes que lhe liguei para o emprego, em Londres, foi ela quem atendeu. Conversámos bastante. Só tinha coisas boas a dizer do meu filho: que era um trabalhador incansável, que nunca reclamava, que escrevia uma prosa cristalina. Tratou de louvar a educação dele, a educação que lhe demos aqui em casa. Ou muito me engano ou ela gostava do Miguel. Mais do que gostar, sabe? E perguntava sempre como eu estava. Não é toda a gente que faz isso, perguntar como os outros estão, como andam, e depois ficar à espera da resposta. Mas claro que o meu filho preferia a outra. Era um rapaz sensível e os rapazes sensíveis acabam sempre com uma megera qualquer que lhes estraga a vida toda.

Acha que o seu filho também sentia alguma coisa pela Antonia?

Depois de regressar ao México ainda falaram algumas vezes ao telefone. Dizia-me, ocasionalmente, que queria ir a Londres visitá-la e, quando o dizia, parecia que algo dentro dele se acendia. Mas nunca foi. Deixou-se ficar por aqui, a vagabundear pela casa como se fosse uma assombração. A abrir e a fechar as portas dos armários. E começou a beber bastante. Enquanto viveu comigo, bebia que nem uma esponja. Ao almoço e ao jantar. A seguir ia dar voltas ao acaso pela cidade. Depois começou a sair com os antigos amigos da faculdade e voltava às cinco e seis da manhã. Ia de encontro aos móveis como uma bola de matraquilhos. Fiquei contente quando ele decidiu arranjar um apartamento em Condesa, que é onde vive a gente mais nova, mas ao final de um mês ou dois estava sem dinheiro. Antes que fosse despejado, arranjei-lhe um trabalho na Embaixada. Era um trabalho decente, que pagava a horas e exigia muito pouco. Durante uns tempos as coisas correram bem. Até conheceu uma rapariga que foi viver com ele. Largou a bebida. Depois, ao fim de um ano ou ano e meio, o meu filho caiu no esquecimento.

No esquecimento?

Perdoe-me. Formulei mal a frase. O que quis dizer foi que, ao mesmo tempo que as pessoas se foram esquecendo dele, ele também se foi esquecendo de si próprio. As coisas com a rapariga não devem ter corrido pelo melhor, pois passou a viver sozinho e raramente saía. Quando o fazia, vinha jantar comigo, mas eu não conseguia sacar-lhe mais de uma ou duas frases durante uma refeição inteira. A seguir ao jantar, sentava-se no sofá da sala e adormecia enquanto eu via as notícias. A Rosa, que sempre gostou muito dele, punha-o na cama e, no dia seguinte, chamava um táxi para ele ir para o emprego.

Por que é que não iam juntos?

Não ficava bem, ou ficava? No fundo, eu era o chefe dele. E, em 2007, reformei-me. Teria sido uma boa altura para ele procurar outra coisa, um trabalho que o entusiasmasse mais. Mas não fez nada disso. Deixou-se ficar onde estava.

[...]

Perdi-o outra vez. Pode repetir?

Estava a dizer que ele veio muito diferente da Europa. Embora sempre tivesse sido um miúdo estranho, com um sentido de humor algo perverso, ao menos tinha-o. Ao sentido de humor. Que servia para lhe compensar a introspeção e a timidez. Quando voltou, isso desaparecera. Por exemplo: o meu filho sempre detestou os mariachis. Desde criança que gozava com eles, que os imitava com escárnio. Vestia-se com roupas coloridas e sombreros que a Pilar e a Rosa inventavam e, fingindo que cantava, punha-se a gritar obscenidades. Eu repreendia-o, aquilo não eram figuras que se fizessem, mas ele insistia. E confesso que me dava vontade de rir. Mas um dia, há poucos anos, talvez dois ou três, fomos a um restaurante popular em San Angel por ocasião da *quinceañera* da filha do meu antigo motorista. De repente, o meu filho levantou-se da mesa a meio do banquete e atacou um dos mariachis. Tirou-lhe a guitarra da mão e escavacou-a contra uma árvore. Tive de o meter num táxi e mandá-lo para casa. Fazia outras coisas igualmente estranhas, quase anacrónicas: uma vez, foi a uma loja de roupa num centro comercial brejeiro e comprou uma série de factos horrorosos, daqueles feitos com restos de cortinados, e começou a usá-los para ir trabalhar. Também deixou de se interessar pelas mulheres e começou a jogar nas máquinas de póquer que existem nos bares mais decrépitos da cidade. A certa altura, parecia um velho. Vestia-se como um velho, falava como um velho. Era como se, aos trinta e poucos anos, tivesse aceitado que a vida deixara de ter o que quer que fosse para lhe oferecer.

Parece-me que, finalmente, ganhara as tais defesas de que me falou.

Disso já não sei, amigo. Mas uma coisa é ganhar defesas, outra é andar por aí como se fosse um derrotado ou um sem-abrigo. Alguém me disse que, uma noite, o viu na rua, sentado num banco, a tocar uma guitarrinha e a falar sozinho. Foi nessa altura que eu achei que ele estava a ficar maluco. Ou deprimido, como se diz hoje em dia. Ora, eu sabia de quem era a culpa: era da minha nora de cinco minutos, a parasita que o pusera naquele estado. E, portanto, a culpa era minha por ter deixado que isso acontecesse, por ter dado o meu aval ao casamento dele com uma mulher que eu desconhecia, por lhe ter enviado dinheiro. Arranjei-lhe um psicólogo. Um tipo que vinha recomendado. Foi a três ou quatro sessões, mas vomitava tudo. Quando saía do consultório ia a correr para o parque em frente vomitar atrás dos arbustos. Contou-me isso a rir-se, como se tivesse graça.

Talvez a escrita tivesse sido melhor terapia para ele. Uma vez leu um poema no meu programa de rádio, e era muito bonito. O seu filho era capaz de coisas extraordinárias.

Não vejo nada de extraordinário no que aconteceu. O Miguel está numa cama de hospital depois de tentar decepar a mão. Acha isso bonito?

Acredite quando lhe digo que a poesia dele nada tem a ver com essa situação.

Amigo, começo a ficar impaciente com as suas perguntas. Ou, para ser mais concreto, com as suas afirmações. Para que é que interessa a poesia agora? Vai resolver o nosso problema?

Não sabia que tínhamos um problema.

Certamente que temos. Um problema que eu deveria ter previsto quando ele me disse que ia regressar a Espanha. Não me explicou por quê, e nem sequer deu baixa no trabalho. Sabe a posição em que isso me deixou? Ter um filho que anda por aí a comportar-se como um mendigo e que, de um dia para o outro, desaparece sem dar explicações? Pois colocou-me na posição de ser pai de um maluco que, aparentemente, é seu grande amigo. Agora está internado num hospital a dez mil quilómetros de casa, e o que é que eu faço com isso tudo?

O senhor desculpe-me, mas não me parece que tenha a mesma ideia de casa que o seu filho. A casa dele era onde estavam as coisas das quais não podia, nem sabia, libertar-se. A casa dele era aqui.

[...]
Ainda está aí?

Amigo, dessas coisas literárias e profundas eu não sei nada. Desejo-lhe um bom Natal, a si e aos seus. Se houver alguma mudança no estado de saúde do meu filho, agradecia que me informasse.

Um bom Natal para si também.

15 DE DEZEMBRO DE 2010

A conversa com Eugene Paris ficou a ressoar na minha cabeça durante os dias que se seguiram. Ainda não decidira o que achava dele: se o achava um velho resmungão que queria ser deixado em paz para usufruir da sua velhice ou um tirano que, junto com muitas das personagens sinistras que iam compondo o ramalhete, havia contribuído para arruinar o meu amigo. Havia uma terceira opção: que não fosse uma coisa nem outra; que fosse um pai a sofrer como qualquer outro pai pelo filho que perdera havia muito tempo, um pai que assistia, agora, ao epílogo de uma tragédia que já acontecera. Sim, era possível que assim fosse, concluí, tentando não me desviar da faixa da direita na AP-9: era possível que, para aquele diplomata reformado, Miguel se tivesse transformado num espetro a partir do momento em que o abandonara durante dez anos numa casa frequentada por criadas e por sombras, e que essa dor (a dor dessa separação) fosse agora impossível de converter em carinho.

Ao mesmo tempo, enquanto o limpa para-brisas se esforçava por combater a intempérie que caía sem misericórdia sobre a Galiza, eu refletia na natureza da minha empreitada. Como sempre acontece quando tomamos uma decisão importante, achava-me caído em dúvida por causa de uma simples pergunta: quais eram as minhas razões? Como advertira Eugene, certamente que eu não pensava escrever uma biografia de um mexicano desconhecido. Que queria eu, então, quando ligava para a Cidade do México e interrogava um homem com quem nunca tinha estado acerca do seu próprio filho? Que estava eu a fazer naquela estrada, naquela manhã de dezembro, à procura de esclarecer ou trazer à luz uma narrativa que pertencia a outrem? Embora eu sentisse que a melancolia de Saldaña Paris era agora a minha, isso não me conferia o direito de remexer no passado a meu bel-prazer; embora eu fosse parcialmente responsável pelo que acontecera, isso não significava que tinha sobre as minhas costas o ónus da demanda da verdade. Pior ainda: se, por algum motivo, eu me convencera de que, escrutinando o que acontera, poderia remediar o que viria a acontecer, era preciso que o fizesse por ele e nunca por mim.

Terei de ter cuidado, pensei, enquanto atravessava o quilómetro onde embatêramos contra o javali. Ou ainda me transformo numa caricatura de Sísifo e venho por aí abaixo, a pedra rolando pela colina e esmagando-me sem piedade.

Para dissipar a incerteza, acelerei a marcha do veículo. Pouco passava do meio-dia quando estacionei em frente da Biblioteca Anxel Casal; a chuva cessara por instantes e a fachada, toda em vidro, refletia as nuvens cor de chumbo que atravessavam a planície do céu. Fiquei parado durante uns segundos dentro do carro, observando o cenário, e depois arranjei coragem para sair. Atravessei as portas da biblioteca e dei-me logo conta do silêncio; atrás de um balcão, estava uma rececionista que ergueu o olhar, registou a minha presença e tornou a baixá-lo para o ecrã do computador. Perguntei-lhe por Benxamín. Ela disse-me que subisse ao segundo andar. Obedeci e, lá em cima, entrei na sala de leitura. Todas as mesas de leitura estavam vazias, mas havia um homem de costas para mim, remexendo numa estante de livros com uma mão enquanto, na outra, segurava um par de volumes.

"Benxamín Alvarez?", perguntei.

Ele ficou imóvel por um longo momento. Parecia-me que baixara a cabeça, como se eu o tivesse apanhado em flagrante num ato de leviandade.

"Sim?"

"Posso falar consigo?"

A minha voz ecoou na sala vazia. Ele continuou sem me olhar, mas voltou-se de perfil e enfiou um dos volumes num espaço na estante.

"Sobre quê?", perguntou.

"Sobre um amigo comum chamado Saldaña Paris."

O queixo de Benxamín encontrou o pescoço. Suspirou.

"Bom", disse ele, voltando-se para mim. "Presumo que até tive sorte. Quantos meses é que passaram? Oito? Nove? Acho que foram oito." Pousou o volume numa mesa e, limpando as mãos uma na outra, aproximou-se. Era alto e bem constituído, com um rosto muito jovem traído pelo cabelo grisalho. Estendeu-me a mão; apertei-a.

"Não compreendo."

"Compreende, sim. Faz agora oito meses que liguei para a Cidade do México. Depois, ele apareceu aqui para vir buscar o manuscrito. Posso considerar-me um sortudo por só agora esses gestos terem sequelas."

"Tinha a certeza de que eu viria aqui?"

"Tinha a certeza de que *alguém* viria. Não se entrega um texto daqueles sem que existam consequências."

"Que consequências foram essas? Eu estar aqui? Não sou da polícia nem venho prendê-lo, homem."

Benxamín riu-se, mas sem vontade de o fazer.

"Se fosse da polícia, preocupar-me-ia um bocadinho menos. Significava que a história teria chegado ao fim." Fez uma pausa e observou-me. "Eu sei quem você é. É professor da universidade. Conheço-o de vista; os seus alunos vêm aqui requisitar livros para a sua cadeira."

"Se eu fosse da polícia, significaria que Saldaña Paris teria morrido."

"Não era a isso que me referia. Peço desculpa se o ofendi." Fiquei em silêncio. "Dê-me cinco minutos e já o encontro lá fora."

Fomos almoçar a uma tasca próxima. Fizemos o caminho em silêncio, como dois condenados, e sentámo-nos ao balcão iluminado pelos antiquados abajures verdes e amarelos. Lá fora, o princípio da tarde era da cor da noite. Eu pedi uma cerveja e

Benxamín bebeu água; reparei nos seus gestos educados, formais, quase diplomáticos.

"O que eu quis dizer foi o seguinte", explicou ele. "Tive receio de que Saldaña Paris tivesse falado com alguém, digamos, menos digno do que um professor universitário. Não o conheço, mas presumo que seja uma pessoa decente. Agora, imagine que ele não tinha tido tanta sorte. E que, por mágoa ou por raiva ou por outra razão qualquer, se punha a falar com um interesseiro ou, pior ainda, com um jornalista. O processo tornar-se-ia muito complicado, uma vez que, embora a Teresa tenha morrido de cancro, a verdade é que esteve, durante muitos anos, diretamente ligada a um criminoso."

"A um criminoso?"

Ele deteve-se um momento. Depois beberricou da água.

"Desculpe. Esqueço-me de que o texto só vai até um certo período da vida dela. Presumo que o tenha lido?"

"Li."

"E ele, leu-o?"

"Teria de ser você a perguntar-lhe."

"Seja como for. Receei que Saldaña Paris, ao ler o manuscrito, se pusesse a fazer perguntas ou a procurar respostas: que quisesse saber quem eram aquelas pessoas de que a mulher, ou a ex-mulher, fala no texto. Era natural que o fizesse, não acha? Acontece que o tio da Teresa foi procurado pelas autoridades americanas durante muitos anos. É possível que ainda tenha um processo pendente. Na Europa, creio que esses crimes já teriam prescrito, mas suspeito que a lei americana seja bem mais dura. Por isso seria natural que, mais cedo ou mais tarde, o seu amigo descobrisse que a Teresa coabitara com um criminoso durante grande parte da sua vida adulta."

"Seria assim tão fácil?"

"Há vinte anos seria dificílimo. Hoje? Há a internet, e-mails, registos eletrónicos de toda a espécie. Basta termos um nome e, com alguma persistência, chegamos a saber quase tudo sobre essa pessoa."

"Nada disso aparece no manuscrito."

"O tempo acabou. A Teresa morreu."

"Mas não foi ela quem escreveu o texto", afirmei, perentório.

Ele esquivou-se ao meu olhar, ignorando ou fingindo ignorar o meu comentário. Em vez disso, voltou-se para o empregado e pediu um prato de pimentos.

"Que tipo de crime é que o Franquelim cometeu?", perguntei.

"Que eu saiba, era procurado pelas autoridades americanas por crimes menores. Contrabando, sobretudo."

"Contrabando de quê?"

"Vai-se rir, mas a verdade é que ele foi o principal importador de aparelhos de vídeo durante os anos 80. Arranjou um fornecedor, ou vários, nos Estados Unidos, e trazia-os através do Canadá até Vigo ao preço da chuva."

"Aparelhos de vídeo? Os antigos VHS?"

"Primeiro os Betamax, depois os VHS. Não sei até que ponto o pai da Teresa esteve envolvido no negócio, mas vamos presumir que esteve: também começaram a importar filmes piratas e a distribuí-los pelos circuitos pseudocomerciais da Península. Lembra-se desses tempos ou não? Toda a gente tinha cassetes de vídeo em casa com filmes que vira no cinema, mas que estavam indisponíveis para compra, pois não existia legislação. Grande parte desses filmes, e dos aparelhos de vídeo que os liam, foi cortesia de Franquelim e companhia."

"Mas isso só pode ter sido há muitos anos", retorqui. "Acha mesmo que haveria algum problema caso o meu amigo tivesse tido o azar de falar com uma pessoa, como lhe chamou, *menos digna*?"

Bebi um gole da cerveja, que estava demasiado fria; desejei ter pedido um chá, pois ainda sentia o corpo húmido da geada, mas era tarde demais.

"Se fosse só isso, não haveria problema nenhum."

"Houve outros crimes, portanto."

"Houve um outro crime. Mas eu não sei que crime foi esse, porque a Teresa nunca me contou. O que sei é que ela veio embora porque o tio foi preso. E sentia-se doente e queria voltar para um sítio que lhe fosse familiar."

"Veio embora de onde?"

"Do Canadá. Foi onde ela viveu durante os últimos anos, antes de regressar à Galiza."

O prato de pimentos chegou. Provei um e fiquei com um travo amargo na língua, apenas cortado pelo sal. Depois o picante explodiu dentro da minha boca.

"Continuo sem entender o seu receio", disse eu, tossindo. "Se o homem foi preso, quem é que se interessaria por um caso já resolvido pelas autoridades canadianas?"

Benxamín encolheu os ombros.

"Há curiosos em toda a parte. Se a história lhe interessou a si, imagine o que poderia acontecer se um jornalista local ouvisse falar do assunto. Dava um artigo sumarento, ou não? Uma dupla de irmãos portugueses e a filha de um deles fogem para a Galiza no princípio dos anos 80. Um dos irmãos é procurado por homicídio; o outro é um tipo com um passado duvidoso no Canadá. Juntam forças para montar uma rede de contrabando provindo do Novo Continente, estabelecendo-se em Vigo. Durante seis anos, mais ou menos até 1990, são os principais importadores de pirataria para o interior da Península Ibérica. Sete anos depois, um deles morre de problemas relacionados com alcoolismo. A filha desaparece durante algum tempo. O chefe da pandilha regressa ao Canadá, aonde a sobrinha vai parar depois de se ter casado com um poeta mexicano do qual se separa abruptamente. Algures no final de 2008, o tio vai dentro, sem que saibamos por quê, e, qual cereja no topo do bolo, a sobrinha regressa à Galiza e morre de cancro."

Bebi o que restava da cerveja. Tive de concordar: colocada daquela maneira, a história era apetecível para qualquer pessoa que dispusesse de tempo e de alguma imaginação.

"Entendo-o", disse eu. Começava a gostar de Benxamín, apesar dos seus modos demasiado formais.

"Seria horrível para o Miguel ver a coisa exposta dessa maneira."

"Por isso, quando o vi — e o reconheci —, confesso que fiquei aliviado."

"O que é que me torna diferente de um jornalista? Tanto eu como esse repórter imaginado queremos saber aquilo que não sabemos."

"Um jornalista já saberia tudo. Ou, pelo menos, assim daria a entender. Ou não? Apareceria por aí com perguntas tortas e com respostas tortíssimas. Há em si uma coisa que nenhum jornalista tem."

"E o que é isso?"

"Não se ofenda."

"Por amor de Deus."

"Há uma ingenuidade que chega a ser alarmante."

"Ingenuidade?"

"No sentido de não saber o que está a fazer. Ou o que pode vir a descobrir ou quem poderá magoar pelo caminho." Fitou-me sem qualquer remorso. "Sinto que tem grande afeto por Saldaña Paris."

"Tenho."

"E também sinto que está a agir sem autorização dele."

"Mesmo que quisesse, não poderia pedi-la."

"Por quê?"

Contei-lhe o que acontecera em poucas palavras: a mutilação, o hospital, o mutismo. Benxamín olhou para o soalho de madeira, torto de tantos anos a ser pisado. Fê-lo sem tristeza, quase como se fosse o imperativo moral adequado à situação.

"Partilhamos uma tortilha?", perguntou ele.

Sentámo-nos a uma mesa e pedimos comida. Entraram quatro pessoas no bar e sentaram-se ao balcão. O barulho das vozes, as paredes de pedra e o frio lembraram-me os meus primeiros anos como professor na universidade, quando ainda era muito jovem e, ocasionalmente, tomava uma cerveja por ali com os meus alunos.

"Eu e a Teresa almoçámos aqui algumas vezes", referiu Benxamín.

"Quando é que ela soube que tinha cancro?"

"Não tenho a certeza. Talvez já soubesse quando chegou do Canadá. Veio na primavera de 2009 e foi ocupar a casa que ainda pertencia à família. Uma pequena casinha em Brión, no meio da aldeia, em frente de uma igreja. Comprou um carro em terceira mão, um Fiat antigo que ainda deve lá estar. Na porta da igreja lê-se: "Igreja da Nossa Senhora dos Desamparados". Bastante adequado. Ou não? Uma família de contrabandistas e, a seguir, uma mulher solitária e doente."

"Deve ter sido uma época tristíssima para ela."

O empregado trouxe a tortilha, dois pratos pequenos e dois garfos. Cortei um pedaço fumegante e servi Benxamín; pus outro pedaço no meu prato.

"Pelo contrário", contrapôs. "Foi uma época feliz."

"Ela estava a morrer."

"E sabia que não tinha escapatória. O que me fez pensar no seguinte: que toda a ansiedade e angústia desta vida residem no facto de podermos escolher e, portanto, de nunca podermos saber se fizemos a escolha certa ou a escolha errada. Se é que se pode falar nestes termos. Certo e errado. A Teresa não tinha escolha nenhuma e, por isso, aproveitou o último ano para gozar da tranquilidade que nunca encontrara na sua vida."

"E foi aqui em Compostela que se conheceram."

"Sim. Na biblioteca, pouco tempo depois de ela chegar. Ficámos logo amigos. Havia qualquer coisa nela que se ajustava à minha maneira de ser. Gostávamos das mesmas coisas e passávamos muito tempo juntos. Ela apreciava as praias, mas detestava o sol. No outono, quando começou a ficar frio, andávamos quilómetros na praia das Cunchas e do Pórron. Foi durante essas caminhadas que ela me contou da sua vida, e, um dia, eu sugeri que ela deveria escrever algumas daquelas histórias."

Enquanto comíamos a tortilha, Benxamín procurou convencer-me, sem grande convicção, de que se limitara a ajudar Teresa com o galego. Eu já decidira que ele era o autor do texto, mas não insisti nesse assunto. Talvez fosse a maneira como ele se expressava ou a intimidade que deixava transparecer ao falar de Teresa; ou talvez fosse a minha intuição a dizer-me que, se havia um paralelismo a ser traçado, ele estava sentado à minha frente. Benxamín fora para Teresa aquilo que eu era agora para Saldaña Paris, uma espécie de biógrafo involuntário. Com uma diferença: ele soubera parar a tempo, e eu queria continuar a desbravar a floresta, correndo o risco de cair numa teia de deceções.

Perguntei-lhe pelo resto da família e pelo corpo da defunta. Explicou-me que, depois da morte (ela morrera na casa de Brión por desejo expresso), Benxamín passou alguns dias a tentar contactar a família em Lisboa. Ao fim de muitos telefonemas, encontrou o irmão David, que pareceu mais surpreendido por Benxamín estar a ligar-lhe do que por ouvir a notícia da morte da irmã.

"Não se viam desde que ele tinha doze anos", disse-me Benxamín. "A Teresa era uma desconhecida para ele, alguém que deixara a família e nunca mais regressara. Embora ela me tenha dito que lhe enviou algumas cartas durante os primeiros anos de exílio, o David negou e disse-me que nunca recebera qualquer correspondência. Foi dos telefonemas mais estranhos de toda a minha vida. Ligar para o irmão de uma pessoa que acabou de morrer sabendo que essa pessoa, para ele, é uma estranha. Ainda assim, teve a delicadeza de tratar da trasladação do corpo, porque ela queria ser sepultada em Lisboa. E depois pediu-me que o deixasse em paz e que ficasse com todas as coisas que tinham pertencido à irmã. Julgo que ouvi o eco da bebida na sua voz, mas não posso ter a certeza. De maneira que foi isto: num sábado, apareceu uma carrinha toda preta na morgue de Rianxo, e um par de homens levou o corpo dela." Benxamín engoliu em seco. Depois recompôs-se e meteu um bocado de tortilha na boca, talvez para evitar emocionar-se. "Que vida de merda, esta. Ou não?"

A seguir ao almoço, fomos dar um passeio. Eu precisava de digerir a tortilha e tudo aquilo que Benxamín me contara. Andámos durante algum tempo pelo emaranhado de ruas, em silêncio, até desembocarmos na praça da Quintana. Sentámo-nos na escadaria; parara de chover mas a pedra estava húmida, e em menos de um minuto senti-me enregelado. Não obstante, era agradável estar ali num dia de final de outono. Foi quando olhei para a coluna do lado direito da escadaria que me ocorreu um pensamento estranhíssimo.

"A história do peregrino", perguntei-lhe. "A segunda versão da lenda. Não foi Saldaña Paris que a contou à Teresa, pois não?"

Benxamín olhou para o céu, onde as nuvens se sobrepunham como numa pintura, coladas umas às outras com o cuspo do vento.

"Por que é que me pergunta isso?"

"Porque julgo que foi você."

"Tem alguma importância?"

"Significa que quis incluir o meu amigo no manuscrito, e que a Teresa lhe falou dele."

O bibliotecário passou a mão pelo cabelo curto e muito grisalho.

"A Teresa falou-me de muita gente", disse ele. "Infelizmente, não posso dizer que o seu amigo tenha aparecido muitas vezes nas nossas conversas."

"O facto é que ela quis deixar-lhe o manuscrito."

Benxamín manteve o olhar na praça deserta. E então compreendi que nem isso era verdade: que o bibliotecário fabricara esta última vontade de Teresa; que telefonara a Saldaña Paris por sua própria iniciativa; que mentira quando lhe dissera que ela quisera legar-lhe aquele texto.

"Foi bastante cruel da sua parte", disse eu.

"Não. Cruel seria ter ocultado o manuscrito do homem com quem a Teresa se casou. Nunca chegaram a divorciar-se; para todos os efeitos, ele é o herdeiro de todas as coisas que lhe pertenceram. O manuscrito pertence-lhe porque foi escrito enquanto ela estava viva."

"O manuscrito destruiu a vida do meu amigo."

"A vida do seu amigo já estava destruída há muito tempo", respondeu Benxamín. "O que eu fiz foi abrir-lhe uma porta à memória da mulher que ele amou, uma memória que ele desconhecia porque, tanto quanto sei, a Teresa se recusou sempre a falar do passado."

"Mas falou do passado consigo."

"Já lhe expliquei que a proximidade da morte muda muitas coisas em nós."

"Por que é que não continuou a escrever depois de ela morrer?"

Benxamín riu-se, um riso seco e abafado.

"Continua a insistir que fui eu quem escreveu o manuscrito?"

"Até me conseguir convencer do contrário."

"Mesmo que tivesse sido eu, teria parado exatamente onde ela parou. Não lhe contei isto, mas ela morreu no dia seguinte às últimas palavras que lá estão escritas. É claro que eu sabia outras coisas, as coisas que lhe contei hoje. Mas nunca me atreveria a acrescentar uma linha ao testemunho final de uma pessoa. O tempo dita as suas próprias leis."

"E peleja contra os seus lírios e as suas rosas."

"O que é que disse?"

"Nada. Lembrou-me de uma frase." Respirei o ar frio, enchendo os pulmões; foi insuficiente para me consolar. "Ele atravessou metade do mundo para vir buscar esse manuscrito sob falsos pretextos."

"Porque assim o quis", retorquiu. "Quando lhe liguei para o México, disse-lhe que poria o manuscrito no correio. Mas ele foi inflexível e disse que viria imediatamente. Por isso lhe digo que a vida dele não devia ser grande coisa. Estavam separados havia quanto tempo? Sete anos? Oito? E ele abandonou tudo para vir até aqui receber umas folhas de papel."

"Ele veio até aqui porque era a única maneira que tinha de se reconciliar com o que lhe acontecera."

"Então, no fundo, fiz a coisa certa."

De repente, deixei de gostar de Benxamín. Senti que ele me manipulava e que tentava conduzir a conversa para um lugar que lhe fosse confortável. No fundo, parecia-me que ele ligara a Miguel porque aquele texto, que por certo compusera ou ajudara a compor, era uma herança demasiado pesada para um bibliotecário de trinta anos; a única coisa que restava da vida daquela mulher que fora tão importante para ambos. Levantei-me e passei a mão pelas calças encharcadas. Ele fez o mesmo.

"A Teresa falou-lhe alguma vez de um tal de Frankie?"

"Quem é que lhe disse esse nome?"

"O Miguel disse que, por vezes, ela falava ao telefone com alguém chamado Frankie."

"Só podia ser o tio dela. Chamava-se Franquelim, mas no Canadá deviam chamar-lhe Frankie."

Regressámos à biblioteca. Guardei para mim o que Saldaña Paris me contara: os telefonemas, a depressão, os comportamentos obsessivos e a suspeita de incesto. Ao mesmo tempo que Benxamín me desagradara, havia nele um tom cândido no que dizia respeito a Teresa. Se lhe dissesse que Saldaña Paris nunca chegara a ler o texto, ele quereria saber a razão, e eu seria obrigado a contar-lhe coisas que ele não precisava de ouvir. Quando chegámos à porta da biblioteca, estaquei e perguntei-lhe:

"Se estivesse no meu lugar, o que é que faria a seguir?"

"Qual é o seu lugar?"

"O de alguém que não ficou satisfeito."

Ele riu-se.

"Não o entendo. O que é que quer mais dessa história? A Teresa morreu e o seu amigo está no hospital. Quanto mais fundo andar a esgravatar, mais coisas vai encontrar, coisas que talvez seja melhor deixar enterradas. É assim com toda a gente, é assim em todas as casas, é assim em todas as famílias. O fundo dos baús é sempre apetecível, mas normalmente está cheio de porcaria."

"Então digamos que tenho uma dívida para pagar."

Ele cruzou os braços e abanou a cabeça.

"Se quiser mesmo saber mais, pode começar pelo Raul Cinzas. Foi através dele que cheguei ao irmão da Teresa. Vive em Lisboa e está reformado, mas temos um livro de crónicas dele aqui na biblioteca, na secção dos portugueses. Liguei para a editora e eles deram-me o número do homem. É um tipo irascível, mas era amigo do pai e do tio da Teresa."

"Há outra personagem que me deixou curioso", acrescentei. "O primeiro namorado dela. O Jaime."

"Ah. O Jaime Toledo. Com esse nunca falei, mas passaram por aqui uns quantos romances dele."

"Sempre é escritor, então."

"Sim. Nunca o li. Mandei vir o último romance dele a pedido da Teresa, mas ela não teve tempo de lhe pegar. Tenho-o na biblioteca, quer levá-lo? Ninguém o requisitou até hoje e nunca o cataloguei."

Despedi-me assim de Benxamín: debaixo de uma nova enxurrada, com um número de telefone na carteira e um livro no bolso do casaco. Quando entrei no carro, a chuva batendo ritmada no tejadilho e a paisagem distorcida pela água que descia pelo vidro dianteiro, apercebi-me finalmente da dimensão que a mentira de Benxamín tomara. Perguntei-me se Saldaña Paris teria feito a viagem do México até a Europa se soubesse que Teresa não lhe deixara o manuscrito, se desconfiasse daquilo de que o bibliotecário me tentara convencer, que Miguel não tivera grande importância na vida dela. E depois ocorreu-me que um homem que ultrapassa os limites uma vez tornará a ultrapassá-los, e pus-me a imaginar que o manuscrito estava repleto de fabricações, que nunca existira um tio Franquelim, que era um fragmento da imaginação de um bibliotecário ensandecido e que o meu amigo viera ao engano e caíra em desgraça por causa de uma mentira forjada por um louco.

Liguei a ignição e arranquei. As rodas chiaram no asfalto; tinha pressa de me afastar de Compostela.

17 DE DEZEMBRO DE 2010

Passei os dias que se seguiram a efabular sobre alguns dos relatos que ouvira da boca de Benxamín Alvarez. Dois desses relatos eram particularmente interessantes: o que dizia respeito à vida da família na Galiza durante os anos 80 e o que dizia respeito à vida particular de Franquelim. Imaginei, com um sorriso, que o leitor de vídeo que o meu pai trouxera para casa quando eu era estudante universitário tinha chegado à Andaluzia por via daqueles dois irmãos; relembrei os filmes que víamos na época, em cassetes marcadas à mão, e como nunca sabíamos em que passagem da fita é que a película iria soçobrar e transformar-se num ecrã distorcido e cheio de ferrugem. Tratávamos aquelas cassetes com o cuidado de quem trataria de um recém-nascido e, ainda assim, nunca sabíamos quantos visionamentos tínhamos até a fita queimar e destruir para sempre — ou assim achávamos — a possibilidade de vermos aquele filme de Hollywood. Fiz alguma pesquisa e concluí que deveria ter sido um negócio proveitoso pois navegara livremente na falta de legislação da distribuição e venda de filmes, sobretudo em Portugal, e na escassez de aparelhos de vídeo (ou nos seus preços proibitivos) nas lojas, levando os consumidores a recorrerem ao mercado negro. Lembrava-me bem desses tempos: todos os meus amigos queriam ter um aparelho de vídeo em casa; todos os que não tinham acudiam à casa dos afortunados para ver o filme mais recente. Não teria sido difícil para Franquelim e o pai de Teresa (ainda lhe desconhecia o nome), vivendo em Vigo, uma cidade portuária protegida por uma ria, terem conseguido montar um negócio de importação ilegal com os contactos que Franquelim teria consolidado durante os seus tempos no Canadá.

Já em relação à vida particular de Franquelim, sabia pouquíssimo. O seu passado, antes de 1983, era uma incógnita, e Benxamín contara que, muitos anos depois, acabaria preso. Contudo, tinha sido preso no Canadá, levando-me a crer que as acusações de contrabando não tinham nada que ver com essa detenção e que existia alguma coisa mais negra, porventura mais assustadora, por detrás da aparente bonomia da personagem que aparecia descrita no texto.

Segui o conselho de Benxamín e liguei para Raul Cinzas na manhã seguinte ao encontro em Compostela. O telefone tocou várias vezes, mas ninguém atendeu. Tentei novamente e, do outro lado, surgiu uma voz rouca e afetada pelo tabaco. Disse-lhe quem era e, sem saber explicar-me, avancei somente que precisava de algumas informações sobre um homem chamado Franquelim, que tivera uma sobrinha chamada Teresa. A linha emudeceu por instantes. Depois o homem tornou a perguntar-me quem eu era e, com aspereza, como se não tivesse entendido nada, a razão pela qual estava a chateá-lo àquela hora da manhã. Lembrei-me de que, em Lisboa, era uma hora a menos; pedi desculpa e fiz referência ao bibliotecário de Compostela.

"Ah", respondeu Cinzas. "E o que é que tens a ver com ele?"

"Não me quero alongar. Mas precisava de saber algumas informações sobre o Franquelim de Sousa."

"O irmão do Pasteleiro."

"Do Pasteleiro?"

"Era assim que lhe chamávamos. Antes de ter um carro costumava aparecer numa bicicleta pasteleira. Andou com ela até cair aos pedaços. Mesmo quando comprou um carro, conduzia-o à velocidade da bicicleta."

"Qual era o nome verdadeiro dele?"

"Faustino. O Franquelim e o Faustino. Uma dupla do caraças."

O homem tossiu; ouvi-o acender um cigarro. Primeiro perguntou-me se eu era da polícia, ao que respondi negativamente. Limitei-me a dizer-lhe que, por razões de força maior, me interessava saber mais coisas sobre os irmãos.

"Não sei se está ao corrente, mas o Pasteleiro morreu há algum tempo", contou-me.

Cinzas devia ter ligado o rádio, porque conseguia ouvir a voz de um locutor à distância.

"Estou. Ele morreu na Galiza, certo?"

"Há bastante tempo, aliás", repetiu, ignorando-me. "Ou parece-me a mim que foi há bastante tempo. O corpo veio para Lisboa."

"Chegou a ir ao funeral?"

"Fui", disse ele, tornando a tossir. "Encontrei a mãe, o filho e alguns amigos dos tempos da política. Dois ou três fulanos, não mais do que isso. Ele foi metido numa gaveta desde que fugiu para Espanha. Também sabe disso, ou não?"

"Sei que matou um homem."

"Para defender outro", replicou. "Se já sabe de tudo, para que é que me está a ligar?"

"Também foi ao funeral da Teresa?"

Seguiu-se um silêncio.

"Que eu saiba, nem sequer houve serviço. Ou, se houve, eu não fui informado." Parecia estar a perder a paciência. "Ouça lá. Estou reformado e, para ser sincero, esses assuntos interessam-me muito pouco. Ando mais preocupado a tentar sobreviver mais uns anos aos cigarros. Arranjei o número do irmão dela para o seu amigo de Compostela, porque os avós morreram sabe-se lá do quê, o pai afundou-se na garrafa e a mãe e a filha foram fuziladas pelo cancro. Não sobra grande coisa daquela família. Está quase tudo morto. Mortinho da Silva."

"Sabe se o Franquelim ainda está vivo?"

"Não faço ideia. Nunca tivemos grande relação. E, durante os anos que o Faustino passou exilado, falávamos pouco. Eu e o Faustino, quero dizer. Ele tinha medo de ligar para cá, achava que iam descobri-lo se telefonasse para Lisboa. Eu disse-lhe que, por cá, não havia nenhum FBI e que a Interpol se estava nas tintas para bandidos de terceira categoria. Mas o Pasteleiro sempre foi um paranoico."

"Disseram-me que a Teresa viveu no Canadá com o tio alguns anos depois da morte do pai."

"É possível", disse ele. Parecia ter aumentado o volume do rádio, como se quisesse expulsar-me da conversa ou dar a entender que tinha chegado ao fim. "E então?"

"O Faustino alguma vez lhe falou do Canadá?"

"Muitas vezes. Era de lá que chegavam os produtos. Os aparelhos de vídeo, as cassetes, as aparelhagens. Os filmes. Os gajos traficavam de tudo. Ainda tenho aqui em casa um desses leitores antigos. Anda para aí algures, metido num caixote. Foi oferta do Pasteleiro."

"Sabe alguma coisa da vida do Franquelim antes de ele ter regressado a Lisboa?"

Cinzas demorou-se na resposta. Imaginei-o sentado num sofá forrado a feltro, a fumar, procurando o passado nos cantos escuros da sala.

"Lembro-me de qualquer coisa. O Faustino disse-me que os americanos andavam atrás dele. Lá no Canadá ele já se tinha metido em problemas, de certeza, porque andava sempre a saltar a fronteira com os Estados Unidos. É possível que andasse a preparar o negócio, e deve ter levantado suspeitas." Respirou fundo; parecia cansado. "Amigo, tudo isso foi há muito tempo, no princípio dos anos 80. Passaram-se trinta anos. O que é que lhe interessa? Já lhe disse que estão todos mortos, ou quase todos. O que chega a ser irónico, uma vez que eu, que me esforcei por morrer antes de toda a gente, continuo vivo."

"Talvez o Franquelim também esteja", respondi. "Tem alguma ideia do que lhe aconteceu? Disseram-me que foi preso no Canadá há uns dois ou três anos, mas é tudo o que sei."

"Se o foi, a pena pecou por tardia", afirmou Cinzas. Não parecia ser grande fã do tio de Teresa. Depois seguiu-se um longo silêncio; ao fundo, a voz do locutor tinha sido substituída por música. "Espere lá, lembrei-me de mais uma coisa. É possível que não tenha importância nenhuma, mas uma vez, das poucas que me ligou para aqui, o Faustino falou-me de uma casa que eles planeavam construir no Canadá. Algures no princípio dos anos 90, se não estou em erro. Disse-me que tinham amealhado uma fortuna, que iam retirar-se do negócio e que iam mandar construir um *chalet* no Quebec, na zona dos lagos. Iam viver a reforma antecipada. Nadar no verão, fazer esqui no inverno, essas coisas. Eu desconfiei logo que o Pasteleiro não chegaria à reforma, mesmo que fosse antecipada. Tinha razão."

"A zona dos lagos?"

"Não sei exatamente onde. Ele disse que ficava a meio caminho entre Montreal e Ottawa. O Franquelim costumava viver em Ottawa, mas o Faustino não falava inglês. Se construíssem uma casa nessa zona, ficariam à mesma distância de uma cidade onde se falava inglês e de outra em que se falava francês. Recordo-me que ele lhe chamou o triângulo das Bermudas. Foi isso mesmo; disse que ia passar a reforma no triângulo das Bermudas."

"Estou a ver", respondi, embora estivesse cada vez mais confuso.

Desligámos. A informação que Cinzas me dera era vaga e escassa; contudo, a conversa não fora tão intensa ou desagradável como a conversa que eu tivera com Benxamín. Era difícil pedir mais. Cinzas era um velho que vivia a muitos quilómetros de distância e cuja memória estaria deturpada por anos de maus hábitos. Se o manuscrito não mentisse, ele e Teresa tinham dormido juntos uma vez quando esta ainda não fizera dezassete anos; mas de que valeria estar a falar-lhe desse assunto? O mais provável (ou quase certo) seria que me insultasse por estar a desenterrar coisas que tinham acontecido noutro tempo, num mundo que já não era este, num tempo em que ainda era quase um jovem; e é provável que ninguém, na idade da reforma, goste de ser relembrado, seja por que razão for, do fulgor de outrora.

Havia outro contacto a fazer nesse dia. Depois de uma brevíssima pesquisa pelo nome, descobri o endereço eletrónico de Antonia McKay, que, ao que parecia, transformara a agência de freelancers numa reputada editora de livros de viagens. Enviei-lhe um e-mail breve mas contundente: expliquei-lhe a situação de Saldaña Paris em poucas linhas (que se encontrava hospitalizado depois de um acidente grave), disse-lhe que ele me falara muito dela e que, uma vez que eu teria de ir a Londres nos próximos dias, talvez ela não se importasse de se encontrar comigo para conversarmos. Recebi uma resposta positiva no próprio dia. Uma vez mais, escusei-me a mentir. Limitei-me a não lhe contar que a única razão que me levava a Londres era esse encontro; que a única razão da minha viagem era essa conversa.

22 DE DEZEMBRO DE 2010

Parti para Londres na segunda-feira seguinte. Antes de rumar ao aeroporto de Compostela, passei pelo hospital, aonde não ia desde a quarta-feira da semana anterior, após o encontro com Benxamín. Embora ligasse para o médico resmungão todos os dias, nem sempre conseguia apanhá-lo de serviço e nem sempre ele se dignava a atender as minhas chamadas. Quando falávamos, repetia-me as mesmas ideias: o meu amigo continuava *noutra*. "Continua perdido no espaço", dizia-me. "A única coisa que podemos fazer é esperar." Afligia-me tanto ver Saldaña Paris naquele estado que eu caíra numa espécie de superstição, acreditando que, se continuasse a ligar, alguma coisa haveria de acontecer para o arrancar àquela morbidez.

No átrio, dei de caras com o médico. Tinha aparado a barba, o que lhe fazia sobressair o queixo pontiagudo. Quando me viu, revirou os olhos numa expressão de enfado; depois reparou na pequena mala de viagem que eu trazia.

"Nem pense nisso", disse ele. "Não se vai mudar para aqui."

Procurei sorrir, mas não fui capaz. Em vez disso, apeteceu-me dar-lhe um soco no estômago.

"Vou estar fora uns dias e tenho um avião daqui a duas horas. Posso visitá-lo?"

O médico suspirou. Voltou-se para a rececionista e deu permissão para que eu subisse fora da hora das visitas. No quarto tudo permanecia idêntico: as gardénias que eu deixara dentro de um jarro com água, a televisão desligada, o livro de Oscar Wilde que lhe pusera em cima da cabeceira para o caso de regressar do espaço a meio da noite e lhe apetecer ler *O retrato de Dorian Gray*. Sentei-me ao lado da cama no sofá do costume. Só então dei conta de que havia uma coisa a mais no quarto: na outra mesa de cabeceira, ao lado do telefone, estava um postal. Vinha sem remetente, apenas com o símbolo dos correios de Espanha, e representava um quadro de Edward Hopper em que a porta de um quarto abria diretamente para a água. Havia uma parede branca, uma nesga de sala do lado esquerdo (uma estante, um sofá vermelho, um quadro na parede) e uma porta branca e larga, aberta, com um mar azul no limiar. Era uma imagem lindíssima e fiquei a observá-la durante muito tempo, interrogando-me sobre quem a teria enviado. Tinha o nome de Saldaña Paris no destinatário, mas nenhuma mensagem. Tornei a sentar-me com o postal nas mãos, indagando o significado daquela imagem (o nome da pintura estava escrito atrás: *Rooms by the Sea*). Parecia indicar uma saída. E depois questionei-me o que teria pensado Hopper ao pintar aquele retrato: estaria ele a dizer-nos (e, por interposta pessoa, o anónimo que enviara aquele postal a Saldaña Paris) que a resposta estava depois dessa porta quando, dando um passo em frente, atravessando a soleira, caíssemos na imensidão azul de um oceano? Olhei para Saldaña Paris, que olhava para o parque de estacionamento sem se mover, e ergui o postal ao nível dos seus olhos.

"Alguém te enviou isto, companheiro", disse-lhe. "Olha como é bonito."

Imaginei que ele sorria, embora os lábios não se mexessem. Dormia de olhos abertos; viajava por paisagens interiores. Sentei-me na cama, ao lado dele, e dei-lhe um abraço, sentindo-lhe o corpo muito leve. Dava para ver, pela saliência das maçãs do rosto, que perdera bastante peso.

"Volto já", acrescentei e, pousando o postal na mesa de cabeceira, em cima do livro de Oscar Wilde, peguei na mala de viagem e fui-me embora.

No aeroporto, entrei na livraria e comprei um guia do Canadá. Não sabia bem o que fazer com ele, mas calculei que me pudesse ser útil. A bordo do avião, relembrando o que Cinzas me contara sobre a casa que os irmãos planeavam construir na zona dos lagos, abri o mapa que vinha incluído no guia e procurei Ottawa. Encontrei a cidade e percebi que ficava mesmo na fronteira entre o Ontário e o Quebec, dois estados que distavam os escassos quilómetros de um rio. Depois procurei Montreal, e encontrei-a a cerca de duzentos quilómetros em linha reta para o lado direito. Ocorreram-me as palavras que Faustino dissera ao jornalista reformado sobre o triângulo das Bermudas e a equidistância de uma cidade onde se falasse inglês e outra onde se falasse francês. Com dois dedos, tracei o terceiro vértice sobre o mapa, para norte, partindo de Ottawa e Montreal. Encontrei Mont-Tremblant, que, na descrição do guia, era uma pequeníssima cidade de alguns milhares de habitantes, famosa pelas suas estâncias de esqui e pelos seus lagos.

Cheguei a Londres a meio da tarde. Combinara jantar com Antonia McKay por volta das sete e, antes disso, decidi ir ao hotel. Reservara um quarto no Hazlitt's, em Soho Square, onde alguns colegas da universidade costumavam ficar porque, alegavam, era o mais próximo da livraria Foyle's. Eu nunca tinha estado em Londres e nunca vivera em nenhuma grande cidade. Acostumado à vida provinciana de Pontevedra, tudo me pareceu excessivamente barulhento, e o espaço nas ruas demasiado pequeno para tantas pessoas. Fazia um frio desgraçado, mas o hotel era confortável e o rececionista emprestou-me uma sombrinha, porque poderia chover. Passei por uma loja que servia café e paguei o triplo do que pagaria por um café na Galiza, saindo de lá com um copo de papelão a escaldar cujo líquido fui entornando por cima dos dedos enquanto descia a rua. Andei por Tottenham Court Road e por Charing Cross, observando os prédios castanhos, brancos e cinza, de fachadas todas idênticas, os transeuntes que passavam por mim a enorme velocidade, grande parte deles com o telefone ao ouvido; vi inúmeras lojas de computadores, de roupa, de material de escritório; passei por um pub chamado The Porcupine e entrei. Quis perguntar ao empregado atrás do balcão — um pós-adolescente sonolento — se alguma vez ali habitara um porco-espinho, mas calculei que ele não compreenderia a graça (ou o meu sotaque galego) e bebi uma água com gás. Tornei a sair. Surpreendi-me com o meu vagar, com a lentidão dos meus passos comparados com os passos dos demais, com a juventude nos rostos dos que se cruzavam comigo. Pensei que a minha filha adoraria aquela cidade na mesma medida em que eu me sentia afastado de tudo aquilo. Quando começou a chuviscar, abri a sombrinha mas logo me cansei do jogo de me desviar das outras sombrinhas ou evitar enfiar uma das varetas no olho de alguém, e fechei-a.

Encontrei a Foyle's e passei duas horas na livraria, subindo e descendo os cinco andares da loja, olhando para os volumes arrumados nas estantes de madeira clara, duvidando que algum habitante daquela metrópole pudesse, algum dia, encontrar a paz de espírito para se sentar e ler algum deles do princípio ao fim sem ser interrompido pelas constantes solicitações da cidade. E relembrei o que Benxamín dissera sobre a condição humana, sobre a tirania da escolha: se existiam milhares de possibilidades na Foyle's, lá fora, na confusão chuvosa de Londres, eram incalculáveis. Talvez por isso os meus colegas de Compostela gostassem tanto desta livraria. Embora contivesse esses milhares de possibilidades, o contingente era facilmente controlável. Bastava saber que pisos frequentar e onde se situavam as diferentes secções: filosofia, história, ciência política, botânica. Nas ruas, o caso era outro. Dobrar uma esquina significava escolher um destino, dobrar a esquina seguinte significava escolher um outro, radicalmente diferente, que alteraria o decurso da nossa existência. Nenhum livro nos poderia ensinar a dobrar esquinas, concluí. A literatura era o que acontecia ao seu autor quando se detinha, permanecendo imóvel, enquanto todos os outros continuavam a dobrar esquinas: os amigos, a família, todos os desconhecidos do mundo. Um dia também eu estaria cansado de dobrar esquinas e de me perguntar, a todos os momentos, se dobrara a esquina certa ou se deveria voltar para trás. Um dia também eu aprenderia o valor do silêncio e da quietude, e só então poderia refletir na minha vida ou atribuir-lhe um valor desconhecido, pois, enquanto não vivesse tudo o que me estava reservado viver, ser-me-ia sempre exigido que continuasse a dobrar esquinas.

Meio perdido, entrara na zona da ficção para adolescentes. Peguei num livro ao acaso: na capa, uma rapariga de seios bem torneados beijava sofregamente um lobisomem. Tornei a enfiar o livro na estante e fui-me embora.

Depois de uma viagem de metropolitano, emergi em Old Street, de onde caminhei até Kingsland Road. Todos os vestígios do dia tinham desaparecido. Foi fácil encontrar o lugar: um enorme néon a letras amarelas indicava o restaurante, que era despretensioso e decorado ao mau gosto oriental: plantas falsas, candeeiros de luzes vermelhas com ripas de madeira e miniaturas de figuras religiosas que ajudavam a compor o cenário grotesco do papel de parede, que imitava a folhagem de uma selva. Ainda assim, senti-me em casa: cheirava a cardamomo, a gengibre, a cominhos; os empregados passavam com pratos fumegantes de caranguejo, camarão, caril de pato. Era cedo, mas o lugar estava cheio. Apesar das minhas tentativas para lhe explicar que não iria comer sozinho, uma empregada fez-me sinal para a seguir; não querendo recusar a amabilidade da senhora, deixei-me levar e encontrei uma mulher sentada a uma mesa para dois, de mãos em cima dos joelhos, sorrindo-me.

"Antonia McKay", disse eu.

Apertámos a mão e sentei-me. Não perguntei como é que a empregada sabia quem eu era ou que aquela era a mulher que me esperava; imaginei que, na Tailândia, as pessoas fossem munidas de um sexto sentido que as tornava prescientes.

"Ah, a sombrinha", disse ela. "Os hotéis adoram propagar o mítico clima de Londres."

Pendurei o guarda-chuva nas costas da cadeira e despi o casaco.

"Não me parece que seja assim tão mítico, sra. McKay."

"Vamos deixar-nos de formalidades? Chamo-me Antonia."

Chegaram as ementas. Pedi-lhe que me guiasse.

"A minha experiência reduz-se a tortilhas feitas em casa e, ultimamente, coisas horrorosas de tofu e algas", expliquei.

Ela sorriu e encomendou pelos dois. Chegaram, quase de imediato, duas cervejas tailandesas. Propus um brinde ao nosso encontro e senti-me um idiota: não se tratava de um jantar romântico.

"Que idiotice", proferi.

Ela trazia o cabelo ruivo apanhado num carrapito. Encolheu os ombros magros tapados por um vestido preto.

"Um brinde nunca é uma idiotice", corrigiu. "Na minha casa até brindamos aos mortos. Faz parte da cultura irlandesa, os meus antepassados eram gente de Kerry."

A empregada, demasiado solícita, veio perguntar se já tínhamos escolhido. Era evidente que conhecia Antonia, pois sorria-lhe muito.

"Só para chatear este senhor, vamos começar pelos crepes de tofu e cogumelos." Olhou e sorriu, mostrando uma fila de dentes lindíssimos, os incisivos ligeiramente sobrepostos. "Queres arriscar?"

"Claro", respondi.

A empregada desapareceu. As luzes pareceram mudar de ângulo, pois as sombras no rosto de Antonia alongaram-se. Os olhos dela eram quase da cor do cabelo, de um âmbar escuro: compreendi então o que dissera Saldaña Paris ao afirmar que, se Teresa não tivesse existido, seria Antonia a ocupar o seu coração. Foi ela quem deu início à conversa. Perguntou-me várias coisas sobre o estado em que Saldaña Paris se encontrava e por que razão fora internado na Galiza. Disse-lhe que a sua ex-mulher morrera por lá e que ele tinha ido a Espanha buscar uma herança. Ela pareceu desconfiada com essa explicação, mas eu insisti e pintei um retrato muito menos sombrio do que a realidade. Talvez por influência do quadro de Hopper, disse-lhe que os médicos esperavam que, mais cedo ou mais tarde, uma porta se abrisse e que ele regressasse do seu mutismo.

"E a mulher dele? Como está?"

"A mulher?"

"Da última vez que trocámos correspondência, ele disse que vivia com uma rapariga e que estava a pensar casar-se outra vez. Disse-me que estava apaixonado e que a vida lhe corria pelo melhor no México."

Fiquei confuso.

"Quando é que foi isso?"

"Não foi há muito tempo. Deixa-me ver. Dois anos? Dois anos e meio, no máximo."

Devo ter posto uma expressão de assombro, pois ela recostou-se na cadeira e cruzou os braços.

"O que o pai dele me contou foi precisamente o contrário", expliquei. "Que ele andava sem ânimo. Que, nos últimos anos, começara a vestir-se como um mendigo, com fatos comprados em lojas baratas, e que vivia sozinho. Confessou-me até que ele começara a beber e a passar muito tempo nas tabernas." Antonia mordeu o lábio inferior. "Na verdade, ele próprio me confirmou que detestava a sua vida na Cidade do México."

"Nunca te falou de uma rapariga?"

"Falou de uma namorada, sim. De uma rapariga chamada Valeria."

"Exatamente", interveio ela. "Era esse o nome."

"Mas, segundo me contou, a relação durou pouquíssimo, e nunca existiu amor. Pelo menos da parte dele. Talvez ela o amasse. Não sei dizer."

"É normal", respondeu ela. "Quanto menos somos amados, mais depressa julgamos que a outra pessoa é uma espécie de Deus."

A empregada chegou com os crepes. Serviu um em cada prato e deixou na mesa uma pequena taça de óleo de amendoim.

"Por que é que ele te terá mentido?", perguntei.

"*Mentir* é uma palavra complicada", disse ela. Provei o crepe: era delicioso. "Gostas?"

"Muito."

"O que eu acho que ele fez, agora que me contas tudo isso, foi efabular. Como sempre, romanceou a sua própria existência." Ela olhou para o crepe, mas não lhe tocou. Em vez disso, exibiu um sorriso triste. “Consigo imaginá-lo tal como o descreves, sabes? Com essas roupas, vivendo essa vida miserável, fingindo ter a idade do pai. A entrar e a sair dos bares da Cidade do México com moedas a tilintar nos bolsos e os óculos embaciados. Consigo imaginá-lo a falar com a mesma entoação do embaixador, aquela entoação que oscila entre a condescendência e o lamento. E consigo imaginar-lhe o hálito a whisky e um poema meio escrito no bolso interior do casaco. Um casaco puído, demasiado largo, bege ou castanho. Não sei.”

“Falaste algumas vezes com o pai dele.”

“Poucas. Ele ligava para a agência à procura do filho. Era um homem muito cortês e perguntava-me sempre como é que eu estava, embora não nos conhecêssemos. Eu devolvia-lhe a gentileza, elogiava-lhe o filho e perguntava-lhe se andava bem de saúde.”

“O senhor estava doente?”

Ela riu-se e cortou o crepe em duas metades.

“Não faço ideia nenhuma. Por alguma razão, presumimos sempre que as pessoas de alguma idade se preocupam com a saúde, não é? Devo ter parecido mesmo estúpida quando lhe perguntei essas coisas.”

“O senhor adora-te. Falei com ele há pouco tempo.”

Antonia corou ligeiramente, um tom carmesim jogando com o vermelho dos seus lábios.

“Então achas que o Miguel inventou uma existência feliz para si próprio na Cidade do México?”

“Tal como fez enquanto vivia aqui”, respondeu ela.

A empregada regressou e perguntou:

“*Wamwaim?*”

“O quê?”, respondi.

“*Wamwaim?*”, repetiu ela num fortíssimo sotaque asiático. Parecia estar a tentar falar inglês; era difícil dizer. Assenti com um aceno de cabeça. Depois, com receio de que fosse alguma coisa muito picante, neguei com outro aceno. Antonia riu-se.

"Está a perguntar-te se queres vinho."

"Ah", concordei. "Sim. Vinho."

A rapariga tornou a afastar-se.

Antonia começou por contar-me aquilo que eu já sabia: que lhe arranjou trabalho quando ele chegou a Londres — ela tinha vinte e um anos e ele vinte e cinco —, que se tornaram amigos e, porque Miguel tinha sido a primeira pessoa que ela contratara depois da morte do pai, se tornaram muito próximos. Ela desistira da universidade para assumir o negócio, e ele deixara a vida errante que levava havia cinco anos para se estabelecer em Londres com a namorada, a mulher com quem viria a casar. Ela nunca conhecera um mexicano (e não imaginava que os pudesse haver de olhos azuis e modos tão delicados) e, porque os dois se sentiam completamente perdidos, o negócio de Antonia acabou por ser uma responsabilidade partilhada.

"Essa afinidade, no princípio, pareceu-me ideal", disse ela. "Eu sabia que ele tinha uma companheira. Quando soube que viviam em Brixton, falei com uns amigos e ajudei-os a mudarem-se para Caledonian Road. Uma rua muito simpática, um segundo andar com um jardim nas traseiras. Por alguma razão, fiquei à espera de um convite para visitar a casa ou para conhecer a namorada dele. Achei que seria normal. Perguntei-lhe, um dia, quando apareceu no escritório para entregar um texto, quando é que me convidaria para tomar um copo e para conhecer a Teresa. Na altura, eu também tinha um namorado e sugeri que poderíamos jantar todos juntos. E ele respondeu que não era a sua namorada, que era a sua mulher. Tinham-se casado e ele parecia o homem mais feliz do mundo. A maneira como disse *casámos*, no seu inglês cheio de sotaque, encheu-me de esperança. Como se a felicidade daquele rapaz baixo e de rosto triste representasse a possibilidade da esperança no Homem. Um disparate qualquer desse género."

A empregada chegou com uma garrafa de vinho tinto. Abriu a garrafa e serviu-nos. Refreei a tentação de sugerir outro brinde, e Antonia pediu mais comida.

"E tu", perguntou-me. "Tens filhos?"

Estranhei; depois vi que ela observava o anel no meu dedo.

"Ah", disse eu. "Fui casado, mas separei-me. Por algum motivo obscuro, mantenho o anel no dedo. Talvez seja superstição. Ou talvez seja a última coisa que me liga a uma época da minha vida. Mas sim, tenho uma filha."

"Que idade tem?"

"Dezassete."

"Dão-se bem?"

"Damo-nos como qualquer pai se dá com uma filha adolescente. Fingimos que nos compreendemos." Provei o vinho; tinha um travo azedo. "E tu? És casada?"

Ela exibiu a mão esquerda sem qualquer anel.

"Solteiríssima." Ao nosso lado, quatro homens muito novos, de camisas justas e ténis berrantes, falavam muito alto. "Acho que ter acompanhado o casamento do Miguel me ajudou a curar-me dessa necessidade."

"Foi assim tão escabroso?"

"Ele não te contou as histórias?"

"Contou-me algumas coisas. Falou-me de uma vez em que a encontrou dentro do armário com um par de tesouras. E de outra em que a Teresa pegou fogo ao apartamento."

"Calculo que tenha saltado diretamente para o apogeu da loucura dela. Antes disso, existiram outros episódios." Ela fez uma pausa e bebeu um gole demorado do copo de vinho, que lhe tingiu os lábios. "Desculpa. Velhos terrores."

Falou-me da ocasião em que conheceu Teresa, num jantar

organizado por Saldaña Paris no apartamento de Caledonian Road. Antonia apareceu com James Sturgess, o namorado dessa altura. Teresa era uma mulher bonita, uns anos mais velha do que Miguel mas de aparência muito jovem. Tinha uma pele branquíssima, era esguia e apanhava o cabelo numa trança que lhe oferecia uma espécie de candura artificial. Foi simpática e acolheu-os com esmero, embora tivesse sido Saldaña Paris quem tratou do jantar. Sturgess, que era advogado e mais velho do que os restantes, foi conduzindo a conversa e fazendo perguntas; Antonia e Miguel passaram algum tempo a descrever o trabalho que faziam em conjunto, vendendo as histórias de viagens que ele tinha escrito. Teresa ficou em silêncio durante grande parte do tempo. No entanto, sempre que Antonia a fitava, exibia um sorriso de aquiescência, como se reconhecesse a presença dos outros e a situação, embora não desejasse interferir. Quando a segunda garrafa de vinho chegou à mesa, as questões tornaram-se mais pessoais. Sturgess quis saber o que Teresa fazia da vida e esta, esquivando-se, disse-lhe que, naquele momento, não estava à procura de emprego. Durante esse diálogo, ocorreu a Antonia que ter levado o namorado àquele jantar tinha sido um erro. Era um tipo demasiado confiante e que apreciava o confronto, o repto; em tudo diferente de Saldaña Paris, que era um tipo circunspeto e que evitava expor-se sempre que podia evitar expor-se. Sturgess insistiu e quis saber, ainda que ela não estivesse à procura de emprego, qual era a profissão de Teresa. E ela respondeu que não tinha profissão porque nunca tinha frequentado a universidade. Ah, respondeu ele, mas isso não significa nada: Shakespeare também nunca frequentou nenhuma. Ninguém se riu. Teresa abandonara a sua expressão benevolente e parecia agora debater-se consigo própria, como se refreasse o seu instinto de agressão. Durante a sobremesa, Miguel tinha parado de beber e Antonia ia beberricando há muito do mesmo copo; Sturgess e

Teresa, porém, continuavam a encher-se de vinho. Falou-se do pai de Saldaña Paris — porque também era britânico, e o advogado tinha curiosidade pela Cidade do México, onde nunca estivera, e Miguel mencionou que não via o pai havia mais de cinco anos. Sturgess, no seu sotaque de Belgravia, contrapôs, dizendo que a família lhe era muito chegada e que visitava os pais todos os fins de semana.

"Lembro-me perfeitamente de como aconteceu", contou Antonia enquanto comíamos porco à Saigon. "A Teresa estava recostada na cadeira, de copo na mão, e o seu rosto mudara de tal maneira que eu fiquei com receio de a encarar. Era como se tivéssemos conhecido uma pessoa quando entrámos naquele apartamento e, de repente, essa pessoa, que se sentara à mesa connosco, transformara-se noutra. Raramente vi alguém com tanto ódio no olhar. A maneira como ela escrutinava o James era quase criminosa. De enxurrada, num inglês pobre, disse que não via a mãe desde os dezasseis anos. Que esta, tal como Shakespeare, nunca frequentara a universidade e que, entre outras coisas, trabalhara como empregada doméstica. Disse que o pai, que fora um cobarde da pior espécie, tinha morrido de alcoolismo, e que o tio era um criminoso profissional. Depois perguntou ao James se achava que esta era uma família que ele gostaria de visitar todos os fins de semana."

"Imagino o silêncio que se seguiu", disse eu.

"Um silêncio breve", respondeu ela. "Porque o Sturgess estava embriagado e deve ter-se sentido muito ofendido no seu orgulho ridículo de inglês privilegiado e, portanto, sugeriu que, dada a quantidade de vinho que ela já bebera, estava seguramente a seguir os passos da família. E, enquanto limpava a boca com o guardanapo e se erguia da mesa, disse-lhe para ela não se preocupar, porque ia perguntar aos amigos se precisavam de uma empregada doméstica. Foi então que a Teresa se levantou, pegou no prato e o atirou à cabeça do James. Ele desviou-se, mas os restos da sobremesa sujaram-lhe a camisa toda. O prato partiu-se no chão. Foi então que se fez silêncio. Eu devo ter tapado a boca com as mãos, como sempre faço quando acontece alguma coisa horrorosa. Um hábito de criança. O Miguel tentou serená-los, mas foi impossível. O Sturgess riu-se com falso sarcasmo, pegou no casaco e quis que eu me fosse embora com ele."

"Mas tu ficaste."

"Sim. E nunca mais o tornei a ver. Foi preciso uma cena daquelas para eu perceber que andava a sair com o género de homens que eu sempre detestara desde miúda. Iguais ao meu pai e ao meu avô: uma estirpe de misantropos e de mesquinhos."

Terminámos a refeição. Eu não tinha fome e comera com esforço, embora os pratos fossem deliciosos. A empregada aproximou-se e perguntou:

"*Wanuófi?*"

Aceitei e depois recusei a proposta. Antonia tornou a rir-se, mostrando os dentes sobrepostos de criança.

"Está a perguntar se queres café."

"Ah. Sim, claro que quero."

Durante o café, ela voltou à conversa. Após esse jantar, Miguel tornou-se circunspeto e, porque deveria precisar de aplacar a sua consciência, pediu a Teresa que ligasse a Antonia. Esta aceitou beber uma chávena de chá com a mulher de Saldaña Paris numa tarde de final de inverno.

"Não sabia que ela viria sozinha", comentou. "Se não, ter-me-ia esquivado."

"Por quê?"

"Porque, para ser sincera, tinha medo dela."

Mas a Teresa que surgiu era a primeira Teresa, aquela que exibira um comportamento recatado durante o início do jantar. A princípio, Antonia achou que tinha sido o álcool a provocar aquela perda de controle. As coisas que ficou a saber nessa tarde fizeram-na mudar de opinião: o álcool era apenas o final de um longo rastilho de horrores na vida daquela rapariga.

"O Miguel contou-te sobre a vida que ela tinha antes de se casarem?", perguntou-me.

"Soube por intermédio de outras pessoas", respondi. "Mas tudo o que sei é em traços gerais. Faltam-me pormenores."

"Dizes isso como se fosse fundamental saberes."

Fiz uma pausa e bebi o café.

"Digamos que sou um curioso existencial."

"Ou digamos que há um eco de fantasmas por aí."

"Ou isso."

Acho que foi nesse instante que me senti apaixonado por Antonia. Num sentido puramente romântico: não a desejava; não a queria possuir como quisera possuir Débora, sem lhe ver o rosto e porque isso me permitia transgredir, perdendo-me e perdendo a noção de que transgredia. Senti que gostava de Antonia da mesma maneira que gostava de Saldaña Paris, ao intuir que tudo entre nós estava para lá da transgressão; que nada entre nós era refém do capricho ou do desejo.

Começou por explicar que as coisas que Teresa lhe disse, embora íntimas, eram provavelmente mais fáceis de contar a um desconhecido do que a um velho amigo. Beberam várias chávenas de chá numa cafetaria em Bayswater, e, enquanto Teresa fumava e falava, Antonia ouvia-a atentamente. A conversa iniciou-se com um pedido de desculpas e algum desconforto; mas, logo que o período de ajustamento passou, estabeleceu-se entre elas um acordo tácito. Teresa deve ter sentido que podia confiar em Antonia e, portanto, procurou fazê-la entender as razões que a tinham levado a reagir daquela maneira com Sturgess. Algumas eu já conhecia: que ela tinha fugido de casa aos dezasseis anos; que o pai, nessa altura, era procurado pela polícia por homicídio; e que, depois da fuga do pai, o tio reaparecera na sua vida, uma figura esquiva que foi o gatilho que a fez abandonar a casa dos avós.

"O forasteiro e o foragido", comentei. "Parece um mau filme de cowboys."

"Deve ter sido precisamente isso", comentou Antonia. "O que ela me disse foi que partiu sozinha atrás do pai, que se encontrava algures na Galiza, seguindo as pisadas do tio." Aguardou por uma memória que ficara retida. "Os anos são uma coisa lixada. Nem me lembro de como se chamavam."

"Franquelim e Faustino."

"Exato. O nome de uma dupla de comédia." Mexeu o fundo da chávena de café já bebido com a colher. "É provável que o tio lhe tenha dado uma morada ou que tenham combinado um lugar qualquer para se encontrarem. Desconheço os pormenores." Lembrei-me do manuscrito e do atendedor de chamadas de Franquelim e imaginei este último a ligar para a máquina de um telefone numa estação de serviço; do outro lado, a voz de Teresa, perdida algures, implorando-lhe que a fosse buscar perto da fronteira. "Logo na altura achei que ela mentia", continuou Antonia. "Que não tinha ido atrás do pai coisa nenhuma. Que tinha partido porque queria fugir da vida em Lisboa e porque, aos dezasseis anos, todos os nossos instintos são de revolta contra a realidade. E imagino que a sua não fosse fácil."

"Devia ser mais fácil do que a realidade que foi encontrar em Espanha", disse eu. "Ao que consta, mal conhecia o pai, e o tio era um projeto de criminoso."

"Talvez. Mas aos dezasseis anos uma rapariga olha, sobretudo, para a mãe. É possível que a decisão tenha partido daí: de não querer a mesma vida que ela. De não querer ser idêntica ou sequer parecida à mãe, de a rejeitar completamente."

A empregada aproximou-se com a conta. Insisti em pagar, e

Antonia agradeceu. O restaurante estava quase vazio: um casal nos seus cinquentas bebia o que restava de uma garrafa de vinho. A empregada sorria-nos com olhos cheios de cansaço. Na rua, caminhámos uns minutos em silêncio. O vento de dezembro gelava-me as orelhas, e entrámos no primeiro bar que encontrámos: um lugar moderno, com paredes de vidro e sofás longos, que também se encontrava vazio.

"São nove e meia", disse ela. "Temos duas horas de sossego."

Pedimos bebidas e ela continuou.

Depois do reencontro, os dois irmãos e Teresa assentaram em Vigo. Franquelim foi o responsável pela logística, uma vez que, nesse primeiro ano, Faustino nunca se afastava muito do apartamento, que ficava próximo da praça da Independencia, apavorado com a possibilidade de a polícia o identificar caso fosse visto no centro da cidade. Embora o irmão lhe explicasse repetidamente que estavam num país diferente, que existiam fronteiras e que ninguém o reconheceria, Faustino entrara numa vertigem de paranoia. Foi nessa altura que, além da bebida, começou a consumir heroína.

"Heroína?"

"Segundo ela, o pai era um *junkie* sem remissão."

Fazia sentido que assim fosse, pensei. A epidemia da droga alastrara-se pela Península Ibérica nesses anos, e um homem com a personalidade de Faustino era o candidato ideal a ganhar esse vício.

O empregado aproximou-se e pousou as cervejas na mesa.

"A parte escabrosa começa aqui", disse Antonia. "O tio da Teresa andava à procura de um negócio rentável na Galiza. Importação de mercadoria livre de impostos, por assim dizer."

"Contrabando", adiantei. "Podemos dispensar os eufemismos."

"Julgo que ele tinha contactos nos Estados Unidos."

"No Canadá. Mas o contrabando provinha da América."

"Bom. A verdade é que não os tinha em Espanha. Enquanto os fazia, enquanto esse tal Franquelim andava a estabelecer ligações entre Espanha, Portugal e Canadá, provavelmente a relacionar-se com tipos pouco recomendáveis no porto de Vigo, o irmão andava à deriva pelas ruas do bairro. Primeiro a beber e, depois, a consumir droga. As descrições que a Teresa me fez são horrorosas. Disse-me que o pai, assim que ganhou o hábito, consumia em toda a parte: na sala, no quarto, nas escadas do prédio quando perdia ou se esquecia das chaves de casa. Que consumia encostado ao vão da porta de uma casa de banho que não tinha porta enquanto ela tomava banho, e sentado à mesa da cozinha enquanto ela e o tio preparavam o jantar."

"Ela referiu se o Franquelim tinha os mesmos hábitos?"

"Nunca falou do assunto. Mas seria difícil acreditar nisso. Um *junkie* desse calibre não seria capaz de montar uma rede de mosquitos, quanto mais uma de contrabando. E o tio devia ser um tipo carismático ou, pelo menos, um tipo com grande iniciativa, porque recordo-me claramente da maneira como ela falava de um e de outro. Quando se referia ao pai, a sua voz esmorecia, como se ele ter morrido fosse o menor dos males ou até uma benesse, tendo em conta a miséria do sujeito em causa. Quando falava do tio, havia alguma coisa nela que se agitava, que reacendia um fogo qualquer. Embora eu não soubesse dizer se esse fogo era uma chama ou um incêndio."

Antonia segurava na cerveja com as duas mãos, como se procurasse aquecê-la e distrair-se do frio que entrava pela porta sempre que um novo cliente chegava ao bar. Enrolara um cachecol cor de vinho ao pescoço; na penumbra, era difícil registar-lhe a expressão. Soltara o cabelo, que lhe ocultava parcialmente o olhar. Inclinou-se para a frente e, pousando a cerveja na mesa, pôs-se a brincar de maneira nervosa com os dedos. Pressenti que o pior ainda estava para vir.

"Não sei se isso é verdade", afirmou. "Pode ter sido, em parte, fabricado pela imaginação da Teresa. Ou ser uma mentira completa."

Ela hesitou antes de prosseguir com a narrativa, como se duvidasse das próprias palavras. Por fim, encheu o peito de ar e continuou. O tio de Teresa demorou quase um ano a montar a rede de contrabando. Antonia não tinha a certeza, mas calculei que tivesse sido algures em 1985 que os aparelhos de vídeo e os filmes piratas começaram a dar à costa, provenientes da América via Canadá. Entretanto, foi necessário sobreviver largos meses com as despesas de três pessoas, um apartamento, o investimento inicial no negócio e um parente viciado em heroína. Franquelim pusera as suas economias nesse investimento; faltava o resto. Foi durante esses meses de dificuldades que Teresa provou ser útil para eles. Ela e o tio inventaram uma maneira bastante ardilosa de fazer dinheiro: Teresa era alta, bonita e pálida, diferente das raparigas galegas; não havia um homem que deixasse de olhar para ela na rua, sobretudo quando usava calções e T-shirts que lhe apertavam o peito. Com isso montaram um pequeno esquema de prostituição ao domicílio que era uma fachada para um esquema ainda mais rentável de extorsão. Como em todos os lugares do mundo, abundavam homens nos bares de Vigo ansiosos por foderem uma rapariga jovem e estrangeira. O esquema era este: ela passeava-se pelos bares; conhecia um homem qualquer, bebiam uns copos; ela embebedava-o e convencia-o a regressar ao apartamento da praça da Independencia. Quando o tipo já estava despido e deitado na cama, Franquelim entrava no quarto de rompante e desmontava o cenário. Primeiro ameaçava o homem, que, apanhado de surpresa e apavorado, se apressava a vestir-se e a tentar fugir, mas Franquelim impedia-o — se fosse necessário havia uma arma, a mesma com que Faustino alvejara o rapaz em Lisboa e com a qual fugira do país. Depressa descobriam a história da vítima. Se fosse casado, o tio de Teresa ameaçava expor a sua indiscrição à família; se fosse solteiro, era ainda pior, pois tentara dormir com uma rapariga menor de idade (ou assim alegavam, embora Teresa já tivesse mais dc dezoito anos). O resultado era sempre o mesmo: por uma quantia generosa, o episódio terminava ali. Os homens saíam do apartamento humilhados, assustados e silenciosos, e o dinheiro servia para a sobrevivência diária daquela família que, devagarinho, se ia transformando num consórcio de trafulhice.

"O problema é que essas coisas nunca duram muito tempo", disse Antonia, afastando o cabelo dos olhos e acendendo um cigarro.

Foi nesta altura da conversa que Teresa começou a fraquejar. Sentadas naquele café em Bayswater, a mulher de Saldaña Paris tentava pegar na chávena de chá sem ser capaz de a levar à boca; a mão tremia-lhe, como se receasse algo. Antonia conseguia recordar-se do tilintar distinto da louça, do som agudo quando Teresa pousou a chávena no pires, o chá transbordando e enchendo o pires com o líquido cor de mel. Uma tarde, contou-lhe, alguém bateu à porta. Franquelim não se encontrava em casa e o pai andava desaparecido havia muitas horas. Teresa, que tinha instruções específicas para não abrir, deixou-se ficar deitada na cama (imagino-a a ler o livro de Beckett de que o namorado do liceu gostava; imagino-a a tentar decifrar as palavras em inglês, repetindo-as baixinho, em surdina, o movimento hesitante dos lábios, como se, ao repeti-las baixinho, elas acabassem por encontrar um sentido). Quem batia, contudo, recusava-se a desistir: bateu segunda vez, depois outra, e então as batidas tornaram-se ritmadas. Assustada, Teresa levantou-se e foi à porta. Encostou o ouvido à madeira, procurou uma voz. Pensou que talvez pudesse ser o pai: que este chutara uma dose mais forte e que, tendo perdido outra vez as chaves de casa, procurasse entrar. Um som repentino e agudo de fricção fez Teresa afastar-se; seguiu-se um breve silêncio; depois, a maçaneta da porta tombou. Entraram três homens no apartamento. Teresa reconheceu logo o primeiro: era um dos tipos que ela engatara num bar, embora não se recordasse do nome dele nem de quanto dinheiro lhe tinham extorquido. Os outros dois eram meros apetrechos, que serviriam para resolver qualquer situação de disputa física. Um deles segurava um berbequim.

"Ela disse-me que não ofereceu resistência", continuou Antonia. "O tipo bateu-lhe, cuspiu-lhe na cara e disse-lhe que ia ter o serviço que pagara." Fez uma pausa, engoliu em seco e acendeu outro cigarro. "Levou-a para o quarto e violou-a. Deve ter sido uma coisa brutal, pois ela contou-me que perdeu a consciência. Quando voltou a si, não acreditava que o sangue espalhado pelo lençol fosse seu. Faltavam-lhe dois dentes de um murro que levara na parte lateral do rosto, mas não sentia nada: nem dor nem tristeza nem raiva. Tinha restos de sémen na barriga e no rosto mas só se limpou mais tarde, porque, ao erguer a cabeça, viu, através da porta aberta do quarto, um homem ensanguentado caído no chão da sala. Era o pai, que provavelmente chegara entretanto e se cruzara com os três assaltantes. Os lacaios do violador mandaram-no para o hospital."

"Que história terrível", comentei.

"E ainda não terminou. O homem ficou desfeito. Uma sova de meia-noite num corpo degradado pela heroína. Ela contou-me que, lentamente, o pai se recuperou dos ferimentos, porém os médicos descobriram, durante as análises, que tinha o fígado num estado pavoroso."

"Hepatite?"

"Qualquer coisa do género."

"O Faustino sobreviveu outra década. Que eu saiba, só morreu em 1997 ou 1998."

“O susto deve ter sido enorme. É provável que tenha parado de beber e de usar drogas durante algum tempo.”

“E a Teresa?”

“Foi nessa altura do monólogo que a Teresa começou a chorar. Um choro raríssimo, pois caíam-lhe as lágrimas, mas o rosto não se contorcia. Chorava quando me disse que escondeu do tio que fora violada enquanto o pai era espancado. Chorava quando me disse que o pai não guardara qualquer memória do sucedido e que ela, enquanto esperava pela ambulância, se desfez do lençol ensanguentado. Disse ao Franquelim que tinha sido uma tentativa de assalto e que o irmão dele surgira no caminho dos assaltantes. Nada mais. Quando o Faustino saiu do recobro, ela ficou algum tempo a tomar conta do pai enquanto o tio continuava a preparar o negócio do contrabando. A Teresa achava que, no fundo, o tio sempre soubera que a história estava mal contada, que alguma coisa mais grave acontecera. Que ele escolhera ou preferira ignorar um acontecimento que, para a Teresa, era agora irremissível.”

Terminei a cerveja. O bar enchera-se e reparei que o mesmo grupo de rapazes que estivera no tailandês ocupava um sofá próximo. Continuavam a fazer muito barulho. Naquele momento, o empregado passou e Antonia pediu-lhe a conta.

“Por que é que achas que ela te contou tudo isso?”, perguntei. “Coisas que o próprio Saldaña Paris não sabia e nunca veio a saber.”

“Era fundamental que ele não as soubesse. Uma mulher que teve esse tipo de experiências procura uma vida completamente nova. Onde o passado não a persiga ou onde se sinta outra pessoa.”

“E abandonar o Miguel não foi regressar a esse passado?”

“Nunca seria o mesmo ou seria? O pai já tinha morrido. Quem sabe o que andaria o tio a fazer. Quanto tempo é que eles estiveram casados?”

"Cinco anos."

"Bom, as coisas mudam muito em cinco anos. O Miguel serviu como período de transição." O empregado chegou com a conta; fiz menção de pagar, mas Antonia insistiu. "E isso era bastante evidente."

"Para ti?"

"Para qualquer pessoa que os conhecesse. Lembras-te quando te disse que ele romanceava tudo? Pois romanceou o próprio casamento. Fabricou uma mulher que não existia e um futuro impossível de acontecer. A Teresa nunca iria ficar para sempre. Até me espanta que tenha ficado tanto tempo." Depois prendeu o cabelo com um elástico, arqueando os braços delicados atrás do pescoço, e perguntou-me: "Queres beber um copo em minha casa?".

Antonia vivia num segundo andar em Belgravia. O táxi parou à porta de um prédio em Elizabeth Street, uma rua ladeada por árvores despidas pelo inverno, as casas decoradas com pórticos de duas colunas e pintadas de um branco descolorado pelo tempo. O apartamento era pequeno mas confortável, e, da janela da sala, viam-se os ramos de um cipreste onde um esquilo dormia. Antonia tirou os sapatos e trouxe uma garrafa de vinho. Sentou-se ao meu lado no sofá, as pernas dobradas debaixo do rabo, e reparei que tinha as meias esburacadas; os dedos dos pés dela iam roçagando a costura das minhas calças. Serviu dois copos de vinho e acendeu um cigarro. Ofereceu-me um, mas recusei.

"Deixei de fumar há bastante tempo", disse-lhe. "A minha filha, entretanto, começou."

"É o ciclo da vida", respondeu ela.

"É o ciclo da morte", corrigi.

"Ficas zangado por eu fumar?"

"Não. Fico zangado por me apetecer um cigarro."

"Como é que tu e o Miguel se tornaram tão próximos?"

"É difícil dizer. Talvez nos tenhamos conhecido em períodos muito semelhantes das nossas vidas."

"Eu entendo isso. Mas o que estás a fazer vai muito além dessa explicação."

"Desculpa?"

"O que te estou a dizer é que não acredito que tenhas vindo a Londres por nenhuma outra razão. Acho que vieste para saberes tudo o que puderes sobre as coisas que o atormentam. Para saberes mais do que o próprio Miguel, coisa que já aconteceu, porque nunca lhe contei nada do que a Teresa me confidenciou." Ela bebeu um gole do copo de vinho. Olhava-me com muita atenção, com a espécie de escrutínio que um médico usaria num espécime de laboratório. "Seria absurdo acreditar que o fazias por ti mesmo. Que ganharias tu com isso? Estás a fazê-lo por ele, e isso é uma coisa lindíssima porque tem um nome. Chama-se amizade."

Olhei para o copo. Começava a sentir-me bêbedo, e a honestidade de Antonia deixara-me desarmado.

"Talvez", respondi.

"Mas podias ter sido sincero comigo."

"Não te contei qualquer mentira."

"Contaste, pois."

"O quê?"

"Disseste-me, no princípio da noite, que o Miguel tinha ido à Galiza buscar uma herança que a Teresa lhe deixara. Esqueceste-te de que eu os conheci e sei perfeitamente que ela não tinha quaisquer posses. Mesmo que tivesse, duvido que lhas deixasse. Portanto, ele foi à Galiza tentar ajustar contas com o passado, e, se isso aconteceu, é porque esse passado, ou essa memória, permanece uma ferida aberta."

"Ele também te mentiu, lembras-te? Ao dizer-te que a vida na Cidade do México lhe corria de feição."

"Tal como a Teresa lhe mentiu inúmeras vezes. E tal como ele mentiu à Teresa. Parece que, afinal, a mentira é a verdade mais universal de todas."

"De que é que estás a falar?"

Antonia riu-se. A embriaguez deixara-a um tanto afoita.

"Por que é que achas que ele aturou as cenas todas que ela fez durante aqueles anos?"

"Porque a amava? Porque eram casados?"

Ela aproximou-se mais; senti o seu pé encostar-se à minha perna.

"Imagina que eras casado comigo. E que, um belo dia, eu começava a passar-me. A fazer os maiores disparates, a meter-me com desconhecidos. A beber até cair inconsciente no meio da rua. E que, a seguir, descobrias que eu era mesmo louca e que mantinha uma relação com um homem à distância. O Miguel contou-me dos telefonemas em surdina, das noites que ela passava fechada no quarto. Quem sabe se chegou a encontrar-se com o amante?" Antonia afastou-se, como se tivesse ganhado consciência de que falava em cima do meu rosto. "Porque é que achas que ele foi tão permissivo em relação a tudo isso?"

"Porque não podia fazer nada. A Teresa era uma mulher doente."

"Estás outra vez enganado, vês? A Teresa era uma mulher doente, mas foi tratada por alguns dos melhores médicos de Londres, incluindo um psicólogo de algum gabarito que eu lhe arranjei."

"Qual foi a razão dessa permissividade, então?"

"Foi ter tido um caso comigo durante o casamento." A frase demorou-se no ar, repercutindo-se no calor da sala. Senti, naquele instante, que precisava mesmo de um cigarro. "O Miguel não foi nenhum santo como tu o julgas. Eles traíram-se mutuamente: sempre que a Teresa passava por um período mais complicado, ele vinha ter comigo. E eu deixava-o entrar em minha casa e deixava-o entrar dentro de mim, porque tinha medo de que ele ficasse como ela e porque estive apaixonada pelo Miguel durante algum tempo."

"Mas ele amava-a", contrapus. "Disso não tenho dúvida."

Antonia recostou-se no sofá. Fez um gesto como se quisesse alcançar a garrafa de vinho, mas hesitou; em vez disso, levou a mão à boca e começou a roer a unha do polegar.

"Desculpa", lamentei. "Foi sem intenção."

"Se ele a amava, então o amor também é uma mentira."

"A mentira mais velha do mundo", concordei. Ficámos uns segundos em silêncio. "Tenho uma dúvida", prossegui. "Disseste que eles se traíam, mas é possível que a Teresa nunca se tenha encontrado com esse misterioso amante."

"Não era dele que eu falava", respondeu ela.

Contou-me então que, nas alturas em que Teresa se recuperava da morbidez que a compelia a agir de maneira insensata, se transformava numa criatura vorazmente sexual (Saldaña Paris já me falara disso, mas refreei qualquer comentário). Quando começou a ser tratada por um psicólogo recomendado por Antonia — um homem nos seus cinquentas que era amigo da família McKay —, após o incêndio que ia matando Saldaña Paris, essa sexualidade, que já não encontrava apaziguamento no marido, foi transferida para o psicólogo. Primeiro, o médico resistiu; passadas algumas sessões, a Teresa conseguiu seduzi-lo e começaram a ter uma relação sexual. "Desconheço o número de vezes que aconteceu, mas sei que foram umas quantas, até o amigo do meu pai cair em si e acabar com aquelas consultas."

"Como é que tu soubeste?"

"Porque o confrontei. Como já deves ter reparado, não sou

uma rapariga ingénua. Herdei um negócio em falência e pu-lo de pé aos dezanove anos. Sou capaz de sacar umas quantas verdades a um tipo de meia-idade fascinado por uma mulher de trinta anos." Acendeu outro cigarro. "Interromperam as consultas de um dia para o outro. Eu perguntei ao Miguel o que se tinha passado, mas a Teresa limitara-se a dizer-lhe que nada tinha para dizer ao psicólogo. Ela esqueceu-se de que, naquela tarde, tínhamos falado do seu passado durante muito tempo. E que, depois disso, embora lamentasse as coisas por que ela passara, fiquei duplamente atenta. Quando descobri, tive vontade de contar ao Miguel, uma vontade quase irreprimível. Mas depois pensei que, se lhe contasse, ele usaria essa dor contra si próprio e dar-se-ia conta de que, ocasionalmente, eu e ele despíamos os nossos disfarces de crisálidas, que usamos para viver neste mundo virado do avesso, e também nos tornávamos amantes. É bem possível que tenha coincidido, sabes? Que a Teresa se deitasse com o psicólogo enquanto eu e o Miguel fazíamos amor. E, a seguir, ele retirava-se cheio de culpa e de fracasso."

"O que é que aconteceu ao psicólogo?"

"Não faço ideia. Deixou de ser amigo da família."

Antonia caiu em silêncio e eu também. A noite ia avançada; lá fora, o esquilo tinha abandonado os ramos do cipreste, e o vento que se levantara uivava pelas frinchas das janelas. De repente, percebemos que tínhamos falado durante horas sem parar e que pouco sabíamos um do outro: tínhamos falado de tudo exceto de nós próprios, das nossas vidas atuais, daquilo que nos movia e que nos fazia respirar. Mas era tarde demais para isso. Antonia bocejava, e a mim esperava-me um quarto demasiado caro no Hazlitt's, por isso sugeri que talvez ela pudesse chamar um táxi. Antonia sorriu, mas fê-lo com tristeza. Pediu-me que ficasse um pouco mais, enquanto terminávamos a garrafa de vinho. Não era preciso falarmos, disse-me. Embora tivesse concordado encontrar-se comigo, as memórias de Miguel e de Teresa, e da vida que acontecera uma década antes, tinham-na deixado pesarosa, e preferia não ficar sozinha. Aninhou-se no seu lado do sofá, ajustando uma almofada debaixo da cabeça, e reparei que os seus olhos brilhavam como se estivessem húmidos. Deixei-me ficar sentado sem dizer nada. Permanecia entre nós o grito de velhos terrores; a constatação de que, ainda que as respostas fossem surgindo, a melancolia que era agora minha me mostrava que o mundo era feito de uma matéria porosa que se desfazia assim que a tentávamos tocar; que tudo aquilo que julgávamos sólido não passava de gelo, e que esse gelo, à luz morna que sempre transportávamos quando procurávamos respostas (como se carregássemos connosco uma lanterna permanentemente acesa), se derretia e se transformava em água; e que, por mais perfeita que fosse a concha que formávamos com as mãos, essa água era impossível de suster.

Dois amigos numa ilha que descobrem, à beira-mar, um caranguejo morto e são incapazes de o ressuscitar.

Antonia já dormia quando tirei o caderno do bolso do casaco. Tornei a ler a frase que Julia Montel me dissera e que eu escrevinhara numa página no quarto do hospital. Fizera dela o meu lema, a energia metafísica que me empurrava. Perguntei-me se era possível continuar a amar; se era possível, nesta minha existência mutilada, continuar a perseguir essa narrativa em que a mentira (ou o desamor) era o denominador comum que unia todas as personagens. Não se podia viver sem amor, isso era certo. Questionava-me, porém, se era possível viver com tanto ódio. E questionava-me qual seria a diferença entre os dois. Um dia acordamos e julgamos que a pessoa que está à nossa frente é o fim, ou o final, ou a coisa certa, e que esse fim ou final ou coisa certa nos impedirá a morte ou, pelo menos, nos fará esquecer que o decorrer de cada dia é um suicídio sem vontade. No outro, acordamos e julgamos que a pessoa que está à nossa frente é o fim, o final ou a coisa errada e queremos aniquilá-la, removê-la das nossas vidas como um cirurgião remove um quisto e dele se descarta atirando-o para uma bandeja de metal, onde jaz esquecido até que alguém se lembre de o eliminar de vez, porque os rejeitados e os amantes não se suicidam, antes são assassinados, e alguém tem de lhes fazer o óbito. Ergui-me do sofá, procurando não acordar Antonia, que resmungou alguma coisa imperceptível no seu sono. Dei-lhe um beijo no rosto, muito ao de leve, e senti-lhe o sabor salgado da pele. Ao fechar a porta, escutando o meticuloso mecanismo do trinco, reparei que me esquecera da sombrinha em sua casa. Já não podia voltar atrás. Lá fora, nas ruas esquecidas de Londres, a chuva continuava a cair.

O grito dos velhos terrores

31 DE DEZEMBRO DE 2010

Na véspera de Natal apanhei um avião para Montreal. Tomara a decisão no dia anterior, mas, porque não tinha comprado bilhete, os voos de dia 23 estavam todos cheios. Assim, e pela primeira vez na minha vida, passei essa noite num avião, depois de pernoitar novamente no Hazlitt's. Tentei ligar para Espanha, porque queria dizer a Paula que me encontraria ausente do habitual almoço de Natal — por acordo tácito, era-me permitido passar essa data junto de Andrea —, mas o telefone tocou várias vezes e ela nunca atendeu.

No aeroporto, enquanto fazia o check-in, a menina no balcão da Iberia explicou-me que pouquíssima gente voava nessa noite; pude ir em primeira classe com um bilhete de económica. Assim que entrei no avião, senti-me feliz por deixar Londres. A longa conversa com Antonia e as coisas que me contara pesavam no meu espírito — por um lado, a história de Teresa e do pai era muito mais sinistra do que eu imaginara; por outro, a imagem que eu construíra do casamento de Saldaña Paris ficara abalada pela confissão do caso que este tivera com Antonia. Ninguém é inocente, pensei, enquanto me sentava.

"Diga?", perguntou a hospedeira, que passava ao meu lado nesse instante. Apercebi-me de que devia ter falado em voz alta.

Ninguém é inocente, quis repetir-lhe. *E, já que é culpada, traga-me um gim-tónico*. Mas o que disse foi:

"Nunca viajei em primeira classe."

"Aproveite", disse ela, sorrindo, os olhos azuis e a franja compondo-lhe um rosto esculpido e assaz desinteressante.

Talvez procurasse esconder de mim próprio aquilo que me assustava mais: ir à procura de Franquelim. E ir à procura dele sem saber se alguma vez o encontraria; sem saber se estava vivo ou se estava morto e que género de pessoa teria sido ou ainda era. *Frankie*, pensei, tentando não dizer o nome em voz alta enquanto um passageiro se sentava ao meu lado (um homem de negócios muito alto e bem-vestido, com uma pasta na mão). Franquelim: alguém de quem eu sabia muitas coisas sem saber quase nada. A suspeita de incesto, que fora uma certeza para Saldaña Paris, assaltava-me como uma dúvida, e eu tanto afirmava essa suspeita sem hesitação como a negava perentoriamente. Antonia, por exemplo, fizera-me crer que tanto Miguel como Teresa tinham ficcionado largas partes das suas respetivas biografias; que nenhum deles possuía grande afeto pela verdade ou pelo senso comum. Fizera-me crer que o manuscrito, onde Teresa revelava uma atração adolescente pelo tio, correspondia a um período da vida em que as raparigas se deixam fascinar por um desconhecido com bom aspeto e temperamento enfatuado, proveniente de terras longínquas, que, por acaso, insiste no azar de ser um parente, mas nada mais do que isso; fizera-me crer que, com a doença do pai, o natural era que Teresa se tornasse dependente de Franquelim e, ao mesmo tempo, quisesse fugir daquela vida sórdida. O que explicava alguma coisa, embora não explicasse tudo. Se Saldaña Paris fora sincero, a vontade de Teresa, que se revelou indómita, em regressar a essa vida denunciava algo mais do que parentesco ou uma coisa mais profunda do que o hábito. Mas Miguel era o meu amigo e Teresa, uma personagem esquiva e fugidia; mais do que isso, era uma personagem morta. Importava-me, sobretudo, que ele soubesse a verdade, que a vida não lhe fugisse por inteiro enquanto jazia, abandonado, na cama de um quarto de hospital, uma figura renegada ao rodapé das páginas de um livro no qual todos haviam podido escrever, menos o seu protagonista.

Foi durante as muitas horas passadas no voo que li o livro que Benxamín me oferecera. O homem ao meu lado comera uma refeição frugal e, enquanto desfrutava de um copo de bordéus, lia o *Financial Times*. Do outro lado do corredor, duas senhoras conversavam em voz baixa. Quando as luzes diminuíram e as vozes se transformaram em sussurros, levantei-me, incomodando o homem de negócios, e fui buscar o romance do escritor português à minha pequena mala de viagem. O título era estranho. Chamava-se *A mentira que arde no chão*. Tive medo de que fosse um daqueles romances modernos carregados de referências a outros livros ou de jogos metaliterários e, antes de começar, folheei-o rapidamente para averiguar o género de escrita de Jaime Toledo. O meu medo esbateu-se de imediato: Toledo escrevia com frases muito simples e os capítulos eram compactos, de prosa consistente; se existiam jogos literários, encontravam-se ocultos. Algo confortado por depreender que aquele era um romancista clássico, analisei a contracapa. Encontrei uma fotografia pequena de um tipo magro, de óculos, a olhar por uma janela para uma rua que se adivinhava invernosa, uma vez que pelo vidro corriam grossíssimas gotas de chuva. Era uma fotografia de estúdio, demasiado produzida, cujas cores tinham sido esbatidas de tal maneira que o homem parecia sofrer de uma doença maligna ou de iterícia, como se o rosto fosse feito de cera.

Em relação ao conteúdo, era mais uma novela do que um romance: a ação desenrolava-se em Lisboa e vivia, sobretudo, da amizade e do desentendimento entre duas personagens, dois escritores que, depois de muitos anos de companheirismo, se viam caídos num feudo terrível quando um deles acusava o outro de lhe roubar a ideia para um livro. Só no final (o livro tinha menos de cento e cinquenta páginas) é que se revelava aquilo que, afinal, eu temera desde o começo: o jogo metaliterário. A tal ideia roubada era precisamente a mesma que dava origem àquela história: dois escritores unidos por uma amizade aparentemente indestrutível transformam-se em inimigos quando um deles acusa o outro de lhe roubar a ideia para o livro. Um jogo de espelhos em que vemos tudo infinitamente replicado. Cheguei à última página a meio da noite, quando distávamos já quatro ou cinco horas de Londres, irritado com a presunção daquele escritor e dos escritores contemporâneos, que tomavam os leitores por estúpidos, e devolvi o livro ao bolso exterior da mala de viagem.

Em Montreal, no aeroporto de Trudeau, aluguei um carro numa agência da Hertz. Visitar a cidade não fazia parte dos meus planos: tinha um orçamento reduzido e, de repente, gastara metade do ordenado nos dias que passara em Londres e num bilhete para o Quebec. Uma vez que não tinha certeza de algum dia voltar a trabalhar, achei melhor seguir viagem, apesar do cansaço. Olhei para o mapa daquela zona: com alguma perícia, conseguiria evitar o centro da cidade e navegar pela autoestrada que corria a oeste de Montreal.

"O carro tem sistema de navegação", disse a menina por trás do balcão num inglês carregado de sotaque francês.

"Hum?"

"Não precisa do mapa. O carro diz-lhe para onde é que tem de ir."

Ela sorria com dentes enormes e muito brancos, como se tivesse acabado de revelar-me um segredo importantíssimo.

"Eu e os mapas", respondi, fechando o guia. "Velhos hábitos."

"*Bon voyage, monsieur. Joyeux Noël.*"

"Feliz Natal", respondi.

Atravessei o aeroporto quase vazio. Algumas famílias aguardavam a chegada tardia de um parente; o resto era silêncio impregnado de uma quietude que me tranquilizou. Ao fundo, entre os anúncios pouco frequentes de chegadas e de partidas, ouvia-se música de Natal.

Quando saí do parque de estacionamento e abri as janelas, o frio gelado do Quebec arrancou-me ao sono que começava a trepar-me pelo corpo. O termómetro no painel marcava dois graus negativos. Tinha os olhos pesados e as pernas dormentes das horas passadas no avião, mas eram nove da manhã no Canadá e seria ridículo dormir àquela hora. Além disso, Mont-Tremblant ficava a cento e cinquenta quilómetros e, se não apanhasse muito trânsito, estaria lá em pouco mais de uma hora. Embora não tivesse ideia nenhuma do que fazer quando lá chegasse, meti-me na via rápida e, assobiando como só os loucos conseguem fazer perante a ausência de um plano, perante o vazio, fechei as janelas, liguei o rádio e fingi ser o carro imaginário que se movia no mundo virtual do sistema de navegação.

Continue em frente, disse o timoneiro.

E eu obedeci-lhe.

Assim que deixei os subúrbios de Montreal, a estrada transformou-se em gelo. O carro patinava, o vidro embaciava sem parar e, de ambos os lados, os prédios e os armazéns comerciais iam sendo substituídos por montanhas de cumes cobertos de neve. Reduzi a velocidade, concentrei-me na condução e procurei não pensar em nada: o que faria quando chegasse a Mont-

-Tremblant e como encararia a mais que provável realidade de não conseguir encontrar traço de Franquelim (que poderia estar preso ou morto) ou mesmo de Teresa (que, segundo Benxamín, vivera com o tio no Canadá); de ter de passar pela humilhação de andar a perguntar de porta em porta por uma pessoa que eu nunca antes vira; e de, na pior das hipóteses, ele nunca ter vivido em Mont-Tremblant e os meus cálculos estarem completamente errados.

Era quase meio-dia quando, do lado direito da estrada, se perfilou uma montanha maior do que as outras, toda branca, sulcada por pistas de esqui. Passado pouco tempo, saí da autoestrada e cheguei a Mont-Tremblant. O triângulo das Bermudas do Canadá era a coisa menos parecida com o triângulo das Bermudas. Tratava-se de uma pequena vila assombrada pelas montanhas à margem de um enorme lago. As águas estavam semicongeladas e as montanhas eram verde-escuras e brancas, as pistas de esqui sulcando o cenário. Havia decorações de Natal nos postes elétricos, e, enquanto o carro se ia aproximando do centro e as nuvens matinais se afastavam, dando lugar a um sol tímido, fiquei boquiaberto com o aspeto daquele sítio. As casas tinham fachadas pintadas de várias cores, pináculos, telhados azuis, verdes e vermelhos; algumas das fachadas eram cor de laranja e amarelas e o edifício mais alto da vila era uma torre cor de vinho com um relógio. Parecia um lugar saído de um filme de animação, uma paródia da Lapónia imaginada por um magnata obcecado por parques de diversão. Estacionei o carro junto do sistema de teleféricos; os cabos corriam de norte a sul, levando os viajantes do centro de Mont-Tremblant até ao sopé da montanha.

Pus-me a caminhar pelas ruas quase desertas, passando por lojas de recordações, bistrôs, bares e um posto dos Correios. Tudo se encontrava fechado. O chão estava coberto por uma fina camada de gelo que tornava a caminhada difícil: os três transeuntes que passaram por mim usavam botas de neve, e percebi que os meus sapatos de pano eram a coisa menos indicada para navegar nas Bermudas. Finalmente, cansado de andar a passo de caracol, encontrei um estabelecimento aberto. Era uma padaria, e o cheiro intenso do pão lembrou-me que não comia desde que, na noite anterior, a hospedeira me servira *magret* de pato.

"Já vendemos tudo", disse uma senhora por trás do balcão assim que entrei. No interior, o calor era reconfortante. Por cima da porta, um sino continuou a tinir. A mulher escrevia atentamente com a mão direita.

"Não estou à procura de pão", respondi. "Queria saber se conhece algum lugar onde se possa pernoitar."

A mulher continuava a escrever. Imaginei que estaria a fazer o inventário do que vendera nessa manhã; depois ela olhou para cima, pôs um par de óculos na ponta do nariz e observou-me.

"Olhem para isto", queixou-se. "Escrevi uma letra ao contrário. Ao que parece, sou analfabeta." Pegou no papel e veio até à porta. Depois enfiou-o na ranhura de um suporte transparente afixado ao vidro e, mais satisfeita, fitou-me com desconfiança. "Chegou alguns segundos antes de eu meter isto na porta e trancar o estabelecimento."

Olhei para o papel. Dizia "Fechados para férias". O 'r' de "fermé" estava ao contrário.

"Desculpe incomodá-la, então", disse eu, e voltei-me para sair.

"Agora já incomodou", insistiu. "Se quiser um hotel, há muitos nos arredores da vila. Pode deixar que o explorem com bastante facilidade se comprar um pacote de Natal. A neve, nesta altura do ano, tem a consistência das nuvens, por isso também pode acontecer que parta uma perna."

"Não vim fazer esqui", expliquei.

"Se quiser um quarto, há uma hospedaria honesta no final

da rua. Um lugar barato e limpinho. Sobe, vira à direita e é o prédio branco com as varandas amarelas. A hospedaria só abre às cinco."

"Há algum lugar onde se possa comer a esta hora?"

Ela riu-se, mostrando uma fila de dentes desiguais. Havia alguma coisa sardónica no riso que me desagradou.

"Homem, é dia de Natal. As pessoas estão com as famílias ou, então, a comer peru de duzentos dólares no quarto do hotel."

Passei mais de quatro horas dentro do carro, com o aquecimento ligado. Após a primeira hora, o aquecimento deve ter congelado porque o ar começou a sair tão frio como o ar que se respirava no exterior. Abri a mala e vesti duas camisolas, mas a invernia penetrava por qualquer frincha e, ao fim de algum tempo, todo eu tremia. Considerei a hipótese de ir para um hotel, mas temia que os meus cartões de crédito estivessem esgotados e imaginei-me a lavar pratos durante um mês numa estância turística de Mont-Tremblant. Foi então que ouvi o telefone a tocar. Procurei-o nos bolsos do casaco, temendo que parasse antes que eu conseguisse atender; e, como sempre sucede quando temos muita pressa, cheguei ao telefone uns segundos atrasado. Disse um palavrão. Uns segundos passados, o telefone tocou novamente. Atendi.

Era Andrea.

"Bom Natal", disse ela.

"E para ti também", respondi.

Subitamente, no interior do carro havia calor, como se o aquecimento tivesse voltado a funcionar. Após um breve silêncio, ela perguntou:

"Onde é que andas?"

"Acredites ou não, estou dentro de um carro com o aquecimento avariado e creio que vem aí uma tempestade de neve."

"Neve? Que engraçado", disse ela.

"Só é engraçado na televisão", garanti-lhe. "Como é que está a tua mãe?"

"Foi a casa dos pais do tu-sabes-quem."

Era assim que lhe chamávamos desde que Paula encontrara um namorado.

"Tentei ligar-lhe, mas a tua mãe nunca atendeu."

"Podias ter ligado para mim."

"Podia", respondi. "Mas preferi esperar que tu tivesses saudades do teu velho pai."

"Agora a sério", disse ela, num tom vagamente preocupado. "Onde é que estás?"

"Algures entre a Lapónia e o triângulo das Bermudas."

"Com o teu amante?"

Começámos a rir.

"Mais ou menos. Digamos que ele ficou por Pontevedra e eu vim até aqui para lhe comprar umas peúgas."

"E já encontraste aquilo de que andavas à procura?"

Olhei para o espelho retrovisor: começara a nevar, mas não era uma tempestade. Os flocos caíam lentos, devagarinho, e, porque o vidro dianteiro estava completamente embaciado, tive de imaginá-los a pousarem com a suavidade de garças no tejadilho do carro.

"Quase. Estou quase lá. Falta muito pouco. O fim é sempre a parte mais difícil, não é?"

"Espero que não", disse Andrea. Surpreendeu-me ouvi-la com tanta nitidez, como se me esperasse numa das casas à entrada da vila. "E o teu amigo? Está melhor?"

Hesitei: ocorreu-me que não tinha notícias de Saldaña Paris desde que deixara Pontevedra.

"Para ser sincero, não sei. Nos últimos dias aconteceram tantas coisas que quase me esqueci disso." E, de repente, ocorreu-me outra coisa. "Diz-me uma coisa. Gostas de Hopper?"

“De Hopper? Do pintor?”

“De Edward Hopper.”

“Quem é que não gosta de Hopper?”

Era difícil, mas não era impossível que tivesse sido ela a enviar aquele postal. *Rooms by the Sea*. Como saberia da existência de Saldaña Paris era um mistério; talvez andasse a seguir-me pela cidade. Talvez, numa tarde qualquer, me tivesse visto a entrar no Hospital Provincial e se perguntasse que diabo ia eu fazer ali. Talvez entrasse atrás de mim e, acautelando a devida distância, descobrisse o quarto e o paciente que eu visitava. E, porque Andrea adorava pintura e tudo o que queria fazer na vida era pintar, escolhera aquele postal com aquela imagem que nos dizia, a mim e a Miguel, que ao atravessarmos aquela soleira encontraríamos o mar ou a dissolução de todos os nossos medos; o mar azul de um sonho.

“A tua mãe perguntou por mim?”

“O que é que isso tem a ver com Hopper?”

“Esquece isso. Perguntou?”

“Eu disse-lhe que tinhas ido passar férias às Caraíbas.”

“Isso foi um bocadinho insensato da tua parte”, disse eu.

“A mãe fingiu que não era nada com ela, mas ficou furiosa.”

Dei por mim a sorrir enquanto os vidros do carro esbranquiçavam de neve; era como se estivesse soterrado e a única maneira que tinha de vir à superfície fosse falar com Andrea.

“Quando é que voltas?”, perguntou ela.

“Espero regressar antes do Ano-Novo.”

Ouvi-a respirar fundo.

“Tinha uma prenda de Natal para ti. Uma coisa especial. Mas dou-ta quando chegares.”

“Uma prenda?”

“Uma prenda”, confirmou.

“Estou ansioso por saber o que é.”

Despedimo-nos e desliguei. Queria continuar a falar com a minha filha, mas as chamadas deviam ser caríssimas e o calor inicial que a voz dela trouxera dissipara-se. Saí do carro a tremer de frio; peguei na mala e arrastei-a pela neve, passando pelo posto dos teleféricos em direção à vila. Quando cheguei ao cimo da rua, com os sapatos encharcados de água gelada, encontrei o prédio branco com as varandas amarelas. Nada indicava que fosse uma hospedaria. Subi as escadas do alpendre e toquei à porta, mas ninguém abriu. Olhei para o relógio: faltavam quinze minutos para as cinco. Sentei-me nas escadas do alpendre. Àquela hora, algumas famílias passavam na rua, as crianças com os sorrisos que as surpresas do Natal proporcionam, os adultos com o ar cansado de quem comeu demais e descansou de menos. Todos, no entanto, se passeavam com casacos polares, barretes e protetores de orelhas. Eu tinha duas camisolas vestidas, um casaco de outono e os dedos dos pés congelados. Quando passava um minuto das cinco, tornei a tocar. Ninguém abriu. Tinha de decidir: ou ia para um hotel ou morria. Quando voltei as costas, a porta abriu-se. Do outro lado estava a dona da padaria.

"Bem-vindo à hospedaria", disse ela, no seu francês adulterado do Quebec.

"Deve estar a gozar comigo", repliquei.

"Disse-lhe que só abríamos às cinco."

Ela afastou-se para me dar passagem e eu entrei. A promessa de calor superava em muito a humilhação e a vontade de a estrangular.

Dormi doze horas de seguida. Despertei de madrugada, o relógio ainda não batera as seis. Era noite cerrada. Sonhara com vultos e com sombras, com ruas sem saída e com um quarto cuja porta branca abria para um infinito de escuridão. Acordei estremunhado, tomei um duche e vesti o meu último par de cuecas lavado. Depois sentei-me na cama e, procurando deixar escapar a sensação de irrealidade que aquele lugar me provocava, pus-me finalmente a pensar no próximo passo. Nada me ocorria. Nenhuma ideia, nenhum resquício de imaginação. Tinha viajado da Europa para o Canadá em busca de um fantasma e descobrira-me meio despido, num quarto minúsculo que o aquecimento transformava num forno, sujeito aos caprichos de uma senhoria prepotente e zombeteira. A situação parecia apenas provar aquilo que eu julgara já ter enraizado no meu espírito: que não existia teologia que nos aquietasse, nenhum Criador a quem rezar para que o próximo passo fosse certeiro, ninguém que nos garantisse a solidez do caminho. E, contudo, Saldaña Paris dependia de mim, dizia-me do outro lado do mundo que ainda não chegara a hora de colocar um ponto final. Se, na vida cotidiana, nos encontramos à mercê do acaso e da volatilidade das coisas — e, portanto, vemo-nos forçados a fantasiar a ordem num universo caótico —, o que aconteceu a seguir é a demonstração de que eu entrara num lugar cujas leis eram radicalmente diferentes das que conhecera até então. Porque foi o acaso que me conduziu, foi a volatilidade das coisas que me levou; e, assim, o acaso tornou-se ordem.

Passei o primeiro dia às voltas pela vila. Havia já muito mais gente nas ruas e vi-me rodeado por canadianos felizes. Entrei nalguns estabelecimentos e, dependendo de quem se encontrava por lá, fui fazendo perguntas. Se era gente nova, miúdos contratados para a época alta do inverno, saía imediatamente. Noutras lojas, no entanto, os donos eram pessoas mais velhas, que habitavam aquela vila havia muitos anos. Primeiro, eu comprava alguma coisa — umas botas de neve, uns óculos escuros baratos de que não precisava, uma bijutaria — e, depois, metia conversa num tom circunstancial e perguntava-lhes se conheciam ou se tinham ouvido falar, por aquelas bandas, de um tipo chamado Franquelim.

"Diga lá o nome outra vez?"

"*Frankie*", dizia eu. "Frankie de Sousa."

"O apelido não me é estranho", respondeu um senhor de bigode que era dono de uma loja de antiguidades chamada Le Coq Rouge. Pôs-se a pensar durante um longo momento e depois perguntou: "Era jogador de basebol?".

Saí da loja com a miniatura de uma canoa esculpida em ébano remada por uma pequena figura com um chapéu à Daniel Boone — outra das coisas que, pouco tempo depois, deixaria para trás no quarto da hospedaria, para onde regressei nessa tarde com um saco cheio de coisas inúteis (exceto as botas) e nenhuma informação que me servisse. Laborava num erro e, quando me deitei para descansar e fechei os olhos, imaginei-me a fugir daquele lugar a duzentos à hora, derrapando pela estrada, os pneus levantando tanta neve que acabaria por soterrar aquela vila de contos de fadas que não podia existir na vida real. Acordei à noite, com a boca seca e cheio de ansiedade. Levantei-me, desci ao piso inferior, deparei-me com a senhoria — que estava sentada numa cadeira encostada à parede a olhar para a televisão — e, sem lhe dizer uma palavra, saí para a rua. As botas eram um conforto, mas, sem um casaco polar, continuava a tremer de frio. Andei um tanto perdido até que, por fim, encontrei um bar que me pareceu acolhedor. Chamava-se The Whisky Place e o nome exercia uma espécie de feitiço sobre o viajante perdido: nada podia ser mais reconfortante do que uma bebida forte naquela atmosfera gélida.

Entrei e sentei-me ao balcão. Era um bar de aspeto antigo, todo de madeira, e o interior imitava uma cabana de montanha, com áreas esconsas e troncos de árvores a suportar o teto. Estava quase vazio. Sentei-me ao balcão e pedi um whisky. O empregado obrigou-me a escolher entre oitenta variedades. Pedi um irlandês e, ao final do primeiro copo, senti-me quente e reconfortado. O bar foi-se enchendo e, pelas dez da noite, dois casais faziam-me companhia ao balcão e as mesas encontravam-se repletas de gente com rosáceas adquiridas graças ao sol de inverno nas pistas de esqui. Ninguém falava alto; ninguém se ria com demasiada intensidade; ninguém tentou abordar-me ou incomodar o meu ritual recém-descoberto de beber whisky irlandês sozinho enquanto observava os comportamentos alheios. O casal à minha direita, nos seus trintas, apaixonado, dividia um hambúrguer; numa das mesas, duas quarentonas brincavam com os telefones e trocavam fotografias de família. Ao terceiro whisky, dei conta do piano. Estava posicionado no canto mais afastado do bar, junto da janela que dava para a rua coberta de neve. Era um piano de parede de aspeto arcaico, como os que se veem nos saloons dos filmes de cowboys.

Passava pouco das onze quando um homem alto e delgado, de cabelo comprido grisalho, entrou no bar. Usava um casaco preto, um cachecol enrolado ao pescoço e calças de ganga. Mas os sapatos eram de camurça, os menos adequados àquele clima. Aproximou-se do balcão, pediu uma vodca e foi sentar-se ao piano. Passado um minuto, começou a tocar. As vozes diminuíram de volume durante alguns segundos, mas logo tornaram a subir, abafando ligeiramente a música. O pianista intrigou-me: baixara a cabeça sobre o teclado e batia o pé, ritmadamente, como se estivesse a dar um concerto numa sala de espetáculos cheia e não num bar onde os convivas estavam mais interessados em falar das peripécias nas pistas e das fotografias dos netos. Admirei-lhe a intensidade e a entrega: o cabelo quase caído sobre as teclas, a posição curvada, como se estivesse a inventar um mundo só seu. Julguei reconhecer a melodia da primeira composição que tocou; ao terminar, olhou para a zona das mesas e disse, em francês:

"Esta chamava-se 'Goodbye Pork Pie Hat' e foi escrita por Charles Mingus."

Tinha um sotaque que quase reconheci. As duas senhoras que trocavam fotografias aplaudiram. Ao meu lado, o casal ignorou o pianista e continuou a namorar. Pedi outro whisky, levantei-me e fui sentar-me na única mesa vazia, a que ficava do lado esquerdo do piano. Dali pude observar-lhe mais de perto o semblante. Era mais velho do que o julgara — talvez nos seus cinquentas ou quase sessenta —, de olhos sulcados por olheiras muito profundas. Tinha um nariz grande, quase demasiado grande para o rosto, que sobressaía num perfil austero, e barba de alguns dias. Tocou um tema belíssimo e muito curto. Voltou-se novamente para as mesas e disse:

"Esta chamava-se 'O outro' e é da minha autoria."

Trocámos olhares por um segundo. Observou-me com um franzir do sobrolho; como se nenhum de nós devesse estar ali. Bebi o quarto whisky enquanto o pianista desfilava por uma sucessão de acordes, dedilhando uma melodia tristíssima. Quando terminou, tive vontade de chorar. Afastou o cabelo do rosto e deteve-se por momentos. Procurava a respiração, como se tivesse tocado uma tuba e lhe faltasse o fôlego. Desta feita, não olhou para os convivas. Manteve-se voltado na direção da janela e disse, numa voz baixa, quase um murmúrio, que apenas eu fui capaz de ouvir:

"Esta chamava-se 'Teresa' e também é da minha autoria."

O acaso e a volatilidade das coisas.

Não bebi mais. Sentia-me completamente embriagado pelo álcool, pela música e pela estupefação. Permaneci sentado, rígido como uma tábua, aguardando com um pânico abatido pelos copos o momento em que o pianista terminasse. Quando acabou, levantei-me de rompante e fui falar com ele. Fi-lo com a determinação de quem vislumbra a possibilidade de uma luz ao fundo de um túnel escuríssimo; fi-lo com a certeza de que o sotaque com que dissera aquele nome, *Teresa*, não era um sotaque canadiano ou inglês, mas um sotaque muito próximo do meu. O pianista deve ter sentido o meu hálito a whisky porque, enquanto eu me apresentava, fez um esgar de incómodo.

"Peço desculpa por lhe vir falar neste estado", disse eu num francês terrível, sentindo que as palavras e o chão me fugiam. "Não estou habituado a beber."

"Então é melhor parar, amigo." Tinha uma voz grave e amarga, a voz gutural de um homem que falava pouco. "Vou lá fora fumar um cigarro. Se quiser, pode acompanhar-me."

Vesti o casaco e segui-o. Na rua, o frio parecia ter-se dissipado; depois percebi que era o meu corpo que ardia.

"Importa-se que falemos em inglês?" Ele encolheu os ombros como se lhe fosse indiferente. "Quero perguntar-lhe sobre um dos temas que tocou."

"Pergunte", respondeu, puxando de um cigarro. "Qual deles?"

""Teresa"", respondi. "Sei que isso não é da minha conta, mas por que razão lhe deu esse nome?"

"É muito simples. Porque conheci, em tempos, uma pessoa chamada Teresa a quem o dediquei."

"Era muito bonito."

Ele resmungou alguma coisa e continuou a fumar. Aconchegou-se no casaco e fitou-me com suspeita.

"Precisa de mais alguma coisa?"

"O seu sotaque não é daqui."

"Nem o seu."

"Cheguei ontem de Espanha."

"E eu cheguei há muitos anos de Portugal. Por pouco, não nos cruzávamos na viagem", gracejou.

"Então só pode ser ela", acrescentei, levado por um entusiasmo imenso.

"Só pode ser ela? De que é que está a falar?"

"Está a ver, eu não sou daqui e não vivo aqui. Para dizer a verdade, acho esta vila um lugar estranhíssimo e sinto-me completamente à deriva. A única razão que me trouxe a estas paragens foi uma mulher chamada Teresa, que, tal como você, era portuguesa, e um homem chamado Franquelim. Ou *Frankie*."

O pianista franziu muito o sobrolho, tanto que os seus olhos quase desapareceram debaixo das pálpebras carregadas.

"Você é o marido da Teresa? O ex-marido, quero eu dizer?"

"Não. Esse é outro homem. Chama-se Saldaña Paris e está numa cama de hospital em Pontevedra." Ele pareceu confuso. "Na Galiza", acrescentei. "Pontevedra é na Galiza, de onde eu sou. Foi na Galiza que a Teresa morreu, e é lá que o meu amigo está. Foi por causa dele que vim até ao Canadá. Acontece que lhe prometi que descobriria uma série de coisas. Ou não lhe prometi, mas prometi a mim próprio. O que dá no mesmo, certo? Prometi que chegaria ao fundo de uma história complicada e que correria mundo até descobrir tudo ou não descobrir coisa nenhuma. Ele está no hospital e a culpa é minha, entende? Ele caiu na melancolia mais triste de todas as melancolias e, se eu não o resgatar, não haverá mais ninguém que o possa fazer." Cambaleei um pouco, sentindo que escorregava na neve. Bebera demais e tudo me saía em catadupa, como se quisesse falar mais depressa do que as palavras ou ter explicado de antemão o que só podia ser explicado naquele momento. "Perdoe-me se não estou a fazer nenhum sentido."

"O whisky tem esse problema", comentou ele, de mãos nos bolsos. "Primeiro põe-nos bêbedos e, depois, completamente bêbedos."

Procurei raciocinar. "O que lhe consigo dizer é isto: a Teresa morreu há algum tempo. E, porque morreu, deixou um manuscrito sobre a sua vida, uma narrativa incompleta. Mais do que incompleta, uma narrativa cheia de equívocos e omissões. É muito importante que eu complete essa narrativa, que a desembarace, que lhe dê um desfecho adequado. Porque a Teresa foi o grande amor do meu amigo e ele precisa desse gesto."

"A Teresa morreu", repetiu ele, como se tivesse deixado de me ouvir. "Não sabia."

"Conheceu-a aqui, no Canadá?"

"Sim."

"E conheceu um homem chamado Franquelim de Sousa."

O pianista não respondeu. Deu um passo na neve, que roçagou nos sapatos de camurça, e disse-me, em português:

"Quer tomar um café amanhã? Quando tiver curado essa bebedeira?"

Convidou-me para o visitar em casa. Não ficava longe, disse; morava à beira do lago. Tirei o caderno do bolso e passei-lho: ele fez um esboço rápido com as direções. Depois despediu-se e abriu a porta do bar.

"Espere lá", chamei. "Nem sequer sei o seu nome."

"Chamo-me Luís", disse. "Mas, no caso de se perder, toda a gente me conhece por Stockman."

Luís Stockman vivia numa cabana no lado norte do lago Tremblant, rodeado de árvores e de água. Demorei mais tempo do que esperaria a encontrar o lugar, uma vez que a estrada era irregular, rasgada por caminhos secundários, e eu estava de ressaca. Enganei-me duas vezes; fiz marcha atrás e regressei à bifurcação, tentando seguir o esboço meio tosco que ele desenhara na noite anterior. Dormira muito pouco, pois o entusiasmo da descoberta fizera-me despertar de madrugada. Ao percorrer o caminho do bosque na direção da cabana, o que imaginei foi que, naquela mesma manhã, na cama do hospital de Pontevedra, Saldaña Paris tivesse dado sinais de recuperação. Um gesto repentino, uma palavra pronunciada entre dentes, o fac-símile de um sorriso. E depois vi o médico resmungão a entrar no quarto, a ignorar os sinais do retorno porque uma mosca o estava a incomodar, a pegar na ficha do paciente aos pés da cama e a receitar uma dose extra de um medicamento qualquer que devolveria Miguel à escuridão.

Encontrei a cabana no final de uma pequena encosta que conduzia ao lago. Estacionei o carro ao lado da estrada, afastado da berma, e admirei o cenário idílico que Stockman habitava: rodeado de pinheiros e plátanos, com as montanhas por trás e à sua frente um lago imenso, longitudinal, de águas paradas, onde se formavam blocos de gelo ainda pouco sólido. Talvez houvesse veados por ali e esquilos aninhados no telhado da cabana; talvez, no verão, as águas do rio fossem tão puras e translúcidas que os peixes viessem morder-nos os dedos dos pés se por lá caminhássemos descalços. Desci a encosta por um carreiro aberto por entre a vegetação, a terra húmida abatendo-se sob o peso das botas. A cabana era constituída por troncos grossos dispostos na horizontal, com um telhado triangular e um alpendre voltado para o lago. Havia um pequeno barco atracado a um pontão. Se Luís Stockman abrisse a porta e desse vinte passos em frente, ficaria com as canelas dentro de água.

A porta estava aberta; do interior chegava uma música suave, porém quase indiscernível dos sons dos pássaros e do vento. Subi os degraus do alpendre e chamei por Stockman. Ouvi-o dizer-me que entrasse. Encontrei-o à mesa da sala a ler o jornal. Esboçou um sorriso incipiente. Perguntou-me se queria beber um café, que aceitei, e ele levantou-se e desapareceu por um corredor. Na lareira ardiam as últimas brasas de um fogo recente. Fazia calor dentro da cabana; cheirava a lenha e a bosque. Procurei, quase por instinto, um piano, mas não havia ali nada que denunciasse que aquele homem era músico. Uma pequena aparelhagem tocava um disco de música clássica, e, ao observar a estante que ficava por cima, descortinei uma biografia de Charles Mingus e alguns cadernos de pautas de cor azul. Numa das prateleiras repousava a fotografia de uma mulher: alta e delgada, de cabelo ruivo e encaracolado, sentada num banco, de pernas cruzadas, a sorrir para a câmara.

Stockman regressou pouco tempo depois. Sentei-me num sofá velho e esburacado que ficava junto da janela e ele num sofá mais comprido, de frente para a lareira. Provei o café, que era forte e amargo; ele bebia água de uma garrafa de vidro. Era mais velho do que me parecera na noite anterior: tinha o cabelo todo branco e o rosto marcado por rugas que, à luz do dia, se revelavam muito mais sinuosas.

"Não tenho álcool", disse-me, em português. "Só bebo quando vou tocar."

"Acho que ficou com uma impressão errada", respondi eu, em galego.

Stockman olhou para a garrafa de água quase vazia e pousou-a na mesinha entre os sofás. Depois entrelaçou os dedos.

"Não tem um piano."

"Não preciso de um piano", respondeu. "Como viu ontem, toco para gente que passou o dia a esquiar. A atenção deles é mínima, quase nula. Se eu passar a noite a tocar o mesmo tema, ninguém repara."

"Então por que é que toca?"

Ele encolheu os ombros.

"Não tenho nada melhor para fazer à noite. Viver aqui torna-nos muito solitários e, às vezes, o barulho dos outros é reconfortante."

"Gostei muito de o ouvir. Já lho tinha dito ontem. Ou talvez o tenha dito, não me lembro."

"Disse-me que gostou de um tema que eu compus." Ele levantou-se com esforço, apertando o grosso casaco de malha que usava por cima de uma camisa branca. Foi fechar a porta da cabana e tornou a sentar-se. Ficámos, por um momento, mergulhados numa inesperada obscuridade. "E ontem disse-me uma série de coisas que não compreendi. Normalmente, eu não lhe teria prestado atenção nenhuma. Só que alguma coisa em si me despertou a atenção. Um homem só fala daquela maneira por duas razões: ou está louco ou refém de uma obsessão. Não me pareceu que você fosse louco — normalmente, os loucos não pedem desculpa pela loucura. Portanto, só pode ser uma obsessão. Dentro das obsessões, há as boas e as más. As más levam-nos a fazer coisas que julgamos certas pelas piores razões. As boas levam-nos a fazer coisas que julgamos erradas pelas melhores razões."

"De que espécie de obsessão é que eu sofro?"

"Duvida de si próprio a todos os momentos?

"Duvido."

"Tire as suas próprias conclusões", rematou. Tornou a pegar na garrafa de água e bebeu o resto. "E depois disse-me uma coisa que me tocou."

"Que coisa foi essa?"

"Que tinha de resgatar um amigo porque não havia mais ninguém que o fizesse. A amizade é uma coisa importante. Toca-me profundamente."

Caímos em silêncio por um momento. O vento agitava levemente as portadas da janela por trás de mim. A seguir foi a minha vez de falar. Durante alguns minutos contei-lhe da minha vida e das razões que me tinham levado ao Canadá. Como não me recordava exatamente do que lhe dissera na noite anterior, devo ter repetido algumas coisas, mas ele pareceu não dar por isso. Falei-lhe brevemente de Pontevedra, do encontro com o ex-marido de Teresa, da narrativa que ficara interrompida pela sua morte, do arremesso de loucura de Saldaña Paris e da necessidade que eu sentira, a partir do momento em que começara a partilhar da sua tristeza e do seu infortúnio, de averiguar o passado e devolver a ordem às volatilidades das nossas vidas; vidas que o gume de uma faca dividira em duas partes distintas.

"Fiquei separado de mim mesmo", rematei, sem conseguir encontrar outra expressão mais adequada. "Isso faz sentido para si? Que uma pessoa possa, nesta idade, de um momento para o outro, descobrir-se dividida dessa maneira?"

Stockman soltou uma risada espontânea, como se eu tivesse dito uma enorme banalidade ou caído numa espetacular redundância.

"Faz todo o sentido para mim."

"Posso agora perguntar-lhe por que razão escreveu aquele tema?"

"Porque conheci a Teresa de que me fala. Nunca conheci o seu amigo. Embora, pela maneira como fala dele, me pareça um sujeito interessantíssimo. Mas a ela, sim. Conheci-a."

"Aqui, no Canadá?"

"Aqui, em Mont-Tremblant. Vivia do outro lado do lago." Voltei a cabeça e olhei pela janela, como se pudesse ver Teresa na outra margem, acenando na nossa direção. Vi apenas as copas das árvores cobertas de neve e o céu azul. "Viveu ali durante alguns anos com esse fulano, o tal Franquelim. Era conhecido por Frankie. Um tipo da pior espécie possível. A casa onde viviam foi destruída, alguém lhe pegou fogo no final do ano passado. Acho que as pessoas se sentiram muito revoltadas com o que se passou, e, quando existe revolta, há sempre um maluco pronto a atear um incêndio. Se quiser, pode ir até lá ver os escombros."

"De que espécie de revolta é que fala?"

Stockman mudou de posição e fitou-me com curiosidade. Tinha os olhos carregados de uma estranha tristeza, daquelas que só se encontram em pessoas muito velhas ou nas que perderam quase tudo pelo caminho.

“Desconhece a história, então.”

“Por isso o vim chatear a esta hora da manhã.”

“Desculpe-me. É que presumi que quisesse saber coisas sobre a Teresa, mas que se tivesse inteirado da razão pela qual ela se foi embora de Mont-Tremblant.”

“Tudo o que sei é que o tio foi preso e que ela ficou doente. Ninguém me soube dizer por que razão foi preso.”

Stockman suspirou.

“É o problema de uma pessoa se isolar dessa maneira”, disse ele. “Começamos a achar que somos o centro de tudo, que o que acontece no Quebec, nesta província francófona, interessa ao resto do mundo. Provavelmente, a história apareceu nas notícias locais e morreu aí.”

“Pode contar-me essa história?”

Ele coçou a barba de vários dias e penteou o cabelo para trás com os dedos.

“Não é uma história fácil de digerir.”

“Acho que estou preparado”, expliquei. “Há pouco tempo, um bibliotecário de Compostela avisou-me de que os fundos dos baús são lugares inóspitos. Que só lá podemos encontrar porcaria. Ele não compreendeu que um tipo como eu tem demasiado tempo livre. Que o meu único propósito na vida é andar a fossar nos baús alheios.”

A história começava no outono de 2007, quando, depois de a mulher ter morrido, Stockman abandonou a cidade e procurou abrigo em Mont-Tremblant. Costumavam passar férias ali e, como as recordações, a certa altura da vida, se impunham com mais força do que o presente — ou eram mais importantes —, o pianista deixou Montreal e foi viver naquele lugar isolado, à beira de um lago que, uma vez por ano, se transformava em gelo.

Cedo reparou que, ao contrário do que julgara, a solidão era tão difícil de suportar como se permanecesse em Montreal; cedo reparou, também, que não estava completamente sozinho.

Ao final da tarde, quando o dia se punha e as águas do lago ficavam da cor do cobalto, um manto espesso e tranquilo, Stockman ia até ao pontão e fumava o único cigarro do dia. Recuperara o hábito desde a morte de Catherine; e, embora os cigarros lhe trouxessem o sabor da angústia, o aroma relembrava-o da mulher, e isso apaziguava-o. Foi numa dessas tardes que os viu. Estava sentado na beira do pontão, as pernas balouçando sobre o manto sólido de água estanque, e, ao olhar para o outro lado, discerniu dois vultos. Caminhavam pela margem, muito próximos da água: um deles era uma mulher e o outro um tipo corpulento, quase careca, cujas feições eram impossíveis de distinguir àquela distância. Só então Stockman reparou que, pouco acima, quase completamente escondida pela vegetação, existia uma cabana: chamou-lhe a atenção, primeiro, o fumo que saía de uma chaminé que não conseguia ver e, depois, conseguiu distinguir, por entre a folhagem dos salgueiros, a madeira de uma construção. Os dois desconhecidos permaneceram na margem do rio durante algum tempo. Dava a sensação de ocorrer uma altercação entre eles, pois a mulher sentara-se junto da margem, onde a areia se transformava em lodo, enquanto o homem caminhava de um lado para o outro, de mãos nos bolsos de uns calções demasiado compridos, uma barriga saliente sobressaindo numa camisa estampada. Pareceram não dar por ele; talvez fosse a posição do Sol, talvez o seu lado do lago se encontrasse na sombra. Depois o homem desapareceu por um carreiro oculto pelas árvores; a mulher deixou-se ficar sentada durante algum tempo, as pernas dobradas, os braços sobre os joelhos, a cabeça sobre os braços. Só o cabelo se movia, agitado pela brisa de outubro.

Nessa noite, Stockman foi ao Whisky Place e tocou "Willow Weep for Me", em homenagem do salgueiro que escondia a casa na outra margem do lago.

Durante algum tempo, não tornou a vê-los. Então, a solidão tornou-se insustentável. Deu por si a falar sozinho quando acordava e a desejar boa-noite a alguém que deixara de ali estar; deu-se conta de que, ao abrir uma porta ou ao ter um vislumbre de luz na janela, o coração saltava-lhe no peito à espera de encontrar um rosto. Foi com amargura que compreendeu que esse rosto não tinha necessariamente os traços do rosto de Catherine; podia ser outro rosto qualquer, outra máscara que tornasse a ligá-lo ao teatro da realidade. A solidão era uma espécie de peça em que ele era o único interveniente; pensar, declamar, bater palmas a si próprio. No princípio ainda tinha um piano, que trouxera de Montreal e lhe fazia companhia. Depois, vendeu o piano ao dono de uma loja de antiguidades de Mont-Tremblant, o que o obrigava a ir tocar ao bar várias vezes por semana: para exercitar as mãos e porque, ao tocar, esquecia-se de que estava tão sozinho no mundo que, se mergulhasse no lago e nunca tornasse à superfície, ninguém se lembraria dele.

Em janeiro de 2008, compreendeu que não era capaz de tomar conta de si próprio. Emagrecera vários quilos porque não sabia cozinhar, e a pele, naturalmente pálida, ganhara aquele tom pardo caraterístico das pessoas com escassez de nutrientes. Olhou para a cozinha: tudo o que comia eram enlatados e sanduíches da estação de serviço. Olhou para o quarto onde dormia: o pó acumulava-se como filigrana sobre os móveis, pairava no ar, seguia-o de um lado para o outro. Usava a mesma roupa vários dias seguidos e, por vezes — coisa que nunca antes fizera, pelo menos enquanto Catherine estava viva —, vestia as mesmas cuecas do dia anterior por preguiça de ir à lavandaria que ficava às portas da vila. Lavava a roupa no rio e secava-a em cima do aquecedor portátil que Catherine comprara para o apartamento de Montreal; havia vários meses que usava roupa húmida, que lhe provocava comichões e desconforto.

Até que, um dia, encheu um saco de roupa suja e meteu-se no carro.

Normalmente só aparecia em Mont-Tremblant ao final da tarde, soturno e esquivo: entrava na mercearia, comprava os seus enlatados e comida e desaparecia. Fizera um acordo com Mark Raubert, o dono do bar, de que tocaria duas noites por semana para entreter os convivas, que a vodca seria por conta da casa e que ninguém lhe faria perguntas. Nessa manhã, contudo, Stockman fez essa aparição inusitada na vila. Entrou na lavandaria, cumprimentou o dono da mesma com um aceno discreto, entregou o saco cheiíssimo de roupa por lavar e depois, ao olhar acidentalmente para um quadro do lado direito, como se a sua atenção fosse um pedaço de ferro atraído por íman, viu um anúncio que se destacava dos muitos que ali se encontravam afixados.

"Era uma oferta de empregada doméstica", disse Stockman. Serviu-se de mais água, bebeu-a, aclarou a voz e, erguendo-se com um resmungo de esforço, pegou num atiçador e tentou reavivar as achas da fogueira. "Nem isto consigo manter aceso." Olhou para mim com a intensidade que lhe imaginei na juventude, uma intensidade de sobrolho carregado que contrastava com as rugas e as melenas cor de cinza. "Sabe acender lareiras?"

"Não deve ser difícil."

"Tem ali a madeira e as acendalhas. Mantenha-nos quentes, por amor de Deus."

Achei o pedido estranhíssimo, mas obedeci. O frio dentro da cabana começava agora a penetrar-me os ossos, e Stockman tapou as pernas com um cobertor. Parecia ausente, como se a história o transportasse para esses tempos.

"Liguei para o número que estava no anúncio. No dia seguinte, a Teresa apareceu-me à porta. A primeira coisa que reparei foi na sua juventude. Que idade teria? Trinta e cinco? Menos de quarenta?"

"Talvez quase quarenta", confirmei, empilhando os troncos serrados no interior da lareira.

"Era bonita. Mas tinha um aspeto tristonho, quase malogrado. Será esta a palavra certa, *malogrado*? Alguma coisa que ficou interrompida antes de ser completamente acabada. Sim, era esse o aspeto dela: ao mesmo tempo jovial, porque mantinha traços de uma adolescência que nunca chegara a desvanecer, transmitindo ao mesmo tempo, e sem sabermos explicar bem por quê, a sensação de que um defeito congénito e fatal a iria levar muito cedo."

"Ela estava condenada", acrescentei. "Tinha um cancro."

"Não creio que o soubesse na altura", disse Stockman. Levantou-se e foi à cozinha. Eu coloquei duas acendalhas no meio dos troncos e ateei-lhes fogo. A madeira estava húmida; seria difícil pegar, por isso comecei a mexer-lhe com o atiçador. Dei-me conta do silêncio espetral da cabana entrecortado apenas pelo chilrear dos pássaros lá fora; o silêncio do lago estagnado e dos plátanos e pinheiros imobilizados pela neve que lhes revestia os troncos. Dei-me conta da paz que ali se vivia.

Stockman regressou com duas chávenas de café. Colocou uma do meu lado da mesa, junto à chávena já bebida, e, permanecendo de pé, com uma mão no bolso do casaco de malha, continuou a falar.

"Não a identifiquei logo com a mulher que vira do outro lado do lago. A Catherine tinha morrido havia pouco tempo e eu andava distraído. Mas, como mantinha os meus rituais, ao final da tarde fui fumar um cigarro ao pontão e, do outro lado da margem, reparei que alguém me acenava. Tirei os óculos do bolso do casaco: era a minha empregada doméstica. Estava sozinha na margem, no mesmo lugar onde a vira da primeira vez com aquele homem. Devolvi-lhe o aceno. Estava muito frio, e fez-me alguma impressão vê-la ali, sozinha, desabrigada, à mercê do clima. Julgo que nem sequer usava um casaco. Talvez tenha sido então que compreendi o que se passava — que ela procurava aquele lugar isolado porque, mais acima, na cabana oculta pelos salgueiros, estava aquele homem careca e barrigudo com quem eu a vira, um homem para quem ela não desejava regressar."

"Ficou com essa impressão só de o ver uma vez?"

Stockman olhou pela janela, onde um pássaro castanho pousara no beiral do lado de fora, bicando o vidro como se desejasse entrar.

"Pare de atiçar as brasas ou vamos ferver aqui dentro", disse ele. Larguei o atiçador e sentei-me; provei a segunda chávena de café, que estava morna e insípida. "O que é que me perguntou?"

"Se desde o princípio teve a impressão de que ela tentava escapar de alguma coisa."

"Creio que sim. A Teresa vinha aqui duas vezes por semana — pelo menos era esse o nosso acordo. Eu pagava-lhe em dinheiro. Ela ficava algumas horas e limpava a casa, cozinhava, lavava-me a roupa. Ao fim de algum tempo, começou a aparecer três e quatro vezes por semana sem que eu lhe pedisse. Dava justificações tolas: havia roupa por passar a ferro, por exemplo. Ou: os ovos que estavam no frigorífico passavam de prazo nesse dia. Dizia que não queria que eu lhe pagasse esses dias, mas eu pagava-lhe todas as horas, porque sentia que ela precisava do dinheiro."

"E ela falou-lhe do Franquelim?"

"Ao fim de algum tempo fiquei a saber da história." Stockman provou o café e tornou a cuspi-lo para dentro da chávena. "Mas que porcaria. Está a beber isto? Não se serve nem a um cão."

Pegou nas duas chávenas e levou-as para a cozinha. Depois regressou e acendeu um cigarro. O calor da lareira começava agora a emprestar à sala uma aura de irrealidade; as brasas, rutilantes, crepitavam.

"Julgo que ela estava a sustentar os dois", continuou ele. "Pelo que sei, só tinham um carro, que a Teresa usava para vir trabalhar, um modelo muito antigo que ela estacionava sempre lá em cima, à beira da estrada. O que significava que ele não devia trabalhar, porque de onde eles viviam até à cidade era uma grande distância para fazer a pé. Um dia, perguntei-lhe quem era aquele homem com quem eu a vira na margem do lago. Ela disse-me que era o tio e que se chamava Frankie. Lembro-me perfeitamente desse momento: a Teresa estava ali, junto do armário da cozinha onde guardo os pratos e as canecas, e a expressão dela mudou. De um momento para o outro deixou a jovialidade com que costumava aparecer e uma nuvem atravessou-lhe o olhar. Manchou-o, como se lhe obscurecesse o espírito. Passou o resto da tarde em silêncio, cumprindo as suas tarefas sem me olhar, resguardada."

"Deu-lhe a sensação de que ela sofria de alguma perturbação da personalidade?"

"Perturbação da personalidade?", repetiu Stockman, dando uma passa no cigarro. "O que é que você é, um psiquiatra amador? A sensação que eu tive foi que aquele homem, a quem ela chamava tio, era má rês. Alguém que a obrigava a trabalhar para que ele pudesse ter comida na mesa e roupa lavada."

"Chegou a conhecê-lo?"

"Uma vez. Ele apareceu aqui uma noite, à procura dela. Já era tarde, deviam ser dez ou dez e meia, e eu estava a preparar-me para me ir deitar. Bateu-me à porta. Quando abri, lá estava ele: o mesmo tipo meio careca que vira na outra margem, meio afogueado, a barriga saliente. Começou por se apresentar em francês, mas eu respondi-lhe em português que sabia bem quem ele era. Um homem mal-encarado, de postura carrancuda. Tinha os olhos claros e um sorriso sacana; adivinhei que, em tempos, teria sido um homem atraente, embora já estivesse muito para lá dos cinquenta anos. Quero dizer, a partir de uma certa idade, um tipo começa a ter consciência do fracasso do corpo. A carne torna-se flácida, o cabelo ralo, as veias púrpura. Ganhamos manchas nas mãos e as orelhas continuam a crescer como se fôssemos animais de circo. Aquele tipo, contudo, portava-se como um rapazola à espera para entrar numa discoteca, parado no meu patamar, de polegares enfiados no cós das calças e em pose de desafio. Eu respondi-lhe que não fazia ideia nenhuma de onde se encontrava a Teresa e que aquilo não eram horas para me vir incomodar. Estava um frio dos diabos, era fevereiro ou princípio de março, e eu soube, só pela presença dele, que não andava só à procura da Teresa. Que andava à procura de um lugar qualquer onde descarregar uma raiva antiga e latente. Perguntei-lhe, num tom menos simpático, se era preciso entrar em minha casa e verificar por si mesmo. Ele hesitou e depois disse, sobranceiro, que não valia a pena. Tive vontade de lhe dizer que, se não se pusesse a andar, chamava a polícia. Falávamos os dois a mesma língua e ele saberia perfeitamente que eu não estava a brincar. Mas o que lhe disse foi outra coisa."

O pianista apagou o cigarro. Lá fora, o pássaro sem nome continuava a bicar a janela, ritmando a nossa conversa. Eu sentia-me estranhamente confortável naquela cabana perdida no meio de nenhures, a ouvir a voz roufenha daquele desconhecido que partilhava comigo aquilo que eu percorrera tantos quilómetros para descobrir.

"O que é que lhe disse?"

"Disse-lhe que esperava que a Teresa aparecesse no dia seguinte, sã e salva, sem um arranhão. Ele encolheu os ombros, chamou-me um nome qualquer e desapareceu na noite."

Foi nesta parte do relato que Stockman começou a ficar

perturbado. Pode ter sido o efeito do café; contudo, a partir do momento em que Franquelim entrou na narrativa, o pianista perdeu a postura anteriormente calma e começou a cruzar e a descruzar as pernas com frequência, a pentear o cabelo demasiadas vezes, a voz afrouxando nas partes mais difíceis. *Difíceis* é um eufemismo; o que ele me contou a seguir faz parte da história da crueldade que, um dia, será compilada pela geração vitoriosa que a conseguir erradicar (uma geração que nunca existiu e nunca existirá). Se aquilo a que me propusera fora investigar o passado para que este não se transformasse no monstro do futuro, o que Stockman me contou de seguida fez-me compreender que o futuro era o monstro do presente e a verdade, uma aberração que se repetiria, uma aberração que já acontecera e que tornaria a acontecer, deixando escombros atrás de escombros, dos quais nenhuma religião, crença ou gesto redentor poderiam ser resgatados. Era por esse sortilégio que Teresa se sentia invadida, creio; um sortilégio que nem a morte parecia conseguir afastar.

Comecemos pelo início. No dia seguinte à visita de Franquelim, Teresa apareceu na cabana de Stockman à hora de sempre. Ele não lhe perguntou logo o que acontecera ou por que motivo Franquelim a viera procurar àquelas horas. Teresa começou pelo quarto: abriu as portadas de madeira da janela, deixando entrar o frio consolador das manhãs para arejar o quarto; fez a cama; passou algum tempo na casa de banho, enquanto Stockman fazia café para os dois; e, enquanto atravessava a sala na direção da cozinha, carregando um cesto de roupa suja, Luís pediu-lhe que se sentasse. *Mas a roupa*, disse Teresa, os braços magros estendidos ao comprimento do cesto. Obedeceu. À luz da manhã, ele pôde ver-lhe as cicatrizes no rosto, as marcas de ocasiões anteriores em que Teresa fora abusada ou se deixara abusar, e sentiu uma repulsa desumana por aquele homem de aspeto extraviado que se fazia passar por parente daquela mulher que, próxima dos quarenta anos (também ela fora bonita, se não mesmo lindíssima), se movia com os sobressaltos de uma mulher de setenta.

Teresa sentou-se no sofá, pousando o cesto ao seu lado. Ficou a olhar para a carpete que decorava o espaço em frente da lareira. Stockman trouxe-lhe café; ela segurou na chávena com as duas mãos e esforçou-se por sorrir, mas era evidente que passara a noite em branco — as olheiras e o desalinho geral das roupas e do cabelo denunciavam-no. Ele perguntou-lhe o que acontecera, mas ela abanou a cabeça em negação, como se uma força invisível a impedisse de falar. *O teu tio esteve aqui ontem*, disse-lhe Stockman. *Já era tarde, andava à tua procura.* Como não obteve resposta, mudou de tática, procurando infundir algum receio em Teresa de que, caso não se justificasse, acabaria por criar uma cisão irrevogável entre eles, uma vez que o pianista viera para aquela cabana para se isolar e fugir ao escrutínio da humanidade. A tática não surtiu efeito: Teresa limitou-se a pedir desculpa e a afastar o cabelo dos olhos; era a primeira vez que a via sem a trança, e o ar jovial dissipara-se na bruma dos dias de inverno. Então Stockman recostou-se no sofá e, procurando mostrar alguma indiferença, tentando não fazer grande caso do que ela lhe contaria, esforçando-se por dotar a conversa de uma fingida casualidade, começou a fazer-lhe perguntas. Teresa beberricou o café e, finalmente, levantou os olhos do chão.

Tinham vivido em Vigo até à primavera de 1997. Ela, o pai e o tio. Depois, quando o pai ficou seriamente doente — sofrera de hepatite durante muitos anos até que o abuso do álcool e das drogas lhe provocaram uma cirrose hepática irreversível —, Franquelim comprou uma casa em Brión. Fora o último desejo de Faustino, dissera-lhe Teresa: morrer em paz, num lugar onde ninguém o conhecesse ou alguma vez se tornasse a lembrar dele. Foi nessa casa, em Brión, junto da igreja da Nossa Senhora dos Desamparados, que ela assistiu à rápida deterioração daquele homem que, embora ausente durante a infância e a adolescência, se tornara, todavia, uma espécie de pai. *Uma espécie de pai*, afirmou ela, num soçobro; ou um pária durante treze anos. Faustino morreu. Foi enterrado em Rianxo e, depois do funeral, Teresa e o tio ficaram sozinhos.

"Não sei exatamente o que aconteceu depois", afirmou Stockman, coçando a barba grisalha que lhe cobria o rosto sisudo. "Talvez a Teresa tenha sentido a perda de maneira mais violenta do que o tio. O que sei é que teve de partir, que fugiu da Galiza e foi viajar."

"Foi então que conheceu o meu amigo", disse-lhe.

"O que é estranho, não acha? Que, após a morte do pai, e restando-lhe somente a companhia de um parente, ela tenha sentido a necessidade de se evadir."

"O que é que está a sugerir?"

"Estou a sugerir aquilo que me pareceu óbvio desde o primeiro momento, desde que a conheci e depois que, mais tarde, o tal Frankie me veio bater à porta. Que ela se encontrava mergulhada numa relação de abuso."

"Que espécie de abuso?"

"Que eu saiba, abuso físico. Durante os muitos meses que trabalhou em minha casa, apareceu várias vezes marcada. Nódoas negras nos braços e nas pernas. Um olho inchado, que ela dizia serem alergias. Sentia-se que Teresa se ressentia do seu próprio corpo, como se este tivesse sido vítima de um trauma prolongado ou de uma constante vigilância. Como se estivesse sempre na expetativa de uma punição."

"Era provável que alguns desses sintomas se devessem ao cancro", respondi.

"É possível", respondeu Stockman, cuja perna direita, cruzada sobre a esquerda, se agitava agora ao ritmo de uma valsa.

O que ela lhe explicou foi que, após a morte do pai, tivera de abandonar o lugar onde este havia passado os últimos dias, porque tudo a recordava da doença dele; todas as coisas significavam morte. O resto é sabido: o encontro com Saldaña Paris, o regresso a Brión, a segunda fuga, desta feita para Londres. O decorrer trágico do casamento e uma terceira fuga, a partir da Cidade do México. Também sabemos que Teresa, ao chegar a Inglaterra, queimou tudo o que dizia respeito à sua condição clínica. O que Stockman me revelou foi que Teresa fez as malas em Londres e partiu imediatamente para Ottawa, a cidade para onde Franquelim regressara ao final de dez anos na Península Ibérica. O tio pagara-lhe a viagem, e, quando ela chegou ao Canadá, encontrou-o a viver dos parcos rendimentos daquilo que restava da pequena fortuna que acumulara durante o final dos anos 80 e o princípio da década seguinte.

O tio vivia distante do centro da cidade, num bairro de casas geminadas; o apartamento tinha um jardim repleto de arbustos por podar e ervas daninhas, e havia muito que Franquelim deixara morrer as hortênsias e os gerânios nos vasos da varanda. Havia cinco anos que não se viam, e a primeira coisa em que Teresa reparou foi na metamorfose dele: Franquelim engordara, perdera cabelo, descuidara o seu aspeto. Parecia ter perdido energia e passava os dias a beber cerveja e a queixar-se dos malogrados negócios em que se envolvera. O tempo — sobretudo o que decorrera após a morte de Faustino — tinha sido cruel com o fabuloso Frankie, o homem de todos os ofícios e de nenhum, o carniceiro da vida de Saldaña Paris. Ainda assim, um sonho acabou por realizar-se, o sonho dos dois irmãos: o de ter uma casa no Quebec, na zona dos lagos, construída de propósito para uma família que agora se via reduzida a dois elementos. Não demorou muito até, em 2004, venderem a casa nos subúrbios de Ottawa e se mudarem para Mont-Tremblant. Apesar de algumas tentativas frustradas, por parte de Franquelim, de reabilitar as suas finanças retomando o negócio, ele fizera o seu dinheiro com o contrabando de aparelhos que já ninguém usava, aproveitando-se de um certo relaxamento nas fronteiras, postos aduaneiros e legislações que, na viragem para o século XXI, desapareceu por completo. Desfasado no tempo, investiu descuidadamente e foi perdendo o dinheiro a pouco e pouco, até nada mais restar para além de uma cabana construída na margem de um lago e no sopé de uma montanha aonde os ricos iam nadar e esquiar; um lugar para onde o português sempre sonhara ir na condição de homem abastado e não de alguém que desbaratara uma fortuna. Se a juventude pode servir para enriquecer um homem, os erros e o tempo podem também servir para lhe tirar tudo.

"A verdade é que o homem me pareceu um inútil desde o momento em que o vi", afirmou Stockman, acendendo outro cigarro. Dissera-me que só fumava quando bebia, mas, naquela manhã, as regras habituais pareciam estar embargadas. "Quando lhe falei de uma relação abusiva, referia-me também ao facto de ela estar a sustentá-lo. Ou, neste caso, de eu estar a sustentar os dois. Quando vendi a casa de Montreal ganhei algum dinheiro e, sinceramente, não tenho maneira de o gastar. Por isso, gastei-o com a Teresa."

"Mas também o gastou com o Franquelim."

"Inadvertidamente, a princípio. Depois, porque não queria deixá-la sozinha naquela situação. Havia alguma coisa que a ligava àquela personagem sinistra, qualquer coisa que era mais forte do que a razão ou o senso comum."

"Eu sei."

"E essas ligações, por vezes, não devem ser questionadas. Por isso a Teresa continuou a trabalhar em minha casa e eu, porque apreciava a companhia dela — porque *precisava* dessa companhia —, deixei que a coisa se arrastasse até àquele momento horrível."

"Que momento foi esse?"

Stockman fez uma pausa, puxou do cigarro e, soerguendo-se, atirou a beata para a lareira com um piparote. "Está uma fumarada dos infernos aqui dentro. Importa-se se formos apanhar um bocado de ar?"

Sentámo-nos no pontão sobre as águas geladas. Abaixo dos nossos pés estava o pequeno barco, atracado por uma corda grossa a uma das estacas do pontão.

Levantara-se nevoeiro, e a outra margem era agora invisível; uma miragem. Fechei o casaco até ao pescoço e Stockman embrulhou-se no seu grosso casaco de malha. Estávamos lado a lado, contemplando a imensidão do lago de águas estanques. Ao fundo, escondida pelas árvores, erguia-se aquela caricatura de cidade. Quando ele retomou a história, reparei no vapor que lhe saía da boca e que parecia demorar-se, como se a baixa temperatura o tornasse sólido; um alento que era quase bruma, mas que rapidamente desaparecia na densidade do ar.

Stockman tornou a perguntar-lhe o que acontecera na noite passada, e Teresa voltou a abanar a cabeça em negação. *Não aconteceu nada*, respondeu ela. E regressou ao trabalho.

Desse inverno ao final da primavera, ela foi trabalhar todos os dias da semana. Foi nessa altura que Stockman regressou à loja de antiguidades e convenceu o dono a deixá-lo alugar o piano que lhe vendera. A presença diária de Teresa resgatara o seu ímpeto pela música, e no decorrer desses meses dedicou-se a compor alguns temas, como aquele que eu ouvira no The Whisky Place e ao qual, mais tarde, Stockman dera o nome da sua empregada doméstica. É escusado dizer que Teresa deixara de ser uma empregada e passara a ser uma assombração. O pianista via nela não a mulher que lhe lavava a roupa e limpava e cozinhava — e, por vezes, se encostava à ombreira da porta enquanto ele dedilhava acordes no piano, escutando com a atenção de um animal amedrontado —, mas a mulher que Stockman perdera. Teresa transformara-se em Catherine; Teresa era a sua companheira, com a qual trocava meia dúzia de palavras por dia e o ocasional sorriso.

Foi num sábado, no dia 18 de outubro, que se propagou pelas montanhas o grito dos velhos terrores. Stockman acordou de um pesadelo às três da madrugada. Julgou que o sonho o despertara — perdido numa tempestade de neve, arrastava-se, sem forças, próximo da morte —, mas depois ouviu a portada da janela da sala a bater. Pensou que era o vento. Ergueu-se na escuridão: ao atravessar o limiar da porta do quarto, apercebeu-se de que o bater compassado tinha outra origem. Lá fora não existia vento; apesar do frio, a noite estava limpa. Eram dedos humanos que ressoavam na madeira. Assustado, foi à cozinha: a única coisa que logrou encontrar foi uma caneca de café, uma caneca pesada da qual bebia todas as manhãs. O bater cessou; Stockman, iluminado pela Lua, cuja luz perscrutava a cabana de soslaio, abriu devagarinho a porta da frente e, de caneca em punho, encostado à parede, contornou a esquina.

Teresa estava sentada no chão, debaixo das portadas da janela fechada.

O pianista chamou-a; ela voltou a cabeça, soergueu-se e levou um dedo indicador à boca, implorando-lhe que não fizesse barulho. Stockman aproximou-se. Ela aninhou-se nos seus braços e sussurrou-lhe, enquanto ele cheirava o sangue nos seus lábios: *Leve-me para dentro. Ele não pode ver-me.*

Stockman olhou para a outra margem. Só viu escuridão, a superfície do lago, o barco oscilando no pontão. Levou-a devagarinho para dentro da cabana e fechou a porta. Teresa pediu-lhe que não ligasse a luz; Stockman obedeceu. Sentaram-se no sofá. Ali, com a Lua exibindo-se na janela, podia ver-lhe o lábio inchado, a maçã do rosto escurecida, o vermelho que lhe escorrera pelo queixo e lhe sujara a camisola. *Vou chamar a polícia*, disse-lhe ele. Mas Teresa segurou-lhe os braços e abanou a cabeça numa negação perentória e contínua. Então o pianista levantou-se e pediu-lhe que ficasse ali; que não se atrevesse a sair até ele regressar.

"Vesti-me, fui buscar a lanterna, saí, tranquei a porta de casa e meti-me no barco. Este mesmo que aqui está debaixo dos nossos pés", disse ele. Olhei para a embarcação, imóvel como um diamante incrustado num anel, e imaginei o gelo a prender-lhe a quilha. Tinha um pequeno motor a estibordo, mas parecia demasiado frágil para um homem do tamanho de Stockman. "Em outubro, as águas ainda são navegáveis. E eu tinha de ir. Era preciso que alguém acabasse de vez com aquilo. Lembra-se do que eu lhe disse sobre as obsessões?"

"Quais delas?"

"As más."

"Sim", respondi, aconchegando-me com mais força ao casaco. O frio cortava o lago na diagonal, e uma rajada de vento fez-me tremer dos pés à cabeça. "Disse que nos levavam a fazer coisas que julgamos certas, mas pelas piores razões."

"A Teresa sofria de uma obsessão", continuou ele. "E, se eu o permitisse, ela continuaria a fazer aquilo que julgava certo, que era deixar que aquele homem persistisse num ciclo de agressão permanente. De maneira que me meti no barco e fui até ao outro lado do lago."

Navegou de lanterna em punho, o motor no mínimo. Não

havia corrente e a Lua ajudá-lo-ia a não se desviar muito do lugar na margem onde poderia atracar. Quinze ou vinte minutos depois, chegou ao lodaçal que formava o princípio da encosta. Saiu do barco, enfiando as botas no lago, a água chegando-lhe aos joelhos. Noutra situação ter-se-ia queixado do frio; naquele instante, contudo, nem sentiu a água ensopar-lhe as calças e as meias. Apontou a lanterna para cima: conseguia distinguir o carreiro que levava à cabana que Franquelim e Teresa habitavam. Uma vez vislumbrado o carreiro, desligou a luz e, procurando caminhar em linha reta para evitar roçar nas árvores, subiu o trilho que contornava os salgueiros. Não demorou dois minutos até ver a cabana ou o recorte da cabana na noite; imperava o silêncio. Apercebeu-se de que não tinha um plano. Contava com pouco mais do que a sua altura, o seu peso, a sua autoridade moral e uma lanterna para enfrentar o tio de Teresa.

Não precisou de nenhuma dessas coisas.

Estava alguém sentado na base do alpendre a fumar um cigarro. A brasa ardia na escuridão. Stockman acendeu a lanterna e viu o rosto de Franquelim. Este não lhe devolveu o olhar; continuou a fumar, como se o outro não estivesse ali. Stockman estacou e dirigiu a luz para a porta escancarada da cabana. Depois tornou a incidir o foco no homem, que atirou o cigarro para o chão húmido e, sacando de um maço amarfanhado do bolso da camisa, acendeu outro cigarro.

"Não foi o facto de ele parecer nem me ver", disse-me, de olhos postos no retalho de Sol que se começava a mostrar por entre o nevoeiro. "Foi o facto de ele se encontrar em mangas de camisa, numa madrugada de outubro, que me deixou aterrorizado. Havia ali outra coisa. Não se tratava apenas da Teresa. A porta aberta da cabana e a maneira como ele se sentara, de costas para a porta. A indiferença ou o desapego. O modo como nem se mexeu quando passei por ele sem lhe dizer uma palavra."

"E depois?"

"Depois entrei na cabana."

"E o que é que encontrou?"

Stockman respirou fundo e, pela terceira vez nessa manhã, faltou à sua rotina e acendeu um cigarro.

Franquelim não o seguiu quando entrou na casa. Stockman procurou o interruptor na parede e ligou as luzes. No andar inferior não havia muito para ver: uma cozinha por arrumar, uma sala onde a cabeça de um veado empalhada decorava uma lareira, um sofá de estofos rotos, uma estante onde repousava uma dúzia de livros. O espaço era amplo, mas estava quase vazio. Uma porta conduzia a um quarto de dormir, onde Stockman sentiu a presença de Teresa: o seu cheiro. Depois reparou nas escadas que ficavam voltadas para a parte posterior da casa. Subiu-as.

Lá em cima, o teto era esconso e teve de se baixar para não embater nas traves que sustentavam o telhado. Procurou um interruptor de luz, mas não encontrou. O que encontrou foi a mulher nua, deitada numa cama, de costas. Havia manchas escuras nos lençóis; havia o cheiro distinto de suor e de sexo no ar — não o aroma que dois corpos libertam durante um ato de amor, mas o cheiro nauseabundo que, imaginou Stockman, perdura depois de uma violação. O instinto pediu-lhe que voltasse para trás e apontasse a lanterna às escadas: viu os degraus de madeira rachados; viu, parcialmente, a bancada da cozinha. Mas não viu Franquelim. Tornou a aproximar-se da cama. Pousou a lanterna em cima dos lençóis, a luz voltada na direção das escadas, e tomou o pulso da mulher. Estava morta. Sem um sopro de respiração. Ao afastar-lhe o cabelo do rosto percebeu que também ela fora agredida; um montículo de sangue coagulado na têmpora esquerda indicava o lugar do golpe. Era impossível dizer, naquela penumbra, se esse golpe era a origem de tudo o que manchava os lençóis, mas não teve coragem de perscrutar com maior minúcia. Abraçou-lhe o tronco para a voltar e, quando o fez, reparou imediatamente nas costelas salientes e na ausência de seios. Embora o cabelo comprido e muito fino lhe tapasse o rosto, era evidente que a pessoa que ali estava não era uma mulher, mas uma rapariga muito jovem. Stockman levou a mão à boca mas não fez nenhum som; ao erguer-se, bateu com a cabeça numa trave. O retumbar surdo ecoou pelo quarto, mas o nervo que traria a dor permaneceu dormente.

Quando desceu, Franquelim ainda estava sentado no alpendre. Por alguma razão, o pianista não o temia. Ali estava um homem que tinha chegado ao fim, pensou; ali estava um homem que deixara de o ser, pois cruzara a fronteira que nos divide das bestas. Stockman levou a mão ao bolso mas percebeu que deixara o telefone na sua cabana. Não receou, no entanto, que Franquelim se pusesse em fuga. A manhã começava a despontar nas arestas do horizonte quando passou por ele na direção contrária de onde viera. Passou por ele sem sequer o roçar, sem olhar uma vez para trás enquanto descia a vereda na direção do barco. Ao chegar à outra margem, encontrou Teresa a dormitar no sofá, aninhada como um gato. Pegou no telefone e ligou para a polícia, com a certeza de que, quando as autoridades chegassem à cabana, encontrariam o animal no mesmo lugar onde o deixara.

Fiquei em silêncio por um longo momento, esquecido do frio e do desconforto da madeira do pontão, cuja humidade me penetrava as calças de ganga. Fui percorrido por uma sensação de náusea, trazida abruptamente pela ideia absurda que se formara na minha cabeça: ao replicar na minha cabeça a descrição de Stockman — ilustrando, como sempre fazemos, as palavras dos outros —, a única pessoa que me ocorria no lugar da rapariga morta era Débora. Tentei sacudir aquela imagem, mas a verdade era que ela regressava como se eu fosse incapaz de decidir e somente de aceitar. Durante esse minuto fui invadido por um repúdio de mim próprio que nunca antes sentira; pela consciência da obscenidade da minha transgressão, que, embora em pouco se comparasse à transgressão de Franquelim — e à história das sucessivas transgressões que, conforme aprendera durante os últimos dois meses, constituíram a vida de Franquelim —, era, não obstante, a minha história, a minha vergonha. Fechei os olhos durante um momento. Deixara de sentir os dedos das mãos. Ao meu lado, Stockman respirava compassadamente. Tentei lembrar-me do rosto de Saldaña Paris e descobri que não conseguia, embora o tivesse visto uma semana antes. Era como se, naquela viagem à procura de tudo, uma corrente de nada houvesse varrido a minha memória.

Interrompi o silêncio e perguntei ao meu companheiro de pontão o que se passara depois. Ele explicou que a Sûreté du Québec encontrou a cena do crime como ele a deixara, e que Franquelim fora imediatamente preso: tal como previra, o português não ofereceu qualquer resistência. Seguiram-se horas estranhas, aquelas horas em que, insones, Stockman e Teresa falaram com os agentes da polícia. Ele explicou a razão pela qual regressara a casa antes de denunciar o crime (o telefone esquecido), e Teresa, embora quase não conseguisse falar e o seu francês fosse pobre, foi forçada a contar todas as coisas que, até então, quisera ocultar porque estava refém de uma obsessão que durara uma vida inteira.

"Foi penoso ouvi-la", disse-me Stockman. "Por mais que tentasse, era incapaz de culpar o tio pelo que lhe tinha feito e pelo que acabara de fazer. Aparentemente, a Teresa estava a dormir quando ouviu os gritos. Saiu do quarto, subiu as escadas e encontrou o Franquelim a discutir com a rapariga. Foi este o verbo que ela usou: *discuter*. Não disse que ele a violava, nem que lhe batia, que era o que estava a acontecer. Mas admitiu que, ao descobri-la, o tio a agrediu." Fez uma pausa. Olhou para mim e vi-lhe a tristeza na expressão. "Não me lembro do nome dela, sabes? Da rapariga morta. Sei que era de uma localidade próxima, talvez Sainte-Agathe-des-Monts. Durante o outono e o inverno trabalhava em Mont-Tremblant para ajudar os pais. Julgo que era de uma família pobre, mas não tenho a certeza. O irmão mais velho apareceu na esquadra no dia em que eu fui prestar o depoimento oficial. Era um tipo muito alto, desconjuntado, pesadíssimo, em tudo diferente da irmã, e, enquanto eu falava com a polícia, ficou sentado na sala de espera, aguardando que eu saísse. Veio atrás de mim até ao parque de estacionamento a fazer perguntas e a prometer que iria matar o homem que fizera aquilo, e depois começou a chorar. Sentou-se no chão, a soluçar, como se fosse um garoto a quem os pais negaram uma prenda."

"E a Teresa?"

"Ela sabia muito pouco sobre a rapariga. Ignorava como o Franquelim a teria conhecido, mas contou que, uma vez, os encontrou juntos na margem do lago. A Teresa regressara a casa mais cedo nessa tarde porque eu lhe pedira que se fosse embora. Quando a ouvi contar esta história à polícia, lembrei-me por quê: era o aniversário da morte de Catherine. Eu despertara melancólico e, quando vi a Teresa chegar, foi como se a visse a ela, à minha mulher falecida. Sentei-me de frente para a janela a ler um livro, procurando ignorá-la, mas tudo o que a Teresa fazia, todos os gestos, todos os pequenos sons, me trazia a recordação dolorosa da pessoa que eu amei. Inventei uma desculpa qualquer. Que estava com dores de cabeça, que não me sentia bem, e pedi-lhe que me deixasse sozinho. E, assim, ela foi para casa mais cedo, muito mais cedo do que o costume. Nesse princípio de tarde, ao descer com vagar o caminho de terra que a conduzia da estrada principal até à cabana, avistou outro carro estacionado à porta. Um Volvo pequeno e em más condições. Ficou surpreendida, porque nunca tinham tido visitas. Saiu do veículo, desconfiada, e fez o resto do caminho a pé. Encontrou a cabana vazia. Depois meteu-se pelo carreiro que levava ao lago. Foi então que os viu. Por entre as árvores, avistou, perto da margem, o Franquelim e a rapariga."

"O que é que estavam a fazer?"

"A descrição que ela fez às autoridades, naquela madrugada, foi pueril, quase cândida. Limitou-se a dizer que estavam a conversar, sentados na erva, e que foi a única vez que os viu juntos."

"E não acredita nisso."

Ele encolheu os ombros.

"Parece-me que ela deve ter visto muito mais, ou não teria desaparecido durante uma noite inteira. Foi nessa mesma noite que o Franquelim me veio bater à porta à procura dela." Stockman fez uma pausa e fitou-me. "Mas nunca iremos saber, certo?"

"Certo", concordei.

"Porra. De repente, preciso de uma bebida." Baixou a cabeça; o cabelo cinzento caiu-lhe sobre o rosto. "O que é que quer saber mais?"

Restava pouco para contar. O tio de Teresa confessou o crime e foi preso. A sentença do tribunal foi clara: Franquelim de Sousa permaneceria na cadeia durante vinte e cinco anos, acusado de homicídio em primeiro grau. Usara uma pedra para golpear a rapariga; ela desmaiara e, depois, sangrara até à morte. Stockman não me disse se Franquelim a violou antes ou depois do golpe; foi uma pergunta que me escusei a fazer-lhe.

Teresa ficou a viver sozinha na cabana e continuou a trabalhar na casa de Stockman durante mais alguns meses. Nessa altura ela sofreu uma metamorfose, uma estranha mutação. Embora tivesse ficado sem família e se encontrasse completamente sozinha no mundo, Teresa pareceu-lhe quase feliz. Surgia de manhã, sorridente, e partia ao final do dia com a mesma disposição. Entre eles estabelecera-se um pacto de silêncio, e tudo o que dizia respeito ao que acontecera tinha sido enterrado debaixo da areia do cotidiano, por trás de um muro de betão que os separava do horror. Passaram o Natal juntos e, no último dia de 2008, Teresa foi vê-lo tocar no Whisky Place e celebraram a chegada de um novo ano. Foi a primeira vez que Stockman tocou a composição que lhe dedicara.

Depois, algures em fevereiro, Teresa anunciou que se ia embora.

"Um dia disse-me que tinha de voltar. Que o tempo dela ali tinha chegado ao fim. Lembro-me perfeitamente da ocasião: eu estava cá fora a serrar lenha. Ela aproximou-se, sorriu e anunciou a novidade. Abraçámo-nos com força e eu desejei-lhe muita sorte. Se alguém merecia ter sorte, era ela. Digna de toda a sorte do mundo. No final desse mês, no último dia, dei-lhe um envelope com dinheiro. Ela recusou, mas eu insisti. O dinheiro não me faz falta nenhuma, disse-lhe. A ti, sim."

"Foi a última vez que se viram?"

"Foi."

"Posso fazer-lhe mais uma pergunta?"

"Estou gelado", disse Stockman.

"Eu também."

"Mas pergunte."

"Sabe o que aconteceu ao Franquelim?"

"Já lhe disse. Foi preso. Como deve calcular, pouco me importa se está vivo ou morto. Morto seria melhor. Se quiser, dou-lhe o número de telefone do polícia que tomou conta do caso. Acho que o tenho ali algures."

"Obrigado."

"E agora, posso fazer-lhe eu uma pergunta?"

"Claro."

"O que é que pensa fazer com tudo isso?"

Olhei para a luz que abria caminho pelo meio das nuvens, iluminando a brancura suja do lago.

"Espero conseguir reparar uma coisa que está irremediavelmente estragada."

Stockman riu-se.

"Acredita em Deus?"

"Não. Nem no Diabo."

"Pois talvez esteja na hora de começar a rever as suas crenças."

Fomos ao interior da cabana, onde o fogo da lareira se extinguira, deixando atrás de si o cheiro da lenha queimada. Stockman desapareceu por uns minutos e depois regressou com um papel amarfanhado onde estava escrito o número de telefone de um homem chamado Grenier. A seguir despedimo-nos com um aperto de mão, e, da mesma maneira como a abriu, o pianista fechou a porta e eu fiquei sozinho no alpendre.

Regressei ao pontão e pus-me a olhar para o barco. Refém de uma imensa tristeza, lembrei-me da história de Beckett que o namorado adolescente de Teresa lhe lia nas tardes de inverno. Perguntei-me quantas vezes teria ela pensado em meter-se naquele barco e, se o tempo o permitisse, remar até ao centro, fazer um buraco na madeira gasta da embarcação e deixar-se afundar até a água lhe encher os pulmões. Olhei para a paisagem que me rodeava e senti que, finalmente, entendia o que era a solidão, que finalmente compreendia a melancolia de Saldaña Paris. O céu, as montanhas e o lago foram esmagados numa poderosa sístole e depois disparados para os confins do universo. O mundo tinha a consistência de água e, por mais perfeita que fosse a concha que formássemos com as mãos, essa água era impossível de reter.

* * *

4 DE JANEIRO DE 2011

A rapariga chamava-se Annabelle K. e, alguns dias antes da sua morte, tinha acabado de fazer dezassete anos. Foi o inspetor Grenier, da Sûreté, quem mo disse, numa conversa telefónica que durou alguns minutos. Passei o dia seguinte à conversa que tivera com Stockman a tentar ligar ao inspetor a partir do telefone que havia na receção da hospedagem, enquanto a senhoria me lançava olhares de suspeita por trás dos óculos pousados na ponta do nariz. Só consegui que atendesse ao final da tarde. Expliquei-lhe quem era, ao que vinha e o que procurava, mas o senhor Grenier — como qualquer agente da autoridade — manteve-se reservado até eu mencionar o nome de Luís Stockman. Nessa altura, pediu-me o número do lugar onde eu estava hospedado e prometeu que me devolveria a chamada. Fui para o quarto e fiquei uma hora a olhar para o teto e a pensar em como tudo se repetia: em como a senhoria de Saldaña Paris em Pontevedra tinha a sua sósia em Mont-Tremblant; em como Faustino e Franquelim eram, na verdade, uma dupla de homicidas — o primeiro tinha matado um homem, o segundo, uma mulher; em como Teresa substituíra o amor maternal por um amor doentio, repetindo a história tantas vezes contada de Electra, que conspira contra a sua mãe por esta ter assassinado o seu pai; em como eu cumpria o papel do meu amigo ausente e carregava e sofria aquilo que lhe estava destinado.

Depois, o senhor Grenier ligou. A senhoria chamou-me e desci apressado para a receção. Disse-me, ao telefone, que confirmara a história com Stockman e perguntou-me o que queria. Quis saber o nome da rapariga que o pianista esquecera; por alguma razão, pareceu-me importante. E depois perguntei-lhe onde é que Franquelim de Sousa estava preso e ele respondeu que o português passara um ano no centro de detenções de Montreal antes de o advogado ter conseguido um acordo de extradição para Portugal, onde cumpriria o resto da pena. Foi assim que soube que o homem estava preso em Lisboa.

Parti no dia seguinte. Na noite anterior, reservei um voo, fiz as malas e, depois de dezassete horas de viagem com duas escalas longuíssimas, abandonei os territórios gelados do Quebec e aterrei numa cidade e num país que me eram quase tão familiares como a minha cidade e o meu país. A primeira coisa que fiz, ainda no aeroporto, foi ligar para o Hospital Provincial de Pontevedra. Uma enfermeira de serviço disse-me que a situação de Saldaña Paris permanecia idêntica, embora tivesse comido melhor nos últimos dias e existisse alguma atividade motora. Perguntei-lhe o que queria aquilo dizer e ela respondeu que, havia poucos dias, o encontrara com um postal nas mãos. Sorri, imaginando o azul do mar de Hopper e o azul dos olhos de Miguel, e desliguei enquanto atravessava a porta de saída dos passageiros.

Havia algum tempo que não ia a Lisboa, mas estava tão exausto que fui diretamente para um hotel que conhecia de outras estadias e que ficava no centro, próximo do parque Eduardo VII. Incapaz de permanecer acordado, deitei-me sem jantar e acordei às cinco da manhã do dia seguinte, perguntando-me como é que as pessoas que viajam o tempo todo entre continentes fazem para manter a consistência da realidade, para esta não se desfragmentar por completo. Eram os últimos dias de dezembro e o dia demoraria horas a nascer. Fiquei deitado na cama durante algum tempo, escutando o silêncio da cidade na madrugada, repisando a história sinistra que ouvira no Canadá e perguntando-me como era possível que, no manuscrito de Brión, Franquelim aparecesse retratado como uma pessoa que em nada correspondia ao monstro de que Stockman me falara. Perguntava-me, portanto, se era possível que um ser humano mudasse dessa maneira e se a pessoa que eu fora aos trinta anos se reconheceria na pessoa que eu viria a ser aos sessenta; e que espécie de arrependimento ou de consolo poderia existir nisso. Eu sabia bem o que me levara tão distante e tão próximo de casa. Conhecera o acaso e a encruzilhada: a noite em que matámos o javali, a noite em que me escondi de Saldaña Paris. Conhecia o arrependimento. Desconhecia, contudo, se era possível encontrar a contrapartida da consolação.

Quando amanheceu, liguei para o estabelecimento prisional de Lisboa e informei-me sobre o horário das visitas. Nunca tinha estado numa prisão e fiz algumas perguntas absurdas ao funcionário que me atendeu o telefone — se era preciso marcar uma hora com um preso em particular, que objetos poderia levar, se haveria separação entre os reclusos e o visitante.

"Mas não conhece a pessoa que vem visitar?", perguntou-me.

"Claro que conheço", menti.

"É advogado?"

"Não."

"Qual é a relação que tem com ele?"

"Somos primos. Venho visitá-lo da Galiza."

O homem não respondeu.

"Então basta aparecer?"

"Claro. No dia 2 já deve poder visitá-lo."

"No dia 2?"

"De janeiro."

Fiquei estupefacto e, estupidamente, perguntei:

"Do ano que vem?"

"Falta muito pouco para o ano que vem. Estamos a dia 30, e há muitos guardas de férias. Além disso, mete-se o fim de semana. Por isso pode vir na segunda-feira."

"Dia 2."

"Dia 3", corrigiu. "Enganei-me."

O homem desculpou-se um par de vezes e desligou. Olhei

para as paredes do quarto do hotel de três estrelas — a parede junto da cama estava manchada, o abajur desconjuntado; na parede oposta havia um quadro horroroso de um cavalo — e pensei que aquele iria ser o final de ano mais longo de toda a minha vida.

Acabou por acontecer uma coisa curiosa. Nessa mesma tarde, estremunhado e combalido da viagem, fui dar um passeio para acalmar a ansiedade. Entrei e saí das pastelarias na Baixa, comi dois croissants, bebi demasiado café e, depois, entrei numa livraria. Estava em saldos depois do Natal, e os livros empilhavam-se confusamente nas estantes e nos escaparates. Passeava-me por ali quando reparei num título: *A mentira que arde no chão*. Era o livro que eu lera no avião a caminho do Canadá. Peguei-lhe por curiosidade: pareceu-me mais pesado do que o exemplar que eu transportava comigo, mas era exatamente igual. Folheei-o como se não o conhecesse; recordei a história do feudo entre os dois romancistas, da ideia roubada, o jogo metaliterário que me desagradara. Existiam muitos exemplares por ali, o que significava que o livro não teria vendido como era esperado na época do Natal. Tornei a pousá-lo na pilha desconjuntada e sorri para a rapariga que estava atrás do balcão; ela devolveu-me um olhar vazio.

De regresso ao hotel, procurei o contacto da editora dos livros de Jaime Toledo e liguei. Atendeu-me uma rececionista; informou-me que estava quase toda a gente de férias, mas talvez conseguisse pôr-me em contacto com uma assistente editorial. Ao final de algum tempo, uma rapariga atendeu o telefone. Disse-lhe que era um admirador da obra e que gostaria de entrar em contacto com o escritor. Ela respondeu que não me podia dar o número de telefone, mas que me daria o e-mail. Escrevi a Jaime

Toledo nesse mesmo dia a partir de um computador na receção do hotel, depois meti-me na cama e adormeci às oito da noite. Acordei de um sono inquieto às cinco e meia da madrugada e desci, sem tomar banho, para verificar se me tinha respondido. Não esperava que o tivesse feito; o facto é que o fizera. Como, no e-mail, eu lhe dizia que gostaria de me encontrar com ele — que conhecia alguém que o conhecera nos tempos do liceu, que lera um dos seus livros e que viajara sozinho para Lisboa —, também lhe dizia que entendia perfeitamente se não pudesse, uma vez que estávamos na época festiva e era normal que, entre a família e os amigos, o homem estivesse ocupado. Por isso, foi uma dupla surpresa quando, no e-mail, me dizia que não se importaria nada de jantar nessa mesma noite, a noite de Ano-Novo. Com alguém que nunca conhecera, pensei, perguntando-me que espécie de criatura seria aquela.

Encontrámo-nos no final desse dia numa cervejaria da Almirante Reis. Ele sugeriu o lugar, e, quando cheguei, encontrei um restaurante grande e vazio, com empregados solícitos e um dono que, de tempos a tempos, surgia atrás do balcão para se servir de cerveja, que bebia em goles rápidos de um copo muito pequeno. Sentei-me e fui atendido por três empregados, que disputaram a honra de me servir uma garrafa de vinho. Esperei. Às sete e quinze, o escritor ainda não tinha aparecido. Às sete e vinte, entraram os primeiros clientes: um casal com duas crianças e uma senhora de idade, que foram recebidos por todos os empregados da casa. Por um instante pensei que tinha sido enganado; que escrevera a um sósia de Jaime Toledo e que, tal como no seu livro, aquele encontro era um engodo. Mas o homem acabou por aparecer. Entrou meio perdido, como quem entra num labirinto, vasculhou a sala e, quando me viu acenar, caminhou na minha direção. Correspondia à descrição do manuscrito de Brión: era alto, desengonçado, e, embora o cabelo tivesse ficado grisalho com o tempo, consegui imaginar-lhe a cabeleira desorganizada da adolescência. Usava óculos e uma barba espessa e mal aparada; vestia camisa e casaco, mas ambos tinham o aspeto puído da roupa demasiado usada ou há muito esquecida num armário e roída pela traça, como se a tivesse resgatado para aquele jantar tão especial com um desconhecido. Cumprimentou-me, sentou-se à minha frente e fez um esforço por sorrir.

"Detesto este dia do ano", disse ele.

"Também não é o meu preferido", respondi.

Observei-lhe as mãos compridas e nervosas. Estava ligeiramente suado. Tirou o casaco: tinha os ombros curtos e a cabeça grande, o que lhe emprestava um ar quase cómico.

"A obrigação do divertimento é a coisa menos divertida que há", insistiu. Olhou de esguelha para a família que entrara pouco antes: as duas crianças pediam insistentemente alguma coisa aos pais que eu não conseguia compreender. "Como é que me reconheceu?", perguntou.

"Da contracapa do livro."

"Qual deles?"

"O último."

"Acho sempre que pareço muito diferente na vida."

"E parece."

"Tratamo-nos por tu?"

"Claro."

Servi-o de vinho e comecei a falar. Depois das minudências e da conversa de circunstância, pedi-lhe desculpa por não ter sido mais claro no e-mail e comecei a explicar-lhe em pormenor a razão pela qual me encontrava em Lisboa e a história dos últimos meses. Devo ter falado durante imenso tempo — e ele ouviu-me quase sempre em silêncio, concordando de vez em quando com acenos de cabeça e interjeições —, porque, sem que eu desse por isso, o restaurante foi-se enchendo, tornou-se barulhento, os empregados começaram a voar de um lado para o outro e, de repente, tínhamos uma terrina de caldeirada de peixe e dois pratos à nossa frente. Nenhum de nós tinha fome (não me recordo de quem pediu), por isso servimo-nos mas acabámos por nem tocar na comida. O lugar tornou-se tão caótico que eu gritava para me fazer ouvir e ele inclinara-se sobre a mesa para me escutar. A certa altura disse-me:

"Há um bar mesmo aqui ao lado. A esta hora deve estar vazio."

"Vamos", respondi.

Paguei a conta e atravessámos a estrada. Recém-chegado do Canadá, o frio de Lisboa parecia-me o final de um outono ameno e fiz o pequeno trajeto em mangas de camisa. Ele parecia muito absorto, como se estivesse a congeminar uma resposta para todas as coisas que eu lhe contara. Entrámos por uma porta larga, subimos dois lances de escadas e sentámo-nos numa mesa de um bar muito mais silencioso do que o restaurante.

"Sei que o que te contei pode parecer uma coisa de malucos, mas julgo que não contei nenhuma mentira", disse-lhe.

"Há sempre a hipótese de toda a gente te ter mentido."

"E de eu julgar que te digo a verdade."

"Exato. O que não tem assim tanta importância como isso, ou tem? Porque, no fundo, és como a personagem de um romance."

Franzi o sobrolho.

"De um romance?"

Pela primeira vez, ele exibiu um sorriso aberto.

"Não estou a dizer que sejas ficção e que eu esteja a imaginar-te. Estou a dizer que tudo o que me contaste — que tiraste uma licença do trabalho, que viajaste para Londres e para o Canadá e agora para Lisboa — me parece mais as ações de uma personagem de um livro do que uma coisa que alguém fizesse na vida real."

"É a segunda vez que usas essa expressão. Vida real."

Jaime ficou pensativo durante um momento.

"Se a uso é porque essa diferença existe. Mas, às vezes, essa diferença esbate-se. Quando isso acontece, dizemos que as coisas parecem um filme, certo? Bom, antes de existirem os filmes, calculo que as pessoas dissessem que certos acontecimentos foram tão extraordinários que pareciam um livro."

"Na Mesopotâmia Antiga, por exemplo."

"Ou nos tempos de Cristo", replicou ele. "Jesus curou um cego e transformou a água em vinho. Devias ter visto: parecia um livro."

Ri-me e chamei o empregado. Pedimos dois gins-tónicos.

"Queria perguntar-te sobre a Teresa. O que te lembras dela."

Ele suspirou e pôs-se a tamborilar com os dedos compridos no tampo da mesa.

"Muito do que me disseste parece-me correto. Foi a minha primeira paixão, é verdade. Foi a primeira mulher com quem tive sexo. Não me recordo de irmos tantas vezes ao cinema nem de vermos *O último ano em Marienbad*, mas há muitas coisas que fui esquecendo. Sou um tipo de fraca memória, o que é terrível para um escritor." As bebidas chegaram. De repente, dei conta de que tinha fome, e arrependi-me da caldeirada intocada. "Lembro-me de que me partiu o coração. Não o partiu de uma só vez. Foi-o partindo aos bocadinhos, uma espécie de tortura mais refinada. Nesses tempos era fácil partir-me o coração. Andava sempre com ele meio escavacado. Sabes qual é a memória que tenho mais presente?"

"Qual?"

"A do pátio do liceu vazio depois de ela se ir embora. Depois de me ter pedido que fugíssemos juntos. Lembro-me de que fiquei ali sentado, a fumar cigarro atrás de cigarro, a pensar que nada nem ninguém me esperavam em parte alguma. Nem ali nem em casa nem nas ruas da cidade. Em parte alguma. Pouco tempo depois, o ano escolar terminou e eu passei o verão sozinho. Andava pelas ruas a chutar pedrinhas e a tentar esquecer-me do vazio que ela tinha deixado em mim, à espera de que o mundo acabasse, quando o dela tinha acabado de começar." Bebeu um gole de gim. De repente, tornara-se sorumbático; a voz falhava-lhe. "Ter morrido tão nova é uma notícia triste, mas não é de todo inesperada, sabes? A Teresa tinha demasiada ganância de viver para poder durar muito tempo. Era como um apostador descontrolado num casino."

"E tu não?"

"Ela entrou na vida adulta por vontade própria. Desejava-o mais do que tudo. Nem sempre foi assim. Quando nos conhecemos, a Teresa era diferente da rapariga de quem me despedi naquele dia. Eu pressentia que, em redor dela, se ia formando um ciclone. Mas ela permanecia numa quietude expetante. Ela era aquele extraordinário silêncio no centro dos ciclones, sabes? E, depois, ela mudou, e eu cresci porque ela mudou, porque fui forçado a isso. Julgo que eu já sabia, nessa altura, que a tal vida adulta ia ser uma desilusão. E não me enganava. Tenho quarenta e dois anos e vivo sozinho. Não tenho filhos. Tive uma carreira promissora que, a pouco e pouco, se foi desvanecendo." Encolheu os ombros. "O pior de tudo é que estou acomodado. Já nem sequer fumo. Ando sempre com um maço de cigarros para a eventualidade de querer fumar um, e esqueço-me deles por toda a parte." Tirou um maço de cigarros do bolso do casaco e colocou-o em cima da mesa. "Assim. Já viste que coisa mais ridícula?"

"No manuscrito, a Teresa diz que foste o único amor verdadeiro da vida dela."

"Ela usa essa palavra? *Amor?*" Assenti com um aceno de cabeça. Atrás de mim, a sala ia-se enchendo, a expetativa do novo ano acumulava-se no ar. "Curioso. Talvez, depois de mim, ela se tenha deparado com aquilo com que todos nos deparamos ao crescer. A constatação de que, ao ficarmos mais velhos, cada vez menos do que nos acontece é por acaso. Planeamos cada passo e tornamo-nos meticulosos, até com as emoções."

"Eu deparei-me com o acaso muitas vezes nos últimos tempos", expliquei. "Se não fosse o acaso, não estaria aqui a falar contigo."

Ele deu um gole na bebida e prosseguiu.

"Seja como for. Há coisas no teu relato que não são verdadeiras. Eu nunca tive um irmão, mas sim uma irmã. Creio que elas nunca se encontraram, porque a minha irmã era mais velha, fazia outra vida. Mas não deixa de ser caricato que a memória da Teresa lhe tenha falhado em relação a isso. Também acho que ela exagerou no que me diz respeito. Não creio que tenha tido assim tanta importância. Até porque a Teresa sempre me pareceu promíscua."

"Promíscua?"

"Sim. Tinha um lado libertino, desregrado. Agora que me contaste a história da família, percebo de onde é que ela vinha, o que é que lhe corria no sangue. A descrição que me fizeste do tio corresponde à maneira como eu sempre a vi — como alguém que existe de passagem, que não vai ficar muito tempo e, contudo, alguém por quem não conseguimos deixar de nos sentir irremediavelmente atraídos." Jaime fez uma pausa, chamou o empregado e pediu mais duas bebidas. Depois tirou os óculos e esfregou os olhos carregados de olheiras. Disse-me: "Sabes que mais? Não pensava na Teresa havia tanto tempo. É tão bizarro estar aqui a falar de alguém que vi pela última vez há quase trinta anos."

"Houve algumas coisas que eu não te contei."

"Quais?"

"Sobre o Franquelim."

"Podes contá-las agora."

"Não são coisas agradáveis."

"Presumo que sejam bastante desagradáveis", ironizou ele.

"Por quê?"

"É o que se espera dos libertinos e dos promíscuos."

"Tenho razões para suspeitar de que existiu uma relação incestuosa entre ela e o tio."

O empregado chegou com as bebidas e pousou-as em cima da mesa. Enquanto recolhia as outras, e perante o nosso silêncio, perguntou:

"Está tudo bem com as bebidas?"

"Estão ótimas", respondeu Jaime, sem tirar os olhos da mesa.

O empregado afastou-se. Lá fora, num terraço iluminado por velas, a lua incidia sobre duas árvores que se namoravam.

"Bom", continuou ele. "É pior do que eu pensava."

"Também sei que ele está preso em Lisboa."

"Por quê?"

"Porque violou e matou uma rapariga no Quebec."

Jaime levou as mãos ao rosto e esfregou-o. Tornou a pousar os óculos sobre a cana do nariz.

"Foste ao Canadá à procura dele?"

"Sim. E fui porque era a única maneira de continuar a escavar. Talvez eu tenha ficado viciado, talvez não fosse capaz de parar. Bem me avisaram que certas coisas deveriam permanecer enterradas. Aparentemente, tinham razão."

"A responsabilidade não é tua, sabes?"

"De quê?"

"De o teu amigo ter feito o que fez. De ter tentado matar-se."

"Tentou mutilar-se."

"Tanto faz. Ele pediu-te que lesses o texto, ou não?"

"Sim."

"Então, se o fez, era porque desejava que tu lhe amenizasses o sofrimento. Porque tinha a esperança de que, ao entregar-to, tu lho devolvesses com as fabricações e as panaceias com que sempre tratamos as dores dos outros. E, ainda assim, ele tentou cortar um braço." Fez uma pausa e remexeu no maço de cigarros por abrir. "Agora imagina o que ele teria feito se tivesse lido o manuscrito sozinho." Ficámos em silêncio durante um momento; o volume das vozes no bar preencheu-o. "Não sei o que dizer", rematou ele. "Entendo a culpa que sentes, mas acho que a carregas desnecessariamente."

"Desculpa-me", disse eu. "É uma história terrível para se contar numa noite como esta." De súbito, fiquei consciente de que deitava por terra qualquer possibilidade de passarmos uma noite agradável. "Podemos falar de outra coisa qualquer."

Ele inclinou-se para a frente. Tinha uma centelha nos olhos; a bebida começava a pesar em nós.

"Já te disse que me estou nas tintas para o Ano-Novo."

"Havia outra coisa mentirosa no manuscrito", propus, tentando aliviar a conversa.

"O quê?"

"Dizia repetidamente que tu gaguejavas."

Ele sorriu.

"É verdade. Eu gaguejava muito quando era adolescente. Fui aprendendo a lidar com isso e, com os anos, o problema atenuou-se. Deixei de gaguejar recentemente, aos quarenta anos. Imagina. Como uma constipação que dura demasiado tempo."

Também sorri. Junto ao balcão, um grupo de gente nova e sorridente bebia e conversava. Pensei na minha filha e tive uma vontade irreprimível de saber o que estaria ela a fazer nesse momento. Levantei-me de súbito, incapaz de controlar o impulso.

"Vou só fazer um telefonema e já volto", disse-lhe. Olhei para o relógio: faltavam vinte minutos para as doze badaladas. Abri caminho com dificuldade por entre os convivas, passando pelos rostos ébrios e felizes de quem celebrava a vida em vez de se preocupar com a morte. Duas raparigas bonitas e um rapaz muito alto olharam-me quando passei: dei conta de que devia parecer demasiado velho ou demasiado preocupado e procurei sorrir-lhes; uma das raparigas devolveu-me um esgar de falsa simpatia.

Lá fora, a noite esfriara. Havia buzinas e luzes e pessoas. Na avenida, os carros passavam a grande velocidade. Pus-me a andar de um lado para o outro com o telefone encostado ao ouvido e marquei o número de Andrea. Da segunda vez, ela atendeu.

"Já te posso desejar um bom Ano-Novo ou ainda estás no Canadá?"

A voz dela surgiu doce, nenhum ruído por trás.

"Não entendo", respondi. "Estou em Lisboa. Estou perto de casa. Ainda faltam quinze minutos para a meia-noite."

"Em Espanha é mais uma hora."

Bati com a palma da mão na testa.

"Claro que é. Bom Ano-Novo."

"Aqui já se celebra."

Olhei para o céu, onde a claridade de uma noite invulgarmente limpa revelava cada estrela. Perguntei-lhe se estava numa festa qualquer, mas respondeu que estava em casa da mãe. Carlos e o namorado de Paula também lá estavam.

"Nada de especial", rematou ela. "Dois casais de velhos a jantar."

"Imaginava-te num bar ou num restaurante. Ou, pelo menos, rodeada de amigos."

"Está-se bem por aqui", retorquiu. "Faz um frio danado lá fora. Além disso, tu-sabes-quem mandou vir um banquete."

"Onde é que estás?"

"Estou encostada à porta da cozinha." Imaginei Paula, o namorado e Carlos sentados à mesa, a beberem vinho e a conversarem sobre automóveis. "E tu?"

"Estou no meio da rua, não sei bem onde, a ser arrastado por um grupo de desconhecidos para uma festa."

"Ah", ripostou ela. "Parece que os papéis se inverteram. Agora és tu o boémio." Falámos mais alguns minutos: ela contou-me que lera os folhetos das escolas de Arte em Cambridge e Berlim, mas que escolhera a Faculdade de Belas Artes da Universidade de Vigo. "Matriculei-me para o próximo ano", disse-me. "Devo começar as aulas no outono."

Surpreendido, caí em silêncio. Depois perguntei:

"Preferes ficar por aí?"

"Por enquanto", disse ela.

Levei um encontrão de um homem que me pediu desculpa. Sem dar conta, recomeçara a andar e afastara-me uma centena de metros da porta de entrada. Dei meia-volta e fiz o caminho de regresso enquanto me despedia de Andrea, a rua atravessada por gente que andava, apressada, a caminho de outros lugares.

"Manda um beijo à tua mãe", pedi-lhe, antes de desligar. "Não te esqueças."

Subi as escadas de regresso ao bar. Lutei para atravessar a multidão e, quando cheguei à nossa mesa, encontrei um casal. Fiquei a olhá-los durante uns segundos sem conseguir dizer nada.

"Isto é seu?", perguntou o homem, sorridente, passando-me um maço de cigarros.

"Obrigado", respondi.

Olhei para o maço: na parte lateral, Jaime Toledo escrevera o número de telefone numa letra diminuta. Guardei-o no bolso. Ia sair do bar quando todos começaram aos gritos. À minha volta, amigos abraçavam-se e amantes beijavam-se; lá fora, o fogo-de-artifício rasgava o céu. O Ano-Novo tinha finalmente chegado e eu estava sozinho no meio de gente feliz para quem o futuro não era um lugar embargado pelo grito de velhos terrores.

* * *

No dia 3 de janeiro, levantei-me cedíssimo, como se alguém, aos pés da cama, me tivesse puxado o lençol. Passara os últimos dois dias no hotel, saindo apenas para ir comprar comida que trazia para o quarto e comia de frente para a janela, contemplando um saguão de onde podia ver as janelas dos outros quartos. Havia um peso em todos os meus movimentos que nunca antes experimentara, como se os meus braços e as minhas pernas tivessem aumentado de tamanho ou tudo estivesse em câmara lenta. Deitado na cama, procurei não pensar. Calculei que, quanto mais pensasse, mais difícil seria enfrentar a tarefa de que me incumbira e ajustar contas com o passado. Após duas noites de muito pouco sono, que passei a olhar para o ecrã de televisão — onde vi notícias, jogos de futebol antigos e filmes de fraca qualidade —, consegui dormir cinco horas de seguida e acordei nessa manhã relativamente tranquilo.

Essa tranquilidade cedo se dissipou. O taxista deixou-me, perto das duas da tarde, à porta do estabelecimento prisional de Lisboa, e paguei-lhe com as mãos trémulas. Saí do táxi com o coração apertado, incapaz de pronunciar palavra. Havia uma fila de gente que aguardava, à porta, pela hora das visitas; chuviscava um pouco e algumas das pessoas tinham aberto os guarda-chuvas. Observei-as discretamente: havia pais e avós, duas crianças, várias mulheres bonitas e arranjadas como se fossem para uma festa, muitos estrangeiros de pele escura e eu. Pus-me no final da fila, acendi um dos cigarros que Jaime Toledo me deixara e, fingindo que voltara a fumar, entretive-me a soprar o fumo para o ar enquanto as gotas me caíam sobre o cabelo e o casaco amarrotado.

Quando os portões se abriram, a fila desapareceu rapidamente no interior da prisão. Fomos conduzidos a uma sala triste e despida, quatro paredes nuas e algumas cadeiras partidas. Fui revistado por um guarda, deixei o telefone e a carteira numa caixa e assinei um papel onde também escrevi o nome do recluso que vinha visitar. Os guardas pediram-nos que aguardássemos na sala. Devíamos ser quinze ou vinte pessoas. Os mais velhos sentaram-se nas cadeiras bambas e os mais novos ficaram encostados às paredes cinzentas; eu pus-me de cócoras, a suar apesar do frio, esfregando as mãos para esconder o tremor. Depois os guardas chamaram-nos e foram-nos separando: algumas pessoas seguiram pelo corredor da direita e os outros, em menor número, pelo corredor do lado esquerdo. Mandaram-me seguir pela esquerda. Obedeci.

Cedo compreendi a razão. Os do corredor da direita — onde se incluíam as famílias e as crianças — eram visitas de reclusos encarcerados por delitos menores; eu e quatro mulheres fomos conduzidos ao perímetro da cadeia de alta segurança, onde se encontravam os presos por delitos graves. No final do corredor, que se encontrava na penumbra, um dos guardas abriu uma porta gradeada e entrámos para uma sala onde a luz provinha de duas janelas muito pequenas junto do teto. Havia oito cabines, cada uma com uma divisória de vidro, uma pequena bancada e um telefone. Mandaram-me sentar na cabine número sete; uma vez mais, obedeci. Quando me sentei, dei conta de que o meu coração trotava sem freio, que me sentia zonzo de medo e de adrenalina, que tinha vontade de vomitar. Respirei fundo e procurei controlar-me. Passado um momento, abriu-se uma porta e dela saíram cinco homens. Através da janela via os vultos indistintos caminharem, escoltados pelos guardas, na direção das cabines; um homem alto e gordo, de T-shirt preta e calças de ganga, aproximou-se do vidro que nos separava.

Tinha uma barriga proeminente que surgia por baixo da T-shirt. A cabeça, mais arredondada do que oval, era completamente careca. Ficou a olhar-me durante um segundo, franziu o sobrolho e depois sentou-se a contragosto. Das outras cabines chegava-me o som indistinto de vozes femininas; todas falavam baixo, como se tivessem receio de serem ouvidas. Ainda a tremer, peguei no telefone e encostei-o ao ouvido.

Ele levantou o telefone do seu lado e perguntou:

"Quem é você?"

Os olhos denunciavam-no: eram verdes e penetrantes, o nariz esculpido perfilando-se no centro de um rosto carregado de dureza. Disse-lhe o meu nome, disse-lhe que era galego e que, por virtude de muitas coincidências, ouvira falar dele através da sobrinha.

"Da Teresa?", perguntou-me.

"Sim", respondi.

"Como é que anda o Esqueleto Magrinho?", perguntou.

"A Teresa morreu de cancro o ano passado", anunciei.

Ele fitou-me sem pestanejar. Depois pousou o telefone na bancada, soergueu-se e tirou um maço de tabaco do bolso. Um dos guardas fitou-o atentamente enquanto Franquelim acendia um cigarro.

Tornou a pegar no auscultador com a mão livre.

"O que é que posso fazer por si?", perguntou. O fumo subiu da ponta do cigarro e ocultou-lhe o rosto.

"Bom", respondi, atrapalhado. "*Fazer* é um exagero. Talvez possamos falar um pouco. Tenho algumas perguntas para si."

"Perguntas?", disse ele, desconfiado. "Você é advogado?"

"Não, nada disso."

"É da polícia?"

"Também não."

"Então que raio é que é?"

"Sou professor universitário em Pontevedra."

Ele fez uma pausa e começou a rir-se. Tinha uma dentadura perfeita, embora completamente amarelada do tabaco.

"Professor universitário? Que eu me lembre, não pedi aulas a ninguém."

"Só aqui estou porque a sua sobrinha, antes de morrer, deixou um manuscrito inacabado. Uma espécie de biografia que ela não conseguiu terminar."

"A Teresa?", perguntou, incrédulo. "Uma *biografia*?"

"Trata-se de um texto apócrifo, creio eu. Julgo que foi outra pessoa a escrevê-lo, mas não tenho a certeza. Nesse texto, ela fala bastante de si."

"Ah sim? E o que é que diz?"

O ar de desinteresse fingido fê-lo começar a tamborilar com os dedos na bancada, o cigarro preso entre o indicador e o dedo médio.

"Fala, sobretudo, de quando a Teresa era adolescente. De quando o conheceu."

"Eu passei muitos anos fora de Portugal."

"Eu sei. Estive no Canadá há poucos dias."

"Esteve no Canadá?"

"Sim."

Ele pareceu confuso.

"Mas isso teve alguma coisa a ver comigo?"

Hesitei. Depois concentrei-me num sinal no rosto dele, logo abaixo dos olhos, na parte superior da bochecha.

"Teve tudo a ver consigo. Não estaria aqui se não tivesse ido a Montreal. Ou, para ser mais exato, a Mont-Tremblant, onde viveu com a sua sobrinha." Franquelim apagou o cigarro e assumiu uma expressão de desafio ou de ofensa; era difícil perceber. "Conheci uma pessoa por lá que me pôs a par da sua situação. Um vizinho seu. Deve saber de quem estou a falar."

Franquelim aproximou a cabeça da divisória até quase encostar o nariz ao vidro. Fitava-me ameaçadoramente, como eu esperaria que um criminoso me fitasse se quisesse destruir-me.

Por instinto, recuei uns centímetros, embora lhe fosse impossível tocar-me.

"Professor universitário", proferiu. Depois abanou a cabeça e fez um esgar. "Por que é que me anda a perseguir?"

"A persegui-lo? Que eu saiba, você esteve preso desde que eu soube desta história. Dificilmente o poderia perseguir aqui dentro."

"Não se arme em esperto", replicou ele. "Sabe muito bem o que é que eu quero dizer. Qual é o seu interesse nisso? O que é que ganha em vir aqui?"

"O que é que eu ganho?"

"Sim, o que é que ganha. Acha que eu acredito nessa história de merda? Só há dois tipos de pessoas que visitam os presos. A família ou os advogados. Como já não tenho família, só pode ser advogado. E, se é advogado, anda à cata de clientes. Podemos chegar a um acordo." Talvez por instinto, Franquelim olhou de soslaio para o guarda. "Se me conseguir tirar daqui em sete ou oito anos, podemos fazer negócio. O meu advogado é um idiota. Um desses palermas contratados pelo Estado. O que eles não sabem é que eu tenho dinheiro. Tenho uma conta fora do país. Uma fortuna. Por que é que acha que lutei tanto para vir para aqui? No Canadá nunca me comutariam a pena. Aqui, a história é diferente. Os juízes são mais estúpidos. O sistema é mais brando. Diga-me lá: o que é que acha que pode fazer?"

"Acho que não posso fazer nada", respondi. "Em primeiro lugar, não sou advogado, como já lhe disse." Fiz uma pausa e aclarei a voz, consciente de que, a partir daquele momento, o rumo da conversa mudaria bruscamente. "Em segundo lugar, porque acho que você merece passar o resto da vida na prisão."

Ele ficou parado por um instante e, depois, alcançou o maço de cigarros. Levou um cigarro à boca sem tirar os olhos de mim.

"Estás a gozar comigo?"

A mudança de tom e de trato deixou-me gelado. Devo ter feito uma expressão muito assustada, porque reparei que um dos guardas, que se encontrava atrás e um pouco à esquerda de Franquelim, me fitava.

"Estou a falar muito a sério", continuei. "Sei o que fez àquela rapariga em Mont-Tremblant. Sei que foi condenado. Um homem que faz uma coisa daquelas é culpado para o resto da vida. Vou dar-lhe um exemplo. Eu sou um homem pacífico, incapaz de fazer mal a alguém. Mas tenho uma filha. Tem a idade que Annabelle K. teria se estivesse viva. Só há uma situação em que me imagino a matar um homem: se ele fizesse mal à minha filha. Provavelmente não o mataria, duvido que tivesse capacidade para tanto. Mas seria essa a minha vontade. E, se ela se cumprisse, eu aceitaria a punição devida e passaria o resto dos meus dias na cadeia."

"Tu não duravas quinze minutos aqui dentro", replicou Franquelim. Depois voltou-se para trás, fez sinal a um dos guardas e tornou a encarar-me, esmagando o cigarro num cinzeiro de plástico. "E se eu estivesse desse lado, tu não me falavas assim. Filho da puta."

Um dos guardas foi-se aproximando devagar. Nas outras cabines, o murmúrio de vozes prosseguia: era como se, em vez de estarmos dentro de uma prisão, estivéssemos dentro de uma igreja.

"Espere", disse eu, alarmado. "O tempo ainda não acabou."

"O caralho é que não acabou."

Franquelim pousou o auscultador no descanso com força. O guarda estava agora ao lado dele, e o recluso disse-lhe alguma coisa que não consegui ouvir. Em desespero, comecei a bater com a ponta do dedo no vidro. Ambos me olharam: apontei para o telefone e comecei a fazer um gesto giratório com o dedo indicador, como quem pretende que alguma coisa prossiga. Franquelim já se começava a levantar quando tornei a bater com o dedo indicador no vidro, repetindo o mesmo gesto. A minha expressão devia denunciar o meu desespero — ou talvez Franquelim não estivesse ainda suficientemente enraivecido — porque ele tornou a pegar no telefone.

"O que é que tu queres?"

"Cinco minutos. É tudo o que lhe peço. Pela Teresa. Não por mim, mas por ela. Cinco minutos, prometo-lhe."

O guarda aguardou, desconfiado, os polegares enfiados no cinto onde repousava o coldre da pistola. Franquelim tapou o bocal com a mão e disse-lhe alguma coisa; o guarda hesitou uns instantes, fitou-nos e depois recuou. O outro observava-me com rancor.

"Não vim cá acusá-lo de nada nem apontar-lhe o dedo", disse eu. "A lei já fez isso, é o papel da justiça. Vim para esclarecer algumas dúvidas, coisas que são importantes para que esta minha viagem chegue ao fim. Quero ir para casa, entende? Estou cansado e quero ir para casa."

"Cinco minutos", repetiu ele. "O tempo está a passar, amigo."

Fechei os olhos por dois segundos e procurei concentrar-me. Recomeçara a suar desde que o guarda se aproximara e tinha a palma da mão colada ao auscultador. Aquilo que eu queria saber — ou aquilo que eu, no fundo, temia ouvir ou confirmar e, por isso, era incapaz de formular a pergunta — resistia a colocar-se em palavras como a água resiste ao fogo. E depois pensei no meu amigo, que segurava o postal de Edward Hopper nos seus dedos de homem esquecido, e imaginei como, se me faltasse a coragem, essa história permaneceria eternamente inacabada.

"A Teresa conta que fugiu de Lisboa em 1984. Como é que a encontrou?", perguntei. Era uma pergunta inócua; foi a única, porém, que me ocorreu fazer perante o rigoroso escrutínio de

Franquelim. Ele produziu um riso de escárnio como se eu tivesse acabado de contar uma anedota sem graça.

"É mesmo isso que queres saber?"

"Por enquanto."

"Sei lá. Um dia, ela apareceu. Liguei para o atendedor de chamadas que tinha em Lisboa e havia um recado dela. Fui buscá-la a Valença. A miúda era menor de idade e precisava de um adulto para atravessar a fronteira."

"Por que é que não foi o seu irmão buscá-la?"

"O Pasteleiro?" Tornou a rir-se e olhou para o lado, abanando a cabeça. "Esse pobre coitado. Já era difícil arrancá-lo da taberna, quanto mais pô-lo a tomar conta de uma rapariga com aquela idade."

"O que é que aconteceu quando o seu irmão faleceu?"

Franquelim ficou pensativo por um instante.

"O que é que aconteceu? Nada. A vida continuou. Uns morrem, outros ficam."

"Viviam em Vigo, certo?" Ele assentiu. "Mas, quando o Faustino morreu, segundo sei, viviam em Brión. Por quê? Se a vossa vida era em Vigo, se era lá que tinham o negócio."

"O negócio já tinha dado tudo", ripostou ele. "Mas tínhamos feito dinheiro durante os primeiros anos. Dinheiro que eu investi e que nos manteve vivos até o sacana morrer. Primeiro foram o álcool e a droga, depois foi a doença. Foi por causa do Pasteleiro que nos mudámos para Brión. Aliás, estou a mentir. Foi a Teresa que insistiu, porque disse que queria que o pai passasse os últimos tempos em paz. Tive de largar a minha vida em Vigo e mudar-me para o meio do nada." Tornou a olhar para o lado e a abanar a cabeça. Reparei numa cicatriz que lhe corria da base da nuca até ao pescoço. "Achas que eu queria mudar-me para uma aldeia, caralho? Um lugar com três ou quatro velhos e um cão coxo. Passámos ali meio ano, longe de tudo. Longe de contactos, de fornecedores, de possibilidades de negócio. Era meu irmão, e depois? Vens aqui perguntar-me pela minha sobrinha e eu digo-te isto: se não fosse por causa dela e do Faustino, que me arrastaram para o fundo, as coisas teriam sido de outra forma."

"Contaram-me uma história diferente", ripostei. "Que, sem a ajuda da Teresa, não teriam sobrevivido."

"O quê?"

"Disseram-me que ela andou a fingir-se de prostituta pelos bares de Vigo para conseguir dinheiro, e que era você quem extorquia os clientes."

"Quem é que te disse isso?"

"Não importa."

Permaneci em silêncio a observar a expressão de despeito no rosto de Franquelim. Tudo o que ele dizia me soava a falso, a uma mentira tantas vezes repetida que o próprio mentiroso começava a julgar-se honesto. As raízes da loucura.

"Escuta o que te digo", continuou ele. "Estamos a falar de duas pessoas que já morreram. E eu não quero andar a cuspir nos túmulos dos outros, porque não quero que cuspam no meu quando chegar a minha hora. Mas essas coisas todas que ouviste por aí? Essas historiazinhas todas que te contaram? São tudo tretas. Eu ajudei a minha sobrinha quando ela precisou, quando fugiu de casa e só lhe restava a sarjeta, e sustentei todos os vícios e as idiotices do meu irmão. Anos a fio. Se queres tirar as tuas dúvidas, é esta a verdade. Se queres saber como foram as coisas…"

"Não tenho grande alternativa, pois não?"

"Alternativa?"

"Eles estão mortos. O Faustino e a Teresa."

"Pois, parece que não tens."

"O problema", disse eu, inclinando-me para a frente, "é que não acredito numa palavra do que me disse."

"Azar", disse ele, batendo com a palma da mão na bancada. "E lá se foram os cinco minutos."

Franquelim ia desligar quando eu disse, de rajada:

"A Teresa morreu por sua culpa."

Ele deteve o auscultador no espaço entre a orelha e o descanso do telefone.

"A Teresa morreu de cancro. Eu fui dentro há mais de dois anos." Tornou a tamborilar com os dedos na bancada: o gesto vagamente ameaçador, o aviso. "Como é que isso pode ser culpa minha?"

"O ex-marido da Teresa está no hospital e a culpa também é sua", continuei. "Chama-se Miguel e, depois da morte da sua sobrinha, veio do México até à Galiza para lhe prestar homenagem."

"Não sei de quem é que estás a falar."

"Sabes bem de quem eu falo." De repente, tratava-o por *tu* sem dar conta de que o fazia. "Foi com ele que a Teresa fugiu quando o pai morreu, e foi com ele que esteve casada durante cinco anos. Foi ele que sofreu quando a perseguiste sem rendição ou remorso. Quando lhes arruinaste a vida. E é ele que está num hospital de Pontevedra, a milhares de quilómetros de casa, porque, um dia, descobriu que o homem por quem a mulher sempre estivera apaixonada — se é que se pode usar essa palavra, se é que não é um insulto para todos os amantes do mundo — era um tipo doente e sem escrúpulos. Porque descobriu que esse homem eras tu." Respirei fundo. O sangue batia-me nas têmporas como um búfalo em desfilada. Franquelim permanecia impávido, como se não tivesse ouvido uma palavra. Tirou outro cigarro do bolso e acendeu-o.

"Olha para ti", disse ele. Baixara o tom de voz, que era agora um murmúrio grave e metálico nos meus ouvidos. "Todo suado em janeiro. Cheio de palavras caras. Cheio de *razão*. Os tipos como tu estão sempre cheios de razão. Deve ser alguma coisa que vos põem no leite quando são crianças. Conheci muitos assim. O pianista era um deles. O teu amiguinho mexicano deve ser outro." Puxou do cigarro e, provocadoramente, soprou uma nuvem de fumo na direção do vidro. "O que é que queres, afinal? Que eu me ponha aqui a chorar e te conte aquilo que tu queres ouvir? Que te diga que os maus estão aqui dentro e os bons aí fora? Que está tudo bem no mundo, que somos todos irmãos e que o que é preciso é paz? Eu vivo atrás das grades. Já não tenho irmãos nem família. E aqui dentro está tudo fodido. Aqui dentro não há paz. Aqui dentro só existe guerra. O problema é que aí fora não é diferente. Também está tudo fodido. Quando fui preso, chamaram-me animal. E não é isso que somos todos? Animais? Foi o que sempre me disseram. Há a necessidade e as coisas que fazemos para a satisfazer." Fez uma pausa e limpou a boca com as costas da mão. "Estás à espera de quê? Que eu assuma a responsabilidade por aquilo que as outras pessoas fizeram da merda da vida? Para tu poderes voltar a casa descansado e contente contigo próprio e com o tempo que perdeste a meter-te na vida dos outros?"

"Se a vida fosse apenas necessidade, não seríamos apenas animais. Seríamos monstros", contestei. "Cheguei aqui a tremer porque achava que era isso que ia encontrar. Um monstro. Alguém que, por causa das coisas que fez, deixara de pertencer ao género humano. E sabes o que é que encontrei? Encontrei um homem. Que não é diferente de mim nem dos guardas que ali estão. Encontrei um homem. Nada mais."

Ele aproximou o rosto do vidro, que refletia a pouca luz que as janelas permitiam. Vi-lhe as pupilas diminuírem de tamanho, o verde ofuscante perder o fulgor. Repetiu:

"O que é que tu queres, afinal?"

"Quero saber qual era a natureza da tua relação com a Teresa", respondi. "Por que é que ela desejava tanto escapar e, ao mesmo tempo, não conseguia manter-se distante de ti. Quero saber o que aconteceu a seguir à morte do Faustino. Quero saber se alguma vez a agrediste e se alguma vez a violaste. É isso que eu quero. Que tenhas a coragem de olhar alguém nos olhos e dizê-lo." Segurei na mesa com as mãos, os polegares na parte inferior do tampo. "Quero saber a verdade."

Ele ficou parado durante uma eternidade, fitando-me; nas cabines contíguas, as vozes prosseguiam em impercetíveis ladainhas.

"Queres saber a verdade?"

"Sim. E tenho a sensação de que tu a queres contar."

"Por quê?"

"Porque, se não a contares, serás o único a saber. Para o resto da tua vida. E vais carregar com tudo sozinho. A culpa da rapariga que mataste e da sobrinha que foste matando aos poucos. E eu sou um desconhecido. Sou a vítima perfeita. Quando sair daqui, saio para sempre, e nunca mais tornarás a ouvir falar de mim."

Ele cuspiu na mesa.

"Vai-te foder." E eu esperei.

Deitado na cama do hotel, peguei no telefone e marquei o número escrito no maço de cigarros. A televisão estava ligada, sem som, enquanto os vizinhos do quarto ao lado faziam amor. No ecrã, uma mulher bonita mas demasiado penteada apresentava as notícias. Olhei para as horas: onze e meia da noite. Jaime Toledo atendeu ao quinto toque. Comecei por lhe pedir desculpa; a voz de sono do escritor denunciava que era demasiado tarde para lhe ligar. Ele não fez caso e respondeu que estava à espera da minha chamada. Achei que era presunçoso da parte dele, mas justificou-se: eu dissera-lhe que não conhecia mais ninguém em Lisboa e ele lembrava-se de que, naquele dia, eu iria à prisão visitar Franquelim.

"Quando visitamos um assassino e um violador, podemos ter a estranha necessidade de falar com alguém a seguir", disse ele.

"Então não incomodo?"

"Nunca me deito antes das duas. Por vezes, adormeço no sofá, mas tenho sonhos inquietos se não dormir na cama."

Contei-lhe o que acontecera. Deixei os pormenores de lado e fui inusitadamente lacónico: encontrara a origem de toda aquela história, encontrara o lugar onde tudo começara, e esse lugar era um recluso na idade da reforma, barrigudo e careca, que iria passar a maior parte do tempo que lhe restava numa cela. Depois, com a garganta embargada por uma emoção estranhíssima, abrupta e anódina, comecei a relatar-lhe o que Franquelim me dissera quando compreendera que eu não estava ali para o defender ou acusar; quando compreendera que eu era o recetáculo perfeito para a sua expiação indigna. Contei-lhe que, ao contrário do que eu julgara, ele e Teresa não tinham iniciado uma relação depois da morte de Faustino. Franquelim e a sobrinha tiveram sexo pela primeira vez quando Teresa chegou a Espanha, quando ela era ainda uma adolescente. Contei-lhe que a sobrinha se apaixonara pelo tio e que, durante anos, se mantiveram amantes à revelia do pai, que, de consciência embrutecida pelo álcool, nunca descobriu ou fingiu nunca descobrir. Contei-lhe também que, depois da morte do irmão, alguma coisa mudou em Franquelim. Talvez a dor tivesse sido inesperada; talvez, ao desaparecer a censura implícita ou a sensação de pecado, a atração se tivesse transformado noutra coisa: numa obsessão que começou a manifestar-se em violência. Contei-lhe que Franquelim agrediu Teresa muitas vezes, que lhe bateu até a deixar estendida na cama a sangrar; que a obrigou a ter sexo a seguir à violência; que a aterrorizou com ameaças; que, durante os cinco anos que ela passou com Saldaña Paris, lhe prometeu que os encontraria e que mataria o homem com quem ela vivia, caso Teresa não regressasse à Galiza. E, contudo, ela amara-o, com esse género de amor que procura a destruição, como o amor de Electra por Agamemnon. Contei-lhe ainda que, quando Teresa finalmente ruiu, cedeu e foi para o Canadá, o interesse de Franquelim esmoreceu passado pouco tempo. A perseguição constante e doentia esvaiu-se em meia dúzia de atos sexuais. Depois, Franquelim viu Annabelle K. quando esta tinha pouco mais de treze anos, e Teresa passou a ser uma personagem secundária. Viu-a com a família nas ruas de Mont-Tremblant: o pai era agricultor e, todas as semanas, fornecia os mercados da pequena cidade. A filha ajudava-o, fazia-lhe companhia. Durante quatro anos foi ganhando a confiança de Annabelle K. e do pai; durante quatro anos, Teresa dormiu sozinha, enquanto o tio confirmava a velha teoria de que tudo se repete. Contei a Jaime Toledo que, quando Teresa foi trabalhar para Stockman, era provável que desconhecesse todo o processo de sedução em que o tio envolvera Annabelle; era provável que o julgasse velho e destituído das pulsões de outrora. Se, por vezes, a forçava a ter relações sexuais — Teresa resistia-lhe, e eram esses os dias em que o pianista a encontrava marcada pelo abuso —, essas ocasiões eram cada vez mais raras. E depois contei-lhe que Annabelle K. tinha sido a rapariga que Franquelim violara e matara e que Annabelle poderia ter sido Teresa como poderia ter sido qualquer outra rapariga que desconhecesse ainda que a escuridão traz sempre consigo um avassalador silêncio.

Jaime não disse nada. Ouvia-o respirar, compassado, do outro lado da linha; também ouvia a minha respiração, que ecoava no bocal do telefone.

"Contou-me estas coisas com frieza", continuei. "Como se tivessem sido as ações de outro homem e se sentisse orgulhoso dele. Mas nem foi isso que me deixou mais perplexo."

"O que foi, então?"

"Foi ele ter sabido hoje da morte da Teresa e nem esboçar um pesar."

Houve um silêncio.

"E agora?", perguntou ele.

"E agora?"

"Presumo que, apesar de tudo, te sintas mais aliviado. Como se te tivesses libertado de um fardo."

"Ainda não sei como me sinto. Mas alívio? De maneira nenhuma."

"É melhor que sintas alguma coisa, porque não tens mais sítios onde escavar."

"Amanhã regresso a Pontevedra."

"Valeu a pena a viagem?"

"Se tivesse ficado por lá, teria enlouquecido."

"E o teu amigo?"

"É esse o problema", disse-lhe. Olhei para os cavalos a galope na pintura: na penumbra do quarto, as cores esbatiam-se, parecendo desfazer-se em várias texturas que não se encontravam ligadas entre si, como se as pernas fossem independentes dos dorsos e andassem sozinhas em fuga. "Provavelmente vou reencontrá-lo como o deixei. Sei que há sinais de melhoras, mas pode demorar um mês, um ano ou a vida inteira."

"E tu não tens a vida inteira para andar a carregar culpas."

"Qualquer coisa parecida com isso."

"Então adeus. E que voltemos a encontrar-nos um dia destes."

Desliguei. Fiquei deitado na cama durante horas a olhar para as paredes, o teto, o aspeto miserável do quarto. Senti que também eu estava preso; que também eu era um recluso, mas em liberdade: disponível para fazer o que quisesse com os meus dias e, contudo, temendo regressar a eles. Por fim, adormeci.

Despertei cedíssimo e, antes do pequeno-almoço, fui ver os meus e-mails. Havia um de Jaime Toledo, e dizia assim:

Às vezes, as palavras ajudam-nos. Não servem apenas para destruir; podem ter uma função criadora, podem resolver alguns dos nossos dilemas. O último romance que escrevi foi inspirado pelas palavras de um homem chamado Dylan Thomas, um galês com uma cabeça genial que morreu há muitos anos e viveu pouquíssimo. O poema chama-se "I Have Longed to Move Away" e fala de uma mentira já gasta, da qual queremos fugir como o Diabo da cruz, uma mentira que permeia toda a nossa vida e que está relacionada com o facto, ao mesmo tempo trágico e libertador, de, por não acreditarmos em Deus, não termos ninguém a quem prestar contas. E, portanto, mentimos ao convencer-nos de que a nossa vida tem um sentido e que esse sentido pode ser encontrado no cotidiano. Mas e se o cotidiano for interrompido? Aconteceu-te a ti, mas acontece-nos a todos: aquele "grito contínuo dos velhos terrores" de que Thomas fala e que se intromete como uma faca no meio da carne. A segunda parte do poema, contudo, fala do medo. E o medo é uma coisa humana, como o é o amor ou a inveja. A esse podemos combatê-lo, e fazemo-lo todos os dias quando saímos à rua na esperança secreta de que ninguém nos veja a tremer. Do que é que temos medo? De uma vida nova. De que uma vida ainda por gastar se levante do chão, se erga das cinzas dessa velha mentira já podre e crepite no ar, deixando-nos meio cegos. Talvez esteja a falar-te de coisas que já sabes, de um poema que já conheces; talvez isto não sirva para nada. Se assim for, desculpa ter-te feito perder tempo. Um abraço.

Fui buscar as malas, paguei a conta do hotel e pedi que me chamassem um táxi. Ainda não eram oito da manhã quando apanhei o comboio para o Porto, onde encontraria uma camioneta que me deixaria em Pontevedra. Dormitei muitas vezes durante a jornada; sentia-me exausto como se tivesse acabado de dar a volta ao mundo com Phileas Fogg. Sonhei com muitas coisas, grande parte delas esquecidas, outras ainda presentes. Quando acordei pela última vez, estávamos em Tui, atravessando os campos que ladeiam a autoestrada do Atlântico. Despertei porque o calor dentro da camioneta se tornara difícil de suportar — o ar condicionado avariara e a temperatura permanecia quase nos trinta graus, apesar do janeiro chuvoso —, mas despertei também de desalento. Havia pouca gente a fazer a viagem e, sozinho na parte de trás do veículo, observando a noite recém-chegada e o meu reflexo derrotado no vidro da janela, deixei derramar umas quantas lágrimas, embora não soubesse por que ou por quem o fazia. O cansaço prega essas partidas, pensei, embora desconfiasse de que era outra coisa. Sonhara com o miúdo tão frágil que eu fora, aos sete anos, naquela ilha cujo nome esqueci; desconheço o conteúdo do sonho, mas consigo sempre reter a sensação que me invade quando penso na solidão a que fui votado ou a solidão a que me votei ao separar-me do meu amigo. Consigo sempre recordá-la, porque uma criança solitária nada faz por esconder essa condição; vê-se no seu rosto, está inscrita nos seus gestos. O tempo, aos sete anos, estende-se como um plano infinito e escuro e acreditamos que as coisas nunca mudarão, que os sentimentos são estados eternos.

Um miúdo triste que sobe a uma árvore e vê, à distância, as criaturas que em tempos amara beijando-se; que julga perder naquele instante e para sempre a possibilidade de vir a ser feliz.

Cheguei à estação de Pontevedra e apanhei um táxi diretamente para o hospital. Entrei pelas portas automáticas carregando a mala, tal como fizera antes de partir. A sala de espera estava vazia; a rececionista sonolenta observou-me de trás do balcão. Não havia qualquer médico por ali. Alguém pusera uma pequena árvore de Natal num dos cantos da sala, coberta de luzes coloridas e intermitentes. Pedi para ver Saldaña Paris, ao que a rececionista respondeu que a hora das visitas terminara às quatro.

"Sou da família", acrescentei. "Cheguei agora de viagem e venho passar a noite com ele."

"Devia ter chegado mais cedo."

"Os transportes atrasam-se."

Ela tornou a observar-me. Estava despenteado e vestido sem qualquer aprumo; na camioneta reparara que vestira meias de cores diferentes. Dei-lhe o nome do médico resmungão e da enfermeira com quem falara enquanto estivera ausente. A rececionista fez um telefonema e, passado uns minutos, apareceu no corredor uma outra enfermeira que eu reconheci e que me reconheceu. Inesperadamente, sorriu-me e depois pediu-me que a seguisse. Entrámos no elevador; ao sair, metemos por um corredor que eu desconhecia.

"Mudámos o sr. Saldaña París de piso", informou-me. "Encontra-se estável e o braço vai voltar ao sítio. Nunca será nadador olímpico, mas ao menos poderá usar a mão esquerda."

"É bom saber disso."

"Não é da família."

"É como se fosse."

Ela estacou e voltou-se para mim.

"Ele precisa de companhia."

"Eu sei."

A enfermeira voltou a sorrir e abriu a porta. O quarto era mais amplo do que o anterior; a janela dava para a rua principal e não para o parque de estacionamento. Não tinha televisão, mas a luz provinha de um abajur na mesa de cabeceira que emprestava àquele lugar uma atmosfera de tranquilidade. Olhei-o:

não fazia muito tempo desde que nos víramos e, no entanto, era como se tivessem passado anos. O cabelo crescera-lhe e caía-lhe sobre os óculos numa franja desregrada. Perdera ainda mais peso, o que era notório na saliência das clavículas por baixo da bata do hospital, e adquirira aquele ar peculiar de desalinho ou de descuido que muitas vezes encontramos em pessoas muito velhas. Sentei-me ao lado dele e abracei-o: continuava de braço ligado, embora a ligadura fosse agora muito menos espessa. *Precisas de um banho*, disse-lhe, e sorri. Não deu sinal de me reconhecer, embora tivesse os olhos abertos e a máquina apitasse regularmente, indicando a pulsação vital. Reparei, com alívio, que o postal não se perdera: estava na mesa de cabeceira, encostado à base do candeeiro. Peguei-lhe e sentei-me no sofá contíguo à cama. Àquela luz morna, no conforto do hospital silencioso, tive vontade de fechar os olhos e adormecer até ser dia, na vã esperança de que, à claridade da manhã, todas as coisas que me cruzavam o espírito se pudessem concentrar numa única frase que acabasse de vez com a nossa persistente melancolia. Afaguei o postal com os dedos e observei a imagem. O outro lado, pensei; quando atravessarmos essa porta, estaremos do outro lado, onde tudo é líquido.

Quis, naquela noite, contar-lhe muitas coisas. Quis contar-lhe das minhas aventuras na Galiza enquanto ele perdia o juízo: que tivera sexo indecoroso com uma colega da minha filha, que ligara para Eugene Paris na Cidade do México, que visitara um bibliotecário em Compostela que me advertira, qual Cassandra antes da destruição de Troia, dos perigos que corre quem procura averiguar o que se encontra no fundo dos baús. Quis contar-lhe da minha viagem a Londres e do meu encontro com Antonia, a sua antiga amante, e quis dizer-lhe o quanto gostara dela e como ela teria sido o seu passaporte para a felicidade, se esta não estivesse desde sempre contaminada pelos monstros do passado.

Quis também dizer-lhe que viajara até ao Canadá à procura de respostas e que encontrara um homem solitário que tocava piano e que vivia numa cabana à beira de um lago e que esse homem conhecera Teresa, dera-lhe abrigo e protegera-a da besta, e que essa besta conhecera o seu destino numa prisão onde passaria o resto dos seus dias e que eu o visitara nessa prisão e o olhara de frente como quem olha para um corredor muito escuro sem conseguir adivinhar-lhe o fim mas também sem fechar os olhos; e quis dizer-lhe que, embora me tivesse dedicado a amar as coisas certas em vez das coisas erradas, tudo o que encontrara fora o ódio e o horror e, portanto, fracassara.

Podia dizer-te que a sorte não esteve do nosso lado, Miguel, mas a verdade é que a sorte é menos poderosa do que o acaso, e eu falhei na tentativa de restaurar as nossas existências; não existirá milagre nem osmose, e tu, que estás noutro lado qualquer, a viver uma vida que não esta, jamais poderás ouvir as minhas palavras quando te disser, aqui sentado, observando-te imóvel, enquanto os teus olhos vagueiam lentamente pela penumbra do quarto e, por fim, pousam no vidro da janela que nos reflete e que oculta a noite, que afinal é tudo mentira. Pego-te na mão, sinto-te a rugosidade dos dedos demasiado secos e digo-te que foi um embuste, e digo-o com a convicção de um mentiroso que, de tanto mentir, começou a acreditar nas suas próprias aldrabices. Em vez de te contar as coisas que queria contar-te, conto-te outras; aquelas que nunca aconteceram mas que seriam as justas e as certas, as coisas que nunca encontrei desde que adormeceste de olhos abertos. Conto-te que a Teresa nunca teve um amante, porque o Franquelim nunca existiu. Conto-te que esse homem foi um fragmento da imaginação da tua mulher morta, uma projeção da figura de um pai desaparecido. Conto-te que nunca houve um carniceiro, que à Teresa nunca lhe sucedeu trair-te, porque estava demasiado tomada por uma existência imaginária; que os telefonemas que escutaste a meio da noite foram feitos para linhas mortas de som, que o nome que ouviste repetidas vezes era o nome de uma criatura imaginada. Conto-te que o manuscrito de Brión, as páginas que nos incendiaram, é uma delicada fabricação de uma mulher muito doente e de um bibliotecário insurreto, carregado das fantasias e das panaceias que sempre usamos para tratar as dores dos outros.

Minto-te, minto-te, minto-te, e continuarei a mentir-te durante os dias que nos restam para caçar os fantasmas, para afastar o medo de uma nova vida, aquela que se erguerá das cinzas desta que tivemos, desta que se gastou e que agora arde no chão.

Depois, sento-me no sofá e, ainda segurando os teus dedos, adormeço a caminho de um futuro sem futuro.

Estou quase a terminar.

A sombra dos nossos passos

Na tarde anterior ao dia do casamento da minha filha, recebi um e-mail da Eslováquia. Chegou quando eu me encontrava no meu gabinete da universidade e vinha escrito em letras azul-claras pontuadas por muitos rostos sorridentes. Nadia contava-me um pouco do que era agora a sua vida: tinha conhecido um rapaz e vivia no campo, nos arredores de Bratislava, onde sobrevivia dando explicações de espanhol e inglês a alunos do ensino secundário. O projeto da agricultura biológica ainda não arrancara, mas, prometia-me, estava para breve. Perguntava-me, no final do e-mail, o que acontecera ao *Dias Felizes*. Habituara-se a ouvir o programa através da internet, mas havia muitos meses que deixara de conseguir encontrá-lo. Expliquei-lhe que isso se devia ao facto de eu ter deixado de fazer o programa. O novo produtor, o que substituíra Julia Montel, tinha outras ideias, e, ao final de um ano de discussões e pequenas desavenças, acabei por ceder à pressão e oferecer o lugar a alguém mais jovem e com mais vontade de obedecer a um tirano. Em março de 2012, mais ou menos um ano depois de Saldaña Paris regressar à Cidade do

México, arrumei a papelada que acumulara ao longo de tanto tempo na rádio, despedi-me do pequeno estúdio e abandonei para sempre as minhas ambições de radialista.

Não tive saudades; durante o ano que se seguiu, ocupei-me de outras coisas. Ocupei-me de conhecer Carlos e de reencontrar Andrea. O rapaz agressivo que eu conhecera na oficina, em Vilagarcía de Arousa, era uma pálida imitação do pai que veio a ser para o meu primeiro neto. Era esse o presente de que a minha filha me falara naquele dia gelado no Quebec: estava grávida e decidira, depois de falar com a minha ex-mulher, ter a criança. O nascimento de Marcos foi uma espécie de bálsamo para a violência do ano anterior: um bebé de olhos grandes que, com o passar do tempo, se transformou numa criança sorridente. Tem agora pouco mais de dois anos e é com ele que passo o meu tempo livre, sempre que não estou na faculdade ou a cuidar das plantas do meu jardim, que durante muitos anos descuidei. É uma ocupação nova, que me ajuda a combater a solidão e alimenta o cisma da melancolia que aprendi com Saldaña Paris. A melancolia é impossível de combater porque, a partir do momento em que nos aventuramos no mundo, teremos sempre saudades de tudo. De tudo. Do que fizemos e do que não fizemos, de quem se cruzou no nosso caminho e de quem jamais conseguiremos encontrar. Cuidar das plantas no nosso jardim é prolongar a existência a criaturas que hão-de morrer quando nos esquecermos delas; é querer fazer com que o amor dure mais tempo para, quando nos virmos livres desta vida de uma vez por todas, partirmos de coração a transbordar de tudo o que deixamos para trás.

Tal como faço hoje com as plantas, dei água a Saldaña Paris. Alimentei-o todos os dias de voz e de palavras. Contei-lhe mentiras, é certo. Até hoje, continuo a esconder-lhe a verdade. Ou, melhor dizendo, reservo-a comigo para um dia em que sejamos velhíssimos e já nada importe. Contei-lhe mentiras e li-lhe livros em voz alta enquanto ele andava por outros lados. Tal como as plantas, que parecem dormir estando sempre acordadas, acredito cegamente que me ouviu. Numa tarde de fevereiro, voltou a cabeça devagarinho na minha direção e pediu-me que me calasse. Fiquei tão surpreso que só consegui começar a rir. *Tens uma voz horrível*, disse-me. Levantei-me do sofá e abracei-o. Chamei a enfermeira e, mais tarde, o médico resmungão apareceu para dar conta da situação do paciente. O mutismo foi desaparecendo aos poucos. Nos primeiros dias, dizia frases desconexas a propósito de qualquer coisa que estivesse a incomodá-lo; passado uma semana, recomeçara a falar e a levantar-se sozinho para ir à casa de banho ou dar um passeio pelos corredores. Sentia-se constantemente enjoado e zonzo por causa das drogas; contudo, quando recomeçou a comer em condições, esses sintomas passaram e, algures em meados de fevereiro, deixou o hospital e veio para minha casa. Foi ele quem começou a tratar das minhas plantas; foi ele quem se livrou de vez dos gatos que assolavam o meu jardim, comprando um cão de louça numa loja chinesa. Por alguma razão, os gatos temiam aquela criatura branca e azul, de cauda arrebitada e focinho lançado para a frente, pespegada nos ladrilhos cor de barro. Ao final da tarde, Saldaña Paris pegava na sua guitarra e punha-se a tocar lá fora, recitando poemas que afinal nunca esquecera. Falávamos muito pouco e, quando o fazíamos, era sobre coisas corriqueiras: do tempo, do almoço e do jantar, do estado de saúde dele. Eu sentia que o silêncio era importante.

No final do mês, anunciou que comprara um bilhete de regresso à Cidade do México. Disse-lhe que podia ficar o tempo que quisesse em minha casa, mas Miguel insistiu que era importante regressar ao seu país. No dia seguinte a esse anúncio, regressei ao apartamento e encontrei um bilhete na mesa da sala.

Era um bilhete de despedida: pedia desculpa por me ter enganado a respeito da data da viagem, mas concluiu que era mais fácil assim. Foi a única vez, depois de ter melhorado, que fez menção ao passado, pois pedia-me que guardasse o manuscrito e que fizesse dele o que bem entendesse. Haveremos de voltar a encontrar-nos, escrevia-me, no final; e, quando isso acontecer, seremos homens completamente diferentes.

Passaram-se dois anos, e trocámos alguma correspondência por e-mail durante esse tempo. Disse-me que deixara a Embaixada e que arranjara um emprego num departamento cultural do governo, onde editava livros de poesia de escritores emergentes. Não se sentia feliz mas também não se sentia particularmente triste: era acompanhado por um psiquiatra todas as semanas e os medicamentos ajudavam-no. Sentia-se neutro, por vezes dormente; era tudo o que alguém como ele podia esperar: que nada o atingisse como os terrores de outrora. A certa altura, recomeçara a escrever e revelou que estava a trabalhar num romance intitulado *Ahora que vamos despacio*. Fazia sentido, pensei: que a vida se movesse devagar, que o tempo houvesse recuperado as qualidades que lhe encontramos na infância e, mais tarde, quando ficamos velhos.

Há alguns meses, Andrea e Carlos anunciaram o casamento. Têm vivido juntos desde que Marcos nasceu. A minha filha adiou o projeto universitário até Marcos começar a frequentar a escola, o que acontecerá em setembro, e Carlos arranjou um novo emprego em Pontevedra. Em julho, decidiram unir as famílias para uma cerimónia na ilha de Arousa, e, num impulso difícil de explicar — porque Saldaña Paris nunca conhecera a minha filha —, decidi convidá-lo. Fiquei surpreso quando, uns dias passados, me respondeu que viria e perguntou se seria indelicado trazer a namorada. *Não sabia que tinhas namorada*, disse-lhe. *Já te falei dela*, respondeu-me. *Chama-se Valeria, é advoga-*

da, e, um dia destes, também nos casaremos, a menos que eu decida mandar tudo às urtigas outra vez e ir para Las Vegas. Respondi-lhe que seria um prazer conhecer a antiga estudante de Direito que, um dia destes, viria a ser a sua mulher.

Chegou ao fim da tarde, a mesma tarde em que recebi a mensagem de Nadia. Fui buscá-lo ao aeroporto de Compostela. Era o mesmo Saldaña Paris que eu conhecera e, ao mesmo tempo, era uma pessoa absolutamente distinta. Deixara crescer o cabelo e a barba. Tinha uns óculos novos, redondos, de armação em metal, as lentes mais grossas. Caminhava com maior lentidão, como se temesse cada passo, e a mão esquerda tornara-se um objeto quase inútil, um apêndice raquítico que ele mantinha escondido no casaco ou dentro do bolso das calças. Até o sorriso havia mudado: tornara-se um gesto breve, logo substituído por uma expressão de zombaria. Valeria era uma mulher discreta e bonita, de cabelo curto e muito preto; falava pouco e tinha sotaque argentino, cantando as palavras sempre que via alguma coisa que lhe agradava ou a surpreendia. Ficaram no antigo quarto de Andrea, que eu transformara num quarto de hóspedes e onde, ocasionalmente, dormia, nas noites de insónia.

No dia seguinte, acordei com o aroma a café e torradas. Valeria levantara-se cedo e fizera o pequeno-almoço. Miguel apareceu carregado de olheiras e comeu em silêncio enquanto eu fazia perguntas à sua namorada sobre a vida na Cidade do México, onde eu nunca estivera. Durante o café, Saldaña Paris levantou-se e foi até janela: o dia começara cinzento mas abrira, e o sol inundava agora o pátio e as plantas e o cão de louça chinesa. Miguel ficou a observar o pátio com um sorriso dissimulado, levando a chávena à boca com a mão direita. Depois vestimo-nos e saímos. Liguei a Andrea, mas ela não me atendeu: presumi que estivesse demasiado ocupada com os preparativos. Quando, ao final da manhã, emergimos no calor da Joaquín Costa, parecíamos verdadeiramente distintos. Saldaña Paris usava um chapéu e um fato azul-claro que contrastava com o meu, que era bege; Valeria pusera um vestido verde e arranjara o cabelo num emaranhado de caracóis. Ao descermos a rua, olhei para os dois, que caminhavam à minha frente, e soube então quem Saldaña Paris me fazia lembrar — Rámon María del Valle-Inclán. Pensei que talvez ele fosse mesmo a segunda encarnação do escritor. Pensei que também ele estaria destinado à grandeza na eternidade mas à miséria em vida; o destino, afinal, de quase todos os românticos.

Chegámos à ilha de Arousa à hora do almoço. Paula tinha organizado o casamento e havia duas grandes tendas brancas próximas da enseada, uma delas voltada para o mar. Os convidados começaram a chegar e fui-os apresentando aos meus amigos mexicanos; também eu desconhecia grande parte das pessoas. Carlos apareceu a tempo, nervoso e suado, num fato preto demasiado largo; vinha com Marcos ao colo, e, à distância, observei-lhe o perfil e senti um resquício de vergonha pelo nosso confronto, anos antes. Almoçámos na tenda maior, um buffet servido por alguns empregados de lacinho. Quando dei por eles, Saldaña Paris e Valeria estavam sentados nas rochas próximas da água, algo distantes dos restantes convivas. O mar era azul-claro e verde e fervilhava de calor, as penínsulas visíveis à distância: Brión, Rianxo, Vilanova, O Chazo; uma fila de dornas estacionadas na margem coloria a monotonia das águas. Ocorreu-me que havia muito tempo desde que vira Julia Montel pela última vez; que, se as coisas tivessem sido diferentes, poderíamos ser nós a sentar-nos nas rochas enquanto comíamos berbigão e lavagante.

"Estás pensativo."

Era Andrea. Usava um vestido azul com flores, tão claro como a ria. Abracei-a e, lentamente, fomos rodeados pelos outros convidados. Pelo canto do olho vi Paula, sorrindo, entre duas pessoas que eu desconhecia.

"Estou feliz", sussurrei-lhe ao ouvido.

"Ainda não me apresentaste o teu amante."

"Está ali sentado. Mais tarde irás conhecê-lo."

Senti-lhe o perfume suave, estival, e os dedos da minha filha deslizaram dos meus. Os convivas moveram-se na direção da segunda tenda e sentámo-nos em cadeiras que balouçavam sobre o terreno arenoso. Não havia padre nem cerimónia oficial; um amigo de Andrea disse algumas palavras e, depois, uma rapariga levantou-se e foi entregar duas alianças. A rapariga era Débora, e demorei um instante a reconhecê-la. Estava menos magra e pintara o cabelo; viera acompanhada de um rapaz. Fiquei sentado atrás de Paula e do namorado que, durante o discurso algo emperrado de Carlos, deu a mão à minha ex-mulher. Do meu lado direito, Saldaña Paris e Valeria observavam atentamente a cerimónia, muito compostos; de vez em quando, ela olhava-o com carinho e segredava-lhe alguma coisa ao ouvido.

O meu neto aproximou-se, aos tropeções: os sapatos, que pareciam demasiado grandes para os seus pés diminutos, enterravam-se na areia. Peguei-lhe e sentei-o no meu colo, e depois cheirei-lhe o cabelo muito fino. A seguir à cerimónia, os convidados espalharam-se pela enseada, de copos de champanhe na mão. Eu estava a falar com um velho conhecido quando vi Saldaña Paris, sozinho, próximo da água. Pedi desculpa ao homem e fui ter com o meu amigo. Mais distantes, Valeria e Andrea brincavam com Marcos e conversavam.

"Que é feito de ti?", perguntou-me Saldaña Paris.

Encolhi os ombros.

"Nunca mais me vi. Se me encontrares, avisa-me."

"As pessoas perdem-se."

"É verdade."

Sorri. Levantara-se vento, e o cabelo dele esvoaçava em todas as direções.

"Matámos um javali", disse-me.

"Pois matámos, Dezoito."

"E nem o comemos."

"Que desperdício."

"Tive um sonho a noite passada. Sonhei que flutuava", contou. "Há muito tempo que não sonhava assim."

"É um bom sonho."

Ficámos a olhar para o azul e o verde durante algum tempo. De copos na mão, fizemos um brinde sem palavras. Cruzaram-me o pensamento muitas imagens do passado. Por exemplo: ainda hoje não sei quem enviou aquele postal com o quadro de Edward Hopper. Às vezes desconfio de que talvez o pai de Saldaña Paris o tenha feito; que talvez o homem utilizasse a sua refinada insensibilidade para esconder o facto de ser um homem deveras sentimental. Quem sabe quisesse dizer-lhe alguma coisa ou talvez tivesse escolhido aquele postal ao acaso, numa loja qualquer, e arranjado maneira de o fazer chegar à Galiza. Mas o que é que eu estou a pensar? Que estupidez. Se tivesse sido ele, o postal viria com o carimbo do México. Ou não? Existem tantas possibilidades nesta vida que, às vezes, me pareceria mais sensato esquivar-nos a vivê-la por causa de tudo aquilo que iremos inevitavelmente perder. Ao olharmos para trás, não encontraremos nada: nem sombra dos nossos passos nem vestígios das nossas pegadas.

Sei hoje que pouco importa. Continuaremos a procurar um sentido para as coisas; quão longa essa quimera, quão árduo esse caminho em busca de uma resposta. Talvez essa resposta seja como no sonho de Saldaña Paris: um lugar em que se flutua. Sim, é possível que seja isto: uma incógnita ou um sem-número de possibilidades, todas inatingíveis; a tal sístole poderosa que nos esmaga e depois nos dispara em todas as direções até aos confins do espaço.

Olhei para o meu amigo. Depois abrangi a praia com o olhar e fiquei cego pela incandescência do verão. Vi a porta branca, aberta para a água, iluminada pelo sol.

"E, agora, o que é que fazemos?", perguntou-me, de lábio inferior descaído.

Sorri e, bafejado pela luz, respondi-lhe:

"Agora entramos."

Agradecimentos

O autor gostaria de agradecer à Associação de Escritores de Xangai e à residência Axóuxere, na Galiza. Ao Saldaña Paris, por me deixar roubar quase tudo.

Aos meus amigos. À minha família.

À Clara Capitão e a todos os alfaguarianos.